KB122054

통합 논술과 독서평가의 내신반영을 위한 중·고등학생의 필독서

한국 신소설·현대 소설

현대 문학 독서지도회 엮음

예문당

| 머리말 |

2008학년도 대학별 논술을 통합 교과형으로 출제하도록 교육부는 권하고 있으며 현재 중 · 고등학교에서는 독서량과 함께 독서 내용을 평가하여 내신 성적에 반영하고 있다. 통합 교과형 논술과 내신 평가를 위한 독서는 모두가 글의 구조와 그 속에 담겨있는 작가의 메시지를 알아야 하며, 이는 지문의 분석 능력과 지문간의 비교 이해 등을 필요로 한다. 때문에 많은 학교에서 통합 교과형 논술의 준비에 문학작품 가운데에서도 '단편 소설'과 '고전 읽기'를 권하고 있다.

우리의 문학 작품은 고전 문학과 현대 문학이 있다. 물론 고전 문학은 그 뿌리가 깊어 삼국시대의 한문학에서 시작하여 가사와 시조, 조선시대의 언문소설로 이어 내려온다. 현대 문학은 서구 문명이 우리나라에 유입되면서 시작되었으며, 고전 문학과 현대 문학 사이에, 그 가교 역할을 하는 '신소설'이 있다. 이는 우리 문학사상 중요한 유산이다. 그러나 신소설이 쓰여진 시기가 짧고, 따라서 그 작품 역시 그리 많지 않다고 하여 소홀히 여기는 경향이 있으나 그 작품의 가치는 결코 가볍지 않다. 그래서 개화기의 신소설(지면상 내용의 축약, 또는 발췌하여)과 현대 문학 초기에 발표된 장편 몇 편을 엄선하여 실었다.

문학 작품은 어느 것이나 통일된 주제를 지니고 있으며, 그 줄거리를 일정한 틀 속에 담아내며 간결하게 주제를 드러내고 있다. '일정한 틀'은 전체 글의 구조 및 구성 원리를 쉽게 배울 수 있으며, '간결한 주제의 표현' 은 주제의 응집 방법과 작가의 메시지를 이해하는 데에 도움이 된다.

우리가 문학 작품을 통해서 글의 구성 원리와 주제의 응집 방법, 작가의 메시지를 이해한다는 것은, 이미 우리는 논리적 분석력과 높은 사고력 외에도 어떤 구조에 대한 '합리성' 을 찾을 수 있는 능력을 익힌다는 것을 뜻한다. 이것이 학생들이 자칫 빠지기 쉬운 단선적 사고를 극복할 수 있는 길이며, 따라서 교육부가 정한 제7차 교과과정의 바람직한 방향이라고 여긴 것이다.

이 책은 '작품' 을 읽기 전에 '작가 소개' 와 '등장 인물, 줄거리, 작품 정리' 를 먼저 실었다. 그것은 대강의 이야기를 이해하고 작품을 읽는 것이 작품 분석과 이해에 도움을 주리라 여긴 때문이며, 작품을 읽은 다음에 '작품 감상' 과 '되짚어보는 문제' 를 넣어 작품을 한번 더 음미해 볼 수 있도록 하여 작품 속에 감추어진 작가의 메시지를 깊이 따져 보도록 하였다. 그러므로 이러한 배열은 학생들이 독서후 독서평가를 위한 감상문을 작성할 때와 시험에 출제된 지문을 정확히 이해하려 할 때에도 큰 도움이 되리라 믿는다. 아무쪼록 여기 수록된 작품과 편집 내용이 학생 여러분의 '이해 능력' 과 '학습 효과' 를 높이는 데에 도움이 되었으면 하는 바램이다.

| 차례 |

| 한국 현대 단편소설 ② |

동백꽃 / 메밀꽃 필 무렵 / 낙동강
역마 / 복덕방 / 논 이야기
잉여인간 / 무진기행 / 동행
한계령

통합 논술과 독서평가의 내신반영을 위한 중 · 고등학생의 필독서

한국 신소설 · 현대소설

3

1

은세계

이인직

작·가·소·개

1862년(철종13) 한산 이씨 윤기와 전주 이씨 사이의 차남으로 태어남. 친족의 양자로 들어가 경기도 음죽군 거문리에서 성장. 1900년 관비 유학생으로서 일본 동경의 정치학교에 수학하였으며, 러일전쟁 때는 일본 육군성 한국어 통역에 임명되어 제1군사령부에 소속되어 종군하였다. 1906년《국민신보》주필, 《만세보》주필 등을 역임하였고, 1907년《대한신문》을 창간하여 사장이 되었다. 1908년에는 원각사를 세워 〈은세계〉를 무대에 올려 상연하였다. 또한 신파극을 수용하여 상업적 호응을 얻는 등 신연극운동의 선구자로 활동하였다. 그뒤 선릉참봉 · 중추원부찬의 등을 지냈다. 친일지식인으로서 일본을 자주 내왕하였고, 경술국치 이전에는 이완용(李完用)의 비서로서 그의 정치적 노선에 동조하여 일본 관원 고마쓰와 내통, 일본강점에 협력하였다. 국치 이후에는 경학원사성을 지냈다. 주요작품으로는 〈혈의 누〉(1906) 을 비롯하여 〈귀의 성〉 · 〈치악산〉(10908) 상편과 〈은세계〉 · 〈모란봉〉(1913) · 〈빈성랑의 일미인〉(1913) 등이 있다. 특히 〈혈의 누〉는 처녀 장편소설로서 본격적인 신소설의 효시에 해당되는 작품이다.

이 작품은 청일전쟁으로부터 10여 년간의 옥련의 삶을 통하여 자주독립, 신교육, 신결혼관, 국제세력의 인식, 봉건성의 탈피 등 새로운 주제를 제시하였으나, 표면적인 주제의식과 내면적인 형상화간의 괴리가 있는 점이 지적되고 있다. 바로 후편에 해당하는 〈모란봉〉은 그러한 주제의식이 후퇴하여 평범한 애정소설에 머무르고 만다. 한편 〈귀의 성〉·〈치악산〉은 처첩의 비극·갈등, 고부간의 불화를 통한 봉건적 윤리비판, 가부장제의 모순, 양반과 상민간의 신분갈등, 관료의 학정과 비호를 비판적으로 제시한 계몽소설로서, 참신하지는 않으나 사회비판적 현실반영, 장면이나 사건의 세부묘사, 문장의 구어체 등 근대소설적인 성격을 보여주고 있다. 또한 〈은세계〉는 관료층의 수탈과 학정에 대한 고발정신, 민요의 풍자적 삽입 등 이야기의 현실성에 있어 적절성을 얻었고, 객관적 관점이 살아난 작품으로 신소설 중 가장 뛰어난 작품의 하나로 손꼽힌다.

등·장·인·물

- 최병도 : 그는 본래 강릉 바닥에서 재사로 유명했으며, 젊은 나이에 서울의 김옥균을 찾아 정치에 대한 이야기를 들어오던 중 갑신정변이 나고 김옥균이 일본으로 망명하자 강릉의 경금 동네에 내려와 억척같이 돈을 모아 부자가 된 사람이다. 그러던 어느 날 갑자기 강원감행의 장차가 들이닥쳐 돈을 빼앗고 그는 감행으로 가서 심한 고초와 매를 맞고 풀려났다가 집으로 가던 도중 대관령 마루에서 죽는다. 그가 재물을 모으는 이유는 가족이 문명한 나라에 가서 공부하여 나라를 붙들고 백성을 건지려 함에 있었던 것이다.
- 김정수 : 김진사의 아들로 가계는 몰락되었으나 새 학문과 정치개혁에 대해 최병도와 뜻을 같이 하는 사람이다. 그가 최병도의 집에 강릉감영의 장차가 들이닥쳤다는 소문을 듣고 달려와 백성과 함께 원주 감영의 장차들을 내리패었다가 최병도 부처의 권고로 놓아주었다. 이후 최병도가 죽자 최병도의 유언에 따라 가산정리와 유가족의 생활과 자녀교육을 받아 옥순, 옥남이 남매를 미국에 함께 유학한다. 그러나 돈이 떨어져 고국에 왔다가 아들이 최병도의 재산을 빼앗기고 탕진하였다는 소식에 술에 빠졌다가 죽고만다.
- 옥순 옥남 : 최병도의 자녀로 아버지가 죽자 김정수에 의해 미국 유학길에 올랐다가 돈이 떨어지자, 김정수가 고국에 돈을 가지려 갔다 죽었다는 소식을 전해듣고 철도자살을 기도하다 기독교 신자인 '씨엑기-아니쓰'의 후원으로 고등소학교 졸업장을 받으나 '대한 대개혁'이라는 신문기사를 보고 귀국하여 어머니를 만나 어머니와 함께 아버지의 영혼을 위로하기 위해 절간으로 갔다가 의병에게 붙잡혀 간다.

줄·거·리

강릉 땅 경금 마을에 억척으로 벌어서 부자가 된 최병도라는 사람이 있었다. 어느 눈이 많이 내리던 날 밤에 강원 감영에서 나온 장차가 최병도를 잡으러 그의 집에 들이닥친다. 밤새 최병도를 묶어놓고 문초하던 장차들이 다음날 그를 감영으로 데려가려 하자 이웃에 사는 김정수가 민요를 일으켜 장차들을 해하려 하자 최병도의 만류로 그만둔다.

원주로 잡혀온 최병도는 근거 없는 죄를 뒤집어쓰고 온갖 문초를 당한다. 최병도를 문초하는 강원 감사는 탐관오리의 전형적인 인물이다. 그의 속셈은 최병도에게서 없는 죄를 자백받고 그에 상응하는 재물을 뇌물로 받으려는 것이었다. 그러나 최병도는 뇌물을 주고 타협하기를 거부한다. 문초를 당하던 최병도는 이듬해 여름 초죽음이 되어 풀려났으나 고향으로 가던 도중 대관령 고갯마루에서 객사하고 만다.

그 후 최병도 부인은 유복자인 옥남이를 낳고 산후 후유증으로 정신 이상이 된다. 일곱 살이 된 옥남이는 열네 살이던 그의 누이 옥순이와 그의 후견인 역할을 하던 김정수와 함께 미국 유학길에 오른다. 미국에서 다섯 해를 지나는 동안 학비를 다 쓴 김정수는 돈을 가지러 귀국하나 자신의 아들이 최병도 집안의 재산을 탕진한 것을 알고 술로 세월을 보내다 급사한다. 옥순이 옥남이는 김정수가 죽었다는 소식을 듣고 자살을 결심한다. 자살 직전 경찰에게 구조된 남매는 예수교 신자인 씨엑기—아니쓰의 도움으로 학업을 계속하던 중 1907년 '한국 대개혁'이라는 신문기사를 보고 귀국길에 오른다.

귀국 후 어머니는 남매를 만난 기쁨에 제정신이 돌아오고 세 사람은 아버지 최병도를 위해 절에 불공을 드리러 간다. 불공을 드리던 중 갑자기 나타난 의병들에게 남매가 잡혀간다.

은세계

이인직

겨울 추위 저녁 기운에 푸른 하늘이 새로이 취색[1]하듯이 더욱 푸르렀는데, 해가 뚝 떨어지며 북서풍이 슬슬 불더니 먼 산 뒤에서 검은 구름 한 장이 올라온다. 구름 뒤에 구름이 일어나고, 구름 옆에 구름이 일어나고, 구름 밑에서 구름이 치받쳐 올라오더니, 삽시간에 그 구름이 하늘을 뒤덮어서 푸른 하늘은 볼 수 없고 시커먼 구름 천지라. 해끗해끗한 눈발이 공중으로 회회 돌아 내려오는데, 떨어지는 배꽃 같고 날아오는 버들개지 같이 힘 없이 떨어지며 간 곳 없이 스러진다. 잘던 눈발이 굵어지고 드물던 눈발이 아주 떨어지기 시작하며 공중에 가득 차게 내려오는 것이 눈뿐이요, 땅에 쌓이는 것이 하얀 눈뿐이라. 쉴새없이 내리는데, 굵은 체[2] 구멍으로 하얀 떡가루 쳐서 내려오듯 솔솔 내리더니 하늘 밑에 땅덩어리는 하얀 흰무리 떡덩어리 같이 되었더라.

사람이 발 디디고 사는 땅덩어리가 참 떡덩어리가 되었을 지경이면 사람들이 먹을 것 다툼 없이 평생에 떡만 먹고 조용히 살았을는지도 모를 일이나, 눈구멍 얼음 덩어리 속에서 꿈적거리는 사람은 다 구복[3]에 계관(係關)[4]한 일이라. 대체 이 세상에 허유(許由)[5]같이 표주박만 걸어 놓고 욕심 없이 사는 사람은 보두리 있다더라.

1) 취색 : 낡은 세간 등을 닦고 손질하여 윤을 내는 것.

2) 체 : 가루를 곱게 치거나 액체를 거르는 데 쓰는 기구.

3) 구복(口腹) : 입과 배로, 먹고 마시는 것을 뜻함.

4) 계관 : 관계(사물이나 현상사이의 상호 연관).

강원도 강릉 대관령은 바람도 유명하고 눈도 유명한 곳이라. 겨울 한철에 바람이 심할 때는 기왓장이 훌훌 날린다는 바람이요, 눈이 많이 올 때는 지붕 처마가 파묻힌다는 눈이라. 대체 바람도 굉장하고 눈도 굉장한 곳이나, 그것은 대관령 서편의 서강릉이라는 곳을 이른 말이요, 대관령 동편의 동강릉은 잔풍향양[6]하고 겨울에 눈도 좀 덜 쌓이는 곳이라. 그러나 일기도 망령을 부리던지 그날 눈과 바람은 서강릉도 이보다 더할 수는 없지 싶을 만하게 대단하였는데, 갈모봉이 짜그러지게 되고 경금 동네가 푹 파묻히게 되었더라. 경금은 강릉에서 부촌으로 이름난 동네라, 산 두메 사는 사람들이 제가 부지런하여 손톱 발톱이 닳도록 땅이나 뜯어먹고 사는데 푼도 모아 양돈 되고, 양돈 모아 궷돈 되고, 송아지 길러 큰 소 되고, 박토 긁어 옥토 만들어 모은 재물로 부자 된 사람이 여럿이라. 그 동네에 최본평 집이 있는데, 동네 사람들의 말이,

"저 집은 소문 없는 부자라. 최본평의 내외가 억척으로 벌어서 생일이 되어도 고기 한 점 아니 사 먹고 모으기만 하는 집이라, 불과 몇 해 동안에 형세가 버썩 늘었다. 우리도 그 집과 같이 부지런히 모아 보자."

하며 남들이 부러워하고 본받으려 하는 사람이 많은 터이라. 대체 최본평 집은 먹을 것 걱정, 입을 것 걱정은 아니하는 집이라. 겨울에 눈이 암만 많이 와도 방 덥고, 배부르고, 등에 솜조각 두툼한 터이라. 그 눈이 내년 여름까지 쌓여 있더라도 한 해 농사 못 지어서 굶어 죽을까 겁날 것은 없고 다만 겁나는 것은 염치 없는 불한당이나 들어올까 그 염려뿐이라. 바람은 지둥치듯[7] 불고 최본평 집 사립문 안에서 개가 콩콩 짓는데 밤사람

5) 허유(許由) : 중국 고대의 전설상의 인물로, 요 임금이 왕위를 물려주려 하였으나 받지 않고 도리어 자기의 귀가 더러워졌다고 하여 양수이 강의 물에 귀를 씻고 지산산에 들어가서 숨었다고 함.

6) 잔풍향양 : 바람이 잔잔하고 햇볕을 마주 받음..

7) 지둥치듯 : 태풍, 포성 따위로 요란스럽게 일어나는 소리를 강조하는 말.

의 자취로 아는 사람은 알았으나 털 가진 짐승이라도 얼어 죽을 만하게 춥고 눈보라치는 밤이라, 누가 내다보는 사람은 없고 짖는 개만 목이 쉴 지경이라. 두메 부잣집도 좀 얌전히 잘 지은 집이 많으련마는 경금 최본평 집은 참 돈만 모으려고 지은 집인지 울타리를 너무 의심스럽게 하였는데, 높이가 길반이나 되는 참나무로 틈 하나 없이 튼튼하게 한 울타리가 옛날 각 골 옥담 쌓듯이 뺑 둘렀는데 앞에 사립문만 닫치면 송곳같이 뾰족한 수가 있는 도적놈이라고 뚫고 들어갈 수 없이 되었더라. 그 울 안에 행랑이 있고 그 행랑 앞으로 지나가면 사랑이 있으나, 사립문 밖 밤은 이경[8]이 될락 말락하였는데 웬 사람 오륙 인이 최본평 집 사립문을 두드리며 문 열어 달라 소리를 지르나 앞에서 부는 바람이라, 사람의 목소리가 떨어지는 대로 바람에 싸여서 덜미 뒤로만 간다. 주인은 듣지 못한 고로 대답이 없건마는 문 밖에서는 문 열어 달라 하는 사람은 골이 어찌 대단히 났던지 악을 써서 주인을 부르는데 악쓰는 아가리 속으로 눈 섞인 바람이 한 입 가득 들어가며 기침이 절반이라. 사립문이 나 부술 듯이 발길로 걷어차니 사립문 위에 얹혔던 눈과 문 틈에 잔뜩 끼었던 눈이 푹 쏟아지며 사람의 덜미 위로 눈사태가 내려온다.

행랑방에서 기침 소리가 쿨룩쿨룩 나며 개를 꾸짖더니 무엇이라고 두덜두덜하며 나오는 것은, 최본평 집에서 두 내외 머슴 들어 있는 자이라. 바지춤 움켜쥐고 버선 벗은 발에 나막신 신고 나가서 사립문을 여니 문 밖에 섰던 사람이 골이 잔뜩 나서 누구든지 닥치는 대로 분풀이를 하려던 판이라. 와락 들어오며, 머슴놈을 때리며 발길로 걷어차며 무슨 토죄[9]를 하는데,

8) 이경 : 하룻밤을 다섯으로 나눈 둘째부분, 밤 9시에서 11시 사이.

9) 토죄(討罪) : 죄목을 들어 책망하여 꾸짖음.

머슴이 눈 위에 가로 떨어져서 살려 달라고 빈다.

머슴의 계집은 웬 영문인지도 모르고 겁에 띠여서 행랑방 뒷문을 열고 버선발로 뛰어나서서 눈이 정강이까지 푹푹 빠지는 마당으로 엎드러지며 곱드러지며[10] 안으로 들어가니 그 때 안 중문은 걸려 있는지라. 안뒤꼍으로 들어가서 안방 뒷문을 두드리며,

"본평 아씨, 본평 아씨, 불한당이 들어와서 천쇠를 때려서 죽게 되었습니다."

하는 소리에 본평 부인이 베틀 위에서 베를 짜다가 북을 탁 던지고 일어나려 하나, 허리에 찬 베틀 끈이 걸려서 빨리 내려오지 못하고 겁결에 잠든 딸을 부른다.

"옥순아, 옥순아! 어서 일어나거라. 불한당이 들어온다."

하며 일변으로 허리에 매인 베틀 끈을 끄르더니 방문을 열고 나가니, 자다가 깨인 옥순이는 어머니를 부르며 우나 부인이 대답도 아니하고 버선 바닥으로 뛰어나가서 사랑문을 두드리며 남편을 부르는데, 본평 부인이 어렸을 때에 그 친정에서 듣고보고 자라나던 말투이라.

"옥순 아버지, 옥순 아버지, 불한당이 들어온다 하니 이를 어찌한단 말이오?"

하며 벌벌 떠는 소리로 감히 크게 못 하더라. 원래 그 집 사랑방에서 안으로 들어오는 문이 있는데 그 문은 앞뒤로 종이를 어찌 두껍게 많이 발랐던지, 문 밖에서 가만히 하는 소리는 방안에서 자세히 들리지 아니하는지라 그 남편이 대답을 아니하고 부인이 그 말을 거푸거푸 한다. 그 때 최본평은 덧문을 척척 닫고 자리 펴 놓고 들기름 등잔에서 그을음이 꺼멓게 오르도록

10) 곱드러지다 : (걷어채거나 무엇이 부딪혀) 엎드러지다.

돈아 놓고 앉아서 집뼘 한 뼘씩이나 되는 숫가지 늘어놓고 한 짐 두 뭇이니 두 짐 닷 뭇이니 하며 구실돈 셈을 놓다가 문 두드리는 소리를 듣고 정신 없이 아니 놓을 수 한 가지를 덜컥 더 놓으며 고개를 번쩍 드는데 부인의 말소리가 최본평의 귓구멍으로 쏙 들어갔다.

(최) "응, 불한당이라니. 불한당이 어디로 들어와?"

하며 벌떡 일어나서 안으로 난 문을 와락 여는데, 부인은 문에 얼굴을 대고 섰다가, 문이 얼굴에 부딪혀서 부인이 애코 소리를 하며 폭 고꾸라지니, 최씨가 문설주를 붙들고 내다보며 당황히, 어, 어, 소리만 하고 섰는데, 그 때 마침 행랑 앞에서 머슴을 치던 사람들이 사랑 앞으로 와서 마루 위로 올라서던 차이라. 안으로 난 문 여는 소리를 듣고 주인이 도망하려는 줄로 알고,

"듣거라!"

소리를 하며 마루를 쾅쾅 구르고 들어오며 사랑문을 열어젖히더니, 제비같이 날쌘 놈이 번개같이 달려들어오니 본래 최본평은 도망하려는 생각이 아니라 불한당이 들어오는 줄로만 알고 안으로 들어가서 집안 사람들이 놀라지 아니하게 안심시키려던 차에, 부인이 얼굴을 다치고 넘어진 것을 보고 나가서 일으키려 하다가 사랑방에 그 광경 나는 것을 보고 도로 사랑으로 들어서며,

"웬 사람들이냐?"

묻는데 그 사람들은 대답도 없고 최씨를 잡아 묶어 놓으며 사람의 정신을 빼는데, 최 부인은 그 남편이 곤경당하는 소리를 듣고 얼굴 아픈 생각도 없고 내외할 경황도 없이 사랑방을

들여다보며 벌벌 떨고 섰는데, 나이 이십칠팔 세쯤 된 어여쁜 부인이라. 그 날밤, 최본평 집에 들어와서 야단치던 사람들은 강원 감영 장차[11]인데 영문 비관[12]을 가지고 강릉 경금 사는 최병도를 잡으러 온 것이라.

최병도의 자는 주삼(朱三)이니 강릉서 수대 사는 양반이라. 시골 풍속에 동네 백성들이 벼슬 못 한 양반의 집은 그 양반의 장가든 곳으로 택호[13]를 삼는 고로, 최본평 댁이라 하니 본평은 최병도 부인의 친정 동네이라. 그 때 강원 감사의 성은 정씨인데, 강원 감사로 내려오던 날부터 강원 일도 백성의 재물을 긁어 들이느라고 눈이 벌개서 날뛰는 판에 영문 장차들이 각 읍의 밥술이나 먹는 백성을 잡으러 다니느라고 이십육 군 방방곡곡에 늘어섰는데, 그런 출사 한 번만 나가면 우선 장차들이 수나는 자리라.

장차가 최병도를 잡아 놓고 차사례[14]를 추어 내는데 염라국 사자같은 영문 장차의 눈에 여간 최병도 간은 양반은 개 팔아 두 냥 반만치도 못하게 보고 마구 다루는 판이라. 두 손목에 고랑을 잔뜩 채우고 차사례를 달라 하는데, 최씨가 차사례를 아니 주려는 것이 아니라, 여간 돈을 주마 하는 말은 장차의 귀에 들어가지도 아니하고, 제 욕심을 다 채우려 든다. 대체 영문 비관을 가지고, 사람 잡으러 다니는 놈의 욕심은, 남의 묘를 파서 해골 감추고 돈 달라는 도적놈보다 몇 층 더 극악한 사람들이라. 가령 남의 묘를 파러 다니는 도적놈은 겁이 많지마는 영문 장차들은 겁 없는 불한당이라. 더구나 그 때 강원 감영 장차들은 불한당 괴수 같은 감사를 만나서 장교와 차사들은 좋은 세월을 만나 신이 나는 판이라. 말끝마다 순사도를 내세우고 말

11) 장차(將差) : 고을의 원이나 감사가 심부름으로 보내던 사람.

12) 비관(秘關) : 상관이 하관에게 비밀리에 보내는 공문.

13) 택호(宅號) : 이름 대신 벼슬 이름이나 시집 또는 장가간 곳의 지명을 붙여 그 사람의 집을 부르는 이름.

14) 차사례(差使例) : 차사에게 죄인이 뇌물로 주는 돈.

끝마다 죄인 잡으러 온 자세를 하며 장차의 신발값을 달라고 하는데, 말이 신발값이지 남의 재산을 있는 대로 다 빼앗아 먹으려 드는 욕심이라. 열 냥을 주마 하여도 코웃음이요, 백 냥을 주마 하여도 코웃음이요, 이백 냥 · 삼백 냥을 주마 하여도 코웃음인데, 그 때는 엽전 시절이라, 새끼 밴 큰 암소 한 필을 팔아도 칠십 냥을 받기가 어렵고 좋은 봇돌논 한 마지기를 팔아도 삼사십 냥이 넘지 아니할 때이라.

최씨가 악이 버썩 나서 장차에게 돈 한 푼 아니 주고 배기려만 든다. 장차는 죄인에게 전례[15]돈 빼앗아 먹기에 졸업한 놈들이라. 장교가 최씨의 그 눈치를 채고 사령을 건너다보며,

"이애, 김달쇠야, 네가 명색이 사령이냐 무엇이냐? 우리가 비관을 메고 올 때에 순사도 분부에 무엇이라 하시더냐? 막중 죄인을 잡으러 가서, 만일 실포[16]할 지경이면 너희들은 목숨을 바치리라 하셨는데, 지금 죄인을 잡아서 저렇게 헐후[17]히 하다가 죄인을 잃으면, 우리들은 순사도께 목숨을 바치잔 말이냐? 우리들이 이런 장설(壯雪)[18]을 맞고 이 밤중에 대관령을 넘어올 때 무슨 일로 왔느냐? 오늘 밤에 우리가 곤하게 잠든 후에 죄인이 도망할 지경이면, 우리들은 죽는 놈이다. 잘 알아차려라."

그 말이 뚝 떨어지며 사령이 맞넉수가 되어 신이 나서 그 말 대답을 하며 달려들더니, 역적 죄인이나 잡은 듯이 최병도를 꼼짝 못하게 결박을 하는데 장차의 어미나 아비나 쳐죽인 원수 같이 최씨의 입에서 쥐소리가 나도록, 두 눈이 툭 솟도록, 은근히 골병이 들도록 동여매느라고 사랑방에서 새로이 살풍경이 일어나는데 안마당에서 본평 부인의 울음소리가 난다.

(부인) "에고! 이것이 웬일인고! 이를 어찌하잔 말인고? 에

15) 전례(前例) : 이전부터 있었던 사례, 선례.

16) 실포(失捕) : 잡아들인 죄인을 놓치는 것.

17) 헐후(歇后) : 대수롭지 않음.

18) 장설(壯雪) : 장쾌하게 많이 오는 눈.

고 에고, 평생에 남에게 싫은 소리 한 번 아니하고 사는 사람이 무슨 죄가 있어서 이 지경을 당하노? 에고, 에고, 하나님 하나님, 죄없는 사람을 살게 하여 줍시사! 에고 에고 여보, 옥순 아버지, 돈이 다 무엇이란 말이요, 영문 장차가 달라는 대로 주고 몸이나 성하게 잡혀 가시오."

하며 우는데 옥순이는 어머니를 부르며 악마구리같이 따라 운다.

(중략)

해는 서산에 기울어졌는데, 대관령 고개 마루턱 서낭당 밑에 교군 두 채를 나란히 놓고 쉬면서 교군꾼들이 갈모봉을 가리키며, 저 산 밑이 경금 동네이라, 빨리 가면 횃불 아니 잡히고 일찍 들어가겠다 하니, 그 소리가 최 부인의 귀에 반갑게 들리련마는 반가운 마음은 조금도 없고 새로이 기막히고 끔찍한 마음이 생긴다.

최병도가 종일을 정신 없이 교군에 실려 오더니, 저녁때 새로이 정신이 나서 그 부인과 옥순이를 불러서 몇 마디 유언을 하고 대관령 고개 위에서 숨이 떨어지는데, 소쇄 · 황량한 서낭당 밑에서 부인과 옥순의 울음소리가 처량하고, 깊은 산 푸른 수풀 속에서는 불여귀[19] 우는 소리 슬펐더라. 최병도의 산지[20]는 지관[21]이 잡아 준 것이 아니라 최병도가 운명할 때 손을 들어, 대관령에서 보이는 제일 높은 봉을 가리키며 저기 저 꼭대기에 묻어 달라 한 묏자리리라.

무슨 까닭으로 그 꼭대기에 묻어 달라 하였는고? 죽은 후에 높은 봉에 묻혀 있어서 이 세상이 어떻게 되는 것을 좀 내려다

[두견이]

19) 불여귀(不如歸) : 두견이, 두견잇과의 새로, 뻐꾸기와 비슷하나, 훨씬 작음.

20) 산지(山地) : 묏자리로 알맞은 땅.

21) 지관(地官) : 풍수지리설에 따라 집터나 묏자리 따위를 가려잡는 사람.

보겠다 한 유언이 있었더라. 그 유언에 소문내기 어려운 말이 몇 마디가 있으나 최 부인이 섧고 기막힌 중에 함부로 말을 하였더라.

죽은 지 칠 일 만에 장사를 지내는데, 인근 동 사람들까지 남의 일 같지 아니하고 사람마다 제가 당한 일 같다 하여 회장[22] 아니오는 친구가 없고 부역 아니 오는 백성이 없으니 토끼 죽은 데 여우가 슬퍼했다는 말과 같은 것이라. 상여꾼들이 연포국과 막걸리를 실컷 먹고 술김에 흥이 나는 것이 아니라 처량한 마음이 나서 상여를 메고 가며 상두 소리가 높았더라.

워어허 워어허
이 길이 무슨 길인고 북망[23] 가는 길이로다
워어허 워어허
이 죽음이 무슨 주검인고 학정 밑에 생주검일세
워어허 워어허
생때 같은 젊은 목숨, 불연못에 맞아 죽었네
워어허 워어허
이 양반이 죽을 때에 눈을 감고 죽었을까
워어허 워어허
고향을 바라보고 낙루[24]가 마지막일네
워어허 워어허
한을 품고 죽은 사람 썩지도 못한다네
워어허 워어허
대관녕에서 운명할 대 불여귀가 슬피 울데
워어허 워어허

22) 회장(會葬) : 장사 지내는 데 참여함.

23) 북망(北邙) : 북망산의 준말로, 사람이 죽어서 파묻히는 곳을 이르는 곳임.

24) 낙루(落淚) : 눈물을 흘리는 것.

가이인이 불여조(可以人而不如鳥) 우리도 일곡하세
워어허 워어허
애고 불쌍하다 죽은 사람 불쌍하다
워어허 워어허
공산 야월 거친 무덤 그대 얼굴 못 보겠네
워어허 워어허
단장천이한천에 그대 집은 공규[25]로다
워어허 워어허
함원 귀천[26] 그대 일을 누가 아니 슬퍼할까
워어허 워어허

하며 나가는 것은 새벽 발인 때 메고 나서는 상여꾼의 소리라. 그 소리를 들으면서 들은 체도 않고 저 갈 데로 가는 것은 최병도라. 명정은 앞에 서고 상여는 뒤에 서서 대관령을 향하고 올라가는데, 상여 소리는 끊어지고 발등거리 불빛만 먼 산에서 반짝거린다.

깊은 산 높은 봉에 사람의 자취 없는 곳으로 속절없이 가는 것도 그 처자 된 사람은 무정하다 할는지, 야속하다 할는지, 섧고 기막힌 생각뿐일 터인데, 그 산중에 들어가서 더 깊이 들어가는 곳은 땅 속이라. 최병도 신체가 땅 속으로 쑥 들어가며 달구 소리가 나는데,

어어여라 달고
처자 권속 다 버리고 혼자 가는 저 신세 이제 가면 언제 오리
한정 없는 길이로다. 어여여라 달고

25) 공규(空閨) : 남편 없이 아내 혼자 거처하는 방.

26) 함원 귀천(含怨歸泉) : 원한을 품고 죽음.

북망산이 멀다더니 지척에도 북망산이로구나. 황천이 멀다더니

뗏장 밑이 황천이로구나. 어어여라 달고

인간 만사 묻지 마라 초목만도 못하구나. 춘초[27]는 연년 녹(綠)이요, 황손은 귀불귀라. 어어여라 달고

인생이 이러한데 천명을 못다 살고 악형 받아 횡사하니 그대 신명 가능토다. 어어여라 달고

살일불고(殺一不辜) 아니하고 형일불고(刑一不辜) 아니할 때 그 시대의 백성들은 희호 세계[28] 그 아닌가. 어어여라 달고

희생 같은 우리 동포 살아도 고생이나 그대같이 죽는 것은 원통하기 특별나네. 어어여라 달고

관 위에 횡대 덮고 횡대 우에 회판일세. 풍채 좋은 그대 얼굴 다시 얻어 못 보겠네. 어어여라 달고

보고지고 보고지고 그대 얼굴 보고지고 공산 낙월[29]의 달빛을 보고 고인 안색으로 비겨 볼까. 어어여라 달고

철천한 한을 품고 유언이 남았거든 죽지사(竹枝詞)[30] 전하듯이 구에나 전해 주게. 어어여라 달고

그 달구질 소리가 마치매 둥그런 뫼가 이루어졌다. 그 뫼는 산봉우리 위에 섰는데 형상은 전기선 위에 새가 올라앉은 것같이 되었더라. 뫼 쓸 때에 최씨의 유언을 들어서 관 머리는 한양을 향하고 발은 고향으로 뻗었으니, 그 뜻인 즉, 한양은 우리 나라 오백 년 국도이라 나라를 근심하여 일하 장안을 보려는 마음이요, 고향은 조상의 분묘도 있고, 불쌍한 처자도 있고, 나라를 같이 근심하던 지기(知己)하는 친구도 있는 터이라. 사정은

27) 춘초(春草) : 봄철의 부드러운 풀.

28) 희호 세계 : 백성의 생활이 태평하고 나라가 화평한 세상.

29) 공산 낙월(空山落月) : 사람 없는 산에 지는 달.

30) 죽지사(竹枝詞) : 십이가사(十二歌詞)의 하나로, 우리나라 경치 · 인정 · 풍수 등을 노래함.

처자에게 간절하나 나라를 붙들기 바라는 마음은 그 친구에게 있으니, 그 친구는 김정수이라. 최병도가 죽은 영혼이 발을 저겨 디디고 김씨가 나라 붙들기를 기다리고 바라보려는 마음에서 나온 일이러라. 그러나 사람은 죽으면 그만이라, 최병도는 인간을 하직하고 한량없이 먼길을 가고, 본평 부인은 청산 백수에 울음소리로 세월을 보내더라.

최 부인이 그 남편 죽던 날에 따라 죽을 듯하고, 그 남편 장사 지내던 때에 땅 속으로 따라 들어갈 듯한 마음이 있으나, 참고 있는 것은 두 가지 거리끼는 일이 있어서 못 죽는 터이라.

한 가지는 여덟 살 된 딸자식을 버리고 죽을 수가 없고, 또 한 가지는 아홉 달 된 복중 아이라. 혹 아들이나 낳으면 최씨가 절사[31]나 아니할까, 바라는 마음으로 살아 있는지라.

그러나 부인은 밤낮으로 설운 생각뿐이라. 산을 보아도 설운 생각이 나고, 물을 보아도 설운 생각이 나고, 밥을 먹어도 눈물을 씻고 먹고, 잠을 자도 눈물을 흘리고 자는 터이라. 간은 녹는 듯, 염통은 서는 듯, 창자는 끊어지는 듯, 가슴은 칼로 에이는 듯한데 근심을 말자 말자 하고, 슬픔을 참자 참자 하면서도 솟아나는 마음을 임의로 못 하고, 새로이 근심 한 가지가 더 생긴다. 무슨 근심인고? 내 속이 이렇게 썩을 때에 뱃속에 있는 어린 것이 다 녹아 없어지려니 싶은 근심이다. 그러나 그 근심을 모르고 뱃속에서 무럭무럭 자라나는 어린아이는 열 달 만에 인간에 나오면서,

"응아 응아."

우는데, 최 부인이 오래 지친 끝에 해산을 하고 기운 없고 정신 없는 중에도 아들인지 딸인지 어서 바삐 알고자 하여 해산

31) 절사(絶嗣) : 대를 이어갈 자손이 없음.

구완하는 사람더러,

"여보게, 아들인가 딸인가?"

묻는다. 그 때 해산 구완하는 사람은 누구런지, 본평 부인이 묻는 것을 불긴히 여기는 말로,

"그것은 물어 무엇 하셔요? 순산하셨으니 다행이지요."

하는 소리가 본평 부인의 귀에 쑥 들어가며 부인이 깜짝 놀라서 낙심이 된다. 딸이 아니면 병신 자식이라, 의심이 나고 겁이 나더니 바라던 마음은 어디로 가고 설운 생각이 일어나며 베개에 눈물이 젖는다.

부인이 본래 약질로 그 남편이 감영에 잡혀 가던 날부터 죽던 날까지, 죽던 날부터 부인이 해산하던 날까지, 말을 하니 살아 있는 사람이요, 밥을 먹으니 살아 있는 사람이지 실상은 형해만 걸린 것이, 불면 날아갈 듯 쥐면 꺼질 듯하게 된 중에 해산 구완하는 사람의 말을 듣고 놀라더니, 산후 제반 악증[32]이 생긴다. 펄펄 끓는 칫국밥을 부인 앞에 놓고,

"아씨 아씨, 국밥 좀 잡수시오."

권하는 것은 천쇠의 계집이라. 부인이 감았던 눈을 떠서 물끄러미 보다가 눈물이 돌며,

"먹고 싶지 아니하니, 이따가 먹겠네."

하더니 다시 눈을 스르르 감고 돌아눕는데 얼굴에 핏기가 없고 찬기운이 돈다. 눈에는 헛것이 보이고, 입에는 군소리가 나오더니, 평생에 얌전하기로 유명하던 본평 부인이 실진[33]이 되어서 제명 오리[34]같이 되었더라.

그 소생이란 아이는 옥동자 같은 아들이라. 그러한 아이를 무슨 까닭으로 해산 구완하던 사람이 부인의 귀에 말을 그렇게

32) 악증(惡症) : 못된 짓. 여기서는 불편한 증상을 말함.

33) 실진(失眞) : 정신에 이상이 생기는 것.

34) 제명 오리 : 행실이 옳지 못하고 얌전하지 않은 계집.

놀랍게 하여 드렸던고? 해산 구완하던 사람은 부인을 놀래려 고 그러한 것이 아니라, 어디서 그런 구기[35]를 얻어 배웠던지, 아들 낳은 것을 감추고 딸이라 소문을 내면 그 아이가 명이 길다 하는 말이 있어서 아들이라는 말을 아니하려고 그리한 것인데, 위하여 주려는 마음에서 병을 주는 말이 나온 것이라. 병이 들기는 쉬우나 낫기는 어려운 것이라. 당귀·천궁·숙지황·백작약·원지·백복신·석창포 등속으로 청심 보혈(淸心補血)[36]만 하더라도 심경 열도(心經熱度)는 점점 성하고 병은 골수에 든다[37].

옥동자 같은 유복자는 그 어머니 젖꼭지를 물어도 못 보고 유모에게 길리는데, 혼돈 세계로 지내는 핏덩어리 아이는 아무것도 모르고 젖만 먹으면 잠들고 잠 깨면 젖 먹고 무럭무럭 자라지마는 불쌍한 것은 철 알고 꾀 아는 옥순이라. 그 어머니가 미친 증이 날때마다,

"어머니 어머니, 어머니 어머니가 이것이 웬일이오? 어머니, 날좀 보오, 내가 옥순이오."

하며 울다가 어린 마음에 무서운 생각이 들어서 복녜를 부를 때가 종종 있다. 부인은 옥순이를 보아도 정 감사라고 식칼을 들고 원수 갚는다 하며 쫓아다니는 때가 있는 고로, 밤낮없이 안방에 상직[38]으로 있는 사람들이 잠시도 부인의 옆을 떠날 수가 없는 터이라.

유복자의 이름은 누가 지어 주었던지 옥 같은 남자라고 옥남이라 지었더라.

애비가 원통히 죽었든지 어미가 몹쓸 병이 들었든지, 가고 가는 세월에 자라는 것은 어린아이라. 옥남이가 일곱 살이 되

35) 구기(口氣) : 말솜씨.

36) 청심보혈(淸心補血) : 마음을 맑게 하고, 몸의 조혈작용을 돕는 것.

37) 병은 골수에 든다 : '병입골수'의 고사를 이르는 것으로, 병이 뼛속깊이 들어 뿌리가 깊고 중함.

38) 상직(上直) : 당직(當直), 숙직·일직 등의 당번이 되는 것. 여기서는 부인의 자해를 막기 위해 교대로 지키는 사람을 가리킴.

도록 그 어미 얼굴을 모르고 자랐더라. 그 어미가 죽고 없어서 못 보았는가? 그 어미가 두 눈이 둥그렇게 살아 있는 터에 만나 보지 못한다.

차라리 어미 없이 자라는 아이 같으면 어미까지 잊어버리고 모를 터이나 옥남의 귀에 옥남 어머니는 살아 있다 하는데 옥남이가 그 어머니를 못 보았더라. 그것은 무슨 곡절인고? 본래 본평 부인이 실진이 되었을 때에 옥남의 집의 일동 일절을 다 보아 주던 사람은 김정수이라. 옥남의 유모는 또한 그 동네 백성의 계집이나 본평 부인의 병이 얼른 낫지 아니하는 고로 김씨의 말이, 옥남이가 그 어미 있는 줄을 모르고 자라는 것이 좋다 하고, 옥남의 유모에게 먹고 살 것을 넉넉히 주어서 멀리 이사를 시켜 주었더라.

김씨는 이전에 최병도가 감영에 잡혀 갈 때에 영문 장차들을 죽이느니 살리느니 하며 야단 치던 사람이다. 그 때 잠시간 몸을 피하였다가 최병도 죽었다는 말을 듣고 김씨가 악이 나서 영문에 잡혀 갈 작정하고 경금 동네로 돌아와서 최씨의 초상 치르는 것까지 보고 있으나, 본래 피천 대푼 없는 난봉이라. 가령 영문에서 잡으러 오더라도 장차가 삼백여 리나 온 수고값도 못 얻어먹을 터이요, 돈이 있어도 줄 위인도 아니라. 또 김씨가 영문 장차에게 야단치던 일은 벌써 묵장된 일이라. 그런 고로 영문에서 잡으러 나오는 일도 없고, 제 집에 있었더라.

제 자식보다 남의 자식을 더 귀애하고 소중히 여긴다는 말은 거짓말 같으나 김씨는 자기 아들보다 옥남이를 더 귀애하고 더 소중히 여기는 터이라. 옛날 정영이가 조무(趙武)를 구하려고 그 아들을 버리더니, 김씨가 옥남이를 보호하려는 마음이 정영이가 조무를 위하는 마음만 못지아니한지라. 옥남이 있는 곳은 경금서 삼십 리라. 김씨가 옥남이를 보러 삼십 리를 문턱 드나들 듯 왕래하는데, 옥남이가 김씨를 보면 저의 아버지를 본 듯이 반가워서 쫓아나오며,

"아저씨, 아저씨!"

하고 따른다.

옥남이가 핏줄도 아니 켕기는 터에 그렇게 따르는 것은 김씨에게 귀염받는 곡절이요, 김씨가 옥남이를 그렇게 귀애하는 것은 최병도의 정분을 생각하여 그럴 뿐 아니라, 옥남의 영민한 것을 볼수록 귀애하는 마음이 깊어 간다.

율곡(栗谷)[39]은 어렸을 때부터 이치를 통한 군자라는 말이 있었고, 매월당(梅月堂)[40]은 어렸을 때부터 문장이라는 말이 있었으니, 옥남이를 그러한 명현에는 비할 수 없으나 옥남이를 보는 사람의 말은,

"일곱 살에 요렇게 영민한 아이는 고금에 다시 없지."

하면서 칭찬을 한다.

"아저씨, 나는 아저씨 보러 왔소."

하며 김씨 집 마당으로 달음박질하며 들어오는 것은 옥남이라.

"응, 거 누구냐, 네가 어찌 여기를 왔느냐?"

하며 문을 열고 내다보는 것은 김씨라.

옥남이는 앞에 서고 유모는 뒤에 서서 들어오는데, 김씨가 반가운 마음은 없던지 눈살을 찌푸리고 무슨 생각을 하는 모양이라.

(유모) "애기가 어머니 보러 온다고 어찌 몹시 조르던지 견디다 못하여 데리고 왔습니다."

39) 율곡(栗谷) : 이이(李珥)를 이름. 조선시대의 문신 · 학자(1536~1584)로, 임진왜란전에 선조에게 10만 양병설을 주장하였으며, 서경덕의 학설을 이어받아 주기론(主氣論)을 발전시켰다.

40) 매월당(梅月堂) : 김시습(金時習)의 호. 김시습은 조선시대의 학자이며, 생육신의 한 사람이다. 한국 최초의 한문소설인 '금오신화'를 지었다.

김씨가 아무 대답 없이 옥남이를 물끄러미 보다가 고개를 푹 속인다.

(옥남) "아저씨, 내가 삼십 리를 걸어왔소. 내가 장사지?"

(김정수) "어린아이가 그렇게 먼 데를 어찌 걸어왔단 말이냐? 날더러 그런 말을 하였으면 교군을 보냈지."

(옥남) "어머니를 보러 오느라고, 마음이 어찌 좋던지, 다리 아픈 줄도 몰랐소."

김씨가 무슨 말을 하려는지, 고개를 들더니 아무 소리 없이 입맛을 다신다.

(옥남) "아저씨, 아저씨 내 소원을 풀어 주오. 우리 어머니가 살아 있다는데, 내가 어머니 얼굴을 못 보니 어머니를 보고 싶어 못 살겠소. 어머니가 나를 낳고 미친 병이 들었다 하니, 내가 아니 났더면 어머니가 아니 미쳤을 터이지……."
하더니 훌쩍훌쩍 우니, 유모가 그 모양을 보고 따라 운다. 김씨의 부인이 옥남의 머리를 쓰다듬으며,

"에그, 본평 댁이 불쌍하지. 신세가 그렇게 되고 그런 몹쓸 병이 들어서……."
하더니 목이 멘 소리로 말끝을 마치지 못하고 눈물이 떨어진다. 김씨의 머리는 점점 더 수그러지더니, 염불하다가 앉아서 잠든 중의 고개같이 아주 푹 수그러졌다.

부인이 김씨를 건너다보며,

"여보 여보, 옥남이가 처음부터 그 어머니가 살아 있는 줄을 몰랐으면 좋으려니와 알고 보려 하는 것을 아니 뵈일 수 있소? 오늘 내가 데리고 가서 만나 보게 하겠소. 이애 옥남아, 너의 어머니를 잠깐 보고, 너는 도로 유모의 집으로 가서 있거라. 네가

너의 어머니를 보고 어머니 앞을 떠나기가 어려워서 너의 집에 있으려 할 터이면 내가 아니 데리고 가겠다."

김씨가 고개를 번쩍 들며,

"응, 마누라가 데리고 갔다 오시오."

그 말 한 마디에 옥남이와 유모와 김씨 부인이 눈물이 가득한 눈으로 웃음빛을 띠더라.

앞뒤에 쌍 창문 척척 닫쳐 두고 문 뒤에는 긴 널빤지를 두 이(二) 자, 석 삼(三) 자로 가로질러서 두 치 닷 푼씩이나 되는 못을 척척 박아서 말이 문이지 아주 절벽같이 만들어 놓고 안마루로 드나드는 지게문으로만 열고 닫게 남겨 둔 것은 최본평 집 안방이라. 그 방 속에는 세간 그릇 하나 없고 다만 있는 것은 귀신 같은 사람 하나뿐이라.

머리가 까치집같이 헙수룩하고 얼굴은 몇 해 전에 씻어 보았던 지 때가 켜켜이 끼었는데, 저렇게 파리하고도 목숨이 붙어 있나 싶을 만하게 뼈만 남은 위인이 혼자 앉아서 중얼거리는 사람은 본평 부인이라.

무슨 곡절로 지게문만 남겨 놓고 다른 문은 다 봉하였던고? 본평 부인이 광증이 심할 때에는 벌거벗고 문 밖으로 뛰어나가려 하기도 하고, 옥순이도 몰라보고 방망이를 들고 때리려 하기도 하는 고로, 옥중에 죄인 가두듯이 안방에 가두어 두고 수직하는 노파 이삼 인이 옥사장같이 지켜 있고, 다른 사람은 그 방에 드나들지 못하게 하는 터인데, 적적하고 캄캄한 방 속에 죄 없이 갇혀 있는 사람은 본평 부인이라. 그러한 그 방 지게문을 펄쩍 열고,

"어머니."

부르면서 들어오는 것은 옥남이요, 그 뒤에 따라 들어오는 사람은 김씨의 부인과 옥남의 유모이라. 건넌방에서 옥순이가 그것을 보고 한 걸음에 뛰어나와 안방으로 따라 들어온다. 그 때 본평 부인은 아랫목에 혼자 앉아서 베개에 식칼을 꽂아 놓고, 무엇이라고 중얼하는 소리가 그 남편 죽이던 놈의 원수 갚는다는 말이라. 옥남이가 그 어머니 모양을 보더니 울며, 그 어머니 앞으로 달려들어서 어머니를 부르며 울기만 하는데, 옥순이는 일곱 해 동안을 건넌방 구석에서 소리 없는 눈물로 자란 계집이라, 참았던 울음소리가 툭 터져 나오면서 옥남이를 얼싸안고 자지러지게 우니, 김씨의 부인과 유모가 옥남이를 왜 데리고 왔던고 싶은 마음뿐이라. 김씨의 부인이 눈물을 흘리고 본평 부인 앞으로 바싹 다가앉으며,

"여보 본평 댁, 이 아이가 본평 댁이 아들이오, 여보 여보, 정신 좀 차려서 이 아이 좀 보오. 어찌하여 저런 병이 들었단 말이오? 여보, 저 베개에 칼을 왜 꽂아 놓았소? 저런 쓸데없는 짓을 말고 어서 병이나 나아서 옥순이를 잘 가르쳐 시집이나 보내고, 옥남이를 길러서 며느리나 보고, 마음을 붙여 살 도리를 하시오. 돌아가신 서방님은 하릴없거니와 불쌍한 유복자를 남의 손에 기르기가 애닯지 아니하오? 본평 댁이 어서 본 정신이 돌아와서 옥남이를 길러 재미를 보게 하오. 에그, 그 얌전하던 본평 댁이 이렇게 될 줄 누가 알았단 말인고?"

하며 목이 메서 하던 말을 그친다. 본평 부인이 무슨 정신에 김씨의 부인을 알아보았던지 비죽비죽 울며,

"여보 회오골 댁, 이런 절통한 일이 있소? 댁 서방님이 우리 집에 오셔서 영문 장차를 다 때려 죽이려 드시는 것을 내가 발

바닥으로 뛰어나가서 말렸더니, 영문 장차놈들이 그 공을 모르고 옥순 아버지를 잡아다 죽였소그려. 내가 옥황 상제께 원정을 하였소. 옥황 상제께서 그 원정을 보시더니 내 소원을 다 풀어 주마 하십디다. 염라 대왕을 부르시더니 정 감사를 잡아다가 천 근이나 되는 무쇠 두멍을 씌워서 지옥에 집어 넣고 우리 집에 나왔던 장차들은 금사망을 씌워서 구렁이가 되게 하고 옥황 상제께서 날더러 하시는 말이 '너는 나가서 있으면 내가 인간에 죄지은 사람들을 다 살펴서 벌을 주겠다.' 하십디다. 회오골 댁, 내 말을 자세히 들어 두시오. 몇 해만 되면 세상에 변이 자꾸 날 터이요, 극성을 부리던 사람들은 꼼짝을 못 하게 되고 백성들은 제 재물을 제가 먹고 살게 될 터이오. 두고 보오, 내 말이 맞나 아니 맞나……. 옥순 아버지가 대관령에서 운명할 때에 하던 말이 낱낱이 맞을 터이오."

그렇게 실신한 말만 하다가 나중에는 그 소리 할 정신도 없이 눈을 감더니 부처님의 감중련하는 손과 같이 손가락을 짚고 가만히 앉았는데, 그 앞에는 옥순의 남매 울음소리뿐이라.

태평양 너른 물에 크고 큰 화륜선이 살 가듯 떠나는데 돛대 밖에 보이는 것은 파란 하늘뿐이요, 물 밑에 보이는 것은 또한 파란 하늘 그림자뿐이라. 해는 어디서 떠서 어디로 지는지? 배는 어디서 와서 어디로 가는지? 오던 곳을 살펴보아도 하늘에서 온 것같고, 가는 곳을 살펴보아도 하늘로 향하여 가는 것만 같다. 바람은 괴괴하고 물결은 잔잔하고 석양은 묘묘한데, 화륜선 상등실에서 갑판 위로 웬 사람 셋이 나오는데 앞에 선 것은 옥남이요, 뒤에 선 것은 옥순이요, 그 뒤에는 김씨라. 옥남이

가 갑판 위로 뛰어다니면서,

"누님 누님, 누님이 이런 좋은 구경을 마다고 집에서 떠날 때 오기 싫다 하였지? 집에 들어앉았으면 이런 구경을 하였겠소?

하면서 흥이 나서 구경을 하는데, 옥순이는 아무 경황 없이 뱃머리에서 오던 길만 바라보고 섰다. 옥순이가 수심이 첩첩하여 남에게 형언하지 못하는 한탄이라.

'어머니는 어떻게 되셨누. 내가 집에 있을 때도 어머니 병 구원하는 할미들이 어머니를 대하여 소리를 꽥꽥 지르며 움지르는 것을 보면 내 오장이 무너지는 듯하지마는, 그 할미들더러 애쓴다, 고맙다, 칭찬하는 것은 빈말이 아니라, 그렇게 되신 우리 어머니를 밤낮없이 그만치 보아 드리기도 어려운 터이라. 그러나 나도 없으면 어떻게들 할는지…….'

그런 생각을 하다가 구슬 같은 눈물이 쌍으로 뚝뚝 떨어지는데, 고개를 숙여 보니 만경 창파에 간 곳 없이 스러졌다. 근심에 근심이 이어 나고, 생각에 생각이 이어 난다.

'갈모봉이 어디로 가고, 대관령은 어디로 갔누? 아버지 돌아가실 때에 대관령을 넘는데 천하에는 산뿐이요, 이 산에 올라서면 온 천하가 다 보이는 줄 알았더니, 에그 그 산이 그 산이…….'

그렇게 생각하고 섰는데, 대관령이 옥순의 눈에 선하게 보이는 듯하다. 산은 무정물[41]이라, 옥순이가 산에 무슨 정이 들어서 간절히 생각하는고?

대관령 상상봉에는 눈 못 감고 돌아가신 아버지가 말없이 누우셨고, 대관령 밑 경금 동네에는 살아 있는 어머니가 돌아가신 아버지 신세만 못하게 되어 계시니, 그 어머니 형상은 잊을

41) 무정물(無情物) : 나무, 돌과 같이 감각이 없는 물건.

때가 없는지라. 잠들면 꿈에 보이고 잠이 깨이면 눈에 어린다. 거지를 보더라도 본 정신으로 다니는 사람을 보면, 우리 어머니는 저 신세만 못하거니 싶은 생각이 나고, 병신을 보더라도 본 정신만 가진 사람을 보면 우리 어머니가 차라리 눈이 멀었든지, 귀가 먹든지, 팔이나 다리가 병신이 되었더라도 옥남이나 알아보고 세상을 지내시면 좋으련마는 하며 한탄하는 마음이 생기는 옥순이라.

옥순이가 사람을 보는 대로 그 어머니가 남과 같지 못한 생각이 나는 것은 오히려 예사이라. 날짐승 길벌레를 보더라도 처량한 생각이 든다.

'저것은 짐승이지마는 기뻐하는 마음, 성내는 마음, 슬퍼하는 마음, 즐겨하는 마음, 사랑하는 마음, 미워하는 마음, 욕심나는 마음, 그런 마음이 다 있을 터인데, 어찌하여 우리 어머니는 사람으로 그런 마음을 잃으셨누? 아버지는 세상을 버리시고 어머니는 세상을 모르시는데, 의지 없는 우리 남매를 자식같이 사랑하고 불쌍히 여기는 사람은 회오골 사는 아저씨 내외이라. 헝겊붙이나 되어 그러하면 우리도 오히려 예사로울 터이나, 과갈 지의[42]도 없는 김가 ? 최가이라. 우리 남매가 자라서 그 은혜를 어떻게 갚을는지…… 부모 같은 은혜가 있으나 아버지라 부를 수 없는 고로 아저씨라 부르지마는, 우리 남매 마음에는 아버지같이 알고 따른 터이라. 그러나 눈치 보고 체면 차리는 것은 아무리 한들 친부모와 같을 수는 없는지라. 내 근심을 다 감추고 좋은 기색만 보이는 것이 내 도리에 옳을 터이라.'

하고 옥순이는 그런 생각을 하면서 다시 아니 울 듯이 눈물을 씩씩 씻고, 고개를 들어서 오던 길을 다시 바라보니 망망한 바

42) 과갈 지의(瓜葛之誼) : 인척 관계로 맺어진 정의.

다 위에 화륜선 연기만 비꼈더라.

옥순이가 잠시간 화륜선 갑판 위에 나와 구경할 때라도 그런 근심, 그런 생각을 하는 터이라. 고요한 밤 베개 위와 적적한 곳 혼자 있을 때는 더구나 더구나 옥순의 근심거리라.

김정수의 자는 치일이니 최병도와 지기하던 친구라. 내 몸을 가볍게 여기고 나라를 소중하게 아는 사람인데, 김씨가 천성이 그렇던 사람이 아니라 최씨에게서 천하 형세를 자세히 들어 안 이후로 어지러운 꿈 깨듯이 완고의 마음을 버리고 세상을 자세히 살펴보는 사람이요, 최씨는 김옥균[43]의 고담 준론[44]을 얻어 들은 후에, 크게 깨달은 일이 있어서 나라를 붙들고 백성을 살릴 생각이 도저하나 일개 강릉 김 서방이라. 지체가 좋지 못하면 사람 축에 들지 못하는 조선 사람 되어, 아무리 경천 위지[45]하는 재주가 있기로 어찌할 수 없는 고로 고향에 돌아가서 재물 모으기를 시작하였는데, 그 재물 모으려는 뜻은 호의 호식하고 호강하려는 뜻이 아니라, 그 재물을 모을 만치 모은 후에 유지(有志)한 사람 몇이든지 데리고 외국에 가서 공부도 시키려던 최씨는 김옥균과 같이 우리 나라 정치 개혁하기를 경영하려 하던 최병도라.

김씨가 최병도 죽은 후 백아(伯牙)[46]가 종자기(鐘子期)[47] 죽은 후에 거문고 줄을 끊듯이 세상 일을 단망[48]하고 있는 중에, 본평 부인이 그 남편의 유언을 전하는 것을 듣더니, 김씨의 눈에서 강개한 눈물이 떨어지고 최씨의 부탁을 저버릴 마음이 없었더라.

최씨가 세 가지 유언이 있었는데 하나는 세상을 원망한 말이요, 또 하나는 그 친구 김정수에게 전하여 달라는 말이요, 또 하

43) 김옥균(金玉均) : 조선 말기의 정치가(1851~1894)로, 고종 18년 일본을 다녀온 뒤 일본의 힘을 빌어 국가 제도를 개혁하려고 갑신정변을 일으켰으나 실패하였다.

44) 고담 준론(高談峻論) : 뜻이 높고 바르며 엄숙하고 날카로운 말.

45) 경천 위지(經天緯地) : 온 천하의 일을 조직적으로 잘 계획하여 다스림.

46) 백아(伯牙) : 중국 춘추 시대 거문고의 명인.

47) 종자기(鐘子期) : 중국 춘추시대의 초나라 사람으로, 당시 거문고의 명인 백아의 친구로서, 그의 거문고 소리를 잘 들어주고 이해하였다고 함. 종자기가 죽자 백아는 자기의 거문고를 이해하던 유일한 사람이 죽었다고 한탄하여 이에 거문고를 타지 않았다고 함.

48) 단망(斷望) : 희망을 끊어 버림.

나는 그 부인에게 부탁한 말이라.

세상을 원망한 말은 최병도가 마지막 세상을 버리는 사람이 되어 말을 가리지 아니하고 함부로 한 터이라 인구 전파[49]하기가 어려운 마디가 많이 있었는데, 누가 듣든지 최씨와 김씨의 교분을 부러워하고 칭찬한다. 김씨에게 전하라는 말도 또한 세상에 관계되는 일이 많은 고로, 그 말을 얻어 들은 사람들이 수근수근하고 쉬이쉬이하다가, 그 말은 필경 경금 동네서 스러지고 세상에 전하지 아니하였고, 다만 그 부인에게 부탁한 말만 전하였더라.

(최씨 유언) " 나는 천 석 추수를 하는 사람이요, 치일이는 조석을 굶는 사람이라. 내가 죽은 후에 내 재물을 치일이와 같이 먹고 살게 하고, 내 세간을 늘이든지 줄이든지 치일의 지휘대로만 하고, 또 마누라가 산월이 머지 아니하니 자녀간에 무엇을 낳든지 자식 부탁을 치일이에게 하여라."
하면서 마지막 눈물을 떨어뜨리고 운명을 하였는지라.

본평 부인이 실진하기 전부터 김씨가 최씨의 집 일을 제 집 일보다 십 배 백 배를 힘써서 보던 터인데, 본평 부인이 실진할 때는 옥순이가 불과 여덟 살이라. 최씨의 집 일이 더욱 망창하게 된고로, 김씨가 최씨의 집 논문서까지 자기의 집에 옮겨다 두고 최씨 집에서 쓰는 시량 범절[50]까지라도 김씨가 차하하는 터이라. 형세가 늘면 어찌 그렇게 쉬 늘던지 최병도 죽은 지 일곱 해 만에 최병도 집 형세는 삼사 배가 더 늘었더라.

최씨는 죽고 그 부인은 그런 병이 들었으니 화패[51]가 연첩한 집에 패가하기가 쉬울 터인데 형세가 그렇게 는 것은 이상한 일이나, 김씨가 최씨 집 재물을 가지고 세간살이하는 것을 보

49) 인구 전파(因口傳播) : 여러 입을 거쳐 말이 퍼짐.

50) 시량 범절(柴糧凡節) : 땔나무와 먹을 양식 및 모든 행사.

51) 화패(禍敗) : 재화와 실패.

면 그 세간이 늘 수밖에 없는지라. 가령 천 석 추수를 하면, 백 석쯤 가지고 최씨와 김씨 두 집에서 먹고 살아도 남는 터이라, 구백 석은 팔아서 논을 사니 연년(年年)이 추수가 늘기 시작하여 그 형세가 불일어나듯 하였는데, 옥남이 일곱 살 되던 해에 그 어머니를 만나 본 후로 옥순의 남매가 밤낮 울기만 하고 서로 떨어져 있지 아니하려는 고로, 김씨가 최병도 생전에 모은 재산만 남겨 두고, 김씨의 손으로 늘인 전장(田莊)은 다 팔아서 그 돈으로 옥남의 남매를 미국에 유학시키러 가는 길이라. 화성돈[52]에 데리고 가서 번화하고 경치 좋은 곳은 대강 구경시킨 후에 옥순의 남매 공부할 배치를 다 하여 주었는데, 옥남이는 어린아이라 좋은 구경에 정신이 팔려서 집 생각을 아니하나, 옥순이는 꽃을 보아도 눈물을 머금고 보고, 달을 보아도 눈물을 머금고 보고, 박물관 · 동물원같이 번화한 구경을 할 때에도 경황없이 다니면서 고국 생각만 한다.

김씨가 고향을 떠나서 오래 있기가 어려운 사정이나 기간사(其間事)[53]는 전혀 생각지 아니하고 옥순의 남매를 공부 성취시킬 마음과 자기도 연부 역강[54]한 터이라, 아무쪼록 지식을 늘릴 도리에 힘을 쓰고 있는지라. 그렇게 다섯 해를 있는데, 물가 비싼 화성돈에서 세 사람의 학비가 적지 아니한지라. 또 옥순의 남매를 아무쪼록 고생 아니 되도록 할 작정으로 의외에 돈이 너무 많이 쓰인 고로 십여 년 예산이 불과 다섯 해에 돈이 거진 다 쓰이고 몇 달 후면 학비가 떨어질 모양이라.

본래 김씨가 경금서 떠날 때에 또 최씨 집 추수하는 것을 연년이 작전하여 늘리도록 그 아들에게 지휘하고 온 일이 있는데, 김씨가 떠날 때에는 그 아들이 나이 스물한 살이라. 그 후에

52) 화성돈(華盛頓) : 워싱톤.

53) 기간사(其間事) : 어느 때의 일.

54) 연부역강(年富力强) : 나이가 젊고 힘이 셈.

다섯 해가 되었으니 그 때 나인 이십육 세라. 김씨 생각에 내가 집에 있어서 그 일을 본 해만은 못하더라도 그 후에 우리 나라의 곡가가 점점 고등하였으니 내 지휘대로만 하였으면 돈이 많이 모였을 듯하여, 김씨가 학비를 구처할 마음으로 고국에 돌아오는 데 왕환 동안은 속하면 반 년이요, 더디더라도 팔구 삭에 지나지 아니한다 하고, 옥순의 남매를 작별하였더라.

김씨가 고국에 돌아와서 본즉 최씨 집에는 전과 같은 일도 있고 전만 못한 일도 있다.

본평 부인의 실진한 병은 전과 같아 살아 있을 뿐이요, 그 집에 재물은 바싹 졸아서 전만 못하게 되었더라. 김씨가 다시 자기 집을 자세히 살펴보니 뜻밖에 전보다 다른 것이 두 가지라. 한 가지는 그 아들의 난봉이 늘고 또 한 가지는 그 아들의 거짓말이 썩 대단히 늘었더라.

부모가 믿기를 태산같이 믿고 일가 친척이 칭찬하고 동네 사람이 우러러보던 그 아들이 그다지 그렇게 될 줄은 꿈 밖이라. 제 마음으로 그렇게 되었던가, 남의 꾀임에 빠져서 그렇게 되었던가? 제 마음이 글러서 그렇게 된 것도 아니요, 남이 꾀어서 그렇게 된 것도 아니라. 그러면 어찌하여 그렇게 되었던가? 그 때는 갑오(甲午) 이후라, 관제가 변하여 각 읍의 원은 군수가 되고, 팔도는 십삼 도 관찰부가 된 때라. 어떤 부처님 같은 강릉 군수가 내려왔는데 뒷줄이 튼튼치 못한 고로, 백성의 돈을 펼쳐 놓고 빼앗아 먹지는 못하나, 소문 없이 긁어먹는 재주는 신통한 사람이라. 경금 사는 김정수의 아들이 남의 돈이라도 수중에 돈 천, 돈 만이나 좋이 가지고 있다는 소문을 듣고 존문[55]을 하여 불러들여 치켜세우고, 올려 세우고, 대접을 썩 잘 하면

55) 존문(存問) : 안부를 물음.

서 돈 몇 천 냥만 꾸어 달라 하니, 김 소년의 생각이 그 시행을 아니하면 하늘 모르는 벼락을 맞을 듯하여 겁이 나서 강릉 원에게 돈 몇 천 냥을 소문 없이 주고, 벙어리 냉가슴 앓듯 하고 있는 중에 강릉 군수보다 존장 할아비 치게 세력있는 관찰사가 불러다가 웃으며 뺨 치듯이 면새 좋게 빼앗아 먹는 통에 김 소년이 최씨 집 추수 작전한 돈을 제 것같이 다 써 없애고 혼자 심려가 되어 별 궁리를 다 하다가, 허욕이 버썩 나서 그 모친이 맡아 가지고 있는 최씨 집 논문서를 꺼내다가 빚을 몇만 냥을 얻어 가지고 울진으로 장사하러 내려가서 한 번 장사에 두 손 툭툭 떨고 돌아왔더라.

처음에 장사 나설 때는 이번 장사에 곤수[56]와 관찰사에게 취하여 준 돈을 어렵지 아니하게 벌충이 되리라 싶은 마음뿐이러니, 울진가서 어살[57]을 하다가 생선 비린내만 맡고 돈은 물 속에 다 풀어 넣고 장사라 하면 진저리치게 되었는데, 그렇게 낭패 본 것을 그 부친에게 알리지 아니하고 편지할 때마다 거짓말만 하였더라.

본래 착실하던 사람이 거짓말하기 시작하면 엉터리 없는 거짓말이 그렇게 잘 늘던지, 김 소년이 저의 부친에게만 그렇게 거짓말하는 것이 아니라 남에게까지 거짓말을 하고 빚을 상투고가 넘도록 졌는데, 최씨 집 재산을 결딴내 놓고 사람을 속여 먹으려고 눈이 뒤집혀 다니는 모양이라.

김정수가 기가 막혀서 말이 아니 나오는데, 아들이 난봉된 것은 오히려 둘째가 되고, 옥남의 남매가 몇 만 리 밖에서 굶어 죽게 된 일을 생각하면 잠이 아니 온다. 옥남의 남매를 데려올 작정으로 노자를 판출[58]하려는데, 본래 김씨는 가난하던 사람

56) 곤수 : 병사 또는 수사를 예스럽게 부르는 말. 변경으로 나가는 장군을 이름.

57) 어살 : 물고기를 잡기 위하여 물 속에 둘러 꽂은 나무울.

58) 판출(辦出) : 어떤 일을 위하여 돈이나 물건을 변통하여 마련하여 냄.

으로 최씨의 재물을 맛본 후에 남에게 신용이 생겼더니 최씨 집 재물이 없어진 후에 그 신용이 떨어질 뿐 아니라, 그 아들이 난봉 패호한 후에 동네 사람의 물의가, 김치일의 부자(父子)는 최씨 집을 망하려는 사람이라고 소문이 떡벌어졌는데, 누구더러 돈 한 푼 꾸어 달라 할 수도 없이 되고, 선불리 그런 말을 하면 남에게 욕만 더 얻어먹을 모양이라.

김씨가 며칠 밤을 잠을 못 자고 헛 경륜[59]만 하다가 화가 어찌 몹시 나던지 조석 밥은 본 체도 아니하고 날마다 먹으니 술뿐이라, 술이 깨면 별 걱정이 다 생기다가 술을 잔뜩 먹고 혼몽천지가 되면 아무 걱정 없이 팔자 좋게 세월을 보내는 터이라.

김씨가 집에 돌아온 지 몇 달 동안에 술 취하지 아니하는 날이 한 달 삼십 일 동안에 몇 시가 못 되더니 필경에는 그 몇 시간 동안에 정신 있던 것도 없어지고 세상을 아주 모르게 되었다.

술을 먹어 정신을 모르는 것이 아니요, 병이 들어 정신을 모르는 것도 아니라, 긴 잠이 길게 들어서 이 세상을 모르게 되었더라.

그 전날까지도 고래 물켜듯이 술을 먹던 터이요, 아무 병 없이 사지 백체[60]가 무양[61]하던 터이라, 병 없이 죽었으나 죽는 것이 병이라. 김씨가 죽던 전날 그 부인과 아들을 불러 앉히고 옥순의 남매를 데려올 말을 하는데 순리의 말은 별로 없고 억지 말만 있었더라.

몇 푼짜리 되지도 아니하는 집을 팔면 옥순의 남매를 데려올 듯이, 집도 팔고 식구마다 남의 종으로 팔려서 그 돈으로 옥순 남매를 데려오겠다 하면서 코를 칵칵 지지르는 독한 소주를 말

59) 경륜(經綸) : 큰 포부 아래 어떤 일을 조직적으로 계획함.

60) 사지 백체(四肢百體) : 온 몸.

61) 무양(無恙) : 몸에 탈이나 병이 없음.

물켜듯 하는데, 그 때가 여름 삼복중이라 하루 종일 소주만 먹더니 날이 어슬하게 저물 때에 앞뒷문을 활짝 열어 놓고 자다가 몸에 불이 일어날 듯이 번열증이 나서 냉수를 찾는데 미처 대답할 새가 없이 재촉하여 냉수를 떠 오라 하더니 냉수 한 사발을 한숨에 다 먹고 콧구멍에 새파란 불이 나면서 당장에 죽었더라.

김씨는 옛 사람이 되었으나 지금 이 세상에 밤낮으로 기다리고 있는 사람은 옥순이와 옥남이라. 김씨 집에서 김씨가 죽었다고 옥순에게로 즉시 전보나 하였으면 단념하고 기다리지 아니할 터이나, 김씨 아들이 시골서 생장한 사람이라, 전보할 생각도 아니하고 있는 고로 김씨가 죽은 지 오륙 삭이 되도록 옥순이는 전연 모르고 있었더라. 옥순의 남매가 학비가 떨어져서 사고 무친[62] 한 만리 타국에서 굶어 죽을 지경이라. 편지를 몇 번 부쳤으나 답장 한 장이 없더니, 하루는 옥남이가 펄펄 뛰며,

(옥남) "누님 누님, 조선서 편지 왔소. 어서 좀 뜯어 보오."

하면서 옥순의 앞에 놓는데, 옥순이가 어찌 반갑고 좋던지 겉봉에 쓴 것도 자세 보지 아니하고 뚝 떼어 보니 편지한 사람은 김씨의 아들이요, 편지 사연은 김씨가 죽었다는 통부라.

그 때 옥순이는 열아홉 살이요, 옥남이는 열두 살이라. 부모같이 알던 김씨의 통부를 듣고 효자 · 효녀가 상제된 것과 같이 설워하다가 그 설움은 잠깐이어니와 돈 한 푼 없는 옥남의 남매가 제 설움이 생긴다.

정신병이 들어서 아무것도 모르는 그 어머니를 살아 있을 때에 한 번 다시 만나 볼까 하였더니, 그 어머니 죽기 전에 옥순의 남매가 먼저 죽을 지경이라. 옥순이가 옥남이를 붙들고 울며,

62) 사고 무친(四顧無親) : 의지할 만한 사람이 전혀 없음.

"이애 옥남아, 세상에 우리 남매같이 기박한 팔자가 또 어디 있단 말이냐! 돌아가신 아버지 일을 생각하든지, 살아 계신 어머니 일을 생각하든지, 우리 남매는 일평생에 한(恨) 덩어리로 자라나서, 아버지 산소에 한 번도 못 가 보고 어머니 얼굴을 한 번 다시 못 보고 여기서 죽는단 말이냐? 어머니 생전에 우리가 먼저 죽으면 불효가 막심하나 그러나 만리 타국에 와서 먹을 것 없이 어찌 산단 말이냐?"
하면서 울다가, 옥순의 남매가 자결하여 죽을 작정으로 나섰더라.

옥순의 남매는 본래 총명한 아이인데, 김씨가 어찌 잘 인도하였든지, 어린아이들의 마음일지라도 아무쪼록 남보다 공부를 잘하여 고국에 돌아간 후에 나라에 유익한 백성이 될 마음이 골똘하여 일심 정력으로 공부를 하였는데, 옥순이는 옥남이보다 일곱 살이나 더하나, 고국에 있을 때에 아무 공부 없기는 일반이라. 미국 가서 심상 소학교에도 같이 들어갔고 심상과 졸업도 같이 하고, 그 때 고등 소학교 일 년생으로 있는데, 공부 정도는 같으나 열두 살 된 아이와 열아홉 살 된 아이의 지각 범절은 현연히 다른지라. 그 아버지를 생각하기도 옥순이가 더 하고, 그 어머니 정경를 생각하는 것도 옥순이가 더 하는 터인데, 더구나 옥순이는 여자의 성정이라 어린 동생을 데리고 죽으려 할 때에 그 서러워하는 마음은 옥순이더러 말하라 하더라도 형용하여 다 말하지 못할지라.

기숙하던 호텔은 다섯 해 동안에 주객지의[63]가 있었는데, 김씨가 옥순의 남매를 데리고 돈을 흔히 쓰고 있을 때는 그 호텔 주인은 형제같이 친하게 지내고 보이들은 수족같이 말을 잘 듣

63) 주객지의(主客之宜) : 주인과 손님 사이의 정의.

더니, 학비가 떨어지고 호텔 주인에게 요리값을 못 주게 된 후에는 형제 같던 주인이나, 수족 같던 보이나 별안간에 변하기로 그렇게 대단히 변하던지, 돈 없이는 하루라도 그 집에 있을 수가 없는 터이라. 그러나 호텔에서 두어 달 동안이나 외자로 먹고 있기는, 주인의 생각에 옥순의 집에서 돈을 정녕 보내 주려니 여기고 있는 고로, 옥순의 남매가 그 날 그 때까지 그 집에 있던 터이라.

대체 옥순의 남매가 그렇게 두어 달을 지낸 끝이라, 십 리만 가려 하더라도 전차 탈 돈도 없고, 다만 있는 것은 옥순의 몸의 금시계 하나와 금반지 하나뿐이라. 옥순의 남매가 그 호텔 주인에게 어디로 간다는 말도 없이 가만히 나섰는데, 그 길은 죽으로 가는 길이라.

지는 해는 서천에 걸렸는데 내왕하는 행인은 각 사회에서 일 마치고 돌아가는 사람들이라. 옥순의 남매가 해지기를 기다려서 기차 철로로 향하여 가는데, 사람의 자취 드문 곳으로만 찾아간다. 땅은 검을락 말락하고 열 간 동안에 사람은 보일락 말락한데, 옥순의 남매가 철도 옆 언덕 위에서 철도를 내려다보며 기차 지나가기를 기다린다. 옥순이가 옥남의 손목을 붙들고 울며,

"이애 옥남아, 너는 남자이라, 이렇게 죽지 말고 살다가 남의 보이 노릇이라도 하고 하루 몇 시간이든지 공부를 착실히 한 후에 우리 나라에 돌아가서, 병든 어머니나 다시 뵙고 어머니 생전에 봉양이나 착실히 할 도리를 하여 보아라. 나는 여자이라 살아 있더라도 우리 최가의 집에 쓸데없는 인생이니, 죽으나 사나 소중한 것 없는 사람이나, 너는 아무쪼록 살았다가 조

상의 뫼나 묵지 말게 하여라."

(옥남) "여보 누님, 우리 나라 이천만 생면의 성쇠가 달린 나라가 결딴나게 된 생각은 아니하고, 최가의 집 하나 망하는 것만 그리 대단히 아오? 내가 살았다가 우리 나라 일이나 잘하여 볼도리가 있으면 보이 노릇은 고사하고 개 노릇이라도 하겠소마는, 최씨의 뫼가 묵는 것은 꿈 같소."

(옥남) "오냐, 기특한 말이다. 네 마음이 그러할수록 죽지 말고 살았다가 나라를 붙들 도리를 하여 보아라."

(옥남) "여보 누님, 그 말 마오 · 사람이 죽을 마음을 먹을 때에, 오죽 답답하여 죽으려 하겠소? 김옥균은 동양의 영웅이라 하는 사람이 우리 나라 정치를 개혁하려다가 역적 감태기만 뒤집어 쓰고 죽었는데, 나 같은 위인이야 무슨 국량[64]이 있어서 나라를 붙들어 볼 수 있소? 미국 와서 먹을 것 없어서 고생되는 김에 진작 죽는 것이 편하지 누님이나 고생을 참고 남의 집에 가서 심부름이나 하고 밥이나 얻어먹고 살아 보오."

그 말이 맺지 못하여 기차 하나이 풍우같이 몰려들어오는데, 옥남이가 언덕위에 도사리고 섰다가 눈을 딱 감고 철로로 내려뛰니, 옥순이가 따라서 철도에 떨어지는데, 웬 사람이 언덕 아래서 소리를 지르고 쫓아오나, 그 사람이 언덕에 올라올 동안에 살같이 빠른 기차는 벌써 그 언덕 앞을 지나간다. 그 후 이틀 만에 화성돈 어느 신문에,

"조선 학생 결사 미수

재작일[65] 오후 칠 시에 조선 학생 최옥남 연 십삼(年十三), 여학생 최옥순 연 십구(年十九), 학비가 떨어짐을 고민히 여겨서, 철도에 떨어져서 죽으려다가 순사 캘라베루 씨의 구한 바가 되

64) 국량(局量) : 사람을 포용하는 도량과 일을 처리하는 능력.

65) 재작일(再昨日) : 그저께.

었다. 그 학생이 언덕 위에서 수작할 때에, 순사가 그 동정을 수상하게 여겨서 가만히 언덕 밑에 가서 들으나 말을 알아듣지 못하는 고로, 먼저 동정을 살피던 차에, 그 학생이 기차 지나가는 걸 보고 철도에 떨어졌는지라. 순사가 급히 쫓아가 보니 원래 그 언덕은 불과 반 길쯤 되고 철로를 쌍선이라 언덕 및 선로는 북행차의 선로요, 그 다음 선로는 남행차의 선로인데 그 학생이 남행차 지나가는 것을 보고, 그 차가 언덕 밑 선로로 가는 줄만 알고 떨어졌다가 순사에게 구한 바가 되었다더라."

그러한 신문이 돌아다니는데, 그 신문 잡보를 유심히 보고 그 정경을 불쌍히 여기는 사람이 있다. 그 사람의 이름은 씨엑기 아니쓰인데, 하나님을 아버지 삼고 세계 인종을 형제같이 사랑하고 야소교를 진심으로 믿는 사람이라. 신문을 보다가 옥순의 남매에게 자선심이 나서 그 길로 옥순의 남매를 찾아 데려다가 몇 해든지 공부할 동안에 학비를 대어 주마 하니, 그 때 옥순이와 옥남의 마음은 공부할 생각보다 고국에나 돌아가도록 하여 주었으면 좋겠다 싶은 마음이 있으나, 씨엑기 아니쓰는 공부를 주장하여 말하는 고로, 옥순의 남매가 고국에 가고 싶다는 말은 차마 하지 못하고 미국에서 다시 공부를 한다.

본래 옥순이와 옥남이가 김씨 살았을 때 학과서(學科書)는 학교에 다니며 배웠으나, 마음 공부는 전혀 김씨의 교육을 받은 사람이라. 성은 각 성이나 김씨가 옥순의 남매에게는 부형 같은 사람이라, 옥순의 남매가 김씨의 교육 받은 것을 가정 교육이라 하여도 가한 말이라. 그 마음 교육이라 하는 것은 어떠한 마음인고?

본래 최병도와 김정수는 국가 사상이 머리에 가득 찬 사람이

라. 만일 최씨가 좀 오래 살았더면, 김씨와 같이 나라 일에 죽었을 사람이라. 그러나 최씨가 죽은 후에 외손뻑이 울기 어려운지라, 김씨가 강릉 구석 산 두메골에서 제 재물이라고는 돈 한 푼 없이 지내면서 꼼짝할 수도 없는 중에 저버릴 수 없는 최씨의 유언으로 최씨의 집을 보아 주느라고 헤어나지를 못한 고로, 세상에서 김씨의 유지(有志)한 줄을 몰랐더라. 그러한 위인으로 일평생에 뜻을 얻지 못하여 말이 나오면 불평한 말뿐인데 그 불평한 말인즉, 국가를 위하는 말이라. 옥순이와 옥남이가 자라나는 새 정신에 날마다 듣느니 국가를 위하는 말뿐인 고로, 옥순이와 옥남이는 나라이라하는 말이 뇌에 박히고 정신에 젖었더라.

그 후에는 다시 씨엑기 아니쓰의 교육을 받더니 마음이 한층 더 널러지고, 목적 범위가 한층 더 커져서, 천하를 한 집같이 알고 사해(四海)를 형제[66]같이 여겨서, 몸은 덕의상에 두고 마음은 인애적으로 가져서 구구한 생각이 없고 활발한 마음이 생기더니, 학문에 낙을 붙여서 고향 생각을 잊어버린다. 그러나 그것은 옥남의 마음이 그러하단 말이요, 옥순의 일은 아니라. 옥순이는 여자의 편성으로 처음에 먹었던 마음이 조금도 변치 아니하였는데, 그 처음에 먹었던 마음은 무슨 마음이고? 고국을 바라보고 오장이 살살 녹는 듯한 근심하는 마음이라.

아버지가 강원 감영에 잡혀 가던 모양도 눈에 선하고, 어머니가 나를 붙들고 기가 막혀 울던 모양도 눈에 선하고, 아버지가 대관령 위에서 운명하던 모양도 눈에 선하고, 어머니가 옥남이를 낳고 실진하던 모양도 눈에 선하고, 김씨 부인이 옥남이를 데리고 왔을 때에 어머니가 그 옥남이를 몰라보고, 베개

66) 사해형제(四海兄弟) : [논어의 안현편에 나오는 말로, 사해 안에 있는 사람은 모두 형제라고 한 데서] 세상이 다 형제와 같다는 뜻으로 친밀히 이르는 말.

에 식칼을 꽂아 놓고 강원 감사의 이름을 부르면서 원수 갚는다 하던 모양도 눈에 선하다.

그렇게 하는 근심이 끊어지다가 이어 나고, 스러지다가 생겨난다. 바라보는 것은 고국 산천이요, 생각하는 것은 그 어머니라. 공부도 그만두고 하루바삐 고국에 가고 싶으나 씨엑기 아니쓰에게 이런 발설을 하기 어려운 터이라. 근심으로 날을 보내고 근심으로 해를 보내는데, 그렇게 보내는 세월 가운데 옥순의 남매가 고등 소학교를 마치고 졸업장을 타 가지고 와서 졸업장을 펴 놓고 마주 앉아서 옥순이가 옥남이를 돌아다보며,

"이애 옥남아, 사람이 무엇을 위하여 공부를 하느냐? 우리가 외국에 와서 오래 공부만 하고 있을 수도 없는 정세가 아니냐? 어머니가 본마음을 가지고 계시더라도 자식 된 도리에 여러 해를 슬하에 떠나 있으면 어머니 보고 싶은 마음이 간절할 터인데, 하물며 우리 어머니는 남다른 병환이 들어서 생활의 낙을 모르고 살아 계시니, 우리가 공부는 그만 하고 고국에 돌아가서 어머니 생전에 병구완이나 하여 드리자. 너는 어머니를 떠나서 유모의 집에서 일곱 살이 되도록 어머니 얼굴도 모르다가 일곱 살 되던 해에 어머니를 처음 뵈옵고 그 후에 즉시 미국에 와서 있으니 어머니 정경을 다 모르는 터이라, 이애 옥남아."

부르다가 목이 메어서 말을 못하고 흑흑 느낀, 옥남이가 마주 우는데 눈물이 비 오듯 한다. 옥순이가 한참 진정하고 다시 말 시작하는데, 옥순이는 하던 말을 다 마칠 마음으로 느끼던 소리와 솟아나던 눈물을 억지로 참고 말을 하나 옥남이는 의구히 낙루한다.

(옥순) "이애 옥남아. 자세히 들어 보아라. 사람이 귀로 듣는

일과 눈으로 보는 일이 다르니라. 너는 우리 집 일을 귀로 들어 알았거니와 나는 내 눈으로 낱낱이 보고 아는 일이라. 아버지께서 그렇게 원통히 돌아가시고, 어머니께서는 그 원통한 일로 인연하여 그런 몹쓸 병환 중에 지내시던 일은 원통히 돌아가신 아버지보다 몇 갑절이나 불쌍하신 신세이라. 이애 옥남아, 이야기 하나 들어 보아라. 어머니 병 드시던 이듬해에 우리 집에 조그만한 강아지가 있었는데, 그 강아지가 어디서 북어 대강이 하나를 물고 오더니 납죽이 엎드려서 앞발로 북어 대강이를 누르고 한참 재미있게 뜯어 먹는데, 웬 청삽사리 개 한 마리가 오더니 강아지를 노려보며 드뭇드뭇한 하얀 이빠리가 엉크렇게 드러나도록 아가리를 벌리고 응응 소리를 하다가 와락 달려들어 강아지를 물어 박지르고 북어 대강이를 빼앗아 가니 누가 보든지 그 큰 개가 밉살스럽기는 하지마는, 우리 어머니는 남다른 한을 품고 남다른 병이 들어서 무엇이 무엇인지 모르고 지내는 터에, 개가 강아지를 물어 박지르는 것을 보고 별안간에 실진하셨던 병증세가 더 복발이 되어서 하시는 말이, '저놈이 강원 감사로구나! 남을 물어 박지르고 먹을 것을 빼앗아 가니, 그래 만만한 놈은 먹고 살지도 말란 말이냐? 이 몹쓸 놈아, 네가 강원 감사로 있어서 백성을 다 죽여 내더니 강아지까지 못살게 구느냐? 이놈, 나도 네게 원수척을 지은 사람이라, 내가 오늘 네 원수를 갚겠다.' 하시더니 소리를 버럭버럭 지르면서 개를 쫓아가시는데 그 때는 깊은 겨울이라, 어머니 가신 곳을 알지 못하여 온 집안 사람들이 있는 대로 다 나서서 어머니를 찾으러 다니느라고 하룻밤을 세웠다. 그러하던 그 어머니를 우리가 이렇게 떠나서 있는 것이 자식 된 도리가 아니라. 이애, 별 생각 말고 씨엑기 씨에게 좋게 말하고 고국으로 돌아갈 도리를 하자. 이애 옥남아, 나는 몸이 여기 있으나, 내 눈에는 어머니가 실진하여 하시던 모양만 눈에 선하다."
하면서 다시 느껴 운다.

옥남이가 한참 동안을 앉아 울다가 주먹으로 테이블 바닥이 쪼개지도록 내리치더니, 양복 포켓 속에서 착착 접은 하얀 수건을 내서 눈물을 썩썩 훔치고, 눈방울을 두리두리하게 굴리고 이를 악물고 앉았더니 다시 기운을 내어서 천연히 말한다.

"여보 누님, 누님이 문명한 나라에 와서 문명한 신학문을 배웠으니 문명한 생각으로 문명한 사업을 하지 아니하면 못씁니다. 누님, 누님이 내 말을 좀 자세히 들어 보시오. 사람이 부모에게 효성을 하려면 부모 앞에서 부모 봉양만 하고 들어앉았는 것이 효성이 아니라, 부모의 은혜를 받은 이 몸이 나라의 국민의 의무를 지키고 국민의 직분을 다 하는 것이 부모에게 효성이라. 우리 나라에는 세도 재상이니, 별입이니, 땅별입시니, 무엇이니, 무엇이니 하는 사람들이 성인 같으신 임금의 총명을 옹폐하고 국권을 농락하여 나라는 망하든지 흥하든지 제 욕(欲)만 채우고 제 살만 찌우려고 백성을 다 죽여 내는 통에, 우리 아버지가 그렇게 몹시 돌아가시고, 우리 어머니도 그 일을 인연하여 그런 몹쓸 병환이 들으셨으니 그 원인을 생각하면 나라의 정치가 그른 곡절이라. 여보, 우리 나라에서 원통한 일 당한 사람이 우리뿐 아니라, 드러나게 당한 사람도 몇 천 몇 만 명이요, 무형상으로 죽어나고 녹아나서 삼천리 강산에 처량한 빛을 띠고, 이천만 인민이 도탄에 들어서 나라는 쌓아 놓은 닭의 알[67]같이 위태하고, 인종은 봄바람에 눈 녹듯 스러져 없어지는

67) 쌓아놓은 닭의 알 : 누란지위(累卵之危)를 풀어서 한 말임. 새알을 쌓아 놓은 것처럼 아슬아슬한 위험.

때라. 이 나라를 붙들고 이 백성을 살리려 하면 정치를 개혁하는 데 있는 것이니, 우리는 아무쪼록 공부를 많이 하고 지식을 넓혀서 아무 때든지 개혁당이 되어서 나라의 사업을 하는 것이 부모에게 효성하는 것이오. 여보 누님, 우리가 지금 고국에 돌아가서 어머니를 모시고 있더라도 어머니 병환이 나으실 리도 없고, 아버지 산소에 가도 아버지가 살아 오실 리가 없으니, 아무리 우리집에 박절한 사정이 있더라도 그 박절한 사정을 돌아보지 말고 국민 동포에게 공익(公益)을 위하여 공부를 더 하고 있읍시다. 우리 나라의 일만 잘 되면 눈을 못 감고 돌아가신 아버지께서 지하에서 눈을 감을 것이요, 철천지 한을 품고 실진까지 되셨던 어머니께서도 한이 풀리시면 병환이 나으실는지도 모를 일이니, 어머니를 위할 생각을 그만 하고 나라 위할 도리를 하시오. 누님이 만일 그런 생각이 작고 하루바삐 고국엘 돌아가서 어머니나 뵙고 누님이 시집이나 가서 편히 잘 살려는 생각이 간절하거든 오늘일지라도 떠나가시오. 노잣돈은 아무 때든지 씨엑기 씨에게 신세지기는 일반이니, 내가 말하여 얻어드리리다."

옥순이가 그 말을 듣고 가만히 앉아 생각을 하더니 옥남의 말을 옳게 여겨 근심을 참고 공부에 착심하여 해외 풍상에 몇 해를 더 지냈더니, 옥순이는 사범학교까지 졸업한 후에 근심을 잊어버리기 위하여 음악학교에서 공부하고, 옥남이는 중학교를 마친 후에 경제학을 공부하면서 한편으로 사회 철학을 깊이 연구하더라. 백면서생[68]의 책상머리는 반딧불 창과, 눈 쌓인 밤에 어느 때든지 맑고 고요치 아니한 때가 없지마는, 세계 풍운은 날로 변하는 때라. 더구나 우리 나라에서는 세상이 어찌 되

68) 백면서생(白面書生) : 글만 읽고 세상 일에는 조금도 경험이 없는 사람.

어 가는지 모르고 괴상 극악한 짓만 하다가, 세계 풍운이 변하는 서슬에 정신이 번쩍번쩍 나는 판이라. 일로(日露) 전쟁 이후로 옥남이가 신문만 정신 들여 날마다 보는데 신문을 볼 때만다 속만 터진다. 어찌하여 그렇게 속이 터지는고?

옥남의 마음에 우리 나라 일은 놀부의 박 타듯이 박은 타는데 경만 치게 된 판이라고 생각한다. 박을 타는 것 같다 하는 말은 웬말인고? 옛날 놀부의 마음이 동포 형제는 다 빌어 먹게 되더라도 남의 것을 빼앗아서 내 재물만 삼으면 좋은 줄로 알던 사람이라. 일평생에 악한 기운이 두리두리 뭉쳐서 바람 풍자 세 가지 쓰인 박씨 하나가 되었더라. 그 바람 풍자 풀기를 올풍 · 졸풍 · 망풍이라 하였으나, 옥남이 같은 신학문 있는 사람의 마음에는 그 바람 풍자가 북풍이 아니면 서풍이요, 서풍이 아니면 남풍이라. 대체에는 바람에 경을 치든지 큰 바람이 불고 말리라 싶은 생각이나, 그러나 바람 불기 전에는 어느 바람이 불는지 모르는 것이요, 박을 타기 전에는 무엇이 나올지 모르는 터이라.

대체 그 박씨가 어느 바람에 불려 온 것인고? 한식 동풍에 어류가 비꼈는데, 왕사 당전에 날아드는 제비들이 공량에 높이 앉아 남남히 지저귀고 강남 소식을 전하면서 박씨를 떨어뜨린다.

주인이 그 박씨를 주워다가 심었는데 주인이 거름을 어찌 잘하였던지 넝쿨마다 마디지고, 마디마다 꽃이 피고, 꽃마다 열매 맺어, 낱낱이 잘 굳으니 그 박이 박복한 박이라. 팔월단호(八月斷瓠) 팔월에 박을 따서 놀부가 그 박을 타는데, 톱질은 하여도 합질할 생각으로 박을 타더라.

한 통을 타면 초상 상제(初喪喪制)[69]가 나오고, 또 한 통을 타면 장비(張飛)가 나오고, 또 한 통을 타면 상전이 나오니, 나머지 박은 겁이 나서 감히 탈 생의를 못 하나 기왕에 열려서 굳은 박이라, 놀부가 타지 아니하더라도 제가 저절로 터지더라도 박 속에 든 물건은 다 나오고 말 모양이라. 놀부가 필경 패가하고 신세까지 망쳤는데, 도덕 있고 우애 있는 흥부의 덕으로 집을 보전한 일이 있었더라. 그러한 말은 허무한 옛말이라. 지금 같은 문명한 세상에 물리학으로 볼진대 박 속에서 장비가 나오고 상전도 나올 이치가 없으니, 옥남이가 그 말을 참말로 믿는 것이 아니라. 그러나 옥남의 마음에 옛날 우리 나라에 이학 박사가 있어서 우리 나라 개국 오백 년 전후사를 추측하고 비유하여 지은 말인가 보다, 그렇게 생각하여 의심나고 두려운 마음이 주야 잊지 못하는 것이 옥남의 일편 충심이라.

옥남의 마음에 우리 나라에는 놀부의 천지라 세도 재상도 놀부의 심장이요, 각 도 관찰사도 놀부의 심장이요, 각 읍 수령도 놀부의 심장이라. 하루바삐 개혁당이 나서서 일반 정치를 개혁하는 때에는 저 허다한 놀부 떼가 일시에 박을 타고 들어앉았으려니 생각한다.

옥남이가 날마다 때마다 우리 나라에 개혁되기만 기다리는데, 그 기다리는 것은 놀부 떼를 미워서 개혁되기를 기다리는 것도 아니요, 국가의 미래 중흥을 바라고 인민의 목하도탄[70]을 면하게 되는 것을 바라는 마음이라. 그러나 우리 나라 일은 깊은 잠 어지러운 꿈과 같아 불러도 아니 깨이고 몽둥이로 때려도 아니 깨이는 터이라. 어느 때든지 하늘이 뒤집히도록 천변이 나고 벼락불이 뚝뚝 떨어지기 전에는 저 꿈 깨기가 어려우

69) 초상 상제(初喪喪制) : 초상 중에 있는 상제.

70) 목하도탄(目下塗炭) : 지금 몹시 곤궁함.

리라 싶은 것도 옥남의 생각이라.

서력 일천구백칠 년은 우리 나라 개국 오백십육 년이라. 그 해 여름이 되었는데 하늘에서는 불빛이 뚝뚝 떨어진다. 그 불빛이 미국 화성돈 어느 호텔 객실에 비추었는데 그 객실은 동남향이라. 동남 유리창에 아침볕이 들어 쪼인다. 그 유리창 안에는 백포장을 드렸고 백포장 밑에는 침대가 놓였고 침대 위에는 여학생이 누웠는데 그 여학생은 옥순이라. 옥 같은 얼굴이 아침볕 더운 기운에 선앵두빛같이 익어서 도화색이 지고, 땀이 송송 나서 해당화에 이슬 맺힌 듯하였는데 어여쁘기는 일색이나, 자세 보면 얼굴에 나이 들어서 삼십이 가까운 모양이라. 그루잠(늦잠)을 곤히 자다가 기지개를 켜고 눈을 떠서 벽상에 걸린 자명종을 쳐다보더니 바스스 일어나며,

"에그, 벌써 여덟 시가 되었구나. 아무리 일요일이라도 너무 염치 없이 잤구나."

하면서 옷을 고쳐 입고 세수하고 식전에 하는 절차를 다 한 후에 거울을 들여다보다가 탄식을 한다.

"세월도 쉽다, 내가 벌써 이렇게 되었단 말인가? 우리 아버지 돌아가시던 해에 어머니 나이, 지금 내 나이쯤 되셨고, 나는 그 때 불과 여덟 살이러니, 내가 자라서 이렇게 되었으니 어머니께서 얼마나 늙으셨누? 사람이 세상에 생겨나려거든 좋은 때에 생겨 날 것이지, 무슨 팔자가 그리 기박하여 이런 때에 생겨났던고? 희호 세계에 나서 밭 갈아 먹고 우물 파 마시고 재력(財力)을 모르던 백성들은 우리 아버지같이 원통히 죽은 사람도 없을 것이요, 우리 어머니같이 포원[71]하고 미친 사람도 없으렷다. 에그, 나는……."

71) 포원(抱寃) : 원한을 품음.

하다가 말끝을 마치지 아니하고 아무 소리 없이 앉았는데 기색이 좋지 못한 모양이라.

문 밖에서 문을 뚝뚝 두드리는 소리가 나며 문을 열고 들어오는 사람은 옥남이라. 옥순이가 좋지 못하던 얼굴빛을 감추고 천연히 앉았으나, 옥남이가 옥순이의 기색을 보고 근심하던 눈치를 알았던지 교의 위에 턱 걸터앉으며,

(옥남) "누님, 오늘 신문 보셨소?"

(옥순) "이애, 신문이 다 무엇이냐? 지금 일어나서 겨우 세수하였다."

(옥남) "밤에 너무 늦게 주무시면 식전 잠이 많으시지요. 그러나 요새는 밤 몇 시까지 공부를 하시오?"

(옥순) "공부하려고 밤을 샐 수야 있느냐? 어젯밤에는 열두 시까지 책을 보다가 새로 한 시에 드러누웠더니 어머니 생각이 나기 시작하여 잠이 덧들었다가 밤을 새웠다."

(옥남) "그러나 참, 오늘 신문 보셨소. 오는 신문은 썩 재미있던걸……."

(옥순) "무엇이 그렇게 재미있단 말이냐? 어느 신문에 무슨 말이 있단 말이냐?"

하며 테이블 위에 놓은 신문을 보려 하니, 옥남이가 신문지를 누르면서,

(옥남) "여보시오. 누님, 여러 신문을 다 찾아보려 하면 시간이 더딜 터이니 내게 잠깐 들으시오. 자, 자세 들어 보시오. 신문 제목은 여학생의 아침 잠이라, 화성돈 셰맨쓰 호텔에 유(留)한 한국 여학생 최옥순이는 동방이 샐 때를 초저녁으로 알고 해가 삼장(三丈)이 높았을 때를 밤중으로 알고 자는 여학생이

라 하였는데, 대체 그 아래 마디까지 다 외지는 못하오."

(옥순) "이애, 그것은 너의 거짓말이다. 내가 근심을 잊어 버리고 밤에 잠을 잘 자도록 권하려고 네가 나를 조롱하는 말인가 보다. 이애 옥남아, 낸들 근심을 하고 싶어서 일부러 하겠느냐? 어젯밤에도 열두 시까지 책을 보다가, 침대에 드러누웠더니 우연히 고국 생각이 나기 시작하여 동방에 계명성이 올라오도록 잠못 이루어 애를 쓰다가 먼동이 틀 때에 겨우 잠이 들었다. 근심을 잊어 버리자고 결심하고 있는 네 마음이나 잊어버리지 못하는 내 마음이나 다를 것이 없으니, 나는……."

하다가 말을 맺지 못하고 눈물이 옷깃에 떨어진다.

(옥남) "여보 누님, 다른 말씀 마시고 신물을 좀 보시오."

옥순이가 그 소리를 듣더니 참 제 말이 신문에 난 듯이 의심이 나서 급히 신문지를 집어서 앞에다 놓으니, 옥남이가 옥순의 앞으로 다가앉으며 각 신문을 뒤적거리다가 옥남의 손가락이 신문지 위에 뚝 떨어지며,

(옥남) "이것 좀 보시오."

하는 소리에 눈이 동그래지며 옥남의 손가락 가리키는 곳을 본다. 본래 옥순이가 고국 생각을 너무 하고 밤낮 근심으로 보내는 고로, 옥남이가 옥순이를 볼 때마다 옥순이를 웃기고 위로하는 터이라. 그 신문의 기재한 제목은 한국 대개혁이라 하였는데, 대황제폐하 전위[72] 하시던 일이라. 옥순이가 그 신문을 다 본 후에 옥남이와 옥순이가 다시 의논이 부산하다.

(옥순) "이애 옥남아, 세계 각국에 개혁 같은 큰 일이 없고 개혁같이 어려운 일이 없는 것이다. 우리 나라에서 수십 년래로 개혁에 착수하던 사람들이 나라에 충성을 극진히 다 하였으나

72) 전위(傳位) : 왕위를 전해 줌.

우리 나라 백성은 역적으로 알고 적국 백성은 반대하고 원수같이 미워한 고로, 개혁당의 시조 되는 김옥균 같은 충신도 자객의 암살을 면치 못하였고, 그 후에 허다한 개혁당들도 낱낱이 역적 이름을 듣고 성공치 못하였는데 지금 이렇게 큰 개혁이 되었으니 네 생각에 앞일이 어찌 될 듯하냐?"

옥남이 한참 동안을 말없이 가만히 앉았다가 우연 탄식이라.

(옥남) "지금이라도 개혁만 잘 되면 몇십 년 후에 회복될 도리가 있지요. 내가 이때까지 누님께 듣기 좋은 말만 하고 조금도 걱정되는 일은 말하지 아니하였더니, 오늘 처음으로 내 마음에 있는 말을 다 하리다. 만일 우리 나라가 칠십 년 전에 개혁이 되어 진보를 잘 하였다면 우리 나라도 세계 일등 강국이 되어 해삼위[73]에 아라사 사람이 저러한 근거를 잡기 전에 우리 나라가 먼저 착수하였을 것이오. 만일 오십 년 전에 개혁이 되었다면 해삼위는 아라사 사람에게 양도하였으나, 청국 만주는 우리 나라 세력 범위 안에 들었을 것이오. 만일 사십 년 전에 개혁이 되었으면 우리 나라 육해군의 확장이 아직 일본만 못하나, 또한 당당한 문명국이 되었을 것이오. 만일 삼십 년 전에 개혁이 되었으면 삼십 년 동안에 또한 중등 강국은 되었을지라. 남으로 일본과 동맹국이 되고 북으로 아라사 세력이 뻗어 나오는 것을 틀어막고 서(西)로 청국이 내버리는 유리(遺利)를 취하여 장차 대륙에 전진의 길을 열어서 불과 기년[74]에 또한 일등 강국을 기약하였을 것이오. 만일 이십 년 전에 개혁이 되었으면 이십 년 동안에 나라 힘이 크게 떨치지는 못하였더라도 인민의 교육 정도와 생활의 길이 크게 열려서 국가의 독립하는 힘이 유하였을 것이오. 만일 십 년 전에 개혁이 되었을 지경이면 오

73) 해삼위(海蔘威) : 블리디보스톡.

74) 기년 : 기한이 다 된 해.

호만의(嗚呼晩矣)[75]라, 나라일 하기가 대단히 어려운 때이라, 비록 남의 힘을 빌지 아니하고 내 힘으로 개혁을 하였더라도 백공 천창[76]의 꿰매지 못할 일이 여러 가지라. 그러나 개혁한 지 십 년만 되었더라도 족히 국가를 보존할 기초가 생겼을 터이라. 그러한 즉 우리 나라의 개혁 조만이 그 이해가 이러하거늘, 정치 개혁은 아니하고 도리어 나라 망할 짓만 하였으니 그런 원통한 일이 있소? 지금 우리 나라 형편이 어떠하냐 할진대, 말 한 마디로 그 형편을 자세히 말하기 어려운지라. 가령 한 사람의 집으로 비유할진대, 세간은 다 판이 나고 자식들은 다 난봉이라, 누가 보든지 그 집은 꼭 망하게 된 집이라. 비록 새 규모를 정하고 치산을 잘 할 도리를 하더라도 어느 세월에 남의 빚을 다 청장[77]하고, 어느 세월에 그 난봉된 자식들은 잘 가르쳐서 사람 치러 디니고 형제간에 싸움만 하고 밤낮으로 무슨 일만 저지르던 것들이 지각이 들어서 집안에 유익 자식이 되도록 하기가 썩 어려울지라. 우리 나라의 지금 형편이 이러한 터이라. 황제 폐하께서 등극하시면서 일반 정치를 개혁하시니 만고에 영걸하신 성군이시라. 우리도 하루바삐 우리 나라에 돌아가서, 우리 배운 대로 나라에 유익한 사업을 하여 봅시다."

하더니 옥순의 남매가 그 길로 씨엑기 아니쓰 집에 가서 그 사정을 말한다. 그 때 씨엑기 아니쓰는 나이 많고 또 병중이라. 그 재물을 다 흩어서 고아원과 자선 병원에 기부하고 그 자손은 각기 그 학력으로 벌어먹어라 하고 옥남의 남매에게 미국 지화 오천 류(五千留)를 주며 고국에 가라 하니, 옥순이와 옥남이가 그 돈을 고사하여 받지 아니하고, 다만 여비로 오백 류만 달라 하여 가지고 미국을 떠나는데, 씨엑스 아니쓰는 그 후 삼 삭 만

75) 오호만의(嗚呼晩矣) : 오호, 늦었구나.

76) 백공 천창(百孔千創) : 여러 가지 판단으로 엉망 진창이 됨.

77) 청장(淸帳) : 빚 따위를 깨끗이 갚음.

에 세상을 버리고 먼 천당 길을 갔더라.

옥순이와 옥남이가 부산에 이르러서 경부 철도를 타고 서울로 향하여 오는데 먼 산을 바라보고 소리없는 눈물이 비 오듯 한다. 토피[78] 벗은 자산[79]에 사태가 길이 난 것을 보면 저 잔의 토피를 누구들이 저렇게 몹시 벗겨 먹었누 하며 옛일 생각도 나고 저 산이 언제나 수목이 울밀하게 될고 하며 앞일 생각도 한다. 산 밑 들 가운데 길가에 게딱지같이 납작한 집을 보면 저것도 사람 사는 집인가 싶은 마음이 든다. 옥순의 남매가 어렸을 때 그런 것을 보고 자라났지마는 처음 보는 것같이 기막히는 마음뿐이라.

그러나 한 가지 위로되는 마음은, 융희[80] 원년은 황제 폐하께서 정치를 개혁하신 해라. 다시 마음을 활발히 먹고 서울로 올라가서 하루도 쉬지 아니하고 그 길로 강릉으로 내려간다. 강릉 경금 동네에 웬 양복 입은 남자와 양복 입은 부인이 교군을 타고 오다가 동네 가운데에서 교군을 내려 나오더니 최본평 집을 묻는데 그 동네에서 양복 입은 부인을 처음 보던지, 구경꾼이 앞뒤로 모여들고 개 짖는 소리에 말소리가 자세 들리지 아니한다.

그 양복 입은 부인은 옥순이요, 남자는 옥남이라. 동네 사람들이 옥순의 남매가 왔다는 말을 듣고 따라 서서 본평 집으로 데리고 가는데 사람이 모여들고 모여든다.

김정수의 부인은 어디서 듣고 그렇게 빨리 쫓아오던지 달음박질을 하다가 짚신짝이 앞으로 팽개를 치는 듯이 벗어져 나가다가, 길 아래 논에 뚝 떨어지는 것을 보고 건질 새도 없이 버선바닥으로 쫓아와서 옥순이와 옥남이를 붙들고 울며 본평 집으

78) 토피(土皮) : 나무나 풀로 덮인 땅의 가죽.

79) 자산 : 나무가 없는 붉은 산.

80) 융희(隆熙) : 조선의 마지막 임금인 순종 때의 연호.

로 간다.

이 때는 가을이라, 서리 맞은 호박잎은 울타리에 달려 있어 바람에 버썩버썩하는 소리뿐이요, 마당에는 거친 풀이 좌우로 우거졌는데, 이 집에도 사람이 있나 싶은 그 집이 본평 집이라.

옥남이는 생각나는 일도 있고 잊어 버린 일도 많지마는 옥순이는 눈에 보이는 물건이 차차 볼수록 어제 보던 물건 같고 옛 일을 생각할수록 어제 지내던 일같이 생각이 난다.

옥순의 남매가 그 어머니 방으로 들어가는데, 그 어머니는 살아 있으나 뼈만 엉성하게 남고, 그 중에 늙어서 머리털은 희뜩희뜩하고 귀신 같은 모양으로 미친 증세는 이전에 볼 때보다 조금도 다른 것이 없는지라. 옥순이가 어머니 앞으로 달려들며,

"어머니 어머니, 옥순이 · 옥남이가 어머니를 떠나서 만리 타국에 공부하러 갔다가 오늘 집에 돌아왔소. 어머니 어머니, 어머니가 어찌하여 지금까지 병환이 낫지 못하셨단 말이오!"

하며 기가 막혀 우느라고 다시 말을 못 하는, 옥남이가 그 어머니 앞에 마주 앉아 울며,

"어머니, 날 좀 자세히 보시오. 내가 어머니 아들이오. 아버지께서 원통히 돌아가신 후에 어머니가 철천지 한을 품고 계신 중에 유복자로 나를 낳으시고 이런 병이 들으셨다 하니, 나같은 불효자가 아니 났더면 어머니가 저런 병환이 아니 들으셨을 터인데……."

그 말끝을 마치지 못하여 본평 부인이 소리를 버럭 지른다.

"무엇이냐 응, 불효라니? 이놈 네가 뉘 돈을 빼어 먹으려고 누구더러 불효 부제라 하느냐? 이놈, 이 때까지 아니 주고 살아

서 백성의 돈을 뺏어 먹으려 든단 말이냐?"

하며 미친 소리를 한다. 옥남이가 목이 메어 울며,

" 어머니 어머니, 어머니가 저런 마음으로 병이 들으셨소그려. 지금은 백성의 재물 뺏어 먹을 사람도 없고 무리한 백성을 죽일 사람도 없는 세상이오."

본평 부인이 이 말을 어찌 알들었는지.

"응 무엇이야? 그 강원 감사 같은 놈들이 다 어디 갔단 말이냐?"

(옥남) "어머니가 그 말을 알아들으셨소? 지금 세상은 이전과 다른 때요. 황제 폐하께서 정치를 개혁하셨는데 지금은 권리 있는 재상도 벼슬 팔아 먹지 못하오. 관찰사 · 군수들도 잔학 생민하던 옛 버릇을 다 버리고 관항돈[81] 외에는 낫선 돈 한 푼 먹지 못하도록 나라법을 세워 놓은 때올시다. 아버지께서 이런 때에 계셨더면 재물을 아무리 가졌더라도 그런 화를 당할 리가 없으니 아버지께서도 지하에서 이런 줄 알으실 지경이면 천추의 한이 풀리실 터이니, 어머니께서도 한 되던 마음을 잊어 버리시고 여년을 지내시오. 나는 어머니 유복자 옥남이오."

본평 부인이 정신이 번쩍 나서 옥남이와 옥순이를 붙들고 우는데, 첩첩한 구름 속에 묻혔던 밝은 달 나오듯이 본 정신이 돌아오는데 운권천청[82]이라. 옥남이를 붙들고 울며,

"이애, 네가, 네가 하늘에서 떨어졌는냐? 땅에서 솟았느냐? 내 속에서 나온 자식이 이렇게 자라도록 내가 모르고 지냈단 말이냐? 옥남아, 네 이름이 옥남이란 말이냐? 어디로 갔다가 이제야 왔느냐? 너의 아버지 돌아가실 때도 젊으셨던 때라 네 얼굴을 보니, 너의 아버지를 닮은들 어찌 그렇게 천연히 닮았

81) 관항돈 : 지방관의 녹봉.

82) 운권천청(雲捲天晴) : 병이나 근심이 씻은 듯이 없어짐.

느냐? 이애 옥순아, 너는 너의 아버지 돌아가실 때에 어린아이라, 어렸을 때 일을 자세히 생각할는지 모르겠다마는 너는 너의 아버지 얼굴을 못 생각하거든 옥남이를 보아라. 이애 옥순아, 네가 벌써 자라서 저렇게 되었단 말이냐? 내가 본 정신으로 너희들을 다시 만나보니, 오늘 죽어도 한을 잊어 버리고 죽겠다. 그러나 너의 아버지께서 살았다가 저런 모양을 보셨으면 오죽 좋아하셨으며, 또 평생에 나라를 위하여 근심하시고, 우리 나라 백성을 위하여 근심하시더니, 탐관 오리들이 다 쫓겨서 산 깊이 들어앉았는 이 세상을 보셨으면 오죽 좋아하시겠느냐? 나와 같이 절에나 올라가서 너의 아버지가 연화 세계로 가시도록 불공이나 하고 너희들은 아버지 계신 연화 세계[83]로 이 세상이 태평 세계 되었다고 축문이나 읽어라."

83) 연화 세계(蓮花世界) : 극락 세계.

옥순의 남매가 뜻밖에 어머니 병이 나은 것을 보더니 마음에 어찌 좋던지, 그 이튿날 그 어머니를 모시고 절에 가서 불공을 한다.

극락전 부처님은 말없이 가만히 앉았는데 만수향 연기는 맑은 바람에 살살 돌아 용트림하고 본평 부인이 축원하는 소리는 처량하다.

절 동구 밖에서 총 소리 한 번이 탕 나면서 웬 무뢰지배[84] 수백면이 들어오더니 옥남의 남매를 붙들어 내린다.

84) 무뢰지배(無賴之背) : 무뢰배. 무뢰한의 무리.

옥순과 옥남이는 학문과 지식이 넉넉한 사람이라 조금도 겁나는 기색은 없고 천연히 붙들려 나가는데 그 무뢰지배가 옥순의 남매를 잡아 놓고 재약한 총부리를 겨누면서,

(무뢰) "네가 웬 사람이며, 머리는 왜 깎았으며, 여기 내려오기는 무슨 정탐을 하러 왔느냐? 우리는 강원도 의병이라 너 같

은 수상한 놈은 포살[85]하겠다."

하며 기세가 당당한지라. 옥남이가 천연히 나서더니, 일장 연선을 한다.

"여보시오. 우리 동포, 들어보시오. 나는 동포를 위하여 공변되게[86] 하는 말이니, 여러분이 평심 서기[87]하고 자세히 들으시오. 의병도 우리 나라 백성이요, 나도 우리 나라 백성이라. 피차에 나라 위하고 싶은 마음은 일반이나, 지식이 다르면 하는 일이 다른 법이라. 이제 여러분 동포께서 의병을 일으켜서 죽기를 헤아리지 아니하고 하시는 일이 나라에 이롭고자 하여 하시는 일이오, 나라에 해를 끼치려는 일이오? 말씀을 하여 주시오. 내가 동포를 위하여 그 이해(利害)를 자세히 말하면, 여러분의 마음과 같지 못한 일이 있어서 나를 죽이실 터이나, 그러나 내가 그 이해를 알면서 말을 아니하면 여러분 동포가 화를 면치 못할 뿐 아니라 국가에 큰 해를 끼칠 터이니, 차라리 내 한 몸이 죽을지라도 여러분 동포가 목전의 화를 면하고, 국가 진보에 큰 방해가 없도록 충고하는 일이 옳을 터이라. 여러분이 나를 죽일지라도 내 말이나 다 들은 후에 죽이시오. 여러분 동포가 의리를 잘 못 잡고 생각이 그릇 들어서 요순 같은 황제 폐하 칙령을 거스르고 흉기를 가지고 산야로 출몰하며 인민의 재산을 강탈하다가 수비대 일병 사오십 명만 만나면 수십 명 의병이 더 당치 못하고 패하여 달아나거나, 그렇지 않으면 사망 무수(無數)하니, 동포의 하는 일은 국민의 생명만 없애고 국가 행정상에 해만 끼치는 일이라. 무엇을 취하여 이런 일을 하시오? 또 동포의 마음에 국권을 잃은 것을 분하게 여긴다 하니, 진실로 분한 마음이 있을진대 먼저 국권 잃은 근본을 살펴보고 장차

85) 포살(砲殺) : 총을 쏘아 죽임.

86) 공변되게 : 일 처리나 언동 등이 어느 한 쪽으로 치우치거나 사사롭지 아니하고 공평되게.

87) 평심 서기(平心舒氣) : 마음을 평화롭고 순조롭게 함.

국권이 회복될 일을 하는 것이 옳은 일이라. 우리 나라 수십 년래 학정을 생각하면 이 백성의 생명이 이만치 남은 것이 뜻밖이요, 이 나라가 멸망의 화를 면한 것이 그런 다행한 일이 있소. 우리 나라 수십 년래 학정은 여러분이 다 같이 당한 일이니, 물으실 리가 없으나 나는 내 집에서 당하던 일을 말씀하리다. 내 선인도 재물냥이나 있는 고로 강원 감영에 잡혀 가서 불효 부제로 몰려서 매맞고 죽은 일도 있고, 그 일로 인연하여 집안 화패(禍敗)가 무수하였으니, 세상에 학정같이 무서운 건 없습니다. 여보, 그런 한심한 일이 있소? 이야기를 좀 들어 보시오. 내가 미국 가서 십여 년을 있었는데, 우리 나라 사람 하나를 만나서 말을 하다가 그 사람이 관찰사 지낸 사람이라 하는 고로, 내가 내 집안에서 강원 감사에게 학정당하던 생각이 나서 말하나니 탐장하는 관찰사는 죽일 놈이니 살린 놈이니 하였더니, 그 사람이 하는 말이, '그런 어림없는 말 좀 마오. 관찰사를 공으로 얻어먹는 사람이 몇이 안 되오? 처음에 할 때도 돈이 들려니와 내려간 후에 쓰는 돈은 얼마나 되는지 알고 그런 소리를 하오? 일 년에 몇 번 탄신에 쓰는 돈은 얼마나 되며 그 외에는 쓰는 돈이 없는 줄로 아오? 그래, 몇 푼 되지 못하는 월급만 가지고 되겠소? 백성의 돈을 아니 먹으면 그 돈 벌충을 무슨 수로 하오? 만일 관찰사로 있어서 돈 한 푼 아니 쓰고 배기려 들다가 벼락은 누가 맞게?' 하는 소리를 듣고 내가 기가 막혀서 말 대답을 못 하였소. 대체 그런 사람들이 빙공 영사[88]로 백성의 돈을 뺏으려는 말이요, 탐장을 예사로 알고 하는 말이라. 그러한 정치에 나라가 어찌 부지하며 백성이 어찌 부지하겠소? 그렇게 결딴난 나라를 황제 폐하께서 등극하시면서 덕을 헤아리시

88) 빙공 영사(憑公營私) : 공적인 일을 빙자하여 개인의 이익을 꾀함.

고 힘을 헤아리셔서 나라 힘에 미쳐 갈 만한 일은 일신 개혁하시니, 중앙 정부에는 매관 매직하던 악습이 없어지고, 지방에는 잔학 생령하던 관리가 낱낱이 면관이 되니, 융희 원년 이후로 황제 폐하께서 백성에게 학정하신 일이 무엇이오? 여보 동포들, 들어보시오. 우리 나라 국권을 회복할 생각이 있거든 황제 폐하 통치하에서 부지런히 벌어먹고 자식이나 잘 가르쳐서 국민의 지식이 진보될 도리만 하시오. 지금 우리 나라에 국리민복될 일은 그만한 일이 다시 없소. 나는 오늘 개혁하신 황제 폐하의 만세나 부르고 국민 동포의 만세나 부르고 죽겠소."

하더니 옥남이가 손을 높이 들어,

"대황제 폐하 만세, 만세, 만세! 국민 동포 만세, 만세, 만세!"

그렇게 만세를 부르는데 의병이라 하는 봉두 돌빈[89]의 여러 사람들이 아우성을 지르며,

"저놈이 선유사[90]의 심부름으로 내려온 놈인가보다. 저놈을 잡아 가자."

하더니 풍우같이 달려들어서 옥남의 남매를 잡아 가는데, 본평 부인은 극락전 부천님 앞에 엎드려서 옥남의 남매를 살게 하여 줍시사 하는 소리뿐이라.

89) 봉두 돌빈 : 봉두난발. 쑥대강이 같이 마구 흐트러진 머리카락.

90) 선유사(宣諭使) : 나라에 병란이 있을 때, 임금의 명령을 받들어 백성을 가르치던 임시 벼슬.

읽은 후에

작·품·정·리

- 갈래 : 신소설
- 주제 : 반봉건 사상과 자주 독립의식의 고취
- 배경 : 시간적–구한말
  공간적–강릉과 원주
- 시점 : 전지적 작가 시점

작·품·감·상

은세계의 주제는 봉건지배층의 정치적인 부패에 따르는 백성에 대한 가렴주구와, 이에 견디다 못하여 항거하는 민중의 반항의식, 그리고 낡은 봉건제를 혁신하기 위하여 신문학의 기반 위에 새로운 정치 개혁을 기도하려는 개화사상을 담고 있다.

그러나 이러한 의식은 모두 김옥균을 영수로 하는 개화당에 연관성을 가지고 있고 그것이 마침내 고종의 양위로 정치의 가장 중대한 혁신인 것처럼 귀결하는 방향으로 이끌고 간 것이다.

은세계에 나타난 관료의 학정과 부패상은 고대소설인 '춘향전'에 나오는 대목과 비슷한 면이 있다. 춘향전에서 변사또의 호화로운 주연이나, 넘쳐나는 음식들은 '은세계'에서 백성의 고혈로 된 재물을 이중 삼중으로 걷어들이는 점과 통하는 것으로 보여진다. '은세계'에서 원주 감영에서는 아이들이 괴이한 동요까지 부른다.

내려왔네 내려왔네

불가살이가 내려왔네
무엇하러 내려왔나
쇠잡아먹으려 내려왔네

여기서 '불가살이'는 '옛날에 불가살이라는 물건이 생겨나더니, 이는 어디든지 뛰어 다니면서 쇠라는 쇠는 모두 먹어치웠다고 하며, 이 불가사리는 관리가 백성의 고혈을 빼앗아 먹는 것으로 묘사하고 있다. 춘향전에서는 상층 지배계층의 학정을 표현한 것에 비해, 은세계에서는 부패한 학정을 혁신하여 정치개혁을 단행하려는 것이 주류였다.

그러나 부패한 학정을 혁신하려하는 정치 개혁 역시 지금의 역사 인식으로 보면 작가와 우리와는 많은 차이가 있음을 알 수 있다. 작가 이인직은 '혈의 누'에서도 일청전쟁에서 일본이 우리나라를 청국의 오랜 간섭에서 해방시켜주는 주체로 묘사한 바와 같이, 여기서는 김옥균의 개혁만이 바람직한 것으로 보였으며, 끝에 잠시 보여지는 의병에 대해서는 개혁 의지를 가진 옥순 남매를 잡아간 그들을 개혁의 큰 걸림돌로 여기고 있는 듯하다.

되짚어 보는 문제

1. 신소설의 특징에 대해 써라.

2. 신소설과 고대 소설과의 차이점을 써라.

되짚어 보는 문제

3. 갑오경장이 3일천하에 그친 이유에 대해 아는 대로 써라.

2

혈의 누(축약)

이인직

등·장·인·물

- 옥련 : 청일전쟁 당시 부모와 헤어졌으나 일본 군의관 정상소좌(井上少佐)의 도움으로 신교육을 받고, 그 후 미국 유학도 하게 됨.
- 옥련 어머니 : 난리 중에 딸과 헤어지고 다른 가족들과도 헤어져 괴로움을 당하는 인물, 역사의 소용돌이에 휘말린 희생자의 모습을 줌.
- 구완서 : 옥련을 데리고 함께 미국 유학을 함. 옥련의 약혼자.
- 김관일 : 옥련의 아버지. 청일전쟁 직후 미국으로 건너갔다가 옥련이의 소식을 신문을 통해 보고 옥련이를 찾는 광고를 냄.

줄·거·리

일청전쟁의 총소리가 평양성 안팎으로 울린다. 옥련이의 가족은 산으로 피란을 갔다 뿔뿔이 흩어져 서로 생사를 모른다. 옥련의 아버지는 집에 돌아오나 아무도 없자 부산으로 가서 장인에게 비용을 얻어 미국으로 건너가고, 옥련은 부상을 입고 일본군 병원에 치료받고, 치료를 해준 군의관의 호의로 동경으로 보내져 그 곳에서 소학교를 마치나, 군의관의 전사 소식을 듣고 가출하였다가 기차에서 조선인 청년을 만났다. 그는 미국으로 유학가는 중이며, 옥련에게 우리 조선이 약하기 때문에 일청전쟁이 우리나라 땅에서 벌어져 이와 같이 수난을 받게 된 것이며, 그러므로 우리나라가 강해지는 것만이 이를 물리칠 수 있는 것이다. 그러기 위해서는 우리 같은 젊은이가 하루 바삐 공부를 해야한다는 것이며, 그러므로 옥련이는 미국가서 함께 공부하자는 것이다. 교육비는 그가 대겠다는 것이며 그의 이름은 구완서라고 했다.

미국으로 건너간 옥련이는 고등 소학교에서 졸업, 우등생으로 화성돈신문에 나게 되며, 구완서는 내년에 중학교를 졸업하게 된다고 한다. 한편 화성돈신문에서 옥련의 소식을 본 옥련의 아버지는 여러 방법을 동원하여 마침내 부녀상봉하게 된다. 그동안의 사정을 들은 아버지 김관일은 구완서를 만나고, 그 자리에서 두 사람은 결혼 약속을 한다. 여기서 두 사람은 귀국하여 앞으로 우리나라가 나가야 할 길을 이야기하며, 옥련이에게는 여성의 교육에 힘써 남녀 동등권리를 찾게 하라고 한다.

평양 집에서 옥련의 편지를 받아본 옥련 어머니는 이것이 사실인가 꿈인가 한다. 편지에는 미국 화성돈에서 옥련의 부녀가 상봉한 사실이 적혀 있다. 그리고 그 후의 이야기는 2권으로 이어지며, 2권에는 옥련이가 고국에 돌아온 후의 이야기를 예고하고 있다.

혈의 누

이인직

1) 일경(一境) : 한 나라. 또는 어느 지경의 전부.

일청전쟁(日淸戰爭)의 총소리는 평양 일경[1]이 떠나가는 듯하더니, 그 총소리가 그치매 사람의 자취는 끊어지고 산과 들에 비린 티끌 뿐이라.

평양성 외 모란봉에 떨어지는 저녁 볕은 뉘엿뉘엿 넘어가는데, 저 햇빛을 붙들어 매고 싶은 마음에 붙들어 매지는 못하고 숨이 턱에 닿은 듯이 갈팡질팡하는 한 부인이 나이 삼십이 될락말락하고, 얼굴은 분을 따고 넣은 듯이 흰 얼굴이나 인정 없이 뜨겁게 내리쪼이는 가을볕에 얼굴이 익어서 선 앵두빛이 되고, 걸음걸이는 허둥지둥하는데, 옷은 흘러내려서 젖가슴이 다 드러나고 치맛자락은 땅에 질질 끌려서 걸음을 걷는 대로 치마가 밟히니, 그 부인은 아무리 급한 걸음걸이를 하더라도 멀리 가지도 못하고 허둥거리기만 한다.

남이 그 모양을 볼 지경이면 저렇게 어여쁜 젊은 여편네가 술먹고 한길에 나와서 주정한다 할 터이나, 그 부인은 술 먹었다 하는 말은 고사하고 미쳤다, 지랄한다 하더라도 그 따위 소리는 귀에 들리지 아니할 만하더라.

2) 소회(所懷) : 마음에 품고 있는 회포.

무슨 소회[2]가 그리 대단한지 그 부인더러 물을 지경이면 대답할 여가도 없이 옥련이를 부르면서 돌아다니더라.

"옥련아 옥련아, 옥련아 옥련아, 죽었느냐 살았느냐. 죽었거든 죽은 얼굴이라도 한 번 다시 만나보자. 옥련아 옥련아, 살았거든 어미 애를 그만 쓰이고 어서 바삐 내 눈에 보이게 하여라. 옥련아, 총에 맞아죽었느냐, 창에 찔려 죽었느냐, 사람에게 밟혀 죽었느냐. 오늘 아침에 집에서 떠나올 때에 옥련이가 내 앞에 서서 아장아장 걸어다니면서, 어머니 어서 갑시다 하던 옥련이가 어디로 갔느냐."

하면서 옥련이를 찾으려고 골몰한 정신에, 옥련이보다 열 갑절 스무 갑절 더 소중하게 생각하는 사람을 잃고도 모르고 옥련이만 부르며 다니다가 목이 쉬고 기운이 탈진하여 산비탈 잔디풀 위에 털썩 주저앉았다가, 혼잣말로 옥련 아버지는 옥련이 찾으려고 저 건너 산 밑으로 가더니 어디까지 갔누, 하며 옥련이를 찾던 마음이 졸지에 변하여 옥련 아버지를 기다린다.

홀연히 언덕 밑에서 사람의 소리가 들리거늘, 그 부인이 가만히 들은 즉 길 잃고 사람 잃고 애쓰는 소리라.

"여보, 나 여기 있소. 날 찾아다니느라고 얼마나 애를 쓰셨소."

하면서 급한 걸음으로 언덕 밑으로 향하여 내려가다가 비탈에 넘어져 구르니, 언덕 밑에서 올라오던 남자가 달려 들어서 그 부인을 붙들어 일으키니, 그 부인이 정신을 차려 본즉 북두 갈고리 같은 농군의 험한 손이 내 손에 닿으니 별안간에 선뜻한 마음에 소름이 끼치면서 가슴이 덜컥 내려앉고 겁결에 목소리가 나오지 못한다.

부인은 자기 남편이 아닌 줄 깨닫고 사나이도 제 계집 아닌 줄 알았더라. 부인은 겁이 나서 간이 서늘하고, 남자는 선녀를 만난 듯하여 홍김 · 겁김에 가슴이 두근거리면서 숨소리는 크고 목소리는 아니 나온다.

[혈의 누 책표지]

(부인) "사람 좀 살려주오……."
하는 소리가 아무리 부인의 목소리라도 죽을 힘을 다 들여서 지르는 밤소리라 산골이 울리니 언덕 위의 사람이 또 소리를 지른다. 언덕 위의 사람이 총 한 방을 놓으니 밤중의 총소리라, 산이 울리면서 사람이 모여드는데 일본 보초병들이리라.

보초병이 부인을 잡아서 앞세우고 가는데 서로 말은 못하고 벙어리가 소를 몰고 가듯 한다. 계엄중(戒嚴中) 총소리라 평양성 근처에 있던 헌병들이 낱낱이 모여들어서 총 놓은 군사와 부인을 데리고 헌병부로 향하여 가니, 그 부인은 어딘지 모르고 가나 성도 보이고 문도 보이는데, 정신을 차려본즉 평양성 북문이라.

그날은 평양성에서 싸움 결말나던 날이요, 성중의 사람이 진저리내던 청인이 그림자도 없이 다 쫓겨 나가던 날이요, 철환은 공중에서 우박 쏟아지듯 하고 총소리는 평양성 근처가 다 두려빠지고 사람 하나도 아니 남을 듯하던 날이요, 평양 사람이 일병 들어온다는 소문을 듣고 일병은 어떠한지, 임진난리에 평양 싸움 이야기하며 별 공론이 다 나고 별 염려 다 하던 그 일병이 장마통에 검은 구름 떠들어 오듯 성내 · 성외에 빈틈없이 들어와 박히던 날이라.

그 부인은 평양성 북문 안에 사는데 며칠 전에 산에 피란도 갔다가 산에도 있을 수 없고, 촌에 사는 일가집으로 피란갔다가 단간방에서 주인과 손과 여덟 식구가 이틀 밤을 앉아 세우고 하릴없어 평양성 내로 도로 온지가 불과 수일 전이라. 그때 마음에 다시는 죽어도 피란 가지 아니한다 하였더니, 오늘 새벽부터 총소리는 천지를 뒤집어 놓고 사면 산꼭대기를 가운데에 불비가 쏟아지니 밝기를 기다려서 피란길을 떠났는데, 아무 것도 가진 것 없고 젊은 내외와 어린 딸 옥련이와 단 세 식구 피란이라.

그 부인의 남편되는 사람은 나이 스물 아홉 살인데, 평양서 돈 잘 쓰기로 이름있던 김관일이라. 피란길 인해 중에 서로 잃고 서로 찾다가 김관일은 저의 집으로 혼자 돌아와서 그날 밤에, 빈 집에 혼자 있다가 밤중에 개가 하도 몹시 짓거늘 일어나서 대문을 열고 보려 하다가 겁이 나서 열지는 못하고 문틈으로 내다보기도 하였으나 벌써 헌병이 그 부인을 앞세우고 가니, 김관일은 그 부인이 헌병에게 붙들려 가는 줄은 생각밖이요, 그 부인은 그 남편이 집에 있기는 또한 꿈도 아니 꾸었더라.

우리나라 사람들이 남의 나라 싸움에 이렇게 참혹한 일을 당하는가. 우리 마누라는 대문 밖에 한 걸음 나가보지 못한 사람이요, 내 딸은 일곱 살 된 어린 아이라 어디서 밟혀 죽었는가.

슬프다, 저러한 송장들은 피가 시내되어 대동강에 흘러들어 여울목 치는 소리 무심히 듣지 말지어다. 평양 백성의 원통하고 설운 소리가 아닌가. 평양 선화당에 있는 감사는 몸 성하고 재물 있는 사람은 낱낱이 잡아가니, 인간 염라대왕으로 집집에 터주까지 겸한 겸관이 되었는지, 고사를 잘 지내면 탈이 없고 못 지내면 온 집안에 동토가 나서 다 죽을 지경이라. 제 손으로 벌어 놓은 제 재물을 마음놓고 먹지 못하고 천생 타고난 제 목숨을 남에게 매어놓고 있는 우리나라 백성들을 불쌍하다 하겠거든, 더구나 남의 나라 사람이 와서 싸움을 하느니 지랄을 하느니 그러한 서슬에 우리는 패가하고 사람 죽는 것이 다 우리나라가 강하지 못한 탓이라.

오냐, 죽은 사람은 하릴없다. 살아 있는 사람들이나 이후에 이러한 일을 또 당하지 아니하게 하는 것이 제일이다. 제 정신 제가 차려서 우리나라도 남의 나라와 같이 밝은 세상 되고 강한 나라 되어 백성된 우리들이 목숨도 보전하고 재물도 보전하고, 각도 선화당과 각도 동헌 위에 아귀 귀신 같은 산 염라대왕과 산 터주도 못 오게 하고, 범 같고 곰 같은 타국 사람들이 우리나라에 와서 감히 싸움할 생각도 아니하도록 한 후이라야 사람도 사람인 듯싶고 살아도 산 듯싶고, 재물 있어도 제 재물인 듯 하리로다.

우리 내외 금슬이 유명히 좋던 사람이요, 옥련이를 남다르게 귀애하던 가정이라. 그러하나 세상에 뜻이 있는 남자되어 처자만 구구히 생각하면 나라의 큰 일을 못하는지라. 나는 이 길로 천하 각국을 다니면서 남의 나라 구경도 하고 내 공부 잘한 후에 내 나라 사업을 하리라 하고 밝기를 기다려서 평양을 떠나가니, 그 발길 가는 데는 만리 타국이라,

내 집으로 돌아오니 남편도 소식 없고 옥련이도 간 곳 없고, 엉성한 네 기둥과 적적한 마루 위에 덧문 척척 닫힌 방을 보고, 이 몸이 앉은 채로 쓰러져 없었으면 좋으련마는, 그렇지 아니하면 무슨 경황에 내 손으로 저 방문을 열고 내 발로 저 방으로 들어갈까 하는 혼잣말을 다 마치지 못하고 정신을 잃었더라.

부인이 죽기로 결심하고 대동강 물에 빠져 죽을 차로 밤 되기를 기다려 강가로 향하여 가니, 그때는 구월 보름이라 하늘은 씻은 듯하고 달은 초롱 같다. 치마를 걷어잡고 이를 악물고 두 눈을 딱 감으면서 물에 뛰어내리니, 그 물은 대동강이요 그

사람은 김관일의 부인이라.

물 위에서 웬 사람이 떠내려오다가 배에 걸려서 허덕거리는 것을 보고 급히 뛰어내려서 건진즉 한 부인이라. 본래 부인이 높은 언덕에서 뛰어내렸더면 물이 깊고 얕고 간에 살기가 어려웠을 터이나, 모래톱에서 물로 뛰어들어가니 그 물이 한두 자 깊이가 될락말락한 물이라. 물이 낮아 죽지 아니하였으나 부인은 죽을 마음으로 빠진 고로 얕은 물이라도 죽을 작정만 하고 드러누우니 얼른 죽지는 아니하고 물에 떠서 내려가다가 배에 있던 사람에게 구원한 것이 되었더라.

평양은 난리평정이 되고 의주는 새로 난리를 만났으니 가령 화재 만난 집에서 안방에는 불을 잡았으나 건넌방에는 불이 붙는 격이라. 피란가서 어느 구석에 숨어 있는 사람들이 차차 모여들어서 성중에는 옛모양이 돌아온다.

하루는 어떠한 노인이 부담말 타고 오다가 김씨 집 앞에서 말께 내리더니 김씨 집 대문을 흔들어 본즉 문이 걸리지 아니하였거늘 안으로 들어가더니 나와서 이웃집에 말을 묻는다.

(노인) "여보, 말 좀 물어봅시다. 저 집이 김관일 김초시 집이요?"

(이웃사람) "네, 그 집이요, 그 집에 아무도 없나보오."

(노인) "나는 김관일의 장인되는 사람인데, 내 사위는 만나보았으나 내 딸과 외손녀는 피란갔다가 집 찾아왔는지 몰라서 내가 여기까지 온 길이러니, 지금 그 집에 들어가서 본즉 아무도 없기로 궁금하여 묻는 말이요."

그 노인은 본래 평양성 내에서 살던 최 주사라 하는 사람인데 이름은 항래라. 십 년 전에 부산으로 이사하여 크게 장사하는데, 그때 나이 오십이라. 재산은 유여하나 아들이 없어서 양자하였더니 양자는 합의치 못하고, 소생은 딸 하나 있으나 그 딸을 편애할 뿐 아니라 그 딸을 기를 때에 최 주사는 애쓰고 마음 상하면서 길러낸 딸이요, 눈살 맞고 자라난 딸인데, 그 딸인즉 김관일의 부인이라. 하루는 그 사위 김관일이가 부산 최씨 집에 와서 난리 겪은 말도 하고, 외국으로 공부하러 가고자 하는 목적을 말하니 최씨가 학비를 주어서 외국에 가게 하고, 최씨는 그 딸과 외손녀의 생사를 자세히 알고자 하여 평양에 왔더니, 그 딸이 대동강 물에 빠져 죽을 차로 벽상에 그 회포를 쓴 것을 보니 그 딸 기를 때의 불쌍하던 마음이 새로이 나서, 일곱 살에 저의 어머니 죽을 때에 죽은 어미의 뺨을 대고 울던 모양도 눈에 선하고, 계모의 눈살을 맞아서 조접이 들던[3] 모양도 눈에 선하고, 내가 부산 갈 때에 부녀가 다시 만나보지 못하는 듯이 낙루하며 작별하던 모양도 눈에 선한 중에 해는 점점 지고 빈 집에 쓸쓸한 기운은 날이 저물수록 형용하기 어렵더라.

난리가 무엇인가 하였더니 당하여 보니 인간에 지독한 일은 난리로구나. 내 혈육은 딸 하나, 외손녀 하나뿐이려니 와서 보니 이 모양이로구나. 막동아, 너같이 무식한 놈더러 쓸데없는 말 같지마는 이후에는 자손 보존하고 싶은 생각 있거든 나라를 위하여라. 우리나라가 강하였다면 이 난리가 아니 났을 것이다. 세상 고생 다 시키고 길러낸 내 딸자식, 나 젊고 무병하건마는 난리에 죽었구나. 역질[4] 홍역 다 시키고 잔 주접 다 떨어 놓은 외손녀도 난리중에 죽었구나.

(막동) "나라는 양반님네가 다 망하여 놓셨지요. 상놈들은 양

3) 조접이 들다 : 조답 들다. 기를 펴지 못하고 시들다.

4) 역질(疫疾) : 천연두.

반이 죽이면 죽었고, 때리면 맞았고, 재물이 있으면 양반에게 빼앗겼고, 계집이 어여쁘면 양반에게 빼앗겼으니, 소인 같은 상놈들은 제 재물 제 계집 제 목숨 하나를 위할 수가 없이 양반에게 매었으니, 나라 위할 힘이 있습니까. 입 한번을 잘못 놀려도 죽일 놈이니 살릴 놈이니, 오금을 끊어라 귀양을 보내라 하는 양반님 서슬에 상놈이 무슨 사람값에 갔습니까. 난리가 나도 양반의 탓이올시다. 일청전쟁도 민영춘이란 양반이 청인을 불러 왔답니다. 나리께서 난리 때문에 따님아씨도 돌아가시고 손녀아기도 죽었으니 그 원통한 귀신들이 민영춘이라는 양반을 잡아갈 것이올시다."

내 집 내 방에 누가 와서 들어앉았는가 생각하면서 서슴치 아니하고 방문을 열어보니 웬 사람이 자다가 가위를 눌러서 애를 쓰는 모양인데, 자세히 본즉 자기의 부친이라. 부인이 그때에 부친을 만나니 반가운 마음에 아무 말도 아니하고 나오느니 울음뿐이라.

(최 주사) "이애 김집아, 네 집은 외무주장하니 여기서 고단하여 살 수 없을 것이니 나를 따라 부산으로 내려가서 내 집에 같이 있으면 좋지 아니하겠느냐."

(딸) "내가 물에 빠져죽으려 하기는 가장이 죽은 줄로 생각하고 나 혼자 세상에 살아 있기가 싫은고로 대동강에 빠졌더니, 사람에게 건진 바이 되어 살아 있다가 가장이 살아서 외국에 유학하러 갔다는 소식을 들었으니 나는 이 집을 지키고 있다가 몇 해 후가 되든지 이 집에서 다시 가장의 얼굴을 만나보겠으니, 아버지께서는 딸 생각 말으시고 딸 대신 사위의 공부나 잘 하도록 학비나 잘 대어 주시기를 바라나이다.

당초에 옥련이가 피란갈 때에 모란봉 아래서 부모의 간곳 모르고 어머니를 부르면서 발을 동동 구르다가 난데없는 철환 한 개가 넘어오더니 옥련의 왼편 다리에 박혀 넘어져서 그날 밤을 그 산에서 목숨이 붙어 있었더니, 그 이튿날 일본 적십자 간호수가 보고 야전병원으로 실어 보내니 군의(軍醫)가 본즉 중상은 아니라. 과연 삼 주일이 못 되어서 완연히 평일과 같은지라. 그러나 옥련이는 갈 곳이 없는 아이라. 통사를 안동하여 옥련의 집에 가서 보라 한즉, 그때는 옥련의 모친이 대동강 물에 빠져 죽으려고 벽상에 그 사정 써서 붙이고 간 후이라, 통변이 그 글을 보고 옥련을 불쌍히 여겨서 도로 데리고 야전병원으로 가니, 군의 정상소좌(井上少佐)가 옥련의 정경을 불쌍히 여기고 옥련의 자품을 기이하게 여겨 통변을 세우고 옥련의 뜻을 묻는다.

(군의) "이애, 너의 아버지와 어머니가 어디로 간지 모르냐?"

(옥) "…………."

(군의) "그러면 네가 내 집에 가서 있으면 내가 너를 학교에 보내어 공부하도록 하여 줄 것이니, 네가 공부를 잘 하고 있으면 내가 아무쪼록 너의 나라에 탐지하여 너의 부모가 살았거든 너의 집으로 곧 보내주마."

(옥) "우리 아버지 · 어머니가 살아 있는 줄을 알고 나를 도로 우리집에 보내줄 것 같으면 아무 데라도 가고, 아무것을 시키더라도 하겠소."

(의) "그러면 오늘이라도 인천으로 보내서 어용선[5]을 타고 일본으로 가게 할 것이니, 내 집은 일본 대판[6]이라. 내 집에 가

5) 어용선 : 임금이나 황실에서 쓰던 배.

6) 대판(大阪) : '오사카'의 한자음.

면 우리 마누라가 있는데, 아들도 없고 딸도 없으니 너를 보면 대단히 귀애할 것이니 너의 어머니로 알고 가서 있거라."
하면서 귀국하는 병상병(病傷兵)에게 부탁하여 일본 대판으로 보내니, 옥련이가 교군 바탕을 타고 인천까지 가서 인천서 유선을 타니, 등 뒤에는 부모 소식이 묘연하고 눈 앞에는 타국 산천이 생소하다.

옥련이가 부모를 잃고 만리 타국으로 혼자 가니, 배 안에 들어 있는 사람들은 소일조[7]로 옥련의 곁에 모여들어서 말 묻는 사람도 있고, 조선말을 하지 못하는 사람들은 행중에서 과자를 내어주니, 어린 아이가 너무 괴롭고 성이 가실만 하련마는 옥련이는 천연할 뿐이다.

만리창해에 살같이 빠른 배가 인천서 떠난지 나흘만에 대판에 다다르니, 대판에서 내릴 선객들은 각기 제 행장[8]을 수습하여 삼판[9]에 내려가느라고 분요하나 옥련이는 행장도 없고 몸 하나뿐이라 혼자 가만히 앉았으니, 어린 소견에도 별 생각이 다 난다.

대판에 내리니, 옥련의 눈에는 모두 처음 보는 것이라. 항구에는 배 돛대가 삼대 들어서듯 하고, 저자 거리에는 이층 · 삼층 집이 구름 속에 들어간 듯하고, 지네같이 기어가는 기차는 입으로 연기를 확확 뿜으면서 배에는 천동지동하듯 구르며 풍우같이 달아난다. 넓고 곧은 길에 갔다왔다 하는 인력거 바퀴 소리에 정신이 없는데, 병정이 인력거 둘을 불러서 저도 타고 옥련이도 태우니 그 인력거들이 살같이 가는지라. 옥련이가 길에서 아장아장 걸을 때에는 인해중에 넘어질까 조심되어 아무 생각이 없더니, 인력거 위에 올라앉으메 새로이 생각만 난다.

7) 소일(消日)조 : 그저 시간을 보내기 위하여 심심풀이로.

8) 행장(行狀) : 여행할 때 쓰이는 모든 기구.

9) 삼판(三板) : 삼판선(三板船)의 준말로, 항구 안에서 사람 · 물건을 태우고 실어 나르는 중국식의 작은 배.

"인력거야, 천천히 가고지고. 이 길만 다 가면 남의 집이라.
이런저런 생각에 눈물이 비오듯 하며 흑흑 느끼며 우는데 인력거는 벌써 정상군의 집 앞에 와서 내려놓는데, 옥련이가 인력거 그치는 것을 보고 이것이 정상 군의 집인가 짐작하고 조심되는 마음에 작은 몸이 더욱 작아진 듯하다.

병정은 정상 부인을 대하여 군의 소식을 전하고 옥련의 사기를 말하고 전지(戰地)의 소경력(小經歷)을 이야기하는데, 옥련이는 정상 부인의 눈치만 본다.

부인의 나인 삼십이 될락말락하니 옥련의 모친과 정동갑이나 아닌지, 연기는 옥련의 모친과 그렇게 같으나 생긴 모양은 옥련의 모친과 반대만 되었다. 옥련의 모친은 눈에 애교가 있더라.

(정상 부인) "이애 설자야, 나는 딸 하나 났다."

(설자) "아씨께서 자녀 간에 없이 고적하게 지내시더니 따님이 생겼으니 얼마나 좋으시니까. 그러나 오늘 낳으신 아기가 대단히 숙성하오이다."

(정) "설자야, 네가 옥련이를 말도 가르치고 언문[假名]도 잘 가르쳐주어라. 말을 알아듣거든 하루바삐 학교에 보내겠다."

옥련의 재질은 누가 듣든지 거짓말이라 하고 참말로는 듣지 아니한다. 일본 간 지 반 년도 못되어 일본말을 어찌 그렇게 잘 하던지, 정상 군의 집에 와서 보는 사람들이 옥련이를 일본 아이로 보고 조선 아이로는 보지를 아니한다. 정상 부인이 옥련이를 가르치며 저 아이가 조선 아이인데 조선서 온 지가 반 년 밖에 아니된다, 하는 말은 옥련이를 자랑코자 하여 하는 말이나, 듣는 사람은 정상부인의 농담으로 듣다가 설자에게 자세한 말을 듣고 혀를 홰홰 내두르면서 칭찬하는 소리에 옥련이도 흥이 날만 하겠더라.

호외(號外), 호외, 호외라고 소리를 지르며 대판 저자 큰 길로 다름박질하여 돌아다니는 사람들이 둘씩 · 셋씩 지나가더라.

정상 부인이 웃으며 받아보니 대판매일신문 호외라. 한 줄쯤 보고 깜짝 놀라더니 서너 줄쯤 보고 애그 소리를 하면서 호외를 던지고 아무 소리 없이 눈물이 비오듯 한다.

(옥련) "어머니, 어찌하여 호회를 보고 울으시오. 어머니 어머니……."

"아씨, 이것 좀 보십시오. 요동 반도가 함락이 되었습니다. 아씨, 우리 일본은 싸움할 적마다 이기니 좋지 아니하옵니까. 에그, 우리나라 군사가 이렇게 많이 죽었나. 아씨, 이를 어찌하나. 우리 댁 영감께서 돌아가셨네. 만국공법(萬國公法)에, 전시에서 적십자기(赤十字旗) 세운 데는 위태치 아니하더니 영감께서는 군의시언마는 돌아가셨으니 웬일이오니까."

(옥) "무엇, 아버지가 돌아가셨어……."

옥련이는 소리쳐 울고 부인은 소리 없이 눈물만 떨어지고 설자는 부인을 쳐다보며 비죽비죽 우니 온 집안이 울음빛이라.

호외 한 장이 온 집안의 화기를 끊어버렸더라. 정상 군의는 인간의 다시 오지 못하는 길을 가고, 정상 부인은 찬베개 빈 방에서 적적히 세월을 보내더라.

옥련이는 그날 밤에 물에 빠져죽으러 나갔다가 죽지도 못하고 순검에게 붙들려 들어와서 정상 부인 앞에서 잠을 자는데, 소리를 삼키고 눈물을 흘리다가 정신이 혼혼하여 잠이 잠깐 들었는데 일몽(一夢)을 얻었더라.

옥련이가 죽으려고 평양 대동강으로 찾아나가는데 걸음이 걸리지 아니하여 대동강이 보이면서 갈 수가 없어서 애를 무수히 쓰는데 홀연히 등 뒤에서 옥련아 옥련아 부르는 소리가 들리거늘 돌아다보니 옥련의 어머니라. 별로 반가운 줄도 모르고 하는 말이, 어머니는 어디로 가시오, 나는 오늘 물에 빠져죽으러 나왔소 하니, 옥련의 모친이 하는 말이 이애 죽지 말아라, 너의 아버지께서 너 보고 싶다 하는 편지를 하셨더라.

"어머니가 이 세상에 살아 있어서 평생에 내 얼굴 한 번 보고자 하는 마음으로 하늘이 감동되고 귀신이 돌아보아 내 꿈에 현몽[10]하니 내가 죽으면 부모에게 불효이라. 고생이 되더라도 참는 것이 옳은 일이요, 근심이 있더라도 잊어 버리는 것이 옳은 일이라. 오냐, 일곱 살부터 지금까지 고생으로 살았으니 죽지 말고 살았다가 부모의 얼굴이나 한 번 다시 보고 죽으리라."

정한 마음 없이 정거장으로 나가니, 그때 일번(一番) 기차에 떠나려 하는 행인들이 정거장으로 모여드는지라. 옥련의 마음에 동경이나 가고 싶으나 동경까지 갈 기차표 살 돈은 없고 다만 이십 전이 있는지라. 옥련이가 대판(大阪)만 떠나서 어디든지 가면 남의 집에 봉공(奉公)[11]하고 있을 터이라 결심하고 자목 정거장까지 가는 기차표를 사서 일 번 기차를 타니, 웬 젊은 남자가,

"그 계집아이 똑똑하다. 재주 있겠다. 우리나라 계집아이 같으면 저러한 것들이 판판히 놀겠지. 여기서는 저런 것들도 모두 공부를 한다 하니 저것은 무엇 하는 계집아이인지."

그러한 소리를 곁의 사람이 아무도 못 알아들으나 옥련의 귀

10) 현몽(現夢) : 죽은 사람이나 신령이 꿈에 나타나는 것.

11) 봉공(奉公) : 나라나 사회를 위하여 힘써 일하는 것.

에는 알아들을 뿐이 아니라 대판 온 지 몇 해만에 고국말 소리를 처음 듣는지라, 얼굴을 들어보니,

"이애, 네가 조선 사람이 아니냐."

(옥련) "네, 조선 사람이오."

(서) "그러면 몇 살에 와서 몇 해가 되었느냐?"

(옥) "일곱 살에 와서 지금 열 한 살이 되었소."

(서) "와서 무엇 하였느냐?"

(옥) "심상소학교에서 공부하고 어제가 졸업식하던 날이요."

(서생) "이애, 네가 어디까지 가는지 서서 가면 다리가 아파 가겠느냐?"

(옥련) "자목까지 가서 내릴 터이요."

(서) "자목에 아는 사람이 있느냐?"

(옥) "없어요."

(서) 그러면 자목은 왜 가느냐?"

옥련이가 수건으로 눈을 씻고 대답을 아니하니라.

(서) "네 오는 곳이 이 정거장이냐?"

하던 차에 장거수가 돌아다니면서 자목 자목, 자목이라 소리를 지르며 문을 여니 옥련이는 어린 몸에 일본 풍속에 젖은 아이라 서생에게 향하여 허리를 굽히며 또 일본말로 작별인사 하면서 기차에 내려가니, 구름같이 내려가는 행인 중에 나막신[12] 소리뿐이라. 서생은 정신이 얼떨한데, 옥련이 가는 모양을 보고자 하여 창밖으로 내다보니 사람에 섞이어서 보이지 아니하는지라. 서생이 가방을 들고 옥련이를 쫓아나가다가 정거장 나가는 어귀에서 만난지라.

(서생) "이애, 내가 네게 청할 일이 있다. 나는 일본에 처음으

12) 나막신 : 나무에 끈을 메어 신는 신으로, 일본 사람이 주로 신었음.

로 오는 사람이라 네게 물어볼 일이 있으니, 주막으로 잠깐 들어갔으면 좋겠으니 네 생각에 어떠하냐."

(옥) "그러면 저기 여인숙(旅人宿)이 있으니 잠깐 들어가서 할 말을 하시오."

"이에 내가 여기만 와도 이렇듯 답답하니 미국에 가면 오죽하겠느냐. 너는 타국에 와서 오래 있었으니 별 물정 다 알겠구나."

옥련이는 심상한 고국 사람을 만난 것 같지 아니하고 친부모나 친형제나 만난 것 같다.

모란봉 아래서 발을 구르고 울던 일부터 대판 항구에서 물에 빠져 죽으려던 일까지 낱낱이 말한다.

(서생) "그러면 우리 둘이 미국으로 건너가서 공부나 하고 있다가 너의 부모 소식을 듣거든 네 먼저 고국으로 가게 하여주마."

(옥련) "…………."

너는 일청전쟁을 너 혼자 당한 듯이 알고 있나 보다마는, 우리나라 사람이 누가 당하지 아니한 일이냐. 제 곳에 아니 나고 제 눈에 못 보았다고 태평성세로 아는 사람들은 밥벌레라. 사람 사람이 밥벌레가 되어 세상을 모르고 지내면 몇 해 후에는 우리나라에서 일청전쟁 같은 난리를 당할 것이다. 하루바삐 공부하여 우리나라의 부인 교육은 네가 맡아 문명 길을 열어주어라.

하는 소리에 옥련의 첩첩한 근심이 씻은 듯이 다 없어졌는지라. 그 길로 횡빈(橫濱)까지 가서 배를 타니, 태평양 넓은 물에 마름같이 떠서 화살같이 밤낮없이 달아나는 화륜선(火輪船)[13]

13) 화륜선 : 기선의 옛 이름.

이 삼 주일만에 상항에 이르러 닻을 주니 이곳부터 미국이라. 조선서 낮이 되면 미국에는 밤이 되고 미국에서 밤이 되면 조선서는 낮이 되어 주야가 상반되는 별천지라. 산도 설고 물도 설고 사람도 처음 보는 인물이라. 키 크고 코 높고 노랑머리 흰 살빛에, 그 사람들이 도덕심이 배가 툭 처지도록 들었더라도 옥련의 눈에는 무섭게만 보인다.

서생이 한동안 망설이다가 마차를 타고 가는 청인들에게 필담[14]으로 물으니,

청인이 다시 서생을 향하여 필담으로 대강 사정을 듣고 명함 한 장을 내더니 어떠한 청인에게 부탁하는 말 몇 마디를 써서 주는데, 그 명함을 본즉 청국 개혁당(改革黨)의 유명한 강유위[15]라. 그 명함을 전할 곳은 일어도 잘하는 청인인데, 다년 상항에 있던 사람이라. 그 사람의 주선으로 서생과 옥련이가 미국 화성돈[16]에 가서 청인 학도들과 같이 학교에 들어가서 공부를 하고 있더라.

옥련이가 미국 화성돈에 다섯 해를 있어서 하루도 학교에 아니 가는 날이 없이 다니며 공부를 하는데, 제주있고 부지런한 사람으로, 그 학교 여학생 중에는 제일 칭찬을 듣는지라.

그때 옥련이가 고등소학교에서 졸업 우등생으로 옥련의 이름과 옥련의 사적이 화성돈 신문에 났는데, 그 신문을 보고 이상히 기뻐하는 사람 하나이 있는데, 어찌 그렇게 기쁘던지 부지중 눈물이 쏟아진다. 기쁜 마음을 이기지 못하여 도리어 의심을 낸다.

"조선 사람의 일을 영서로 번역한 것이라 혹 번역이 잘못되었나. 내가 미국에 온 지가 십 년이나 되었으나 영문에 서툴러

14) 필담(筆談) : 말이 통하지 않을 때 글을 써서 서로 묻고 대답하는 것.

15) 강유위 : 중국 청나라 말기, 중화민국 초기의 정치가 · 학자. '변법 자강책'을 제창함. 광서제를 옹립하여 무술변법이라는 개혁을 시도하였으나, 서태후 등의 보수파에 밀려 실패함.

16) 화성돈 : 워싱턴.

서 보기를 잘못 보았나."

그렇게 다심하게 생각하는 사람의 성명은 김관일인데, 그 딸의 이름이 옥련이라. 일청전쟁 났을 때에 그 딸의 사생을 모르고 미국에 왔는데, 그때 화성돈 신문에는, 말은 옥련의 학교 성적과, 평양 사람으로 일곱 살에 일본 대판 가서 심상소학교 졸업하고 그 길로 미국 화성돈에 와서 고등소학교에서 졸업하였다 한 간단한 말이라. 김씨가 분명히 자기의 딸이라고는 질언할 수 없으나, 옥련이라 하는 이름과 평양 사람이라는 말과 일곱 살에 집 떠났다 하는 말은 김관일의 마음에 정녕 내 딸이라고 생각 아니할 수도 없는지라. 김씨가 그 학교에 찾아가니, 그때는 그 학교에서 학도 졸업식 후의 서중휴학이라. 학교에 아무도 없는 고로 물을 곳이 없는지라. 김씨가 옥련을 만나지 못하고 돌아왔더라.

그때 마침 밖에 손이 와서 찾는다 하는데, 명함을 받아 보더니 옥련이가 얼굴빛을 천연히 고치고 손을 들어오라 하니, 그 손이 뽀이를 따라 들어오거늘 옥련이가 선뜻 일어나며 그 사람의 손을 잡아 인사하고 테블 앞에서 마주 향하여 의자에 걸터앉으니, 그 손은 옥련이와 일본 대판서 동행하던 서생인데 그 이름은 구완서라.

(구)"네 졸업을 감축하다. 허허, 계집의 재주가 사나이보다 나은 것이로구나. 너는 미국 온 지 일 년 만에 영어를 대강 알아듣고 학교에까지 들어가서 금년에 졸업을 하였는데, 나는 미국 온 지 두 해만에 중학교에 들어가서 내년에 졸업이라. 네게는 백기를 들고 항복 아니할 수가 없다.

하루는 뽀이가 신문지 한 장을 가지고 옥련의 방으로 오더니 그 신문을 옥련의 앞에 펼쳐 놓고 뽀이의 손가락이 신문지 광고를 가리킨다.

옥련이가 그 광고를 보다가 깜짝 놀라서 눈물이 펑펑 쏟아지면서 얼굴은 발개지고 웃음 반 눈물 반이라.

광 고

지나간 열사흘 날 황색신문 잡보에 한국 여학생 김옥련이가 아무 학교 졸업 우등생이라는 기사가 있기로 그 유하는 호텔을 알고자 하여 이에 광고하오니, 누구시든지 옥련의 유하는 호텔을 이 고백인에게 알려주시면 상당한 금으로 십류(十留):(미국 돈 십 원)를 앙정할 사.

한국 평안도 평양인 김관일 고백

헌수……

의심 없는 옥련의 부친이 한 광고라.

옥련이가 그 말을 듣고 더욱 기뻐하여 뽀이를 데리고 그 부친 있는 처소를 찾아가니 십 년 풍상에 서로 환형(換形)[17]이 된지라, 서로 보고 서로 알아보지 못할 지경이라. 옥련이가 신문 광고와 명함 한 장을 가지고 그 부친 앞으로 가서 남에게 처음 인사하듯 대단히 서어한 인사를 하다가 서로 분명한 말을 듣더니, 옥련이가 일곱 살에 응석하던 마음이 새로이 나서 부친의 무릎 위에 얼굴을 폭 숙이고 소리 없이 우는데, 김관일의 눈물은 옥련의 머리 뒤에 떨어지고, 옥련의 눈물은 그 부친의 무릎

17) 환형 : 모양이 이전과 달라지는 것.

이 젖는다.

(부) "이애 옥련아, 그만 일어나서 너의 어머니 편지나 보아라."

(옥) "응, 어머니 편지라니, 어머니가 살았소."

"이애, 이 편지를 자세히 보아라. 이 편지가 제일 먼저 온 편지다."

옥련이가 그 편지를 받아보니, 옥련이가 그 모친의 글씨를 모르는지라. 가령 옥련이가 정신이 좋으면 그 모친의 얼굴은 생각할는지 모르거니와, 옥련이 일곱 살에 언문도 모를 때에 모친을 떠났는지라. 지금 그 편지를 보며 하는 말이,

"나는 우리 어머니 글씨도 모르지. 어머니 글씨가 이렇던가." 하면서 부친의 앞에 펼쳐 놓고 본다.

"상장

떠나신 지 삼 삭이 못되었으나 평양에 계시던 일은 전생일 같삽. 만리타국에서 수토불복(水土不服)[18]이나 되시지 아니하고 기운 평안하시온지 궁금하옵기 측량 없삽나이다. 이곳의 지낸 풍상[19]은 말씀하기 신신치 아니하오나 대강 소식이나 알으시도록 말씀하옵나이다. 옥련이는 어디 가서 죽었는지 다시 소식이 묘연하고, 이곳은 죽기로 결심하여 대동강 물에 빠졌더니 뱃사공과 고장팔에게 건진 바 되어 살았다가 부산서 이곳 친정 아버님이 평양에 오셔서 사랑에서 미국 가셨다는 말씀을 전하여 주시니, 그 후로부터 마음을 붙여 살아 있삽. 세월이 어서 가서 고국에 돌아오시기만 기다리옵나이다."

(옥) "아버지, 나는 내일이라도 우리 집으로 보내주시오. 날개가 돋쳤으면 지금이라도 날아가서 우리 어머니 얼굴을 보고

18) 수토불복(水土不服) : 풍토나 물이 몸에 맞지 않아 위장이 상함.

19) 풍상(風霜) : 많이 겪은 세상의 고난이나 고통.

우리 어머니 한을 풀어드리고 싶소."

(부) "네가 고국에 가기가 그리 바쁠 것이 아니라 우선 네가 고생하던 이야기나 어서 좀 하여라. 네가 어떻게 살아났으며 어찌 여기를 왔느냐?"

(옥) "아버지, 아버지께서 나 같은 불효의 딸을 만나보시고 기쁘신 마음이 있거든 구씨를 찾아보시고 치사의 말씀을 하여 주시면 좋겠습니다."

김관일이가 그 말을 듣더니, 그 길로 옥련이를 데리고 구씨의 유하는 처소로 찾아가니, 구씨는 김관일을 만나보매 옥련의 부친을 본 것 같지 아니하고 제 부친이나 만난 듯이 반가운 마음이 있으니, 그 마음은 옥련의 기뻐하는 마음이 내 마음 기쁜 것이나 다름없는 데서 나오는 마음이요, 김씨는 구씨를 보고 내 딸 옥련을 만나본 것이나 다름없이 반가우니, 그 두 사람의 마음이 그러할 일이라. 김씨가 구씨를 대하여 하는 말이 간단한 두 마디뿐이라.

한 마디는 옥련이가 신세지은 치사요, 한 마디는 구씨가 고국에 돌아간 뒤에 옥련으로 하여금 구씨의 기치를 받들고 백년가약 맺기를 원하는지라.

구씨는 본래 활발하고 거칠 것 없이 수작하는 사람이라 옥련이를 물끄러미 보더니,

(구) "이에 옥련아, 어– 실체(失體)하였구. 남의 집 처녀더러 또 해라 하였구나. 우리가 입으로 조선말은 하더라도 마음에는 서양 문명한 풍속이 젖었으니, 우리는 혼인을 하여도 서양 사람과 같이 부모의 명령을 좇을 것이 아니라, 우리가 서로 부부 될 마음이 있으면 서로 직접 하여 말하는 것이 옳은 일이다. 그

러나 우선 말부터 영어로 수작하자. 조선말로 하면 입에 익은 말로 외짝해라 하기 불안하다."

하면서 구씨가 영어로 말을 하는데, 구씨의 학문은 옥련이보다 대단히 높으니 영어는 옥련이가 구씨의 선생 노릇이라도 할 만한 터이라. 그러나 구씨는 서투른 영어로 수작을 하는데, 옥련이는 조선말로 단정히 대답하더라.

김관일은 딸의 혼인 언론을 하다가 구씨가 서양 풍속으로 직접 언론하자 하는 서슬에 옥련의 혼인 언약에 좌지우지할 권리가 없이 가만히 앉았더라.

옥련이는 아무리 조선 계집아이나 학문도 있고, 개명한 생각도 있고, 동서양으로 다니면서 문견(聞見)이 높은지라. 서슴치 아니하고 혼인 언론 대답을 하는데, 구씨의 소청이 있으니, 옥련이가 구씨와 같이 몇 해든지 공부를 더 힘써 하여 학문이 유여한 후에 고국에 돌아가서 결혼하고, 옥련이는 조선 부인교육을 맡아 하기를 청하는 유지(有志)한 말이라.

옥련이가 구씨의 권하는 말을 듣고 조선 부인 교육할 마음이 간절하여 구씨와 혼인 언약을 맺으니, 구씨의 목적은 공부를 힘써 하여 귀국한 뒤에 우리나라를 독일국(獨逸國)같이 연방도를 삼되, 일본과 만주를 한데 합하여 문명한 강국을 만들고자 하는 비사맥 같은 마음이요, 옥련이는 공부를 힘써 하여 귀국한 뒤에 우리나라 부인의 지식을 넓혀서 남자에게 압제받지 말고 남자와 동등권리를 찾게 하며, 또 부인도 나라에 유익한 백성이 되고 사회상에 명예 있는 사람이 되도록 교육할 마음이라.

평양에 있는 집에는, 우자 쓴 벙거지 쓰고 감장 홀태바지 저고리 입고 가죽 주머니 매고 문 밖에 와서 안중문을 기웃기웃하며 편지 받아 들어가오 하니, 노파가 편지를 받아서 부인에게 드리니, 부인이 그 편지를 들고 겉봉 쓴 것을 보더니 깜짝 놀라서 의심을 한다.

(노파) "아씨, 무엇을 그리 하십니까?"

(부) "응, 가만이 있게."

(노파) "서방님께서 부치신 편지오니까?"

(부) "아닐세."

(노파) "그러면 부산서 주사나리께서 하신 편지오니까?"

(부) "아니."

(노파) "에그, 어서 말씀 좀 시원히 하여주십시오."

(부) "글씨는 처음 보는 글씨일세."

본래 옥련이가 일곱 살에 부모를 떠났는데, 그때는 언문 한 자 모를 때라. 그 후에 일본 가서 심상소학교 졸업까지 하였으나 조선 언문은 구경도 못하였더니, 그 후에 구완서와 같이 미국 갈 때에 태평양을 건너가는 동안에 구완서가 가르친 언문이라 옥련의 모친이 어찌 옥련의 글씨를 알아보리오. 부인이 편지를 받아보니 겉면에는,

한국 평안남도 평양부 북문내 김관일 실내 친전

한편에는,

미국 화성돈 ○○○호텔

옥련 상사리

진서[20] 글자는 부인이 한 자도 알아보지 못하고 다만 〈옥련 상사리〉라 한 글자만 알아보았으나, 글씨도 모르는 글씨요, 옥련이라 한 것은 볼수록 의심만 난다.

(부인) "여보게 할멈, 이 편지 가지고 왔던 우체사령이 벌써 갔나. 이 편지가 정녕 우리 집에 오는 것인지 자세히 물어보더면 좋을 뻔하였네."

(노파) "왜 거기 쓰이지 아니하였습니까?"

(부인) "한 편은 진서요 한 편에는 진서도 있고 언문도 있는데, 진서는 무엇인지 모르겠고, 언문에는 옥련 상사리라 썼으니, 이상한 일도 있네. 세상에 옥련이라 하는 이름이 또 있는지, 옥련이라 하는 이름이 또 있더라도 내게 편지할 만한 사람도 없는데……."

(노파) "그러면 작은 아씨의 편지인가 보이다."

(부인) "에그, 꿈 같은 소리도 하네. 죽은 옥련이가 내게 편지를 어찌하여……."

하면서 또 한숨을 쉬더니 얼굴에 처량한 빛이 다시 난다.

(노파) "아씨 아씨, 두 말씀 말고 그 편지를 뜯어 보십시오."

부인이 편지를 뜯어보니 옥련의 편지라.

모란봉에서 지낸 일부터 미국 화성돈 호텔에서 옥련의 부녀가 상봉하여 그 모친의 편지보던 모양까지 그린 듯이 자세히 한 편지라.

그 편지 부쳤던 날은 광무 육 년(음력) 칠 월 십 일 일인데, 부인이 그 편지 받아보던 날은 임인년 음력 팔 월 십오 일이리라.

2권은 그 여학생이 고국에 돌아온 후를 기다리오.

읽은 후에

작·품·정·리

- 갈래 : 장편소설, 신소설.
- 주제 : 새로운 가치관의 제시－신교육 사상, 자주독립 사상 등.
- 배경 : 시간적－1894년 청일전쟁시와 그 이후.
  공간적－한국의 평양, 일본의 대판, 미국의 워싱턴.
- 시점 : 전지적 작가 시점.

작·품·감·상

〈혈의 누〉는 1906년 〈만세보〉에 연재되었던 작품이며, 이는 한국 문학사상 신소설의 첫 작품으로 꼽힌다. 청일전쟁을 시대적 배경으로 하는 이 작품은 사건의 진행과정에서 이인직의 사상이 잘 나타나 있다. 즉 옥련의 삶을 통하여 후진국의 비애를 절감하고 하루빨리 자주 독립 국가로서의 강국을 염원하게 되는데 이러기 위해서는 신교육의 필요성을 강력히 주장하고 있다. 거기에다 당시에는 상상도 할 수 없었던 자유 결혼관을 제시했다는 점에서 그의 개화 사상을 엿볼 수가 있다. 대체적으로 이 소설은 세계 인식과 함께 우리 나라의 고질적인 봉건 사상을 타파하려는 외침이 전편에 깔려 있다.

이 소설이 구성면에서와 이야기의 전개 과정에서 미숙한 점이 많은 것도 사실이나 이는 고대 소설에서 신소설로 넘어 오는 과정의 일반적인 취약점이기도 하다.

신소설은 아직 현대소설의 형식을 제대로 갖추지 못하고 고대 소설의 모습을 완전히 벗어나지 못하고 있다. 그것은 스토리의 전개와 결말에 있어서 권선징악적 고대 소설의 습관이나 계몽소설 부류를 답습하고 있으나, 개화기의 새로운 사회상을 그리면서 독자에게 개화의 길을 선도하도록 하였으며, 자주독립의 정신을 고취하고 있다는 점에서 고대소설과 구분되고 있다.

그럼에도 불구하고 〈혈의 누〉로부터 시작된 신소설이 현대 소설의 성립을 도웁는 데 일조를 하였으며, 산문문장을 구사한 점도 우리 문학사에 공헌한 바가 크다.

되짚어 보는 문제

1. 김관일은 청일전쟁 중에 부산으로 피란을 갔다가 아내와 딸을 잃어 소식을 모른 채 외국유학을 떠났다. 이러한 줄거리가 현실적으로 가능한가에 대해 자신의 생각을 써라.

2. 옥련은 워싱톤 호텔에서 구완서를 보내고 홀로 생각에 잠긴다.

예1

내가 일본 대판 있을 때에 심상소학교 졸업하던 날은 하루밤에 두 번을 죽을려고 하였더니 오늘 또 어떠한 팔자 사나운 일이나 없을런지 내가 죽기가 싫어서 죽지 아니한 것도 아니요 공부하고자 이곳에 온 것도 아니라……우리 부모는 세상에 살아 있는지 부모의 사랑도 모르니 혈혈한 몸이 살아 있은들 무엇 하리오…….

이와 같은 신세 타령은 자기 아버지 김관일을 미국에서 처음 만났을 때에도 그러한 심정을 토로하고 있다.

예2

아버지 나는 내일이라도 우리집으로 보내주시오. 날개가 돋쳤으면 지금이라도 날아가서 우리 어머니 얼굴을 보고 우리 어머니 한을 풀어드리고 싶소.

그러나 다음 지문은 사뭇 다른 생각이다.

예3

구씨의 목적은 공부를 힘써 하여 귀국한 뒤에 우리나라를 독일국 같이 연방도를 삼되 일본과 만주를 한데 합하여 문명한 강국을 만들고자 하는 '비사맥' 같은 마음이요 옥련이는 공부를 힘써 하여 귀국한 뒤에 우리나라 부인의 지식을 넓혀서 남자에게 압제 받지 말고 남자와 동등 권리를 찾게 하며 또 부인도 나라에 유익한 백성이 되고 사회상에 명예있는 사람이 되도록 교육할 마음이다.

예1, 2와 예3의 내용을 비교하고 자신의 견해를 써라.

3. 작품 '혈의 누'에서 느끼는 주제의식을 모두 써라.

문학 용어 깊이 익히기 1 신소설

신소설은 개화기라는 구체적인 상황을 시대적 배경으로 하며, 그같은 격변기 속에서 개화와 독립, 계몽 사상에 입각한 인간상을 제시하고자 하는 것이 주된 특성이라고 할 수 있다. 특히 개화사상은 신소설에서 가장 특징적인 주제로서 신교육을 통한 서구 문물의 수용, 봉건적 인습과 미신의 거부, 신분차별과 남녀차별에 대한 비판, 그리고 억압적인 가부장 제도에 대한 반발로서 자유 연애관, 자유결혼관 등으로 표출된다. 신소설과 고대소설의 가장 두드러진 차이점은 그 형식과 기법적인 측면에서 드러난다. ① 고대소설에서 쓰이던 도입어(화설, 각설, 차설 등)나 특정한 시간과 공간을 규정짓는 시공 부사(하로난, 일일은, 선시에, 차시에, 이젹, 이띄, 한고되) 혹은 장면 전환을 나타내는 상투어들이 신소설에 오면서 극복되고 있다는 점이다. ② 고대소설에서 구별없이 통용되던 지문과 대사가 분리되면서 문어체 문장에서 구어체 문장으로 이행되었다는 점이다. ③ 고대소설에서는 사용되지 않았던 일상적 어휘들이 자유롭게 구사되기 시작했다는 점과 ④ 고대소설의 서술적 문장이 묘사적 문장으로 대체되면서 사건의 구체적인 정황 제시를 통해 이야기를 전달하려는 경향이 강해졌다는 점이다. ⑤ 고대소설에서 사건의 순차적 흐름을 보이던 평면적인 시간진행 방식이 역행되거나 뒤섞이는 입체적 방식으로 변화되고 있다는 점 등이 특징적으로 지적될 수 있다.

3

금수회의록

안국선

작·가·소·개

1878년 12월 5일(음력) 경기도 양지군 봉촌(현 안성군 고사면 봉산리)에서 몰락한 양반 집안의 후예인 안직수(安稷壽)의 장남으로 출생. 첫 이름은 주선(周善). 20대 중반까지 명선(明善)이란 이름을 썼고, 그 뒤로는 국선이란 이름을 사용하였으며, 호는 천강(天江)이다. 일본유학을 한 개화기의 대표적인 지식인의 한 사람으로 1895년 관비유학생으로 일본으로 건너가 동경전문학교에서 정치학을 수학하였으며, 귀국 후 독립협회에 가담하여 국민계몽운동에 헌신하다가 1898년 독립협회 해산과 함께 체포, 투옥되어 참형의 선고를 받았다가 진도에 유배되기도 하였다. 1907년부터 강단에서 정치 · 경제 등을 강의한 그는 교재로《외교통의》·《정치원론》등을 저술하였으며,《연설방법》은 당시 유행하던 사회계몽 수단인 연설 토론의 교본으로 저술된 것이다. 뿐만 아니라 그는《야뢰 夜雷》·《대한협회보》·《기호흥학회월보》등에 정치 · 경제 · 시사 등의 시사적인 논설도 발표하였으며, 대한협회의 평의원도 역임하였다. 그가 관계에 몸을 담게 된 것은 1908년 탁지부 서기관에 임명되면서부터이다. 1911년부터 약 2년간 청도 군수를 역임하기도 하였다. 그는 형무소에 수감중 기독교에 귀의하였고 계명구락부의 회원이기도 하였다. 관직에서 물러난 뒤 금광 · 개간 · 미두 · 주권 등에 손을 대었으나 실패하고 일시 낙향하여 생활하였으나 자녀의 교육을 위하여 다시 상경하였다. 그의 소설로는 〈금수회의록〉·〈공진회〉 외에 필사본으로 〈발섭기 跋涉記〉 상·하 2권과 〈됴염전〉이 있다 하나 전하여지지 않고 있다. 그의 소설과 저술물의 기저를 이루는 사상으로 유교적 윤리와 기독적 윤리사상을 들 수 있는데, 이는 당대의 혼란한 국가와 사회를 바로잡고자 한 그의 현실관에서 나온 것으로 판단된다. 정신개조를 통한 자주독립과 국권회복을 이루려는 그의 태도는 동도서기론(東道西器論)의 개화파와 같은 선상에 있다고 할 수 있다.

읽기 전에

등·장·인·물

- 여러 종류의 짐승 대표 : 여러 종류의 짐승을 등장시켜 당대의 현실을 비판하고 있다.
- 나(인간) : '금수회의'를 지켜보는 인간, 관찰자는 작품의 대단원 부분에서 이 이야기의 내용을 요약하고 주제를 제시하고 있다.

줄·거·리

이 작품은 '금수회의소'라는 모임 장소에서 8종류의 동물들이 회의를 통하여 인간의 온갖 악을 성토하는 내용이다. 회장인 듯한 물건이 금색 찬란한 큰 관을 쓰고 영롱한 의복을 입은 이상한 태도로 회장석에 올라서 개회 취지를 밝힌다. 이 회의의 안건은,

제일, 사람 된 자의 책임을 의논하여 분명히 할 일.

제이, 사람의 행위를 들어서 옳고 그름을 의논할 일.

제삼, 지금 세상 사람 중에 인류 자격이 있는 자와 없는 자를 조사할 일 등이다. 이 세 가지 문제를 가지고 토의를 시작한다.

제일석에 앉아 있던 까마귀가 물을 조금 마시고 연설을 시작한다. 내용은 반포지효(反哺之孝)를 예로 들면서 인간을 비난한다. 그리고 제이석의 여우는 호가호위(狐假虎威)를 예로 들면서 기생이 시조를 부르려고 목청을 가다듬는 간사한 목소리로 인간의 간사함을 성토한다. 제삼석의 개구리는 정와어해(井蛙語海)의 예를 들어 분수를 지킬 줄 모르고 잘난 척하는 인간을, 제사석의 벌은 구밀복검(口蜜腹劍)의 예를 들어 인간의 이중성을, 제오석의 게는 무장공자(無腸公子)의 예를 들어 외세에 의존하려는 인간의 태도를, 제육석의 파리는 영영지극(營營之極)을 예로 들어 인간의 욕심 많은 마음을, 제칠석의 호랑이는 가정이맹어호(苛政而猛於虎)를 들어 인간의 험악하고 흉포한 점을 성토한다. 제팔석의 원앙새는 쌍거쌍래(雙去雙來)의

예를 들어 심성을 성토한다. 끝으로 회장이, "여러분 하시는 말씀을 들으면 다 옳으신 말씀이오. 대저 사람이라 하는 동물은 세상에서 제일 귀하다, 신령하다 하지마는 나는 말하자면 제일 어리석고, 제일 더럽고, 제일 괴악하다 생각하오. 그 행위를 들어 말하자면 한정이 없고, 시간이 진하였으니 고만 폐회하오."하고 폐회를 선언한다. 이러한 동물들의 성토하는 광경을 보고 나는 내가 어찌 사람으로 태어나서 이런 욕을 보는고! 하면서 부끄러움을 느끼며 마지막으로,

"예수 씨의 말씀을 들으니 하나님이 아직도 사람을 사랑하신다 하니, 사람들이 악한 일을 많이 하였을지라도 회개하면 구원 얻는 일이 있다 하였으니, 이 세상에 있는 여러 형제 자매는 깊이 깊이 생각하시오." 하고 인간 구원의 길을 역설하는 것으로 끝난다.

금수회의록

안국선

서언(序言)

머리를 들어 하늘을 우러러보니 일월과 성신이 천추의 빛을 잃지 아니하고, 눈을 떠서 땅을 굽어보니 강해(江海)와 산악이 만고의 형상을 변치 아니하도다. 어느 봄에 꽃이 피지 아니하며, 어느 가을에 잎이 떨어지지 아니하리오.

우주는 의연히 백대(百代)에 한결같거늘, 사람의 일은 어찌하여 고금이 다르뇨? 지금 세상 사람을 살펴보니 애닯고, 불쌍하고, 탄식하고, 통곡할 만하도다. 전인(前人)의 말씀을 듣든지 역사를 보든지 옛적 사람은 양심이 있어 천리(天理)를 순종하여 하느님께 가까웠거늘, 지금 세상은 인문이 결단나서 도덕도 없어지고, 염치도 없어지고, 의리도 없어지고, 절개도 없어져서, 사람마다 더럽고 흐린 풍랑에 빠지고 헤어나올 줄 몰라서 온 세상이 다 악한 고로, 그름 · 옳음을 분별치 못하여 악독하기로 유명한 도척[1]이 같은 도적놈은 청천 백일에 사마(士馬)를 달려 왕궁 · 국도에 횡행하되 사람이 보고 이상히 여기지 아니하고, 안자[2]같이 착한 사람이 누항[3]에 있어서 한 도시락밥을 먹고 한 표주박물을 마시며 가난을 견디지 못하되 한 사람도 불쌍히 여기지 아니하니, 슬프다! 착한 사람과 악한 사람이 거

1) 도척(盜蹠) : 중국 춘추 전국 시대의 큰 도적.
2) 안자(顔子) ; 중국 춘추 시대 노나라 사람으로 공자(孔子)의 수제자 중 한 사람.
3) 누항(陋巷) : 좁고 지저분한 거리.

꾸로 되고 충신과 역적이 바뀌었도다. 이같이 천리가 어기어지고 덕의가 없어서 더럽고, 어둡고, 어리석고, 악독하여 금수(禽獸)만도 못한 이 세상을 장차 어찌하면 좋을꼬? 나도 또한 인간의 한 사람이라, 우리 인류 사회가 이같이 악하게 됨을 근심하여 매양 성현의 글을 읽어 성현의 마음을 본받으려 하더니, 마침 서창에 곤히 든 잠이 춘풍에 이익한 바 되매 유흥을 금치 못하여 죽장 망혜[4]로 녹수를 따르고 청산을 찾아서[5] 한 곳에 다다르니, 사면에 기화 요초[6]는 우거졌고 시냇물 소리는 종종하며, 인적이 고요한데, 흰구름 푸른 수풀 사이에 현판 하나가 달렸거늘, 자세히 보니 다섯 글자를 크게 썼으되 '금수회의소'라 하고 그 옆에 문제를 걸었는데 '인류를 논박할 일'이라 하였고, 또 광고를 붙였는데 '하늘과 땅 사이에 무슨 물건이든지 의견이 있거든 의견을 말하고, 방청을 하려거든 방청하되 각기 자유로 하라.' 하였는데, 그 곳에 모인 물건을 길짐승 · 날짐승 · 버러지 · 물고기 · 풀 · 나무 · 돌 등물이 다 모였더라. 혼자 마음으로 가만히 생각하여 보니, 대저 사람은 만물지중에 가장 귀하고 제일 신령하여 천지의 화육(化育)[7]을 도우며, 하느님을 대신하여 세상 만물의 금수 · 초목까지라도 다 맡아 다스리는 권능이 있고, 또 사람이 만일 패악[8]한 일이 있으면 천히 여겨 금수 같은 행위라 하며, 사람이 만일 어리석고 하는 일이 없으면 초목같이 아무 생각도 없는 물건이라고 욕하나니, 그러면 금수 · 초목은 천하고 사람은 귀하며, 금수 · 초목은 아무것도 모르고 사람은 신령하거늘, 지금 세상은 바뀌어서 금수 · 초목이 도리어 사람의 무도 · 패덕함을 공격하려 하니, 괴상하고 부끄럽고 절통(切痛) 분하여 열었던 입을 다물지도 못하고 정신

4) 죽장망혜(竹杖芒鞋) : 대지팡이와 짚신. 먼 길을 떠날 때의 아주 간편한 차림새를 말함.

5) 녹수를 따르고 청산을 찾아서 : 녹수청산(綠水靑山) '푸른 물과 푸른 산을 이름.

6) 기화요초(琪花瑤草) : 옥같이 고운 꽃과 풀.

7) 화육(化育) : 천지자연이 만물을 낳아서 기름.

8) 패악(悖惡) : 도리에 어긋나고 흉악함.

없이 섰더니,

개회 취지

별안간 뒤에서 무엇이 와락 떠다 밀며,

"어서 들어갑시다. 시간 되었소."

하고 바삐 들어가는 서슬에 나도 따라 들어가서 방청석에 앉아 보니, 각색 길짐승 · 날짐승 · 모든 버러지 · 물고기 동물이 꾸역꾸역 들어와서 그 안에 빽빽하게 서고 앉았는데, 모인 물건은 형형색색이나 좌석은 제제창창[9]한데, 장차 개회하려는지 규칙 방망이 소리가 똑똑 나더니, 회장인 듯한 한 물건이 머리에는 금색이 찬란한 큰 관을 쓰고, 몸에는 오색이 영롱한 의복을 입은 이상한 태도로 회장석에 올라서서 한 번 읍하고, 위의(威儀)가 엄숙하고 형용이 단정하게 딱 서서 여러 회원을 대하여 하는 말이,

"여러분이여, 내가 지금 여러분을 청하여 만고에 없던 일대 회의를 열 때에 한 마디 말씀으로 개회 취지를 베풀려 하오니 재미있게 들어 주시기를 바라오.

대저 우리들이 거주하여 사는 이 세상은 당초부터 있던 것이 아니라, 지극히 거룩하시고 전능하신 하느님께서 조화로 만드신 것이라. 세계 만물을 창조하신 조화주를 곧 하느님이라 하나니, 일만 이치의 주인 되시는 하느님께서 세계를 만드시고 또 만물을 만들어 각색 물건이 세상에 생기게 하셨으니, 이같이 만드신 목적은 그 영광을 나타내어 모든 생물로 하여금 인

9) 제제창창(濟濟蹌蹌) : 몸가짐이 위엄이 있고 정숙함.

자한 은덕을 베풀어 영원한 행복을 받게 하려 함이라. 그런 고로 세상에 있는 모든 물건은 사람이든지 초목이든지 무슨 물건이든지 다 귀하고 천한 분별이 없는즉, 어떤 것은 높고 어떤 것은 낮다 할 이치가 있으리오. 다 각기 천지 본래의 이치만 좇아서 하느님의 뜻대로 본분을 지키고, 한편으로는 제 몸의 행복을 누리고, 한편으로는 하느님의 영광을 나타낼지니, 그 중에도 사람이라 하는 물건은 당초에 하느님이 만드실 때에 특별히 영혼과 도덕심을 넣어서 다른 물건과 다르게 하셨은즉, 사람들은 더욱 하느님의 뜻을 순종하여 천리(天理)·정도(正道)를 지키고 착한 행실과 아름다운 일로 하느님의 영광을 나타내어야 할 터인데, 지금 세상 사람의 하는 행위를 보니 그 하는 일이 모두 악하고 부정하여 하느님의 영광을 나타내기는 고사하고 도리어 하느님의 영광을 더럽게 하며 은혜를 배반하여 제반 악증이 많도다. 외국 사람에게 아첨하여 벼슬만 하려 하고, 제 나라가 다 망하든지 제 동포가 다 죽든지 불고(不顧)하는 역적놈도 있으며, 임금을 속이고 백성을 해롭게 하여 나랏일을 결단내는 소인놈도 있으며, 부모는 자식을 사랑치 아니하고, 자식은 부모를 섬기지 아니하며, 형제간에 재물로 인연하여 골육상잔하기를 일삼고, 부부간에 음란한 생각으로 화목치 아니한 사람이 많으니, 이 같은 인류에게 좋은 영혼과 제일 귀하다 하는 특권을 줄 것이 무엇이오. 하느님을 섬기던 천사도 악한 행실을 하다가 떨어져서 마귀가 된 일이 있거늘 하물며 사람이야 더 말할 것 있소. 태고적 맨처음에 사람을 내실 적에는 영혼과 덕의심을 주셔서 만물 중에 제일 귀하다 하는 특권을 주셨으되, 저희들이 그 권리를 내어버리고 그 성품을 잃어버리니, 몸은 비

[금수회의록 책표지]

록 사람의 형상이 그대로 있을지라도 만물 중에 가장 귀하다 하는 인류의 자격은 있다 할 수가 없소.

여러분은 금수라, 초목이라 하여 사람보다 천하다 하나, 하느님이 정하신 법대로 행하여 기는 자는 기고, 나는 자는 날고, 굴에서 사는 자는 깃들임을 침노치 아니하며, 깃들인 자는 굴을 빼앗지 아니하고, 봄에 생겨서 가을에 죽으며, 여름에 나와서 겨울에 들어가니, 하느님의 법을 지키고 천지 이치대로 행하여 정도에 어김이 없는즉, 지금 여러분 금수 · 초목과 사람을 비교하여 보면 사람이 도리어 낮고 천하며, 여러분이 도리어 귀하고 높은 지위에 있다 할 수 있소. 사람들이 이같이 제 자격을 잃고도 거만한 마음으로 오히려 만물 중에 제가 가장 귀하다, 높다, 신령하다 하여 우리 족속 여러분을 멸시하니, 우리가 어찌 그 횡포를 받으리오. 내가 여러분의 마음을 찬성하여 하느님께 아뢰고 본회의를 소집하였는데, 이 회의에서 결의할 안건은 세 가지 문제가 있소.

제일, 사람 된 자의 책임을 의논하여 분명히 할 일.

제이, 사람의 행위를 들어서 옳고 그름을 의논할 일.

제삼, 지금 세상 사람 중에 인류 자격이 있는 자와 없는 자를 조사할 일.

이 세 가지 문제를 토론하여 여러분과 사람의 관계를 분명히 하고, 사람들이 여전히 악한 행위를 하여 회개치 아니하면 그 동물의 사람이라 하는 이름을 빼앗고 이등 마귀라 하는 이름을 주기로 하느님께 상주(上奏)[10]할 터이니, 여러분은 이 뜻을 본받아 이 회의에서 결의한 일을 진행하시기를 바라옵나이다."

회장이 개회 취지를 연설하고 회장석에 앉으니, 한 모퉁이에

10) 상주(上奏) ; 임금에게 말씀을 아룀.

서 우렁찬 소리로 회장을 부르고 일어서서 연단으로 올라간다.

제1석 반포지효[11] — 까마귀

프록 코트를 입어서 전신이 새까맣고 똥그란 눈이 말똥말똥한데, 물 한 잔 조금 마시고 연설을 시작한다.

"나는 까마귀올시다. 지금 인류에 대하여 소회(所懷)[12]를 진술할터인데 반포지효라 하는 사람들은 만물중에 제일이라 하지마는, 그 행실을 살펴볼 지경이면 다 천리(天理)에 어기어져서 하나도 취할 것이 없소. 사람들의 옳지 못한 일을 모두 다 들어 말씀하려면 너무 지리하겠기에 다만 사람들의 불효한 것을 가지고 말씀할 터인데, 옛날 동양 성인들이 말씀하기를 효는 덕의 근본이라, 효도는 일백 행실의 근원이라, 효도는 천하를 다스린다 하였고, 예수교 계명에도 부모를 효도로 섬기라 하였으니, 효도라 하는 것은 자식 된 자가 고연(固然)한 직분으로 당연히 행할 일이올시다. 우리 까마귀의 족속은 먹을 것을 물고 돌아와서 어버이를 기르며 효성을 극진히 하여 망극한 은혜를 갚아서 하느님이 정하신 본분을 지키어, 자자손손이 천만대를 내려가도록 가법(家法)을 변치 아니하는 고로, 옛적에 백낙천[13]이라 하는 분이 우리를 가리켜 '새 중의 증자[14]'라 하였고, 《본초 강목》에는 자조(慈鳥)[15]라 일컬었으니, 증자라 하는 양반은 부모에게 효도 잘 하기로 유명한 사람이요, 자조라 하는 뜻은 사랑하는 새라 함이니, 부모는 자식을 사랑하고 자식은 부모에게 효도함이 하느님의 법이라.

11) 반포지효(反哺之孝) : 자식이 자라서 어버이의 은혜에 보답하는 효성. 새끼 까마귀가 자라서 어미에게 먹이를 물어다 준다는 데에서 나온 말이다.

12) 소희(所懷) : 마음에 품고 있는 회포.

13) 백낙천(白樂天) : 백거이(白居易)를 말함. 중국 당나라의 시인(772~846). 통속적인 언어구사와 풍자에 뛰어나며, 평이하고 유려한 시풍은 원진과 함께 원백체로 통칭됨.

14) 증자(增子) : 중국 춘추 전국 시대 노나라의 사람으로 공자의 제자. 본명은 증삼(曾參).

15) 자조(慈鳥) : 새끼가 어미에게 먹이를 날라다 주는 인자한 새라는 뜻으로, 까마귀를 이름.

우리는 그 법을 지키고 어기지 아니하거늘, 지금 세상 사람들은 말하는 것을 보면 낱낱이 효자 같으되, 실상 하는 행실을 보면 주색 잡기(酒色雜技)에 침혹하여 부모의 뜻을 어기며, 형제간에 재물로 다투어 부모의 마음을 상케 하며, 제 한 몸만 생각하고 부모가 주리되 돌아보지 아니하고, 여편네는 학식이라고 조금 있으면 주제넘은 마음이 생겨서 온화 · 유순한 부덕(婦德)을 잊어버리고, 시집 가서는 시부모 보기를 아무것도 모르는 어리석은 물건같이 대접하고, 심하면 원수같이 미워하기도 하니, 인류 사회에 효도 없어짐이 지금 세상보다 더 심함이 없도다. 사람들이 일백 행실의 근본되는 효도를 알지 못하니 다른 것은 더 말할 것 무엇 있소. 우리는 천성이 효도를 주장하는 고로 출천지효성(出天之孝誠) 있는 사람이면 우리가 감동하여, 노래자[16]를 도와서 종일토록 그 부모를 즐겁게 하여 주며, 증자의 갓 위에 모여서 효자의 아름다운 이름을 천추에 전케 하였고, 또 우리가 효도만 극진할 뿐 아니라 자고 이래로 사기(史記)에 빛난 일이 한두 가지가 아니오니 대강 말씀하오리다.

우리가 떼를 지어 논밭으로 내려갈 때 곡식을 해하는 버러지를 없애려고 가건마는, 사람들은 미련한 생각에 그 곡식을 파먹는 줄로 아는도다! 서양 책력 일천팔백칠십사 년에 미국 조류학자 삐이루라 하는 사람이 우리 까마귀 족속 이천이백오십팔 마리를 잡아다가 배를 가르고 오장을 꺼내어 해부하여 보고 말하기를, 까마귀는 곡식을 해하지 아니하고 곡식에 해되는 버러지를 잡아먹는다 하였으니, 우리가 곡식밭에 가는 것은 곡식에 이가 되고 해가 되지 아니하는 것은 분명하고, 또 우리가 밤중에 우는 것은 공연히 우는 것이 아니요, 나라에서 법령이 아

16) 노래자(老來子) : 중국 춘추 시대 초나라의 현인으로 중국 24효자의 한 사람.

름답지 못하여 백성이 도탄[17]에 침륜(沈淪)[18]하여 천하에 큰 병화(兵火)가 일어날 징조가 있으면 우리가 아니 울 때에 울어서 사람들이 깨닫고 허물을 고쳐서 세상이 태평 무사하기를 희망하고 권고함이요, 강소성 한산사[19]에서 달은 넘어가고 서리친 밤에 쇠북을 주둥이로 쪼아 소리를 내서 대망에게 죽을 것을 살려 준 은혜를 갚았고, 한나라 효문제가 아홉 살 되었을 때에 그 부모는 왕망[20]의 난리에 죽고 효문제 혼자 달아날 때, 날이 저물어 길을 잃었거늘 우리들이 가서 인도하였고, 연 태자 단이 진나라에 볼모 잡혀 있을 때에 우리가 머리를 희게 하여 그 나라로 돌아가게 하였고, 진 문공이 개자추[21]를 찾으려고 면산에 불을 놓으매 우리가 연기를 에워싸고 타지 못하게 하였더니, 그 후에 진나라 사람이 그 산에 은연대(恩煙臺)라 하는 집을 짓고 우리의 은덕을 기념하였으며, 당나라 이의부는 글을 짓되 상림에 나무를 심어 우리를 준다 하였었고, 또 물병에 돌을 던지니 이솝이 상을 주고 탁자의 포도주를 다 먹어도 프랭클린이 사랑하도다. 우리 까마귀의 사적이 이러하거늘, 사람들은 우리 소리를 듣고 흉한 징조라 길한 징조라 함은 저희들 마음대로 하는 말이요, 우리에게는 상관없는 일이라. 사람의 일이 흉하든지 길하든지 우리가 울 일이 무엇 있소? 그것은 사람들이 무식하고 어리석어서, 저희들이 좋지 아니한 때에 흉하게 듣고 하는 말이로다. 사람이 염병이니 괴질이니 앓아서 죽게 된 때에 우리가 어찌하여 그 근처에 가서 울면, 사람들은 못생겨서 저희들이 약도 잘못 쓰고 위생도 잘못하여 죽는 줄은 알지 못하고 우리가 울어서 죽는 줄로만 알고, 저희끼리 욕설하려면 '염병에 까마귀 소리'라 하니, 아, 어리석기는 사람같이

17) 도탄(塗炭) : 몹시 곤궁함.
18) 침륜(沈淪) : 재산, 권세 등이 없어져서 세력이 몰락함.
19) 강소성 한산사 : 강소성은 중국 동부의 한 성. 한산사는 쑤저우에 있는 유명한 절.
20) 왕망(王莽) : 중국 전한 말기의 정치가. 스스로 옹립한 평제를 독살하고 제위를 빼앗아 국호를 신(新)이라 명명함. 한나라 유수에게 피살되어 멸망함.
21) 개자추(介子推) : 중국 춘추시대의 은자로, 진나라 문공이 공자일 때 함께 망명하여 고생을 함께 하였으나, 귀국후 멀리하자 면산에 은둔함. 문공이 잘못을 뉘우치고 개자추가 나오도록 산에 불을 질렀으나 나오지 않고 타 죽었다.

어리석은 것은 세상에 또 없도다. 요순[22] 적에도 봉황이 나왔고, 왕망 때도 봉황이 나오매, 요순 적 봉황[23]은 상서(祥瑞)라 하고 왕망 때 봉황은 흉조처럼 알았으니, 물론 무슨 소리든지 사람이 근심 있을 때에 들으면 흉조로 듣고 좋은 일 있을 때에 들으면 상서롭게 듣는 것이라. 무엇을 알고 하는 말은 아니요, 길하다 흉하다 하는 것은 듣는 저희에게 있는 것이요, 하는 우리에게 있는 것이 아니어늘, 사람들은 말하기를, 까마귀는 흉한 일이 생길 때에 와서 우는 것이라 하여 듣기 싫어하니, 사람들은 이렇듯 이치를 알지 못하는 어리석은 동물이라, 책망하여 무엇하겠소.

또 우리는 아침에 일찍 해 뜨기 전에 집을 떠나서 사방으로 날아다니며 먹을 것을 구하여 부모 봉양도 하고, 나뭇가지를 물어다가 집도 짓고, 곡식에 해되는 버러지도 잡아서 하느님 뜻을 받들다가 저녁이 되면 반드시 내 집으로 돌아가되 나가고 돌아올 때에 일정한 시간을 어기지 않건마는, 사람들은 점심때까지 자빠져서 잠을 자고 한 번 집을 떠나서 나가면 혹은 협잡질하기, 혹은 술장보기, 혹은 계집의 집 뒤지기, 혹은 노름하기, 세월이 가는 줄을 모르고, 저희 부모가 진지를 잡수었는지 처자가 기다리는지 모르고 쏘다니는 사람들이 어찌 우리 까마귀의 족속만 하리오. 사람은 일 아니 하고 놀면서 잘 입고 잘 먹기를 좋아하되, 우리는 제가 벌어 제가 먹는 것이 옳은 줄 아는 고로 결단코 우리는 사람들 하는 행위는 아니 하오. 여러분도 다 아시거니와 우리가 사람에게 업수이 여김을 받을 까닭이 없음을 살피시오."

손뼉 소리에 연단에서 내려가니, 또 한편에서 아리땁고도 밉

22) 요순(堯舜) : 중국 고대의 요임금과 순임금.

23) 봉황 : 중국의 전설에 나오는 상상의 새. 몸의 전반신은 기린, 후반신은 사슴, 목은 뱀, 꼬리는 물고기, 등은 거북, 털은 제비, 부리는 닭을 닮음. 훌륭한 정치의 징조가 있을 때 나타난다고 함.

살스러운 소리로 회장을 부르면서 강똥강똥 연설단을 향하여 올라가니, 어여쁜 태도는 남을 가히 홀릴 만하고, 갸웃거리는 모양은 본색이 드러나더라.

제2석 호가호위[24] — 여우

여우가 연설단에 올라서서 기생이 시조(時調)를 부르려고 목을 가다듬는 것처럼 기침 한번을 캑 하더니 간사한 목소리로 연설을 시작한다.

"나는 여우올시다. 점잖으신 여러분 모이신 데 감히 나와서 연설하옵기는 방자한 듯하오나, 저 인류에게 대하여 소회가 있삽기 호가호위라 하는 문제를 가지고 두어 마디 말씀을 하려 하오니, 비록 학문은 없는 말이나 용서하여 들어 주시기를 바라옵니다.

사람들이 옛적부터 우리 여우를 가리켜 말하기를, 요망한 것이라 간사한 것이라 하여, 저희들 중에도 요망하든지 간사한 자를 보면 여우 같은 사람이라 하니, 우리가 그 더럽고 괴악한 이름을 듣고 있으나 우리가 참 요망하고 간사한 것이 아니요, 정말 요망하고 간사한 것은 사람이오. 지금 우리와 사람의 행위를 비교하여 보면, 사람과 우리와 명칭을 바꾸었으면 옳겠소.

사람들이 우리를 간교하다 하는 것은 다름 아니라, 《전국책》이라 하는 책에 기록하기를, 호랑이가 일백 짐승을 잡아먹으려고 구할 새, 먼저 여우를 얻은지라. 여우가 호랑이더러 말하되, '하느님이 나로 하여금 모든 짐승의 어른이 되게 하였으니, 지

24) 호가호위(狐假虎威) : 여우가 호랑이의 위세를 빌어 호기를 부린다는 뜻으로, 남의 위세를 빌어 호기를 부리는 것을 비웃는 말.

금 자네가 나의 말을 믿지 아니하거든 뒤를 따라와 보라. 모든 짐승이 나를 보면 다 두려워하느니라.' 호랑이가 여우의 뒤를 따라가니, 과연 모든 짐승이 보고 벌벌 떨며 두려워하거늘, 호랑이가 여우의 말을 정말로 알고 잡아먹지 못한지라. 이는 저들이 여우를 보고 두려워한 것이 아니라, 여우 뒤의 호랑이를 보고 두려워한 것이니, 여우가 호랑이의 위엄을 빌어서 모든 짐승으로 하여금 두렵게 함인데, 사람들은 이것을 빙자하여 우리 여우더러 간사하니 교활하니 하되, 남이 나를 죽이려 하면 어떻게 하든지 죽지 않도록 주선하는 것은 당연한 일이라. 호랑이가 아무리 산중 영웅이라 하지마는 우리에게 속은 것만 어리석은 일이라. 속인 우리야 무슨 불가한 일이 있으리오.

지금 세상 사람들은 당당한 하느님의 위엄을 빌어야 할 텐데, 외국의 세력을 빌어 의뢰하여 몸을 보전하고 벼슬을 얻어 하려하며, 타국 사람을 부동하여 제 나라를 망하고 제 동포를 압박하니 그것이 우리 여우보다 나은 일이오? 결단코 우리 여우만 못한 물건들이라 하옵네다. (손뼉 소리 천지 진동)

또 나라로 말할지라도 대포와 총의 힘을 빌어서 남의 나라를 위협하여 속국도 만들고 보호국도 만드니, 불한당이 칼이나 육혈포를 가지고 남의 집에 들어가서 재물을 탈취하고 부녀를 겁탈하는 것이나 다를 것이 무엇 있소? 각국이 평화를 보전한다 하여도 하느님의 위엄을 빌어서 도덕상으로 평화를 유지할 생각은 조금도 없고, 전혀 병장기의 위엄으로 평화를 보전하려 하니, 우리 여우가 호랑이의 위엄을 빌어서 제 몸이 죽을 것을 피한 것과 어떤 것이 옳고 어떤 것이 그르오? 또 세상 사람들이 구미호(九尾狐)를 요망하다 하나, 그것은 대단히 잘못 아는 것이라. 옛적 책을 볼지라도 꼬리 아홉 있는 여우는 상서라 하였으니, 《잠학거류서》라 하는 책에는 말하였으되 구미호가 도(道)있으면 나타나고, 나올 적에는 글을 물어 상서를 주문에 지었다 하였고, 왕포의 《사자강덕론》이라 하는 책에는 주(周)나라 문왕(文王)이 구미호를 응하여 동편 오랑캐를 돌아오게 하였다 하였고, 《산해경》[25]이라 하는 책에는 청구국(靑丘國)에 구미호가 있어서 덕이 있으면 오느니라 하였으니, 이런 책을 볼지라도 우리 여우를 요망한 것이라 할 까닭이 없거늘, 사람들이 무식하여 이런 것은 알지 못하고, 여우가 천 년을 묵으면 요사스러운 여편네로 화한다 하고, 혹은 말하기를 옛적에 음란한 계집이 죽어서 여우로 태어난다 하니, 이런 거짓말이 어디 또 있으리오.

사람들은 음란하여 별일이 많으되, 우리 여우는 그렇지 않소. 우리는 분수를 지켜서 다른 짐승과 교통하는 일이 없고, 우리뿐 아니라 여러분이 다 그러하시되 사람이라 하는 것들은 음란하기가 짝이 없소. 어떤 나라 계집은 개와 통간한 일도 있고, 말과 통간한 일도 있으니, 이런 일은 천하 만국에 한두 사람뿐이겠지마는, 한 숟가락 국으로 온 솥의 맛을 알 것이라 근래에 덕의가 끊어지고 인도(人道)가 없어져서 세상이 결단날 일을 이루 다 말할 수 없소. 사람의 행위가 그러하되 오히려 하느님을 두려워하지 아니하며, 짐승을 부끄러워하지 아니하고, 대갓집 규중 여자가 논다니[26]로 놀아나서 이 사람 저 사람 호리기와 각부 아문공청에서 기생 불러 노름 놀기, 전정이 만 리 같은 각 학교 학도들이 청루방에 다니기와 제 혈육으로 난 자식을 돈 몇 푼에 욕심나서 논다니로 내어 놓기, 이런 행위를 볼짝시면

25) 산해경(山海經) : 작자, 연대 미상의 고대 중국의 지리 책.

26) 논다니 : 웃음과 몸을 파는 여자를 속되게 이르는 말.

내 입이 더러워지오.

에, 더러워! 천지간에 더럽고 요망하고 간사한 것은 사람이오. 우리 여우는 그렇지 않소. 저들끼리 간사한 사람을 보면 여우라 하니, 그러한 사람을 여우라 할진댄 지금 세상 사람 중에 여우 아닌 사람이 몇몇이나 있겠소? 또 저희들은 서로 여우 같다 하여도 가만히 듣고 있으되, 만일 우리더러 사람 같다 하면 우리는 그 이름이 더러워서 아니 받겠소. 내 소견 같으면, 이후로는 사람을 사람이라 하지 말고 여우라 하고, 우리 여우를 사람이라 하는 것이 옳은 줄로 아나이다."

제3석 정와어해[27] — 개구리

27) 정와어해(井蛙語海) ; 우물 안의 개구리는 바다 이야기를 해 주어도 알지 못한다는 말.

여우가 연설을 그치고 할끔할끔 돌아보며 제자리로 내려가니, 또 한편에서 회장을 부르고 아장아장 걸어와서 연단 위에 깡충 뛰어 올라간다. 눈은 툭 불거지고 배는 똥똥하고 키는 작달막한데 눈은 깜짝깜짝하며 입을 벌쭉벌쭉하고 연설한다.

"나의 성명은 말씀 아니하여도 여러분이 다 아시리라. 나는 출입이라고는 미나리 논밖에 못 가 본 고로 세계 형편도 모르고, 또 맹꽁이를 이웃하여 산 고로 구학문의 맹자왈 · 공자왈은 대강 들었으나 신학문은 아는 것이 변변치 아니하나, 지금 '정와의어해'라 하는 문제로 대강 인류 사회를 논란코자 하옵네다

사람들은 거만한 마음이 많아서 저희들이 천하에 제일이라고, 만물 중에 저희가 가장 귀하다고 자칭하지마는, 제 나랏일

도 잘 모르면서 양비대담[28]하고 큰소리 탕탕하고 주제넘은 말하는 것이 우습디다. 우리 개구리를 가리켜 말하기를 '우물 안 개구리와 바다 이야기 할 수 없다.' 하니, 항상 우물 안에 있는 개구리는 우물이 좁은 줄만 알고 바다에는 가 보지 못하여 바다가 큰지 작은지, 긴지 짧은지, 깊은지 얕은지 알지 못하나 못 본 것을 아는 체는 아니 하거늘, 사람들은 좁은 소견을 가지고 외국 형편도 모르고 천하 대세도 살피지 못하고 공연히 떠들며 무엇을 아는 체하고, 나라는 다 망하여 가건마는 썩은 생각으로 갑갑한 말만 하는도다. 또 어떤 사람들은 제 나라 안에 있어서 제 나랏일을 다 알지 못하면서 보도 듣도 못한 다른 나라 일을 다 아노라고 추척대니 가증하고 우습도다. 연전에 어느 나라 어떤 대관(大官)이 외국 대관을 만나서 수작할 새 외국 대관이 묻기를,

"대감이 지금 내무 대신으로 있으니 전국의 인구와 호수가 얼마나 되는지 아시오?

한데 그 대관이 묵묵 무언하는지라 또 묻기를,

"대감이 전에 탁지 대신[29]을 지내었으니 전국의 결총[30]과 국고의 세출 · 세입이 얼마나 되는지 아시오?

한데 그 대관이 또 아무 말도 못 하는지라, 그 외국 대관이 말하기를

"대감이 이 나라에 나서 이 정부의 대신으로 이같이 모르니, 귀국을 위하여 가석하도다."

하였고, 작년에 어느 나라 내부에서 각 읍에 훈령하고 부동산을 조사하여 보아라 하였더니, 어떤 군수는 보하기를 '이 고을에는 부동산이 없다.' 하여 일세의 웃음거리가 되었으니, 이같

28) 양비대담(攘臂大談) : 소매를 걷어 올리고 큰 소리를 침.

29) 탁지 대신(度地大臣) ; 구 한말의 재무 장관.

30) 결총(結總) : 토지면적의 단위였던 목, 짐, 못 등의 전체 수.

이 제 나랏일도 크나 적으나 도무지 아는 것 없는 것들이 일본이 어떠하니, 아라사[31]가 어떠하니, 구라파가 어떠하니, 아메리카가 어떠하니, 제가 가장 많이 아는 듯이 지껄이니 기가 막히오.

31) 아라사(俄羅斯) : 옛 러시아 제국.

대저[32] 천지의 이치는 무궁 무진하여 만물의 주인 되시는 하느님밖에 아는 이가 없는지라.《논어》에 말하기를, 하느님께 죄를 얻으면 빌 곳이 없다 하였는데, 그 주(註)에 말하기를 하느님은 곧 이치라 하였으니, 하느님이 곧 만물 이치의 주인이라. 그런 고로 하느님은 곧 조화주요, 천지 만물의 대주재시니 천지 만물의 이치를 다 아시려니와, 사람은 다만 천지간의 한 물건인데 어찌 이치를 알 수 있으리오. 여간 좀 연구하여 아는 것이 있거든 그 아는 대로 세상에 유익하고 세상에 효험 있게 아름다운 사업을 영위할 것이어늘, 조그만치 남보다 먼저 알았다고 그 지식을 이용하여 남의 나라 빼앗기와 남의 백성 학대하기와 군함 · 대포를 만들어서 악한 일에 종사하니, 그런 나라 사람들은 당초에 사람 되는 영혼을 주지 아니하였더라면 도리어 좋을 뻔하였소. 또 더욱 도리에 어기어지는 일이 있으니, 나의 지식이 저 사람보다 조금 낫다고 하면 남을 가르쳐 준다 하고 실상은 해롭게 하며, 남을 인도하여 준다 하고 제 욕심 채우는 일만 하며, 어떤 사람은 제 나라 형편도 모르면서 타국 형편을 아노라고 외국 사람을 부동하여, 임금을 속이고 나라를 해치며, 백성을 위협하여 재물을 도둑질하고 벼슬을 도둑질하며, 개화하였다고 자칭하고 양복 입고 단장 짚고 궐련 물고 시계 차고 살죽경[33] 쓰고 인력거나 자행거 타고, 제가 외국 사람인 체하여 제 나라 동포를 압제하며, 혹은 외국 사람 상종함을 영광

32) 대저(大抵) : 대체로 보아서. 무릇.

33) 살죽경 : 타원형으로 생긴 안경.

으로 알고 아첨하며 제 나랏일을 변변히 알지도 못하는 것을 가르쳐주며, 여간 월급량이나 벼슬낱이나 얻어 하노라고 남의 나라 정탐꾼이 되어 애매한 사람 모함하기, 어리석은 사람 위협하기로 능사를 삼으니, 이런 사람들은 안다 하는 것이 도리어 큰 병통이 아니오? 우리 개구리의 족속은 우물에 있으면 우물에 있는 분수를 지키고, 미나리 논에 있으면 미나리 논에 있는 분수를 지키고, 바다에 있으면 바다에 있는 분수를 지키나니, 그러면 우리는 사람보다 상등이 아니오니까(손뼉 소리 짤각 짤각).

또 무슨 동물이든지 자식이 아비 닮는 것은 하느님의 정하신 뜻이라. 우리 개구리는 대대로 자식이 아비 닮고 손자가 할아비를 닮되 형용도 똑같고 성품도 똑같아서 추호도 틀리지 않거늘, 사람의 자식은 제 아비 닮는 것이 별로 없소. 요임금의 아들이 요임금을 닮지 아니하고, 순임금의 아들이 순임금과 같지 아니하고, 하우씨[34]와 은왕 성탕[35]은 성인이로되, 그 자손 중에 포악하기로 유명한 걸 · 주[36] 같은 이가 나고, 왕건 태조는 영웅이로되 왕우 · 왕창[37]이가 생겼으니, 일로 보면 개구리 자손은 개구리를 닮되 사람의 새끼는 사람을 닮지 아니하도다. 그러한즉 천지 자연의 이치를 지키는 자는 우리가 사람에게 비교할 것이 아니요, 만일 아비를 닮지 아니한 자식을 마귀의 자식이라 할진대, 사람의 자식은 다 마귀의 자식이라 하겠소.

또 우리는 관가(官家) 땅에 있으면 관가를 위하여 울고, 사사(私私) 땅에 있으면 사사를 위하여 울거늘, 사람은 한 번만 벼슬 자리에 오르면 붕당을 세워서 권리 다툼하기와 권문 세가에 아첨하러 다니기와 백성을 잡아다가 주리를 틀고 돈 빼앗기와

34) 하우 씨(夏禹氏) : 옛 중국 하나라의 우 임금.

35) 은왕(殷王) : 성탕(成湯) 옛 중국 은나라의 탕왕.

36) 걸(桀) · 주(紂) : 걸왕은 하나라의 마지막 임금이며, 주왕은 은나라의 마지막 임금.

37) 왕우(王偶) · 왕창(王昌) : 고려 말의 우왕과 창왕을 말하며 두 왕 모두 무능하고 무력한 왕이었다.

38) 청촉(請囑) : 청을 넣어 위촉하는 것.

무슨 일을 당하면 청촉[38] 듣고 뇌물 받기와 나랏돈 도적질하기와 인민의 고혈을 빨아 먹기로 종사하니, 날더러 도적놈 잡으라 하면 벼슬하는 관인들은 거반 다 감옥서감이요, 또 우리들의 우는 것이 울 때에 울고, 길 때에 기고 잠잘 때에 자는 것이 천지 이치에 합당하거늘, 불란서라 하는 나라의 양반들이 우리 개구리의 우는 소리를 듣기 싫다고 백성들을 불러 개구리를 다 잡으라 하다가, 마침내 혁명당이 일어나서 난리가 되었으니, 사람같이 무도한 것이 세상에 또 있으리오?

당나라 때에 한 사람이 우리를 두고 글을 짓되, 개구리가 도(道)의 맛을 아는 것 같아서 연꽃 깊은 곳에서 운다 하였으니, 우리의 도덕심 있는 것은 사람도 아는 것이라, 우리가 어찌 사람에게 굴복하리오. 동양 성인 공자께서 말씀하시기를, 아는 것은 안다 하고 알지 못한 것은 알지 못한다 하는 것이 정말 아는 것이라 하였으니, 저희들이 천박한 지식으로 남을 속이기를 능사로 알고 천하 만사를 모두 아는 체하니, 우리는 이같이 거짓말을 하지 아니하오. 사람이란 것은 하느님의 이치를 알지 못하고 악한 일만 많이 하니 그대로 둘 수 없으니, 차후는 사람이라 하는 명칭을 주지 않는 것이 옳을 줄로 생각하오."

넓죽넓죽 하는 말이 소진 · 장의[39]가 오더라도 당치 못할러라. 말을 그치고 내려오니 또 한편에서 회장을 부르고 나는 듯이 연설단에 올라간다.

39) 소진(燒盡) · 장의(張儀) : 중국 전국시대의 책사로, 소진은 합종책을 주장하였고, 장의는 연횡책을 주장하였다. 이 두 사람은 이후 유명한 변론가로 거명되고 있다.

제 4석 구밀 복검[40] — 벌

허리는 잘록하고 체격은 조그마한데 두 어깨를 떡 벌리고 청랑(晴朗)한 소리로 머리를 까딱까딱하면서 연설한다.

"나는 벌이올시다. 지금 구밀 복검이라 하는 문제를 가지고 잠깐 두어 마디 말씀할 터인데, 먼저 서양서 들은 이야기를 잠깐 하오리다. 당초에 천지 개벽할 때에 하느님이 에덴 동산을 준비하사 각색 초목과 각색 짐승을 그 안에 두고, 사람을 만들어 거기서 살게 하시니, 그 사람의 이름은 아담이라 하고 그 아내는 하와[41]라 하였는데, 지금 온 세상 사람의 조상이라. 사람은 특별히 모양이 하느님과 같고 마음도 하느님과 같게 하였으니, 사람은 곧 하느님의 아들이라 하는 뜻을 잊지 말고 하느님의 마음을 본받아 지극히 착하게 되어야 할 터인데, 아담과 하와가 죄를 짓고 에덴 동산에서 쫓겨난지라. 우리 벌의 조상은 죄도 아니 짓고, 하느님의 뜻대로 순종하여 각색 초목의 꽃으로 우리의 전답을 삼고 꿀을 농사하여 양식을 만들어 복락을 누리니, 조상 적부터 우리가 사람보다 나은지라.

세상이 오래 되어갈수록 사람은 하느님과 더욱 멀어지고, 오늘날 와서는 가죽은 사람의 형용이 그대로 있으나 실상은 시랑[42]과 마귀가 되어 서로 싸우고, 서로 죽이고, 서로 잡아먹어서, 약한 자의 고기는 강한 자의 밥이 되고, 큰 것은 작은 것을 압제하여 남의 권리를 늑탈[43]하여 남의 재산을 속여 빼앗으며, 남의 토지를 앗아가며, 남의 나라로 위협하여 망케 하니, 그 흉측하고 악독함을 무엇이라 이르겠소.

40) 구밀복검(口蜜腹劍) : 말은 정답게 하나, 속으로는 해칠 생각이 있다는 말.

41) 하와(Hawwah) : 이브(Eve)를 가리킴. 하느님이 아담의 갈빗대 하나를 뽑아 만든 최초의 여자.

42) 시랑(豺狼) : 승량이와 이리. 탐욕이 많고 무자비한 사람의 비유.

43) 늑탈(勒奪) : (폭력이나 위력을 써서) 강제로 빼앗는 것.

사람들이 우리 벌을 독한 사람에게 비유하여 말하기를, 입에 꿀이 있고 배에 칼이 있다 하나, 우리 입의 꿀은 남을 꼬이려 하는 것이 아니라 우리 양식을 만드는 것이요, 우리 배의 칼은 남을 공연히 쏘거나 찌르는 것이 아니라 남이 나를 해치려 하는 때에 정당 방위로 쓰는 칼이오. 사람같이 입으로는 꿀같이 말을 달게 하고 배에는 칼 같은 마음을 품은 우리가 아니오. 또 우리의 입은 항상 꿀만 있으되 사람의 입은 변화가 무쌍하여 꿀같이 달 때도 있고, 고추같이 매울 때도 있고. 칼같이 날카로울 때도 있고, 비상같이 독할 때도 있어서, 맞대하였을 때에는 꿀을 들이 붓는 것같이 달게 말하다가 돌아서면 흉보고, 욕하고, 노여워하고, 악담하며, 좋아 지낼 때에는 깨소금 항아리같이 고소하고 맛있게 수작하다가, 조금만 미흡한 일이 있으면 죽일 놈 살릴 놈하며, 무성포(無聲砲)가 있으면 곧 놓아 죽이려 하니, 그런 악독한 것이 어디 또 있으리오. 에, 여러분 여보시오, 그래, 우리 짐승 중에 사람들처럼 그렇게 악독한 것들이 있단 말이오? (손뼉 소리 귀가 막막)

사람들이 서로 욕설하는 소리를 들으면 참 귀로 들을 수 없소. 별 흉악 망측한 말이 많소. '빠가', '까뗌' 같은 욕설은 오히려 관계치 않소. '네밀 붙을 놈', '염병에 땀을 못 낼 놈' 하는 욕설은 제 입을 더럽히고 제 마음 악한 줄을 모르고 얼씬하면 이런 욕설을 함부로 하나 어떻게 흉악한 소리오. 에, 사람의 입에는 도덕상 좋은 말은 별로 없고 못된 소리만 쓸데없이 지저귀니 그것을 사람이라고? 그것들을 만물 중에 가장 귀한 것이라고? 우리는 천지간의 미물이로되 그렇지는 않소.

또 우리는 임금을 섬기되 충성을 다하고, 장수를 모시되 군령이 분명하며, 제각각 직업을 지켜 일을 부지런히 하여 주리지 아니하거늘, 어떤 사람들은 제 임금을 죽이고 역적의 일을 하며, 제 장수의 명령을 복종치 아니하고 난병(亂兵)도 되며, 백성들은 게을러서 아무 일도 아니 하고 공연히 쏘다니며 놀고 먹고 놀고 입기 좋아하며, 술이나 먹고 노름이나 하고, 계집의 집이나 찾아 다니고, 협잡이나 하고, 그렁저렁 세월을 보내어 집이 구차하고 나라가 가난하니, 사람으로 생겨나서 우리 벌들보다 낫다 하는 것이 무엇이오? 서양의 어느 학자가 우리를 두고 노래를 하나 지었으니,

아침 이슬 저녁 볕에
이 꽃 저 꽃 찾아가서
부지런히 꿀을 물고
제 집으로 돌아와서
반은 먹고 반은 두어
겨울 양식 저축하여
무한 복락 누릴 때에
하느님의 은혜라고
빛난 날개 좋은 소리
아름답게 찬미하네

그래, 사람중에 사람스러운 것이 몇이나 있소? 우리는 사람들에게 시비 들을 것 조금도 없소. 사람들의 악한 행위를 말하

려면 끝이 없겠으나, 시간이 부족하여 그만둡네다."

제5석 무장공자(無腸公子)[44] — 게

벌이 연설을 그치고 미처 연설단을 내려서기도 전에 또 한편에서 회장을 부르고 나오니, 모양이 기괴하고 눈에 영채가 있어 힘센 장수같이 두 팔을 쩍 벌리고 어깨를 추썩추썩하며 하는 말이,

"나는 게올시다. 지금 무장공자라 하는 문제로 연설할 터인데, 무장공자라 하는 말은 '창자 없는 물건'이라 하는 말이니, 옛적에 포박자[45]라 하는 사람이 우리 게의 족속을 가리켜 무장공자라 하였으니, 대단히 무례한 말이로다. 그래, 우리는 창자가 없고 사람들은 창자가 있소? 시방 세상 사는 사람 중에 옳은 창자 가진 사람이 몇 명이나 되겠소?

사람의 창자는 참 썩고 흐리고 더럽소. 의복은 능라 · 주의[46]로 지르르 흐르게 잘 입어서 외양은 좋아도 다 가죽만 사람이지, 그 속에는 똥밖에 아무것도 없소. 좋은 칼로 배를 가르고 그 속을 보면 구린내가 물큰물큰 나오.

지금 어떤 나라 정부를 보건 깨끗한 창자라고는 아마 몇 개 없으리다. 신문에 그렇게 나무라고, 사회에서 그렇게 시비하고, 백성이 그렇게 원망하고, 외국 사람이 그렇게 욕들을 하여도 모르는 체하니, 이것이 창자 있는 사람들이오? 그 정부에 옳은 마음 먹고 벼슬하는 사람 누가 있소? 한 사람이라도 있거든 있다고 하시오. 만판 경륜이 임금 속일 생각, 백성 잡아먹을 생각,

44) 무장공자(無腸公子) : 창자가 없는 동물, '게'를 가리키며, 기개나 담력이 없는 사람을 놀리는 말로 쓰인다.

45) 포박자(抱朴子) : 중국 진나라의 도가이던 갈홍(葛洪), 또는 그의 저서를 말함.

46) 능라(綾羅), 주의(紬衣) : 비단옷과 명주옷.

나라 팔아 먹을 생각밖에 아무 생각 없소. 이같이 썩고 더럽고 똥만 들어서 구린내가 물큰물큰 나는 창자보다는 우리의 없는 것이 도리어 낫소.

또 욕을 보아도 성낼 줄도 모르고, 좋은 일을 보아도 기뻐할 줄 알지 못하는 사람이 많이 있소. 남의 압제를 받아 살 수 없는 지경에 이르되 깨닫고 분한 마음 없고, 남에게 그렇게 욕을 보아도 노여워할 줄 모르고, 종 노릇 하기만 좋게 여기고 달게 여기며, 관리에 무례한 압박을 당하여도 자유를 찾을 생각이 도무지 없으니, 이것이 창자 있는 사람들이라 하겠소? 우리는 창자가 없다 하여도, 남이 나를 해치려 하면 죽더라도 가위로 집어 한 놈 물고 죽소. 내가 한 번 어느 나라를 지나다 보니 외국 병정이 지나가는데, 그 나라 부인을 건드려 젖통이를 만지려 하매 그 부인이 소리를 지르고 욕을 한즉, 그 병정이 발로 차고 손을 때려서 행악(行惡)이 무쌍한지라, 그 나라 사람들이 모여서서 그것을 구경만 하고 한 사람도 대들어 그 부인을 도와 주고 구원하여 주는 사람이 없으니, 그 사람들은 그 부인이 외국 사람에게 당하는 것을 상관 없는 줄로 알아서 그러한지 겁이 나서 그러한지 결단코 남의 일이 아니라 저희 동포가 당하는 일이니 저희들이 당함이어늘, 그것을 보고 분낼 줄 모르고 도리어 웃고 구경만 하니, 그 부인의 오늘날 당하는 욕이 내일 제 어미나 제 아내에게 또 돌아올 줄을 알지 못하는가? 이런 것들이 창자 있다고 사람이라 자긍(自矜)하니 허리가 아파 못 살게소. 창자 없는 우리 게는 어찌하면 좋겠소? 나라에 경사가 있으되 기뻐할줄 알지 못하여 국기 하나 내어 꽂을 줄 모르니 그것이 창자 있는 것이오? 그런 창자는 부럽지 않소.

창자 없는 우리 게의 행한 사적을 좀 들어 보시오. 송나라 때 추호라 하는 사람이 채경에서 사로잡혀 소주(蘇州)로 귀양갈 때 우리가 구원하였으며, 산주구세라 하는 때에 한 처녀가 죽게 된 것을 살려 내느라고 큰 뱀을 우리 가위로 잘라 죽였으며, 산신과 싸워서 호인의 배를 구원하였고, 객사한 송장을 드러내어 음란한 계집의 죄를 발각하였으니, 우리의 행한 일은 다 옳고 아름다운 일이오. 사람같이 더러운 일은 하지 않소. 또 사람들도 우리의 행위를 자세히 아는 고로 '게도 제 구멍이 아니면 들어 가지 아니한다.'는 속담이 있소. 참 그러하지요. 우리는 암만 급하더라도, 들어갈 구멍이라야 들어가지, 부당한 구멍에는 들어가지 않소.

사람들을 보면 부당한 데로 들어가는 사람이 많소. 부모 처자를 내버리고 중이 되어 산 속으로 들어가는 이도 있고, 여염집 부인네들은 음란한 생각으로 불공한다 핑계하고 절간 초막으로 들어가는 이도 있고, 명예 있는 신사라 자칭하고 쓸데없는 돈 내 버리러 기생집에 들어가는 이도 있고, 옳은 길 내버리고 그른 길로 들어가는 사람, 옳은 종교 싫다 하고 이단으로 들어가는 사람, 돌을 안고 못으로 들어가는 사람, 섶을 지고 불로 들어가는 사람, 이루 다 말할 수 없소. 당연히 들어갈 데와 못 들어갈 데를 분별치 못하고 못 들어갈 데를 들어가서 화를 당하고 패를 보고 해를 끼치니, 이런 사람들은 무슨 창자 있노라고 우리의 창자 없는 것을 비웃소? 지금 사람들을 보면 그 창자가 다 썩어서, 미구(未久)에 창자 있는 사람은 한 개도 없이 다 무장공자가 될 것이니, 이 다음에는 사람더러 무장공자라고 불러야 옳겠소."

제 6석 영영지극[47] — 파리

게가 입에서 거품이 부걱부걱 나오며 수용산출[48]로 하던 말을 그치고 엉금엉금 기어 내려가니, 파리가 또 회장을 부르고 나는 듯이 연단에 올라가서 두 손을 싹싹 비비면서 말을 한다.

"나는 파리올시다. 사람들이 우리 파리를 가리켜 말하기를 간사한 소인이라 하니, 대저 사람이라 하는 것들은 저희 흉은 살피지 못하고 남의 말은 잘 하는 것들이오. 간사한 소인의 성품과 태도를 가진 것들은 사람들이오. 우리는 결단코 소인의 성품과 태도를 가진 것이 아니오. 《시전》이라 하는 책에 말하기를 '영영한 푸른 파리가 횃대에 앉았다.' 하였으니, 이것은 우리를 가리켜 한 말이 아니라 사람들을 비유한 말이오. 옛 글에 '방에 가득한 파리를 쫓아도 없어지지 않는다.' 하는 말도 우리를 두고 한 말이 아니라, 사람 중에 간사한 소인을 가리켜 한 말이오.

우리는 결코 간사한 일은 하지 아니하였소마는, 인간에는 참 소인이 많습디다. 사슴을 가리켜 말이라[49] 하여 임금을 속인 것이 비단 조고한 사람뿐 아니라, 지금 망하여 가는 나라 조정을 보면 온 정부가 다 조고 같은 간신이요, 천자를 끼고 제후에게 호령함이 또한 조조한 사람뿐 아니라, 지금은 도덕은 떨어지고 효박[50]한 풍기를 보면 온 세계가 다 조조 같은 소인이라. 웃음 속에 칼이 있고 말 속에 총이 있어, 친구라고 사귀다가 저 잘 되면 차버리고, 동지라고 상종타가 남 죽이고 저 잘 되기, 누구누구는 빈천지교[51] 저버리고 조강지처[52] 내쫓으니 그것이 사람이

47) 영영지극(營營之極) : 이리저리 쏘다니는 모양이 매우 번잡스러운 모양.

48) 수용산출(水湧山出) : 글을 척척 지어내는 재주가 매우 뛰어남을 이르는 말이다.

49) 사슴을 가리켜 말이라 : 지록위마(指鹿爲馬)를 말함. 사기에 나오는 말로, 진나라의 조고가 자신의 권세를 시험해 보고자, 2세 황제에게 사슴을 가리켜 말이라 한 고사임.

50) 효박(淆薄)한 : (인정 · 물정 등이) 쌀쌀하고 각박하다.

51) 빈천지교(貧賤之交) : 가난하고 미천할 때에 사귄 친구.

52) 조강지처(糟糠之妻) : 몹시 가난하고 천할 때에 고생을 함께 겪어 온 아내.

며, 아무 아무 유지지사[53] 고발하여 감옥서에 몰아넣고 저 잘되기 희망하니, 그것도 사람인가? 쓸개에 가 붙고 간에 가 붙어 요리 조리 알씬알씬하는 사람 정말 밉기도 밉습니다.

여러분도 다 아시거니와 그래 공담(公談)으로 말하자면 우리가 소인이오? 사람들이 간물(奸物)[54]이오? 생각들 하여 보시오. 또 우리는 먹을 것을 보면 혼자 먹는 법 없소. 여러 족속을 청하고 여러 친구를 불러서 화락한 마음으로 한 가지로 먹지마는, 사람들은 이(利) 끝만 보면 형제간에도 의가 상하고 일가간에도 정이 없어지며, 심한 자는 서로 골육 상쟁하기를 예사로 아니, 참 기가 막히오. 동포끼리 서로 사랑하고 서로 구제하는 것은 하느님의 이치어늘, 사람들은 과연 저희 동포끼리 서로 사랑하는가? 저들끼리 서로 빼앗고, 서로 싸우고, 서로 시기하고, 서로 흉보고, 서로 총을 쏘아 죽이고, 서로 칼로 찔러 죽이고 서로 피를 빨아 마시고, 서로 살을 깎아 먹되 우리는 그렇지 않소.

세상에 제일 더러운 것은 똥이라 하지마는, 우리가 똥을 눌 때 남이 다 보고 알도록 흰 데는 검게 누고 검은 데는 희게 누어서, 남을 속일 생각은 하지 않소. 사람들은 똥보다 더 더러운 일을 많이 하지마는 혹 남의 눈에 보일까, 남의 입에 오르내릴까 겁을 내어 은밀히 하되, 무소부지[55]하신 하느님은 먼저 아시고 계시오. 옛적에 유형이라 하는 사람은 부채를 들고 참외에 앉은 우리를 쫓고, 왕사라 하는 사람은 칼을 빼어 먹이를 먹는 우리를 쫓을 새, 저 사람들이 그렇게 쫓으되 우리가 가지 아니함을 성내어 하는 말이, 파리는 쫓아도 도로 온다며 미워하니, 저희들이 쫓을 것은 쫓지 아니하고 아니 쫓을 것은 쫓는도다.

53) 유지지사(有志之士) : 좋은 일에 뜻을 가진 선비.

54) 간물(奸物) : 간사한 사람.

55) 무소부지(無所不至) : 이르지 않는 데가 없음.

사람들은 우리를 쫓으려 할 것이 아니라 불가불 쫓아야 할 것이 있으니, 사람들아, 부채를 놓고 칼을 던지고 잠깐 내 말을 들어라. 너희들이 당연히 쫓을 것은 너희 마음을 수고롭게 하는 마귀니라. 사람들아 사람들아, 너희들은 너희 마음 속에 있는 물욕을 쫓아 버려라, 너희 머릿속에 있는 썩은 생각을 내어 쫓으라. 너희 조정에 있는 간신들을 쫓아 버려라. 너희 세상에 있는 소인들을 내쫓으라. 참외가 다 무엇이며, 먹이 다 무엇이냐? 사람들아 사람들아, 우리 수십 억만 마리가 일제히 손을 비비고 비나니, 우리를 미워하지 말고 하는님이 미워하시는, 너희를 해치는 여러 마귀를 쫓으라. 손으로만 빌어서 아니 들으면 발로라도 빌겠다."

의기가 양양하여 사람을 저희 똥만치도 못하게 나무라고, 겸하여 충고의 말로 권고하고 내려간다.

제7석 가정(苛政)이 맹어호(猛於虎)[56] — 호랑이

56) 가정이 맹어호(苛政而 孟於虎) : 가혹한 정치는 호랑이보다도 더 무섭다는 뜻.

웅장한 소리로 회장을 부르니 산천이 울린다. 연단에 올라서서 머리를 설레설레 흔들고 좌중을 내려다보니, 눈알이 등불 같고 위풍이 늠름한데 주홍 같은 입을 떡 벌리고 어금니를 부지직 갈며 연설하는데, 좌중이 조용하다.

"본원(本員)의 이름은 호랑인데 별호는 산군(山君)이올시다. 여러분 중에도 혹 아시는 이도 있을 듯하오. 지금 '가정이 맹어호'라 하는 문제를 가지고 두어 마디 할 터인데, 이것은 여러분 아시는 것과 같이 옛적 유명한 성인 공자님이 하신 말씀이라.

가정이 맹어호라 하는 뜻은 까다로운 정사(政事)가 호랑이보다 무섭다 함이니, 양자[57]라 하는 사람도 이와 같은 말을 했는데, 혹독한 관리는 날개 있고 뿔 있는 호랑이와 같다 한지라.

57) 양자(楊子) : 중국 전국 시대에 쾌락주의를 주창했던 학자.

세상에 사람들이 말하기를 제일 포악하고 무서운 것은 호랑이라 하였으니, 자고 이래(自古以來)로 사람들이 우리에게 해를 받은 자가 몇 명이나 되느뇨? 도리어 사람이 사람에게 해를 당하며 살육을 당한 자가 몇 억만 명인지 알 수 없소. 우리는 설사 포악한 일을 할지라도 깊은 산과 깊은 골과 깊은 수풀 속에서만 횡행할 뿐이요, 사람처럼 청천백일지하에 왕궁 · 국도에서는 하지 아니하거늘, 사람들은 대낮에 사람을 죽이고 재물을 빼앗으며, 죄 없는 백성을 감옥서에 몰아넣어서 돈 바치면 내어 놓고 세(勢) 없으면 죽이는 것과, 임금은 아무리 인자하여 사전[58]을 내리더라도 법관이 용사[59]하여 공평치 못하게 죄인을 조종하고, 돈을 받고 벼슬을 내어서 그 벼슬한 사람이 그 밑천을 뽑으려고 음흉한 수단으로 정사를 까다롭게 하여 백성을 못 견디게 한, 사람들의 악독한 일을 우리 호랑이에게 비하여 보면 몇만 배가 더 될는지 알 수 없소.

58) 사전(赦典) : 국가에 경사가 있을 때 죄인의 죄를 면하여 주는 것.

59) 용사(用事) : 권세를 부림.

또 우리는 다른 동물을 잡아먹더라도 하느님이 만들어 주신 발톱과 이빨로 하느님의 뜻을 받아 천성의 행위를 행할 뿐이어늘, 사람들은 학문을 이용하여 화학이니 물리학이니 배워서 사람의 도리에 유익하고 옳은 일에 쓰는 것은 별로 없고, 각색 병기를 발명하여 군함이니 총이니 탄환이니 화약이니 칼이니 활이니 하는 등물(等物)[60]을 만들어서 재물을 무한히 내버리고 사람을 무수히 죽여서, 나라를 만들 때의 만반 경륜은 다 남을 해하려는 마음뿐이라. 그런 고로 영국 문학 박사 판스라 하는

60) 등물(等物) : 등등의 물건.

사람이 말하기를 '사람이 사람에게 대하여 잔인한 까닭으로 수천만 명의 사람이 참혹한 지경에 들어갔도다.' 하였고, 옛날 진 소왕이 초 회왕[61]을 청하매 초 회왕이 진나라에 들어가려 하거늘, 그 신하 굴평이 간하여 가로되, '진나라는 호랑이 나라이라 가히 믿지 못할지니 가시지 말으소서.' 하였으니, 호랑이의 나라가 어찌 진나라 하나뿐이리오. 오늘날 오대주(五大洲)를 둘러보면, 사람 사는 곳곳마다 어느 나라가 욕심 없는 나라가 있으며, 어느 나라가 포학하지 아니한 나라가 있으며, 어느 인간이 고상한 천리(天理)를 말하는 자가 있으며, 어느 세상에 진정한 인도를 의논하는 자가 있느뇨? 나라마다 진나라요, 사람마다 호랑이라.

세상 사람들이 말하기를 호랑이는 포학 무쌍한 것이라 하되, 이것은 알지 못하는 말이로다. 우리는 원래 천품이 은혜를 잘 갚고 의리를 깊이 아나니, 글자 읽는 사람은 짐작할 듯하오. 옛적에 진나라 곽무자라 하는 사람이 호랑이 목구멍에 걸린 뼈를 빼내어 주었더니 사슴을 드려 은혜를 갚았고, 영윤 자문을 나서 몽택에 버렸더니 젖을 먹여 길렀으며, 양위의 효성에 감동하여 몸을 물리쳤으니, 이런 일을 보면 우리가 은혜에 감동하고 의리를 아는 것이라. 사람들로 말하면 은혜를 알고 의리를 지키는 사람이 몇몇이나 되겠소?

옛적 사람이 말하기를 호랑이를 기르면 후환이 된다 하여 지금까지 양호유환(養虎有患)이라 하는 문자를 쓰지마는, 되지 못한 사람의 새끼를 기르는 것이 도리어 정말 후환이 되는지라. 호랑이 새끼를 길러서 돈을 모으는 사람은 있으되, 사람의 자식을 길러서 덕을 보는 사람은 별로 없소.

61) 초 회왕(楚淮王) : 한신을 가리키며, 유방이 한나라를 세운 뒤, 초 회왕 한신이 모반의 기미가 있다고 불러 참수하려 할 때 이 뜻을 미리 알고 굴평이 이에 응하지 말기를 간하였으나 한신은 듣지 아니하고 한고조 유방 앞에 나섰다. 그리하여 마침내 한신은 죽음을 맞는다.

또 속담에 이르기를, '호랑이 죽음은 껍질에 있고, 사람의 죽음은 이름에 있다.' 하니, 지금 세상 사람에 정말 명예 있는 사람이 몇 명이나 있소? 인생 칠십 고래희라, 한세상 살 동안이 얼마 되지 아니한데 옳은 일만 할지라도 다 못하고 죽을 터인데, 꿈결 같은 이 세상을 구구히 살려 하여 못된 일 할 생각이 시꺼멓게 있어서, 앞문으로 호랑이를 막고 뒷문으로 승냥이를 불러들이는 자도 있으니, 어찌 불쌍치 아니하리오.

옛적 사람은 호랑의 가죽을 쓰고 도적질하였으나, 지금 사람들은 껍질은 사람의 껍질을 쓰고 마음은 호랑이의 마음을 가져서 더욱 험악하고 더욱 흉포한지라. 하느님은 지공 무사[62]하신 하느님이시니, 이같이 험악하고 흉포한 것들에게 제일 귀하고 신령하다는 권리를 줄 까닭이 무엇이오? 사람으로 못된 일 하는 자의 종자를 없애는 것이 좋은 줄로 생각하옵네다."

62) 지공무사(至公無私) : 지극히 공평하고 사사로움이 없음.

제 8석 쌍거 쌍래[63] — 원앙

63) 쌍거쌍래(雙去雙來) : 쌍쌍이 오고 가는 것. 대개 의좋은 부부나 연인들의 모습을 일컬을 때 쓰이는 말.

호랑이가 연설을 그치고 내려가니, 또 한편에서 형용이 단정하고 태도가 신중한 어여쁜 원앙새가 연단에 올라서서 애연(哀然)한 목소리로 말을 한다.

"나는 원앙이올시다. 여러분이 인류의 악행을 공격하는 것이 다 절담[64]한 말씀이로되, 인류의 제일 괴악한 일은 음란한 것이오. 하느님이 사람을 내실 때에 한 남자에 한 여인을 내셨으니, 한 사나이와 한 여편네가 서로 저버리지 아니함은 천리(天理)

64) 절담(絶談) : 뛰어나게 잘한 일.

에 정한 인륜이라. 사나이도 계집을 여럿 두는 것이 옳지 않고, 여편네도 서방을 여럿 두는 것이 옳지 않거늘, 세상 사람들은 다 생각하기를, 사나이는 계집을 많이 두고 호강하는 것이 좋은 것인 줄로 알고 처첩을 두셋씩 두는 사람도 있으며 어떤 사람은 오륙 명도 두는 자도 있으며, 혹은 장가든 뒤에 그 아내를 돌아다 보지 아니하고 두 번 세 번 장가드는 자도 있으며, 혹은 아내를 소박하고 첩을 사랑하다가 패가 망신하는 자도 있으니, 사나이가 두 계집 두는 것은 천리에 이기어짐이라. 계집이 두 사나이를 두면 변고를 알고 사나이가 두 계집을 두는 것은 예사로 아니, 어찌 그리 편벽되며, 사나이가 남의 계집 도적함은 꾸짖지 아니하고 계집이 남의 사나이를 상관하면 큰 변인 줄 아니, 어찌 그리 불공평하오? 하느님의 천연한 이치로 말할진대, 사나이는 아내 한 사람만 두고 여편네는 남편 한 사람만 좇을지라. 물론, 남녀 무론하고 두 사람을 두든지 섬기는 것은 옳지 아니하거늘, 지금 세상 사람들은 괴악하고 음란하고 박정하여, 길가의 한 가지 버들을 꺾기 위하여 백년 해로하려던 사람을 잊어버리고, 동산의 한 송이 꽃을 보기 위하여 조강지처를 내쫓으며, 남편이 병이 들어 누웠는데 의원과 간통하는 일도 있고, 복을 빌어 불공한다 가탁(假託)[65]하고 중서방하는 일도 있고, 남편 죽어 사흘이 못 되어 서방 해갈 주선하는 일도 있으니, 사람들은 계집이나 사나이나 인정도 없고 의리도 없고, 다만 음란한 생각뿐이라 할 수밖에 없소

우리 원앙새는 천지간에 지극히 작은 물건이로되 사람과 같이 그런 더러운 행실은 아니하오. 남녀의 법이 유별하고 부부의 윤기(倫紀)가 지중한 줄을 아는 고로 음란한 일은 결코 없

65) 가탁(假託) : 거짓 핑계를 함.

소. 사람들도 우리 원앙새의 역사를 짐작하기로, 이야기 하는 말이 있소. 옛날에 한 사냥꾼이 원앙새 한 마리를 잡았더니, 암원앙새가 수원앙새를 잃고 수절하여 과부로 있은 지 일 년 만에 또 그 사냥꾼의 화살에 맞아 잡힌 바 된지라, 사냥꾼이 원앙새를 잡아가지고 집으로 돌아와서 털을 뜯을 새, 날개 아래 무엇이 있거늘 자세히 보니 거년(去年)에 자기가 잡아온 수원앙새의 대가리라. 이것은 암원앙새가 수원앙새와 같이 있다가 수원앙새가 사냥꾼의 화살을 맞아서 떨어지니, 그 창황 중에도 수원앙새의 대가리를 집어 가지고 숨어서 일시의 난을 피하여, 짝 잃은 한을 잊지 아니하고 서방의 대가리를 날개 밑에 끼고 슬피 세월을 보내다가 또한 사냥꾼에게 잡힌 바 된지라. 그 사냥꾼이 이것을 보고 정절이 지극한 새라 하여 먹지 아니하고 정결한 땅에 장사를 지낸 후로 그 때부터 다시는 원앙새를 잡지 아니하였다 하니, 우리 원앙새는 짐승이로되 절개를 지킴이 이러하오.

사람들의 행위를 보면 추하고 비루(鄙陋)[66]하고 음란하여, 우리보다 귀하다 할 것이 조금도 없소. 사람들의 행사를 대강 말할 터이니 잠깐 들어 보시오. 부인이 죽으면 불쌍히 여기는 남편이 몇이나 되겠소? 상처한 후에 사나이 수절하였다는 말은 들어 보도 못 하였소. 낱낱이 재취(再娶)를 하든지, 첩을 얻든지, 자식에게 못 할 노릇 하고, 집안에 화근을 일으키어 화기(和氣)를 손상케 하고, 계집으로 말하면 남편 죽은 후에 수절하는 사람은 많으나 속으로 서방질 다니며, 상부(喪夫)한 지 며칠이 못 되어 개가할 길 찾느라고 분주한 계집도 있고, 또 자식을 낳아서 개구멍이나 다리 밑에 내어버리는 것도 있으며, 심한

66) 비루(鄙陋) ; 마음이 고상하지 못하고 더럽다.

계집은 간부(姦夫)에게 혹하여 산 서방을 두고 도망질하기와 약을 먹여 죽이는 일까지 있으니, 저희들의 별별 괴악한 일은 이루 다 말할 수 없소. 세상에 제일 더럽고 괴악한 것은 사람이라, 다 말하려면 내 입이 더러워질 터이니까 그만두겠소."

원앙새가 연설을 그치고 연단에서 내려오니, 회장이 다시 일어나서 말한다.

폐회

"여러분 하시는 말씀을 들으니 다 옳으신 말씀이오. 대저 사람이라 하는 동물은 세상에 제일 귀하다 신령하다 하지마는, 나는 말하자면 제일 어리석고 제일 더럽고 제일 괴악하다 하오. 그 행위를 들어 말하자면 한정이 없고, 또 시간이 진(盡)하였으니 그만 폐회하오."
하더니 그 안에 모였던 짐승이 일시에 나는 자는 날고, 기는 자는 기고, 뛰는 자는 뛰고, 우는 자도 있고, 짖는 자도 있고, 춤추는 자도 있어, 다 각각 돌아가더라.

슬프다! 여러 짐승의 연설을 듣고 가만히 생각하여 보니, 세상에 불쌍한 것이 사람이로다. 내가 어찌하여 사람으로 태어나서 이런 욕을 보는고! 사람은 만물 중에 귀하기로 제일이요, 신령(神靈)하기도 제일이요, 재주도 제일이요, 지혜도 제일이라 하여 동물 중에 제일 좋다 하더니, 오늘날에 보면 제일로 악하고, 제일 흉괴하고, 제일 음란하고, 제일 간사하고, 제일 더럽고, 제일 어리석은 것은 사람이로다. 까마귀처럼 효도할 줄도 모르고, 개구리처럼 분수 지킬 줄도 모르고, 여우보다도 간사하고, 호랑이보다도 포악하고, 벌과 같이 정직하지도 못하고, 파리같이 동포 사랑할 줄도 모르고, 창자 없는 일은 게보다 심하고, 부정한 행실은 원앙새가 부끄럽도다.

여러 짐승이 연설할 때 나는 사람을 위하여 변명하려 하나 현하지변[67]을 가지고도 쓸 데가 없도다. 사람이 떨어져서 짐승의 아래가 되고, 짐승이 도리어 사람보다 상등이 되었으니 어찌하면 좋을꼬. 예수님의 말씀을 들으니, 하느님이 아직도 사람을 사랑하신다 하니, 사람들이 악한 일을 많이 하였을지라도 회개하면 구원 얻는 길이 있다 하였으니, 이 세상에 있는 여러 형제 자매는 깊이깊이 생각하시오.

67) 현하지변(懸河之辨) : 물 흐르듯이 거침 없이 잘 하는 말.

읽은 후에

작·품·정·리

- 갈래 : 개화기 소설, 우화소설, 계몽소설, 액자소설
- 주제 : 인간의 허위와 부도덕에 대한 비판. 개화기 시대 위정자들의 무능과 부도덕에 대한 풍자.
- 배경 : 시간적–추상적 시간
  공간적–추상적 공간
- 시점 : –외부 이야기–1인칭 주인공 시점.
  내부 이야기–관찰자 시점.

작·품·감·상

〈금수회의록〉은 1908년 2월에 간행된 직후 재판을 발행할 정도로 대중적인 관심을 끌었지만 1909년 5월에 발매금지가 발표되어도, 사보려는 사람이 몰려 이미 발행된 책을 압수 처분 받았을 정도로 정치성이 높은 소설이다.

〈금수회의록〉의 전체 내용은 '나'라는 일인칭 관찰자(인간)가 꿈속에서 인류를 논박하는 동물들의 연설회장에 들어가 보고 들은 내용을 기록한 것으로 되어 있다.

동물들이 연단에 나서서 행한 인간에 대한 비판과 공격은 모두 전형적인 연설의 절차를 거쳐서 이루어지고 있는데, 까마귀, 여우, 개구리, 벌, 게, 파리, 호랑이, 원앙새가 각각 반포지효(反哺之孝), 호가호위(狐假虎威), 정와어해(井蛙語海), 구밀복검(口蜜腹劍), 무장공자(無腸公子), 영영지극(營營之極), 가정맹어호(苛政猛於虎), 쌍거쌍래(雙去雙來)라는 주제의 연설을 통하여 인간을 공박하고 있다. 모든 연설은 각각의 동물들이 지니고 있는 습성을 통해 추상적인 내용을 직접적이고도 구체적으로 전달할 수 있도록 되어 있기 때문에, 작품 전체의 풍자적인 의식이 잘 드러나고 있다.

〈금수회의록〉에서 보여주고 있는 사회 비판 의식은 주로 기독교적인 인간관과 세계관에 바탕을 두고 있지만, 어떤 면에서는 전통적인 윤리관과도 상통하고 있다.

안국선은 봉건적인 조선 사회가 붕괴되기 시작하면서 인간의 윤리 도덕마저 무너져 버린 것을 개탄한 나머지 기독교적 인간관에 바탕을 두고 현실을 비판하고 있지만, 그 내용의 대부분은 전통적인 도덕관과 윤리 의식의 회복을 강조한 것들이다. 반포지효에서의 부모에 대한 효도, 무장공자에서의 지조와 절개, 영영지극에서의 형제 동포간의 우애, 쌍거쌍래에서의 부부화목 등은 모두 혁신적인 이념이라기보다는 과거에서부터 존속되어왔던 전통적인 가치관이다. 안국선은 인간 생활의 도표로서 유용한 이러한 가치관을 다시 복구해야 하다고 주장하였던 것이다.

〈금수회의록〉은 꿈이라는 장치를 활용하여 우화적인 공간을 설정하고, 이 공간에 동물들을 주인공으로 등장시킴으로써 우화로서의 성격을 더욱 분명하게 드러내고 있다. 그리고 연설을 통한 현실 비판이라는 풍자적 요소도 함께 담고 있다. 이 작품에서 설정하고 있는 꿈이라는 가상공간은 이미 고전소설의 세계에서도 흔하게 보였던 서사적인 고안이다. 이 같은 형식의 작품들은 현실의 문제를 꿈이라는 가상의 공간에 가탁하여 담론화한다는 점에서 우화로서의 성격을 유지하고 있는 것이다. 물론 〈금수회의록〉은 꿈이라는 우화적인 장치 이외에도 인간의 행태를 동물의 경우에 가탁한다는 우화의 본질적인 속성을 갖과 있다.

이인직의 '혈의 누' 등이 일본의 정치적 활동을 긍정적으로 묘사하는 데 비해 안국선의 금수회의록은 당시의 시대상을 조명하고, 민족의 분발을 촉구한 선구적인 민족문학 작품이라고 볼 수 있다.

되짚어 보는 문제

1. '제일석 반포지효' 에서 제팔석 '쌍거쌍래' 까지를 각각 요약 정리하라.

① 제일석 반포지효 :

② 제이석 호가호위 :

③ 제삼석 정와어해 :

④ 제사석 구밀복검 :

⑤ 제오석 무장공자 :

⑥ 제육석 영영지극 :

⑦ 제칠석 가정맹어호 :

⑧ 제팔석 쌍거쌍래 :

2. 다음은 '벌'이 연설한 내용(제4석 구밀복검)이다. 이를 인간의 입장에서 반론하여 보아라.

"나는 벌이올시다. 사람들이 우리 벌을 독한 사람에게 비유하여 말하기를 입에 꿀이 있고 배에 칼이 있다 하나, 우리 입의 꿀은 남을 꾀이려 하는 것이 아니라 우리 양식을 만드는 것이요, 우리 배의 칼은 남을 공연히 쏘거나 찌르는 것이 아니라 정당 방위로 쓰는 칼이요, 사람 같이 입으로는 꿀같이 말을 달게 하고 배에는 칼 같은 마음을 품은 우리가 아니오.

또 우리의 입은 항상 꿀만 있으되 사람의 입은 변화가 무상하여 굴 같이 단 때도 있고, 고추같이 매운 때도 있고, 칼 같이 날카로운 때도 있고, 비상같이 독한 때도 있어서, 마주 대하였을 때에는 꿀을 들어붓는 것같이 달게 말하다가 돌아서면 흉보고 욕하고 노여워하고 악담하며, 좋아 지낼 때에는 깨소금항아리같이 고소하고 맛있게 수작하다가 조금만 미흡한 일이 있으면 죽일 놈 살릴 놈 하며 무성포(無聲砲)가 있으면 곧 놓아 죽이려 하니 그런 악독한 것이 어디 또 있으리오"(손뼉소리 귀가 막막).

4

자유종

이해조

작·가·소·개

1869년 2월 27일 종친 이철용(李哲鎔, 1845~1919)과 청풍 김씨의 장남으로 포천에서 출생. 대원군의 종친 우대정책으로 가세가 불어났으며, 조부 재만(載晩)이 대원군의 측근으로 활동하였다. 1883년 대원군 실각과 함께 조부 재만은 처형되고, 1906년 부 철용은 사재를 들여 포천에 화야의숙을 건립함.

어려서 한문공부를 하여 진사시험에도 합격했으나 신학문에 관심을 두어 고향인 포천에 청성제일학교를 설립하기도 하였다. 활쏘기와 거문고 타기가 취미였으며, 특히 국악에 조예가 깊었다. 1906년 11월부터 잡지 《소년한반도》에 소설 〈잠상대〉를 연재하면서 본격적인 문학활동을 시작한 그는 주로 양반 가정 여인들의 구속적인 생활을 해방시키려는 의도로 실화에 근거하여 소설을 썼다. 1907년 대한협회와 1908년 기호흥학회 등의 사회단체에 가담하여 신학문의 소개와 민중계몽운동에 나서기도 하였고, 한때 《매일신보》 등의 언론기관에도 관계하면서 30여편 이상의 작품을 발표하였다.

그의 문학적 업적은 크게 작품을 통하여 이룩한 소설적 성과와 번안·번역을 통한 외국작품의 소개, 그리고 단편적으로 드러난 근대적인 문학관의 측면으로 나누어 살펴볼 수 있다. 먼저 창작소설을 중심으로 볼 때 〈자유종〉(1910) 은 봉건제도에 비판을 가한 정치적 개혁의식이 뚜렷한 작품이다. 특히 여성의 사회적 지위 향상, 신교육의 고취, 사회풍속의 개량 등 개화의식이 두드러져 있다. 형식면에서는 토론소설로서 새로운 신소설의 양식을 시도하였다는 점에 그 의의가 있다. 작첩 · 계모형의 가정비극적 주제를 보여주는 〈빈상설〉(1908) · 〈춘외춘〉(1912) · 〈구의산〉(1912)이나, 미신타파를 내세운 〈구마검〉(1908), 일반적인 남녀이합에 중점을 둔 〈화세계花世界〉(1911) · 〈원앙도〉(1911) · 〈봉선화〉(1913) 등의 많은 작품들도 모두 봉건부패 관료에 대한 비판, 여권신장, 신교육, 개가 문제, 미신타파 등의 새로운 근대적 의식과 계몽성을 담고 있으면서도 고대소설의 전통적인 구조를 기본바탕으로 엮어나간 전형적인 신소설들이다.

이들은 모두 당시 사회현실을 절실하게 부각시키지 못한 결점은 있으나 개화기라는 역사적 상황을 개인적인 체험세계 안에서 비교적 포괄적으로 형상화시키고 있다. 한편, 〈화의 혈〉 · 〈탄금대〉의 후기 등에서 보이는 현실주의적인 소설관과, 〈화의 혈〉 후기에서 '빙공착영' 으로 표현한 소설의 허구성에 대한 인식, 또한 소설의 사회계몽이라는 도덕적 기능과 오락적 기능에 대한 동시적 인식 등은 최초의 근대적인 문학관을 엿볼 수 있는 것으로 평가된다.

그는 신소설 작가 중 가장 많은 작품을 남김으로써 신소설의 대중화에 크게 기여하였다. 그의 소설은 구어체의 특징과 인물 · 성격의 사실적 묘사, 기자생활에서 오는 보고체 문장의식 등이 두드러지며, 특히 고전소설의 구조적 특징과 이념형 인간들을 계승하면서도 동시에 근대적 사상을 깔고 있다는 점에서 이인직(李人稙)과 더불어 신소설 확립에 뚜렷한 공적을 남겼다.

읽기 전에

등·장·인·물

- 이매경 : 자기의 생일을 맞아 여러 부인을 초청하였다. 그리고 모인 자리에서 여러 가지 문제에 대해 토론하자고 제안한다. 그는 우리나라 여성 교육의 필요성과 종교(유교)의 병폐, 그리고 양반과 서민, 적자와 서자, 서북 사람의 차별에 대해 그 잘못됨을 이야기하며, 끝으로 병든 대한제국을 어서 빨리 구해야 한다는 꿈을 꾸었다고 말한다.
- 신설헌 : 지금 일본이 문명하다 해도 과거 그 문명들은 우리나라에서 배워간 것이다. 그러나 일본은 지금 문명한 나라가 되고, 우리나라는 그렇지 못한 것은 교육이 되지 않았기 때문이다. 그 중에서도 특히 여성 교육이 거의 이루어지지 않고 있는 상태이다. 그러므로 여성 교육을 하루빨리 시켜야 한다. 끝으로 어제밤의 꿈에, 대한 제국이 자주독립하는 꿈을 꾸었으며, 교육을 활성화하고 부패사상을 척결하여 상공을 연구하는 사회로 만들자는 정치적 움직임을 보았다고 한다.
- 홍국란 : 자녀교육에 대해 역설한다. 지금 사람이 자식을 사랑하는 궁극적인 목적은 자기 몸의 봉양에 있으며, 그러므로 이는 잘못된 것이다. 자식은 공물이며, 국가를 위해 일해야 할 것이다. 따라서 자식에 대한 악습을 고쳐 영원한 행복을 누려야 한다. 끝으로 어젯밤에 대한 제국이 영구히 안녕한 꿈을 꾸었다 한다.
- 강금운 : 한자를 폐지하고 한글을 적극 권장하라고 주장한다. 한자는 중국의 글이며, 도덕적인 가르침에 치중하고 있으므로, 오늘날과 같이 농·상·공의 학문을 배워야 하는 때에 한자는 불필요하다고 주장한다.

줄·거·리

이매경씨의 생일을 맞아 초대받은 신설헌, 홍국란, 강금운씨와 그 외 여러 귀중한 부인들이 모인 자리에서 오늘의 우리가 처한 여러 문제를 타개하기 위해 토론을 해보자는 신석헌의 제안에 따라 토론을 시작한다.이 자리에서 이매경은 여자의 교육을 역설한다. 교육이란 태내 교육에서 가정교육까지 무수하거늘 여성에 대한 교육은 거의 없는 상태임을 말한다.

신설헌은 우리 대한 대국의 정치적 부패함을 이야기한다. 또 그 정치란 것이 남성 위주로 해왔는데, 여자도 함께 나선다면 국가의 대계를 빨리 이룩할 수 있을 것이라고 하며, 강금운은 이 자리에서 한자의 폐지를 요구한다. 그것은 중국글로서 그 글을 마치기까지는 기한이 없으며, 또 현대학문에 대해서는 아무것도 언급하는 것이 없다. 대체 글은 무엇에 쓰고자 하는 것이냐, 사리를 통하려는 것인데, 내 나라 지리와 역사를 모르고서 남의 나라 위인들의 이야기만 안다고 해서 그것을 배웠다고 할 수 있느냐.

홍국란은 강금운씨의 말에 일리가 있지만 한문 없이 국문만 힘쓰면 무슨 특별한 지식이 나온단 말이냐. 한글이란 〈춘향전〉 〈홍길동전〉 등물뿐이다. 이런 음탕한 교과서와 허황한 교과서로 백성을 가르칠 수 있는가 한다. 그러므로 우선 한문을 쓰건 국문을 쓰건, 그런 주장보다 음담 소설을 금했으면 좋겠다고 한다.

이매경씨는 사회 문제에 대해 여러 가지 문제를 제기한다. 우선 종교문제로서, 그 병폐함을 이야기하고, 향교와 서원, 태학, 그리고 학교에 대해 좀더 현실적인 개혁이 있기를 희망한다.다시 신설헌씨는 일본이 지금은 우리나라보다 문명이 앞섰지만, 과거에는 우리나라에서 문명을 배워간 나라이며, 그런 일본이 이와같이 우리보다 문명이 앞선 나라가 된 것은 모두 교육 때문이다. 그러므로 우리나라도 이제부터 교육에 힘서야 하겠다고 한다. 다시 이매경시는 사회 차별에 대해 이야기한다. 양반과 중인, 서울사람과 시골사람, 적자와 서자, 서북 사람에 대한 차별, 이런 잘못된 생각은 하루빨리 없어져야 한다고 한다.

끝으로 어젯밤 꿈꾼 것들을 이야기하는데, 그것은 대한제국의 독립과, 사회개혁, 독립과 대한제국이 천만 년 안녕한 꿈을 꾼 것을 말한다.

자유종

이해조

천지간 만물 중에 동물되기 희한하고, 천만 가지 동물 중에 사람되기 극난하다. 그같이 희한하고 그같이 극난한 동물 중 사람이 되어 압제를 받아 자유를 잃게 되면 하늘이 주신 사람의 직분을 지키지 못함이어늘, 하물며 사람 사이에 여자되어 남자의 압제를 받아 자유를 빼앗기면 어찌 희한코 극난한 동물 중 사람의 권리를 스스로 버림이 아니라 하리오.

여보 여러분, 나는 옛날 태평 시대에 숙부인[1]까지 받쳤더니 지금은 가련한 민족 중의 한 몸이 된 신설헌이올시다. 오늘 이 매경씨 생신에 청첩을 인하여 왔더니 마침 홍국란 씨와 강금운 씨와 그 외 여러 귀중하신 부인들이 만좌하셨으니 두어 말씀 하오리다.

이전 같으면 오늘 이러한 잔치에 취하고 배부르면 무슨 걱정 있으리까마는, 지금 시대가 어떠한 시대며 우리 민족은 어떠한 민족이오? 내말이 연설체격과 흡사하나 우리 규중 여자도 결코 모를 일이 아니올시다.

일본도 삼십 년 전 형편이 우리 나라보다 우심하여 혹 천하 대세라 혹 자국 전도라 말하는 자는, 미친자라 괴악한 사람이라 지목하고 인류로 치지 않더니, 점점 연설이 크게 열리매 전도하는 교인같이 거리거리 떠드나니 국가 형편이요, 부르나니 민족 사세라. 이삼 인 못거지[2]라도 술잔을 대하기 전에 소회[3]

1) 숙부인(淑夫人) : 조선 시대, 정3품 당상관의 아내의 봉작. 숙인의 위요 정부인의 아래임.

2) 못거지 : 모꼬지. 놀이나 잔치 등으로 여러 사람이 모임.

3) 소회(所懷) : 마음에 품고 있는 회포.

를 말하고 마시니, 전국 남녀들이 십여 년을 한담도 끊고 잡담도 끊고 언필칭 국가라 민족이라 하더니, 지금 동양에 제일 제이 되는 일대 강국이 되었습니다.

오늘 우리 나라는 어떠한 비참 지경이오? 세월은 물같이 흘러가고 풍조는 날로 닥치는데 우리 비록 아홉 폭 치마는 둘렀으나 오늘만도 더 못한 지경을 또 당하면 상전 벽해[4]가 눈결[5]에 될지라. 하늘을 부르면 대답이 있나, 부모를 부르면 능력이 있나, 가장을 부르면 무슨 방책이 있나, 고대 광실 뉘가 들며 금의 옥식 내 것인가? 이 지경이 이마에 당도했소. 우리 삼사 인이 모였든지 오륙 인이 모였든지 어찌 심상한 말로 좋은 음식을 먹으리까? 승평 무사할 때에도 유의유식[6]은 금법이어든 이 시대에 두 눈과 두 귀가 남과 같이 총명한 사람이 어찌 국가 의식만 축내리까? 우리 재미있게 학리상으로 토론하여 이날 보냅시다.

(매경) "절당 절당하오이다. 오늘이 참 어떠한 시대요? 이 같은 수참하고[7] 통곡할 시대에 나 같은 요마[8]한 여자의 생일 잔치가 왜 있겠소마는 변변치 못한 술잔으로 여러분을 청하기는 심히 부끄럽고 죄송하나 본의인즉 첫째는 여러분 만나 뵈옵기를 위하고, 둘째는 좋은 말씀을 듣고자 함이올시다.

남자들은 자조 상종하여 지식을 교환하지마는 우리 여자는 한번 만나기 졸연[9]하오니잇가? 《예기》에 가로되 여자는 안에 있어 밖의 일을 말하지 말라 하였고, 《시전》에 가로되 오직 술과 밥을 마땅히 할 뿐이라 하였기로 층암 절벽 같은 네 기둥 안에서 나고 자라고 늙었으니, 비록 사마 자장[10]의 재조 있을지라도 보고 듣는 것이 있어야 아는 것이 있지요.

4) 상전 벽해(桑田碧海) : 뽕나무밭이 변하여 푸른 바다가 된다는 뜻으로, 세상 일의 변화가 심한 것을 비유한 말이다.
5) 눈결 : 눈에 살짝 띄는 잠깐 동안.

6) 유의유식(游衣游食) : 하는 일 없이 놀면서 입고 먹음.
7) 수참(羞慚)하고 : 몹시 부끄럽고.
8) 요마 : 변변치 못함.
9) 졸연(猝然) : 갑작스러움.
10) 사마자장(司馬子張) : 중국 전한 시대의 역사가인 사마천(司馬遷)을 가리킴. 이릉(李陵)이 흉노에 항복했을 때 이를 변호하다 중형에 처해졌으나 수사(修史)의 뜻을 관철하여 기전체의 역사책인 '사기'를 완성함.

이러므로 신체 연약하고 지각이 몽매하여 쌀이 무슨 나무에 열리는지, 도미를 어느 산에서 잡는지 모르고, 다만 가장의 비위만 맞춰, 앉으라면 앉고 서라면 서니, 진소위[11] 밥먹는 안석이요, 옷입은 퇴침이라, 어찌 인류라 칭하리까? 그러나 그는 오히려 현철한 부인이라, 행검[12] 있는 부인이라 하겠지마는, 성품이 괴악하고 행실이 불미하여 시앗에 투기하기, 친척에 이간하기, 무당 불러 굿하기, 절에 가서 불공하기, 제반 악징[13]은 소위 대갓집 부인이 더 합디다. 가도가 무너지고 수욕이 자심하니 이것이 제 한 집안 일인 듯하나 그 영향이 실로 전국에 미치니 어찌 한심치 않으리까?

11) 진소위(眞所謂) : 정말 그야말로.

12) 행검(行檢) : 점잖고 바른 품행.

13) 악징(惡徵) : 불길한 징조.

그런 부인이 생산도 잘 못 하고 혹 생산하더라도 어찌 쓸 자식을 낳으리오? 태내 교육부터 가정 교육까지 없으니 제가 생지[14]의 바탕이 아닌 바에 맹모의 삼천[15])하시던 교육이 없이 무슨 사람이 되리오? 그러나 재상도 그 자제이요, 관찰 · 군수도 그 자제니 국가의 정치가 무엇인지, 법률이 무엇인지 어찌 알겠소? 우리 비록 여자나 무식을 면치 못함을 항상 한탄하더니, 다행히 오늘 여러분 고명하신 부인께서 왕림하여 좋은 말씀을 들려 주시니 기꺼운 일이올시다.

14) 생지(生知) : 나면서부터 도를 알다.
15) 맹모의 삼천 : 맹모 삼천지교(孟母三遷之敎). 맹자의 어머니가 맹자에게 훌륭한 교육을 만들어 주기 위하여 세 번 이사를 한 일.

(설헌) "변변치 못한 구변이나 내 먼저 말씀하오리다. 우리 대한의 정계가 부패함도 학문 없는 연고요, 민족의 부패함도 학문 없는 연고요, 우리 여자도 학문 없는 연고로 기천 년 금수 대우를 받았으니 우리 나라에도 제일 급한 것이 학문이요, 우리 여자 사회도 제일 급한 것이 학문인즉 학문 말씀을 먼저 하겠소. 우리 이천만 민족 중에 일천만 남자들은 응당 고명한 학교를 졸업하여 정치 · 법률 · 국제 · 농 · 상 · 공 등 만 가지 사

업이 족하겠지마는, 우리 일천만 여자들은 학문이 무엇인지 도무지 모르고, 유의유식으로 남자만 의뢰하여 먹고 입으려 하니 국세가 어찌 빈약치 아니 하겠소? 옛말에, 백지장도 맞들어야 가볍다 하였으니 우리 일천만 여자도 일천만 남자의 사업을 백지장과 같이 거들었으면 백 년에 할 일을 오십 년에 할 것이요, 십 년에 할 일을 다섯 해면 할 것이니 그 이익이 어떠하뇨. 나라의 독립도 거기 있고 인민의 자유도 거기 있소.

세계 문명국 사람들은 남녀의 학문과 기예가 차등이 없고, 여자가 남자보다 해산하는 재조 한 가지가 더하다 하며, 혹 전쟁이 있어 남자가 다 죽어도 겨우 반구비[16]라 하니, 그 여자의 창법 검술까지 통투[17]함을 가히 알겠도다.

사람마다 대성인 공부자 아니거든 어찌 생이지지하리오. 법국[18] 파리 대학교에서 토론회를 열매 가편은, '사람을 가르치지 못하면 금수와 같다.' 하고, 부편은 '사람이 천생 한 성질이니 비록 가르치지 아니 할지라도 어찌 금수와 같으리오.' 하여 경쟁이 대단하되 귀결치 못하였더니, 학도들이 실지를 시험코자 하여 무부모한 아이들을 사다가 심산 궁곡에 집 둘을 짓되 네 벽을 다 막고 문 하나만 뚫어 음식과 대소변을 통하게 하고 그 아이를 각각 그 속에서 기를 새, 칠팔 년이 된 후 그 아이를 학교로 데려오니 제가 평생에 사람 많은 것을 보지 못하다가 육칠 층 양옥에 인산 인해됨을 보고 크게 놀라 서로 돌아보며 하나는 꼭고댁꼭고댁 하고 하나는 끼익끼익 하니, 이는 다름 아니라 제 집에 아무것도 없고, 다만 닭과 돼지만 있는데, 닭이 놀라면 꼭고댁 하고 돼지가 놀라면 끼익끼익 하는 고로 그 아이가 지금 놀라운 일을 보고, 그 소리가 각각 본 대로 난 것이니

16) 반구비 : 쏜 화살이 적당한 높이로 날아가는 일.
17) 통투(通透) : 사리를 꿰뚫 듯 환하게 하는 것.
18) 법국(法國) : 프랑스의 한자식 이름.

그것도 닭과 돼지의 교육을 받음이라. 학생들이 이것을 본 후에 사람을 가르치지 아니하면 금수와 다름없음을 깨달아 가편이 득승하였다 하니, 이로 보건대 우리 여자가 그와 다름이 무엇이오? 일용 범절에 여간 안다는 것이 저 아이의 꾀고댁 끼익보다 얼마나 낫소이까? 우리 여자가 기천 년을 암매[19]하고 비참한 경우에 빠져 있었으니 이렇고야 자유권이니 자강력이니 세상에 있는 줄이나 알겠소? 일생에 생사고락이 다 남자 압제 아래 있어, 말하는 제용과 숨쉬는 송장을 면치 못하니 옛 성인의 법제가 어찌 이러하겠소.《예기》에도 여인 스승이 있고 유모를 택한다 하였고,《소학》에도 여자 교육이 첫편이니 어찌 우리 나라 여자 같은 자고송[20]이 있단 말이오.

19) 암매(暗昧) : 어리석고 못나서 생각이 어두움.

20) 자고송(自枯松) : 저절로 말라 죽은 소나무.

우리 나라 남자들이 아무리 정치가 밝다 하나 여자에게는 대단히 적악[21]하였고, 법률이 밝다 하나 여자에게는 대단히 득죄하였습니다. 우리는 기왕이라 말할 것 없거니와 후생이나 불가불 교육을 잘 하여야 할 터인데 권리 있는 남자들은 꿈도 깨지 못하니 답답하오. 남자들 마음에는 아들만 귀하고 딸은 귀하지 아니한지 일분자라도 귀한 생각이 있으면 사지 오관[22]이 구비한 자식을 어찌 차마 금수와 같이 길러 이 같은 고해에 빠지게 하는고? 그 아들 가르치는 법도 별수는 없습니다.《사략》《통감》으로 제일등 교과서를 삼으니 자국 정신은 간데없고 중국혼만 길러서 언필칭《좌전》이라 강목이라 하여 남의 나라 기천 년 흥망 성쇠만 의논하고 내 나라 빈부 강약은 꿈도 아니 꾸다가 오늘 이 지경을 하였소.

21) 적악(積惡) : 남에게 못된 짓을 많이 함.

22) 사지 오관(四肢五官) : 두 팔과 두 다리와 눈, 코, 귀, 혀, 피부의 다섯 가지 감각 기관을 말함.

이태리 국 역비다 산에 올차학이라는 구멍이 있어 해수로 통하였더니 홀연 산이 무너져 구멍 어구가 막힌지라, 그 속이 칠

야같이 캄캄한데 본래 있던 고기들이 나오지 못하고 수백 년을 생장하여 눈이 있으나 쓸 곳이 없더니, 어구의 막혔던 흙이 해마다 바닷물에 패어 가며 일조에 구멍이 도로 열리매, 밖의 고기가 들어와 수없이 잡아 먹되, 그 안에 있던 고기는 눈을 멀뚱멀뚱 뜨고도 저해하려는 것을 전연 모르고 절로 밀려 어구 밖을 혹 나왔으니 못보던 눈이 졸지에 태양을 당하매, 현기가 나며 정신이 없어 어릿어릿하더라 하니 그와 같이 대문 중문 꽉꽉 닫고 밖에 눈이 오는지 비가 오는지 도무지 알지 못하고 살던 우리 나라 이왕 교육은 올차학 교육이라 할 만하니 그 교육 받은 남자들이 무슨 정신으로 우리 정치를 생각하겠소? 우리 여자의 말이 쓸데없을 듯하나 자국의 정신으로 하는 말이니, 오히려 만국 공사의 헛담판보다 낫습니다. 여러분 부인들은 대한 여자 교육계의 별 방침을 연구하시오."

(금운) "여보, 설헌씨는 학문 설명을 자세히 하셨으나 그 성질과 형편이 그래도 미진한 곳이 있습니다. 우리 나라 지식을 보통케 하려면 그 소위 무슨 변에 무슨 자, 무슨 아래 무슨 자라는, 옛날 상전으로 알던 중국 글을 폐지하여야 필요하겠소. 대저 글이라 하는 것은 말과 소와 같아서 그 나라의 범백 정신을 실어 두나니, 우리나라 소위 한문은 곧 지나의 말과 소라. 다만 지나의 정신만 실었으니 우리 나라 사람이야 평생을 끌고 당긴들 무슨 이익이 있겠소? 그런 중에 그 말과 소가 대단히 사오나와 좀체 사람은 끌지 못하오.

그 글은 졸업 기한이 없고 일평생을 읽을지라도 이 태백[23] · 한퇴지[24]는 못되며, 혹 상등으로 총명한 자가 물 쥐어 먹고 십 년 이십 년을 읽어서 실재라, 거벽[25]이라 하여 눈앞에 영웅이 없

23) 이태백 : 중국 당나라 때 시인인 이백(李白)을 가르킴. 태백(太白)은 그의 자(字).
24) 한퇴지 : 중국 당나라 시대의 문인이자 정치가인 한유(韓愈)를 가르킴.
25) 거벽(巨擘) : 어떤 전문적인 분야에서 남달리 뛰어난 사람.

고, 세상이 돈짝만하여 내가 내노라고 도리질치더라도 그 사람더러 정치를 물으면 모른다, 법률을 물으면 모른다, 철학 · 화학 · 이화학을 물으면 모르노라, 농학 · 상학 · 공학을 물으면 모르노라. 그러면 우리 대종교 공부자 도학의 성질은 어떠하냐 묻게 되면, 그 신성하신 진리는 모르고 다만 아노라 하는 것은, '공자님은 꿇어앉으셨지, 공자님은 광수의 입으셨지.' 하여 가장 도통을 이은 듯이 여기니, 다만 광수의만 입고 꿇어만 앉았으면 사람마다 천만 년 종교 부자가 되오리까?

공자님은 춤도 추시고 노래도 하시고, 풍류도 하시고, 선배도 되시고, 문장도 되시고, 장수가 되셔도 가하고, 정승이 되셔도 가하고, 천자도 가히 되실 신성하신 우리 공부자님을, 어찌하여 속은 컴컴하고 외양만 번주그러한 위인들이 광수의만 입고 꿇어만 앉아 공자님 도학이 이뿐이라 하여 고담 준론을 하면서 이렇게 하여야 집을 보존하고 인군[26]을 섬긴다 하여 자기 자손뿐 아니라 남의 자제까지 연골에 버려 골생원님이 되게 하니, 그런 자들은 종교에 난적이요, 교육에 공적이라 공자님께서 대단히 욕보셨소. 설사 공자님이 생존하셨을지라도 오히려 북을 울려 그자들을 벌하셨으리라. 그만도 못한, 승부꾼이라 일차꾼이라 하는 자는 천시도 모르고 지리도 모르고, 다만 의취[27] 없는 강남 풍월한 다년이라. 뜻도 모르는 것은 원코 형코라 하여 국가의 수용하는 인재 노릇을 하였으니 그렇고야 어찌 나라가 이 지경이 아니 되겠소?

대체 글을 무엇에 쓰자고 읽소? 사리를 통하려고 읽는 것인데 내 나라 지지와 역사를 모르고서 《제갈량전》과 《비사맥전》을 천만 번이나 읽은들 현금 비참한 지경을 면하겠소? 일본 학

26) 인군(仁君) : 어진 임금.

27) 의취(義嘴) : 아악기 '지'의 추구에 꽂은, 대로 만든 주둥이.

교 교과서를 보시오. 소학교 교과하는 것은 당초에 대한이라 청국이라는 말도 없이 다만 자국 인물이 어떠하고 자국 지리가 어떠하다 하여 자국 정신이 굳은 후에 비로소 만국 역사와 만국 지지를 가르치니, 그런고로 무론 남녀하고 자국의 보통 지식 없는 자이 없어 오늘날 저러한 큰 세력을 얻어 나라의 영광을 내었소.

우리 나라 남자들은 거룩하고 고명한 학문이 있는 듯하나 우리 여자 사회에야 그 썩고 냄새 나는 천지 현황(天地玄黃) 글자나 아는 사람이 몇이나 되오? 남자들도 응당 귀도 있고 눈도 있으리니, 타국 남자와 같이 학문을 힘쓰려니와 우리 여자도 타국 여자와 같이 지식이 있어야 우리 대한 삼천 리 강토도 보전하고, 우리 여자 누백 년 금수도 면하리니, 지식을 넓히려면 하필 어렵고 어려운 십 년 이십 년 배워도 천치를 면치 못한 학문이 쓸데 있소? 불가불 자국 교과를 힘써야 되겠다 합니다."

[자유종 책표지]

(국란) "아니오. 우리 나라가 가뜩 무식한데 그나마 한문도 없어지면 수모[28] 세계를 만들려오? 수모란 것은 눈이 없이 새우를 따라 단기면서 새우 눈을 제 눈같이 아나니 수모 세계가 되면 새우는 어디 있나? 아니 될 말이오. 졸지에 한문을 없이 하고 국문만 힘쓰면 무슨 별 지식이 나리까? 나도 한문을 좋다 하는 것은 아니나 형편으로 말하면 요순 이래 치국 평천하하는 법과 수신 제가하는 천사 만사가 모두 한문에 있으니 졸지에 한문을 없애고 국문만 쓰면, 비유컨대 유리창을 떼어 버리고 흙벽 치는 셈이오. 국문은 우리 나라 세종 대왕께서 만드실 때 적공[29]이 대단하셨소. 사신을 여러 번 중국에 보내어 그 성음 이치를 알아다가 자모음을 만드시니, 반절[30]이 그것이오.

28) 수모(水母) : 해파리.

29) 적공(積功) : 공을 쌓음.

30) 반절(半切) : 한 자의 음을 나타낼 때 다른 두 자의 음을 반씩 따서 합치는 방법.

우리 세종 대왕 근로하신 성덕은 다 말씀할 수 없거니와 반절 몇 줄에 나랏돈도 많이 들었소. 그렇건마는 백성들은 죽도록 한문자만 숭상하고 국문은 버려 두어서 암글[31]이라 지목하여 부인이나 천인이 배우되 반절만 깨치면 다시 읽을 것이 없으니 보는 것은 다만 《춘향전》《심청전》《홍길동전》 등물뿐이랴, 《춘향전》을 보면 정치를 알겠소? 《심청전》을 보고 법률을 알겠소? 《홍길동전》을 보면 정치를 알겠소? 말할진대 《춘향전》은 음탕 교과서요, 《심청전》은 처량 교과서요, 《홍길동전》은 허황 교과서라 할 것이니, 국민을 음탕 교과로 가르치면 어찌 풍속이 아름다우며, 처량 교과로 가르치면 어찌 장진지망[32]이 있으며, 허황 교과서로 가르치면 어찌 정대한 기상이 있으리까? 우리 나라 난봉 남자와 음탕한 여자의 제반 악징이 다 이에서 나니 그 영향이 어떠하오? 혹 발명하려면 《춘향전》을 누가 가르쳤나, 《심청전》을 누가 배우라나, 《홍길동전》을 누가 읽으라나, 비록 읽으라 할지라도 다 제게 달렸지 할 터이나, 이것이 가르친 것보다 더 하지 휘문 의숙 같은 수층 양옥과 보성 학교 같은 너른 교장(敎場)에 칠판 · 괘종 · 책상 · 걸상을 벌여 놓고 고명한 교사를 월급 주어 가르치는 것보다 더 심하오. 그것은 구역과 시간이나 있거니와 이것은 구역도 없고 시간도 없이 전국 남녀들이 자유권으로 틈틈이 보고 곳곳이 읽으니 그 좋은 몇백만 청년을 음탕하고 처량하고 허황한 구멍에 쓸어 묻는단 말이오.

그나 그뿐이오? 혹 기도하면 아이를 낳는다, 혹 산신이 강림하여 복을 준다, 혹 면례[33]를 잘 하여 부귀를 얻는다, 혹 불공하여 재액을 막았다, 혹 돌구멍에서 용마가 났다, 혹 신선이 학을

31) 암글 : 한글을 낮추어 이르던 말.

32) 장진지망(長進之望) : 앞으로 잘 되어 갈 희망.

33) 면례(緬禮) : 무덤을 옮겨 장사를 다시 지냄.

타고 논다, 혹 최 판관이 붓을 들고 앉았다 하는 제반 악징의 괴괴 망측한 말을 다 국문으로 기록해 출판한 판책도 많고 등출[34]한 세책[35]도 많아 경향 각처에 불똥 튀어 박이듯 없는 집이 없으니 그것도 오거서[36]라 평생을 보아도 못다 보오.

그 책을 나도 여간 보았거니와 좋은 종이에 주옥 같은 글씨로 세세 성문하여 혹 이삼 권 혹 수십여 권 되는 것이 많고 백 권 내외 되는 것도 있으니, 그 자본은 적으면 그 세월은 얼마나 허비하였겠소? 백해 무리한 그 책을 값을 주고 사며 세를 주고 얻어 보니 그 돈은 헛돈이 아니오? 국문 폐단은 그러하지마는 지금 금운씨의 말과 같이 한문을 전폐하고 국문만 쓸진대《춘향전》《심청전》《홍길동전》이 되겠소? 괴악 망측한 소설이 제자백가가 되겠소? 그는 다 나의 분격한 말이라, 나도 항상 말하기를, 자국 정신을 보존하려면 국문을 써야 되겠다 하지마는 그 방법은 졸지에 계획할 수 없습니다.

가령 남의 큰 집에 들렀다가 그 집이 본래 남의 집이라 믿음성이 없다 하고 떠나려면, 한편으로 차차 재목을 준비하고 목수 · 석수를 불러 시역할 새, 먼저 배산 임유 좋은 곳에 터를 닦아 모월 모일 모시에 입주하고, 일대 문장에게 상량문[37]을 받아 아랑위 아랑위하는 소리에 수십 척 들보를 높이 얹고 정당 몇 칸 침실 몇 칸 행랑 몇 칸을 예산대로 세워 놓으니 차방 다락 조밀하고 도배 장판 정쇄한데, 우리 나라 효자 열녀의 좋은 말씀을 문장 명필의 고명한 솜씨로 기록하여 부벽 주련[38]으로 여기저기 붙이고 나도 내집 사랑한다는 대자 현판을 정당에 높이 단 연후에 그제야 세간 집물을 옮겨다가 쌓을 데 쌓고 놓을 데 놓아 질자배기, 부지갱이 한 개라도 서실이 없어야 이사한 해

34) 등출(謄出) : 원본에서 베끼는 것.

35) 세책(貰冊) : 돈을 받고 책을 빌려 줌.

36) 오거서(五車書) : 다섯 수레의 책.

37) 상량문(上梁文) : 상량할 때에 축복하는 글.

38) 부벽 주련(付壁柱聯) : 벽에 붙이는 글이나 그림이 부벽이며, 기둥이나 벽 따위에 장식으로 써서 붙이는 글이 주련임.

가 없나니, 만일 옛 집을 남의 집이라 하여 졸지에 몸만 나오든지 세간 집물을 한데[39] 내어놓든지 하고 그 집을 비워 주인을 맡기면 어디로 가자는 말이오?

우리 나라 국문은 미상불 좋은 글이나 닭달 아니 한 제목과 같으니, 만일 한문을 버리고 국문만 쓰려면 한문에 있는 천만사와 천만법을 국문으로 번역하여 유루[40]한 것이 없은 연후에 서서히 한문을 폐하여 지나 사람을 되주든지 우리가 휴지로 쓰든지 하고, 그제야 국문을 가위 글이라 할 것이니, 이 일을 예산한즉 오십 년 가량이라야 성공하겠소.

만일 졸지에 한문을 없이 하려면 남의 집이라고 몸만 나오는 것과 무엇이 다르오? 남의 집은 주인이 있어 혹 내어놓으라고 독촉도 하려니와 한문이야 누가 내어놓으라 하는 말이 있소? 서서히 형편을 보아 폐지함이 가할 것이오. 국문(國文)만 쓸지라도 옛날 보던 《춘향전》이니 《홍길동전》이니 《심청전》이니 그 외에 여러 가지 음담 패설을 다 엄금하여야 국문에 영향이 정대하고 광명하지, 그렇지 못하면 수천 년 숭상하던 한문만 잃어버리니 정대한 국문만 쓸진대 누가 편리치 않다 하오리까?

가령 한문의 부자 군신이 국문의 부자 군신과 경중이 있소? 국문의 백 냥 천 냥이 한문의 백 냥 천 냥과 다소가 있소? 국문으로 패독산[41] 방문을 내어도 발산되기는 일반이요, 국문으로 삼해주 방법을 빙거[42]하여도 취하기는 한 모양이오. 국문으로 욕설하면 탄하지[43] 않겠소? 한문으로 칭찬하면 더 좋아하겠소? 국문의 호랑이도 무섭고, 국문의 원앙새도 어여쁘리라.

국문과 한문이 다름없으나 어찌 우리 여자 권리로 연혁[44]을

39) 한데 : 하늘을 가리지 않은 곳. 노천(露天).

40) 유루(遺漏) : 빠지거나 새어 나감.

41) 패독산(敗毒散) : 감기, 몸살약.

42) 빙거(憑據) : 어떤 사실을 증명할 만한 근거.

43) 탄하지 ; 아랑곳하여 시비하지, 탓하여 나무라지.

44) 연혁(沿革) : 변하여 내려온 내력.

확정 하리오. 문부 관리들 참 딱한 것이 국문은 쓰든지 아니 쓰든지 그 잡담 소설이나 금하였으면 좋겠소. 그것 발매하는 자들이 투전 장사나 다름없나니 투전은 재물이나 상하려니와 음담 소설은 정신조차 버리오. 문부 관리들 그 아니 답답하오? 청년 남녀의 정신 잃는 것을 어찌 차마 앉아 보기만 하오?

학무국은 무슨 일들 하며, 편집국은 무슨 일들 하는지 저러한 관리를 믿다가는 배꼽에 노송나무가 나겠소. 우리 여자 사회가 단체하여 문부 관리에게 질문 한번 하여 보옵시다.

(매경) "여보, 사회 단체가 그리 용이하오? 우리 나라 백 년 이하 각 항 단체를 내 대강 말하오리다. 관인 사회는 말할 것이 없거니와 종교 사회로 말할지라도 물론 어느 나라하고 종교 없이 어찌사오? 야만 부락의 코끼리에게 절하는 것과, 태양에게 비는 것과, 불과 물을 위하는 것을 웃기는 웃거니와 그 진리를 연구하면 용혹무괴[45]요. 만일 다수한 국민이 겁내는 것도 없고 의구할 곳도 없고 존칭할 것도 없으면 어찌 국민의 질서가 있겠소? 약육강식하는 금수 세계만도 못하리다.

그런고로 태서 정치가에서 남의 나라의 강약 허실을 살피려면 먼저 그 나라 종교 성질을 본다 하니 그 말이 유리하오. 만일 종교에 의귀할 바이 없으면 비록 인물이 번성하고 토지가 광대한 나라로 군부에 대포가 가득하고 탁지[46]에 금전이 가득하고 공부에 기계가 가득할지라도 수백 년 전 남미 인종과 다름없으리다.

동서양 종교 수효와 범위를 말씀한건대 회회교[47] · 희랍교 · 토숙탄교 · 천주교 · 기독교 · 석가교와 그 외에 여러 교가 각각 범위를 넓혀 세계에 세력을 확장하되 저 교는 그르다, 이 교는

45) 용혹무괴(容或無怪) : 혹시 그럴 수도 있으므로 괴이할 것이 없음.

46) 탁지(度地) : 조선말기에 정부의 재무를 담당하던 부서.

47) 회회교(回回教) : 이슬람교.

옳다 하여 경쟁하는 세력이 대포 · 장창보다 맹렬하니, 그 중에 망하는 나라도 많고 흥하는 사람도 많소.

우리 동양 제일 종교는 세계의 독일 무이하신[48] 대성 지성하신 공부자 아니시오? 그 말씀에 정대한 부자 · 군신 · 부부 · 형제 · 붕우에 일용 상행하는 일을 의논하사 사람으로 하여금 사람 되는 도리를 가르치시니, 그 성덕이 거룩하시고 융성하시며 향념[49]하시는 마음이 일광과 같으사 귀천 남녀 없이 다 비추이건마는 우리 나라는 범위를 좁혀서 남자만 종교를 알지 여자는 모를 게라, 귀인만 종교를 알지 천인은 모를 게라 하여 대성전[50]에 제관 싸움이나 하고 시골 향교에 재임[51]이나 팔아 먹고 소민들은 향교 추렴이나 물리니 공자님의 도하는 것이 무엇이오?

도포나 입고 쌍상투나 틀고 혁대와 중영이나 달고 꿇어앉아서 마음이 어떠한 것이라, 성품이 어떠한 것이라 하며 진리는 모르고 줏들은 풍월같이 지껄이면서 이만하면 수신 제가도 자족하지, 치국 평천하도 자족하지, 세상도 한심하지, 나 같은 도학 군자를 아니 쓰기로 이렇다 하여 백 가지로 개탄하다가 혹 세도 재상에게 소개하여 좨주[52] 찬선[53]으로 초선이나 되면 공자님이 당시의 자기로만 알고 도태를 뽑아 내며 괴팍한 위인에 야매한 언론으로 천하 대세도 모르고 척양(斥洋)[54]합시다, 척외(斥外)[55]합시다, 상소나 요명차로 눈치 보아 가며 한두 번 하여 시골 선비의 칭찬이나 듣는 것이 대욕 소관[56]이지.

옛적 정자산의 외교 수단을 공자님도 칭찬하셨으니 공자님은 척화를 모르시오. 척화도 형편대로 하는 것이지 붓끝으로만 척화 척화하면 척화가 되오? 또 고상하다 자칭하는 자는 당초 사직으로 장기를 삼아 나라가 내게 무슨 상관 있나? 백성이 내

48) 독일 무이하신 : 하나뿐이고 둘도 없는.

49) 향념(向念) : 마음을 기울이는 것.

50) 대성전(大成典) : 문묘(文廟) 안에 공자의 위패를 모신 전각.

51) 재임(在任) : 임무를 수행하고 있거나 임지에 있는 것.

52) 좨주(祭酒) : 조선시대, 성균관의 종3품벼슬. 뒤에 '사정'으로 개칭됨.

53) 찬선(贊善) : 조선시대, 세자 사강원의 정3품 벼슬. 현직 관리가 아니더라도 천거되어 직책을 받을 수 있음.

54) 척양(尺洋) : 서양인과 서양 문물을 배척하는 것.

55) 척외(斥外) ; 외세를 배척하는 것.

56) 대욕 소관(大慾所關) : 큰 욕망이 관계되는 바가 있음.

게 무슨 이해 있나? 독선 기신[57]이 제일이지, 자질도 이렇게 가르치고 문인도 이렇게 어거하여[58] 혹 총명 재자가 있어 각국 문명을 흠선[59]하여, 정치가 어떠하다, 법률이 어떠하다, 교육이 어떠하다, 언론을 하게 되면 자세히 듣지는 아니하고 돌려 세우고 고담 준론[60]으로, 아무 집 자식도 버렸다, 그 조상도 불쌍하다 하여 문인 자제를 엄하게 신칙[61]하되, 아무개와 상종을 말라, 그 말을 듣다가는 너희가 내 눈앞에 보이지 말라 하니, 우리 이천만 인이 다 그 사람의 제자 되면 나라 꼴은 잘 되겠지요.

그만도 못한 시골고라리[62] 사회는 더구나 장관이지. 공자님 성씨가 누구신지요, 휘자가 무엇인지 알지도 못하는 인류들이 향교와 서원은 자기들의 밥자리로 알고, 사돈 여보게, 출표하러 가세. 생질 너도 술 먹으러 오너라. 돼지나 잡았는지, 개장국도 꽤 먹겠네. 수복아, 추렴 통문[63] 놓아라. 고직아, 별하기 닦아라. 아무가 문필은 똑똑하지마는 지체가 나빠 봉향 가음 못 되어, 아무는 무식하지마는 세력을 생각하면 대축이야 갈 데 있나. 명륜당이 견고하여 술주정 좀 하여도 무너질 바 없지. 교궁은 이렇게 위하여야 종교를 밝히지. 아무 골 향교에는 학교를 설시하였다 하고, 아무 골 향교 전답을 학교에 붙였다 하니, 그 골에는 사람의 새끼 같은 것이 하나 없어 그러한 변이 어디 또 있나? 아무 골 향족이 명륜당에 앉았다니 그 마룻장을 대패질을 하여라. 아무 집 일명이 색장을 붙었다니 그 재판을 수세미질이나 하여라 하여, 종교라는 종자는 무슨 종자며, 교자는 무슨 교자인지 착착 접어 먼지 속에 파묻고, 싸우나니 양반이요, 다투나니 재물이라. 이것이 우리 신성하신 대종교라 하오. 한심하고 통곡할 만도 하오. 종교가 이렇듯 부패하니 국세가 어

57) 독선 기신(獨善其身) : 자기 한 몸의 처신만을 온전하게 함.

58) 어거하여 : 거느려서 바른길로 나가게 한다.

59) 흠선(欽羡) : 우러러 공경하고 부러워함.

60) 고담준론(高談峻論) : ① 뜻이 높고 바르며 엄숙하고 날카로운 말. ② 스스로 잘난 체하고 과장하여 떠벌리는 말.

61) 신칙(申飭) : 단단히 타일러 경계하는 것.

62) 시골고라리 : 어리석고 고집 센 시골 사람을 얕잡아 이르는 말.

63) 추렴 통문(出斂通文) : 모임 · 놀이 등의 비용에 쓰기 위해 여럿이 돈을 내도록, 여러 사람 이름을 적어 차례로 돌려 보는 통지문.

찌 강성하겠소? 향교와 서원 성질을 말하리다. 서원은 소학교 자격이요, 향교는 중학교 자격이요, 태학은 대학교 자격이라. 서원은 선현 화상을 봉안하여 소학 동자로 하여금 자국 인물을 기념케 함이요, 향교에는 대성인 위패를 봉안하여 중학 학생으로 하여금 종교를 경앙케 함이요, 태학에는 예악 문물을 더 융성히 하여 태학 학생으로 하여금 종교 사상이 더욱 견고케 함이니, 어찌 다만 제사만 소중이라 하여 사당집과 일반으로 돌려 보내리오? 교육을 주장하는 고로 향교와 서원을 당초에 설시하였고, 종교를 귀중하는 고로 대성인과 명현을 뫼셨고, 성현을 뫼신 고로 제례를 행하나니 교육과 종교는 주체가 되고 제사는 객체가 되거늘, 근래는 주체는 없어지고 객체만 숭상하니 어찌 열성조의 설시[64]하신 본의라 하리오?

제사만 위한다 할진대 태묘[65]도 한 곳뿐이어늘 아무리 성인을 존봉할지라도 어찌 삼백육십여 군의 골골마다 향화를 받들리까? 저 무식한 자들이 교육과 종교는 버리고 제사만 위중하다 성현의 마음이 어찌 편안하시리까?

종교에야 어찌 귀천과 남녀가 다르겠소? 지금이라도 종교를 위하려면 성경 현전을 알아보기 쉽도록 국문으로 번역하여 거리거리 연설하고, 성묘와 서원에 무애희 농용하며, 가령 제사로 말할지라도 귀인은 귀인 예복으로 참사하고 천인은 천인 의관으로 참사하고, 여자는 여자 의복으로 참사하여, 너도 공자님 제자, 나도 공자님 제자 되기 일반이라 하면 종교 범위도 넓고, 사회 단체도 굳으리다. 또 사회의 폐습을 말한진대 확실한 단체는 못 보겠습니다. 상업 사회는 에누리 사회요, 공장 사회는 날림 사회요, 농업 사회는 야매 사회라, 하나도 진실하고 기

64) 설시(設始) : 시행한 바를 계획하는 것.

65) 태묘(太廟) : 종묘(宗廟).

묘하여 외국 문명을 당할 것은 없으니 무슨 단체가 되겠소? 근래 신교육 사회는 구교육 사회보다는 낫다 하나 불심상원[66]이오.

관공립은 화욕 학교라 실상은 없고 문구뿐이요, 각처 사립은 단명 학교라 기본이 없어 번차례로 폐지할 뿐 아니라, 무론 아무 학교든지 그 중에 열심한다는 교장이니 찬성장이니 하는 임원더러 묻되, 이 학교에 제갈량과 이순신과 비사맥과 격란사돈 같은 인재를 교육하여 일후의 국가 대사를 경륜하려오 하면 열에 한둘도 없고, 또 묻되 이 학교에 인재 성취는 이 다음 일이요, 교육 사회에 명예나 취하려오 하면 열에 칠팔이 더 되니 그 성의가 그러하고야 어찌 장구히 유지하겠소? 교원 · 강사도 한만한 출입을 아니 하고 시간을 지키어 왕래한다니 그 열심은 거룩하오. 공익을 위함인지, 명예를 위함인지, 월급을 위함인지, 명예도 아니요, 월급도 아니요, 실로 공익만 위한다 하는 자 몇이나 되겠소?

무론 공사관립하고 여러 학생들에게 묻되, 학문을 힘써 일후에 사환을 하든지 일신 쾌락을 희망하느냐, 국가에 몸을 바치는 정신 언기를 주의하느냐 하게 되면, 대 · 중 · 소학교 몇만 명 학도 중에 국가 정신이라고 대답하는 자 몇몇이나 되겠소?

또 여자 교육회니 여학교니 하는 것도 권리 없고 자본 없는 부인에게만 맡겨두니 어찌 흥왕하리요? 무론 아무 사회하고 이익만 위하고 좀 낫다는 자는 명예만 위하고, 진실한 성심으로 나라를 위하여 이것을 한다든가, 백성을 위하여 이것을 한다는 자 역시 몇이나 되겠소.

이렇게 교육 교육 할지라도 십 년 이십 년에 영향을 알리니

66) 불심상원(不甚相遠) : 그다지 틀리지 않음.

그중에도 몇 사람이야 열심 있고 성의 있어 시사를 통곡할 자가 있겠지요마는 단체 효력을 오히려 못 보거든 하물며 우리 여자에 무슨 단체가 조직되겠소? 아직 가정 여러 자녀를 잘 가르치고 정분있는 여자들에게 서로 권고하여 십 인이 모이고 이십 인이 모여 차차 단정히 설립하여야 사회든지 교육이든지 하여 보지, 졸지에 몇백 명 몇천 명을 모아도 실효(實效)가 없어 일상 남자 사회만 못하리다."

(설헌) "그러하오마는 세상일이 어찌 아무것도 아니 하고 앉아서 기다리기만 하리까? 여보, 우리 여자 몇몇이 지껄이는 것이 풀벌레 같을지라도 몇 사람이 주창하고 몇 사람이 권고하면 아니 될 일이 어디 있소? 석 달 장마에 한 점 별이 개일 장본이요, 몇 달 가물에 한 조각 구름이 비 올 장본이니, 우리 몇 사람의 말로 천만 인 사회가 되지 아니할지 뉘 알겠소? 청국 명사 양계초[67] 씨 말씀에 하였으되, 대저 사람이 일을 하려면 이기려다가 패함도 있거니와 패할까 염려하여 당초에 하지 아니하면 이는 당초에 패한 사람이라 하니, 오늘 시작하여 내일 성공할 일이 우리 팔자에 왜 있겠소? 그러나 우리가 우쭐거려야 우리 자식 손자들이나 행복을 누리지, 일향 우리 나라 삶을 부패하다, 무식하다 조롱만 하면 똑똑하고 요요한[68] 남의 나라 사람이 우리에게 소용 있소?

우리 나라 삼백 년 이전이야 어떠한 정치며 어떠한 문물이오? 일본이 지금 아무리 문명하다 하여도 범백[69] 제도를 우리 나라에서 많이 배워 갔소. 그 나라 국문도 우리 나라 왕인[70] 씨가 지은 것이니, 근일 우리 나라가 부패치 아니한 것은 아니나 단군 · 기자 이후로 수천 년 이래에 어떠한 민족이오?

67) 양계초(梁啓超) : 중국 청나라 말기, 중화민국 초기의 정치가 · 사상가. 입헌군주제를 주장하여 무술변법을 시도하였으나 실패하자 일본으로 망명함.

68) 요요(姚姚)한 : 아주 어여쁜.

69) 범백(凡百) : 여러 가지 모든 것.

70) 왕인(王仁) : 백제의 박사. 천자문과 논어 등의 한문 서적을 가지고 일본에 건너가 학문을 전파하였음.

철학가 말에, 편안한 것이 위태한 근본이라 하니, 우리 나라 사람이 기백 년 편안하였은즉 한 번 위태한 일이 어찌 없겠소? 또 말하였으되, 무식은 유식의 근원이라 하였으니 우리 나라 사람이 오래 무식하였으니 한 번 유식하지 아니할 이유가 있겠소?

가령 남의 집에 가서 보고, 그 집 사람들은 음식도 잘 하더라, 의복도 잘 하더라, 내 집에서 의복 · 음식 솜씨가 저러하지 못하니 무엇에 쓸꼬, 하고 가속[71]을 박대하면 남의 좋은 의복 · 음식이 내게 무슨 상관 있소? 차라리 저 음식은 어떠하니 좋지 아니하다, 이 의복은 어떠하니 좋지 아니하다 하여 제도를 자세히 가르쳐서 남의 것과 같이 하는 것만 못 하니, 부질없이 내 집안 사람만 불만히 여기면 가도가 바로잡힐 리가 있으리까?

소학에 가로되, 좋은 사람이 없다 함은 덕 있는 말이 아니라 하였으니, 내 나라 사람을 무식하다고 능멸하여 권고 한 마디 없으면 유식하신 매경 씨만 홀로 살으시려오? 여보 여보, 열심을 잃지 말고 어서어서 잡지도 발간, 교과서도 지어서 우리 일천만 여자 동포에게 돌립시다.

우리 여자의 마음이 이러하면 남자도 응당 귀가 있겠지. 십 년 이십 년을 멀다 마오. 산림 어른이 연설꾼 아니 될지 뉘 알며, 향교 재임이 체조 교사 아니 될지 뉘 알겠소? 속담에 이른 말에 뜬쇠가 달면 더 뜨겁다 하였소.

지금은 범백 권리가 다 남자에게 있다 하나 영원한 권리는 우리 여자가 차지합시다. 매경 씨 말씀에, 자녀를 교육하자 함이 진리를 알으시는 일이오. 우리 여자만 합심하고 자녀를 잘 교육하면 제이세의 문명은 우리 사업이라 할 수 있소.

71) 가속(家屬) : '아내'의 낮춤말.

자식 기르는 방법을 대강 말하오리다. 자식을 낳은 후에 가르칠뿐 아니라 탯속에서부터 가르친다 하였으니, 그런고로《예기》에 태육법을 자세히 말하였으되, 부인이 잉태하매 돗자리가 바르지 아니하거든 앉지 아니하며, 벤 것이 바르지 아니하거든 먹지 말라 하였으니, 그 앉는 돗, 먹는 음식이 탯덩이에 무슨 상관이 있겠소마는 바른 도리로만 행하여 마음에 잊지 말라 함이오. 의원의 말에도 자식 밴 부인이 잡것을 먹지 말라 하고, 음식의 차고 더운 것을 평균케 하고, 배를 항상 더웁게 하고, 당삭[72] 하거든 약간 노동하여야 순산한다 하였소.

72) 당삭(當朔) : 아이낳을 달을 당하는 것.

뱃속에서도 이렇게 조심하거든 나은 후에 어찌 범연히 양육하오리까? 제가 비록 지각이 없을 때라도 어찌 그 앞에서 터럭만치 그른 일을 행하겠소? 밥 먹는 법, 잠자는 법, 말하는 법, 걸음 걷는 법 일동 일정을 가르치되, 속이지 아니함을 주장하여 정대한 성품을 양육한즉 대인 군자가 어찌하여 되지 못하리까?

맹자님 모친께서 맹자님 기르실 때 마침 동편 이웃집에서 돼지를 잡거늘 맹자께서 물으시되, 저 돼지는 어찌하여 잡나니까? 맹모 희롱으로, 너를 먹이려고 잡는다 하셨더니 즉시 후회하시되, 어린아이를 속이는 법을 가르쳤다 하고 그 고기를 사다가 먹이신 일이 있고, 맹자 점점 자라실새 장난이 심하여 산 밑에서 살 때에 상두꾼 흉내를 내시거늘 맹모가 가라사대, '이곳이 아이 기를 곳이 못 된다.' 하시고 저자 근처로 이사하였더니, 맹자께서 또 물건 매매하는 형용을 지으시니 맹모가 또 집을 떠나 학궁[73] 곁에 거하시매 그제야 맹자 예절 있는 희롱을 하시는지라 맹모 말씀이, '이는 참 자식 기를 곳이라.' 하시고 가

73) 학궁(學宮) : '성균관'의 별칭.

르쳐 만세 아성[74]이 되셨소. 한 아들을 가르쳐 억조 창생에게 무궁한 도학이 있게 하시니 교육이란 것이 어떠하오? 만일 맹자께서 상두나 메시고 물건이나 팔러 다니셨다면 오늘날 맹자님을 누가 알았소?

《비유요지》라 하는 책에 말하였으되, 서양에 한 부인이 그 아들을 잘 교육할 새 그 아들이 장성하여 장사차로 나가거늘 그 부인이 부탁하되, '너는 어디 가든지 남 속이지 아니하기로 공부하라.' 그 아들이 대답하고 지화 몇백 원을 옷깃 속에 넣고 행하다가 중로에서 도적을 만나니 그 목적이 묻되, '너는 무슨 업을 하며 무슨 물건을 몸에 지녔느냐?' 하되, 그 아이 대답하되,'나는 장사하는 사람이니 지화 몇백 원이 옷깃 속에 있노라.' 하니, 도적이 그 정직함을 괴히 여겨 뒤져 본즉 과연 있는지라, 당초에 깊이 감추고 당장에 은휘[75]치 아니하는 이유를 물은즉 그 사람이 대답하되, '내 모친이 남을 속이지 말라 경계하셨으니 어찌 재물을 위하여 친교를 어기리오?' 도적이 각각 탄복하여 말하되, '너는 효성 있는 사람이라. 우리 같은 자는 어찌 인류라 하리오.' 그 지화를 다시 옷깃에 넣어 주고 그 후로는 다시 도적질도 아니 하였다 하였소.

그 부인이 자기 아들을 잘 교육하여 남의 자식까지 도적의 행위를 끊게 하니 교육이라는 것이 어떠하오? 송나라 구양수[76] 씨도 과부의 아들로 자라매, 집이 심히 가난하여 서책과 필묵이 없거늘, 그 모친이 갈대로 땅을 그어 글을 가르쳐 만고 문장이 되었고, 우리 나라 퇴계 이 선생도 어릴 때 그 모친이 말씀하되, '내 일찍 과부되어 너희 형제만 있으니 공부를 잘 하라, 세상 사람이 과부의 자식은 사귀지 아니 한다니 너희는 그 근심

74) 아성(亞聖) : 성인에 버금간다는 뜻으로 공자에 대하여 맹자를 가르키는 말.

75) 은휘(隱諱) : 꺼리어 숨김.

76) 구양수(歐陽脩) : 중국 송나라의 정치가이자 문인. 당송 8대가의 하나.

을 면하게 하라.' 하고, 평상시에 무슨 물건을 보면 이치를 가르치며 아무 일이고 당하면 사리를 분석하여 순순히 교훈하사 동방 공자가 되셨으니 교육이라는 것이 어떠하오?

예로부터 교육은 어머니께 받는 일이 많으니 우리도 자식을 그런 성력과 그런 방법으로 교육하였으면 그 영향이 어떠하겠소? 우리 여자 사회에 큰 사업이 이에서 더한 일이 있겠소? 여러분 여자들, 지금 남자와 지금 여자를 조롱 말고 이 다음 남자와 이 다음 여자나 교육 좀 잘 하여 봅시다."

(국란) "그 말씀 대단히 좋소. 자식 기르는 법과 가르치는 공효를 많이 말씀하셨으나 자식 사랑하는 이유가 미진한 고로 여러분 들으시기 위하여 그 진리를 말씀하오리다. 세상 사람들이 자식을 사랑한다 하나 실상은 자기 일신을 사랑함이니, 자식이 나매 좋아하고 기꺼하는 마음을 궁구[77]하면, 필경은 '저 자식이 있으니 내 몸이 의탁할 곳이 있으며, 내 자식이 자라니 내 몸 봉양할 자가 있도다.' 하고, 혹 자식이 병이 들면 근심하고, 혹 자식이 불행하면 설워하니,근심하고 설워하는 마음을 궁구하면 필경은 '내 자식이 병들었으니 누가 나를 봉양하며, 내 자식이 없었으니 내가 누구를 의탁하리오.' 하나, 그 마음이 하나도 자식을 위한다는 자도 없고 국가를 위한다는 자도 없으니 사람마다 자식 자식 하여도 진리는 실상 모릅니다.

자식의 효도를 받는 것이 어찌 내 몸만 잘 봉양하면 효도라 하리오? 증자[78] 말씀에 인군을 잘못 섬겨도 효가 아니요, 전장에 용맹이 없어도 효가 아니라 하셨으니, 이 말씀을 생각하면 자식이라는 것이 내 몸만 위하여 난 것이 아니요, 실로 나라를 위하여 생긴 것이니 자식을 공물이라 하여도 합당하오.

77) 궁구(窮究) 깊이 파고 들어 연구하는 것.

78) 증자(曾子) : 공자의 제자로 효행으로 유명함.

혹 모르는 사람은 이 말을 들으면 필경 대경 소괴[79]하여 말하되, 실로 그러할진대 누가 자식 있다고 좋아하며 자식 없다고 설워하리오? 청국 강남해 말에, 대동 세계에는 자식 못 낳은 여자는 벌이 있다 하더니, 과연 벌하기 전에야 생산하려는 자가 있겠소? 혹 생산하더라도 내 몸은 봉양하여 주지 아니하고 국가만 위하여 교육을 받으라 하겠소? 이러한 말이 널리 들리면 윤리상에 대단 불행하겠다 하여 중언 부언할 터이지마는, 지금 내 말이 윤리상의 불행함이 아니라 매우 다행하오리다.

자식을 공물로 인정하더라도 그렇지 아니한 소이연[80]이 있으니, 가령 우마를 공물이라 하면 농업가와 상업가에서 우마를 부리지 아니 하리까? 저 집에 우마가 있으면 내 집에 없어도 관계가 없다 하여 사람마다 마음이 그러하면 우마가 이미 절종되었을 터이나, 비록 공물이라도 우마가 있어야 농업과 상업에 낭패가 없은즉, 자식은 공물이라고, 있는 것을 귀히 여기지 아니하리오? 기왕 자식이 있은 이상에는 공물이라고 교육 아니하다가는 참말 윤리에 불행한 일이오.

가령 어부가 동무를 연합하여 고기를 잡되, 남의 그물에 걸린 것이 내 그물에 걸린 것만 못 하다 하니 국가 대사업을 바라는 마음은 같으나 어찌 남의 자식 성취한 것이 내 자식 성취한 것만 하오리까? 그러한즉 불가불 자식을 교육할 것이요, 자식이 나서 나라의 사업을 성취하고 국민에 이익을 끼치면 그 부모는 어찌 영광이 없으리까?

옛날 사파달이라 하는 땅에 한 노파가 여덟 아들을 낳아서 교육을 잘 하여 여덟이 다 전장에 갔다가 죽은지라, 그 살아 돌아오는 사람더러 묻되, '이번 전장에 승부가 어떠한고? 그 사람

79) 대경 소괴(大驚小怪) : 몹시 놀라워 좀 의아롭게 생각함.

80) 소이연(所以然) : 그러하게 된 까닭.

이 대답하되, 전쟁은 이기었으나 노인의 여러 아들은 다 불행하였나이다' 하거늘, 노구 즉시 일어나 춤을 추며 노래를 불러 가로되, '사파달아, 사파달아, 내 너를 위하여 아들 여덟을 낳았도다.' 하고 슬퍼하는 빛이 없으니, 그 노구가 참 자식을 공물에 인정하는 사람이니, 그는 생산도 잘 하고 교육도 잘 하고 영광도 대단하오이다.

우리 나라 사람들이 자식의 진리를 몇이나 알겠소? 제일 가관의 일이, 정처에 자식이 없으면 첩의 소생은 비록 여룡여호[81] 하여 문장은 이 태백이요, 풍채는 두 목지요, 사업은 비사맥이라도 서자라, 얼자라 하여 버려 두고, 정도 없고 눈에도 서투른 남의 자식을 솔양[82]하여 아들이라 하는 것이 무슨 일이오?

성인의 법제가 어찌 그같이 효박(淆薄)[83]할 이유가 있으리까? 적서라는 말씀은 있으나 근래 적서와는 대단히 다르오. 정처의 소생이라도 장자 다음에는 다 서자라 하거늘,우리 나라는 남의 정처 소생를 서자라 하면 대단히 뛰겠소. 양자법으로 말할지라도 적서에 자녀가 하나도 없어야 양자를 하거늘 서자라 버리고 남의 자식을 솔양하니 하나도 성인의 법제는 아니오. 자식을 부모가 이같이 대우하니 어찌 세상에서 대우를 받겠소?

그 서자이니 얼자이니 하는 총중에 영웅이 몇몇이며, 문장이 몇몇이며, 도덕 군자가 몇몇인지 누가 알겠소? 그 사람도 원통하거나와 나랏일이야 더구나 말할 것이 있소? 남의 나라 사람도 고문이니 보좌니 쓰는 법도 있거든, 우리 나라 사람에 무엇을 그리 많이 고르는지 이 성호[84]는 적서 등분을 혁파하자, 서북 사람을 통용하자 하여 열심히 의논하였고, 조은당의 부인

81) 여룡여호(如龍如虎) : 용과 호랑이 같음. 외모가 비상함을 이름.

82) 솔양(率養) : 양자로 데려오는 것.

83) 효박(淆薄) : 인정이나 풍속이 천박함.

84) 이 성호(李星湖) : 조선 영조 때의 학자인 이익. 성호는 그의 자(字).

김씨는 자제를 경계하되, 너희가 서모를 경대하지 아니하니 어찌 인사라 하리오? 아비의 계집은 다 어머니라 하셨나니 이 두 말씀이 몇백 년 전에 주창하였으니 그 아니 고명하오?

또 남의 후취로 들어가서 전취 소생에게 험히 구는 자 있으니 그것은 무슨 지각이오? 아무리 나의 소생은 아니나 남편의 자식은 분명하니 양조보담은 매우 긴절하오. 사람의 전조모와 후조모라 하여 자손의 마음에 후박이 있으리까? 그렇건마는 몰지각한 후취 부인들은 내 속으로 낳지 아니 하였으니 내 자식이 아니라 하여 동네 아이만도 못 하고 종의 자식만도 못 하게 대우하니 어찌 그리 박정하고 무식하오? 아무리 원수 같은 자식이라도 내 몸이 늙어지면 소생 자식 열보다 나으며, 그 손자로 말할지라도 큰 자식의 손자가 소생 손자 열보다 낫지 아니하오?

원수같이 알고 도척[85]같이 알던 그 자식 그 손자가 일후에 만반진수를 차려 놓고, '유세차[86] 효자모 효손모는 감소고우 현비 현조비 모봉모씨라 하면 아마 혼령이라도 무안하겠지. 또 자식을 기왕 공물로 인정할진대 내 소생만 공물이요 전취 소생은 공물이 아니겠소? 아무리 전취 자식이라도 잘 교육하여 국가의 대사업을 성취하면 그 영광이 아마 못생긴 소생 자식보다 얼마쯤이 유조하리니, 이 말씀을 우리 여자 사회에 공포(公布)하여 그 소위 서자이니, 전취 자식이니 하는 악습을 다 개량하여 윤리상 영원한 행복을 누리게 합시다."

(매경) "자식의 진리(眞理)를 자세히 말씀하셨으나 그 범위는 대단히 넓다고는 못 하겠소. 기왕 자식을 공물이라 말씀하셨으면 공물이 많아야 좋겠소. 공물이 적어야 좋겠소? 공물이

85) 도척(盜蹠) : 춘추전국시대의 큰 도적.

86) 유세차(維歲次) : '이에 간지를 따라서 정한 해로 말하면'의 뜻으로, 제문의 첫머리에 쓰는 관용어. 여기서는 제사를 모시는 것을 뜻함.

많아야 할진대 어찌 서자니 전취 소생이니 그것만 공물이라 하여도 역시 사정(私情)이올시다.

비록 종의 자식이나 거지의 자식이라도 우리 나라 공물은 일반이어늘, 소위 양반이니 중인이니 상한(常漢)[87]이니 서울이니 시골이니 하여 서로 보기를 타국 사람같이 하니 단체가 성립할 날이 어찌 있겠소? 또 서북으로 말할지라도 몇백 년을 나라 땅에 생장하기는 일반이어늘 그 사람 중에 재상이 있겠소, 도학군자가 있겠소? 천향이라 하여도 가하니 그 사람 중에 진개 재상 재목과 도학군자 자격이 없는 것이 아니라, 재상의 교육과 군자의 학문이 없음인지 몇백 년 좋은 공물을 다 버리고 쓰지 아니 하였으니 어찌 나라가 왕성하오리까?

이 성호 말씀에 반상을 타파하자, 서북을 통용하자 하여 수천 마디 말을 반복 의논하였으나 인하여 무효하였으니 어찌 한심치 아니 하겠소? 평안도의 심의 도사 오세양 씨는 그 학문이 우리 동방에 드문 군자라. 그 학설과 이설이 대단히 발표하였건마는 서원도 없고 문집도 없이 초목과 같이 썩어진 일이 그 아니 원통한가?

그 정책은 다름 아니라 서북은 인재가 배출하니 기호와 같이 교육하면 사환(仕宦)[88] 권리를 다 빼앗긴다 하니 그러한 좁은 말이 어디 있겠소? 사환이라는 것은 백성을 대표한 자인 즉 백성의 지식이 고등한 자이라야 참여하나니 아무쪼록 내 지식을 넓혀서 할 것인지, 남의 지식을 막고 나만 못 하도록 하면 어찌 천도[89] 무심하오리까? 철학 박사의 말에, 차라리 제 나라 민족에 노예가 세세로 될지언정 타국 정부의 보호는 아니 받는다 하였으니, 그 말을 생각하면 이왕 일이 대단히 잘못되었소.

87) 상한(常漢) : 상놈.

88) 사환(仕宦) : 벼슬살이를 하는 것.

89) 천도(天道) : 천지 자연의 도리.

또 반상으로 말할지라도 그렇게 심한 일이 어디 있겠소? 어찌하다가 한번 상놈이라 패호[90]하면 비록 영웅 열사가 있을지라도 자자손손이 상놈이라 하대하니 그 같은 악한 풍속이 어디 있으리이까? 그러나 한번 상사람 된 자는 도저히 인재 나기가 어려우니, 가령 서울 사람이라 해도 그 실상은 태반이나 시골 생장인즉 시골 풍속으로 잠깐 말하리다. 그 부모 된 자들이 자식의 나이 칠팔 세만 되면 나무를 하여라, 꼴을 베어라 하여, 초등 교과가 꼬부랑 호미와 낫이요, 중등 교과가 가래와 쇠스랑이요, 대학 교과가 밭갈기 · 논갈기요, 외교 수단이 소장사 · 등짐꾼이니, 그 총중에 비록 금옥 같은 바탕이 있을지라도 어찌 저절로 영웅이 되겠소? 결탄코 그 중에 주정꾼과 노름꾼의 무수한 협잡배들이 당초에 교육을 받았으면 영웅도 되고 호걸도 되었으리라 하오.

혹 그 부모가 소견이 바늘 구멍만치 뚫려 자식을 동네 생원님 학구 방에 보내면 그 선생이 처지를 따라 가르치되, 너는 큰 글하여 무엇 하느냐, 계통문이나 보고 취대하기나 보면 족하지. 너는 시부 표책하여 무엇 하느냐, 《전등 신화》[91]나 읽어서 아전질이나 하여라 하니, 그런 참혹한 일이 어디 있겠소. 입학하던 날부터 장래 목적이 이 뿐이요, 선생의 교수가 이러하니 제갈량 · 비사맥 같은 바탕이 몇백만 명이라도 속절없이 전진할 여망이 없겠으니 이는 소위 양반의 죄뿐 아니라 자기가 공부를 우습게 보아서 그 지경에 빠진 것이오. 옛날 유명한 소귀봉과 서고정은 남의 집 종의 아들로 일대 도학가가 되었고. 정금남은 광주 관비의 아들로 크게 사업을 이루었은즉, 남의 집 종과 외읍 관비보다 더 천한 상놈이 어디 있겠소마는 이 어른

90) 패호(牌號) : 좋지 못하게 남들이 붙여 부르는 별명.

91) 전등신화(剪燈神話) : 중국 명나라 구우가 지은 전기체 단편 소설집. 당나라 때의 소설을 본떠 고금의 괴담 기문을 엮은 것임.

들을 누가 감히 존중치 아니하겠소?

그러나 무식한 자들이야 어찌 그러한 사적을 알겠소? 도무지 선지라 선각이라 하는 양반이 교육 아니 한 죄가 대단하오. 무론 아무 나라라고 상 · 중 · 하등 사회가 없는 것은 아니다. 그러나 국가 질서를 유지하려면 불가불 등급이 있어야 문란한 일이 없거늘, 우리 나라 경장 대신들이 양반의 폐만 생각하고 양반의 공효는 생각지 못하여 졸지에 반상 등급을 벽파하라 하니 누가 상쾌치 아니 하겠소마는, 국가 질서의 문란은 양반보다 더 심한 자 많으니 어찌 정치가의 수단이라고 인정하겠소?

지금 형편으로 보면 양반들은 명분 없는 세상에 무슨 일을 조심하리오? 그 행세가 전일 양반만도 못 하고 상인들은 요사이 양반이 어디 있어 비록 문장이 된들 무엇하며, 도학이 있은들 무엇하나 하여, 혹 목불식정[92]하고 준준 무식[93]한 금수 같은 유들이 제 집에서 제 형을 욕하며, 제 부모에게 불효한대도 동네 양반들이 말하면 팔뚝을 뽐내며 하는 말이, '시방 무슨 양반이 따로 있나? 내 자유권을 왜 상관이 있나? 내 자유권을 무슨 걱정이야? 그러다가는 뺨을 칠라, 복장을 지를라.' 하면서 무수 질욕하나 누가 감히 옳다 그르다 말하겠소? 속담에 상두꾼에도 수번이 있고, 초라니[94] 탈에도 차례가 있다 하니, 하물며 전국 사회가 이렇게 문란하고야 무슨 질서가 있겠소?

갑오년 경장 대신의 정책이 웬 까닭이오? 양반은 양반대로 두고, 학교하는 임원도 양반이며, 학도의 부형도 양반이며, 학도도 양반이라고 울긋불긋한 고추장 빛으로 학부인이라, 내부인이라 반포하면 전국이 다 양반이 될 일을 어찌하여 양반없이 한다 하니, 사천 년 전래하던 습관이 졸지에 잘 변하겠소? 지금

92) 목불식정(目不識丁) : 아주 간단한 글자인 정(丁)자를 보고 그것이 고무래 정인지 모른다는 뜻.

93) 준준 무식(峻峻無識) : 굼뜨고 어리석어 아주 무식함.

94) 초라니 : 잡귀를 쫓는 무속 의식에서, 붉은 저고리에 푸른 치마를 두른 모습으로 긴 대의 깃발을 흔드는 나자의 하나.

형편은 어떠하냐 하면 '어기어차 슬슬 다리어라, 네가 못 다리면 내가 다리겠다, 어기어차 슬슬 다리어라.' 하는 이 지경에 한 번 큰 승부가 달렸은 즉 노인도 다리고, 소년도 다리고, 새아기씨도 다리어도 이길는지 말는지 할 일이오. 나도 양반으로 말하면 친정이나 시집이나 삼한 갑족[95]이로되, 그것이 다 쓸데 있소? 우리도 자식을 공물이라 하면 그 소위 서북이니 반상이니 썩고 썩은 말을 다 그만두고 내 나라 청년이면 아무쪼록 교육하여 우리 어렵고 설운 일을 그 어깨에 맡깁시다."

(금운) "작일은 융희 이 년 제일 상원이니, 달도 그전과 같이 밝고, 오곡밥도 그전과 같이 달고, 각색 채소도 그전과 같이 맛나건마는 우리 심사는 왜 이리 불명하오?

어젯밤이 참 유명한 밤이오. 우리 나라 풍속에 상원일 밤에 꿈을 잘 꾸면 그 해 일 년에 벼슬하는 이는 벼슬을 잘 하고, 농사하는 이는 농사를 잘 하고, 장사하는 이는 장사를 잘 한다 하니, 꿈이라는 것을 제 욕심대로 꾸어서 혹 일 년, 혹 십 년, 혹 수십 년이라도 필경은 아니 맞는 이유가 없소. 우리 한 노래로 긴 밤 새우지 말고, 대한 융희 이 년 상원일에 크나 작으나 꿈꾼 것을 하나 유루 없이 이야기합시다."

(설헌) "그 말씀이 매우 좋소. 나는 어젯밤에 대한 제국 자주독립 할 꿈을 꾸었서. 활멸사라 하는 사회가 있는데 그 사회 중에 두 당파가 있으니, 하나는 자활당이라 하여 그 주의인즉, 교육을 확장하고 상공을 연구하여 신공기를 흡수하며 부패 사상을 타파하여 대포도 무섭지 아니하고 장창도 두렵지 아니하여도 쓸데없고, 한두 개 영웅이 혹 국권을 만회하여도 쓸데없고, 오직 전국 남녀 청년이 보통 지식이 있어서 자주권을 회복하여

95) 삼한갑족(三韓甲族) : 우리나라의 대대로 문벌이 높은 집안.

야 확실히 완전하다 하여 학교도 설시하며 신서적도 발간하여, 남이 미쳤다 하든지 못생겼다 하든지 자주권 회복하기에 골목무가하나, 그 당파의 수효는 전사회의 십분지 삼이오.

하나는 자멸당이라 하니 그 주의인즉, 우리 나라가 이왕 이 지경에 빠졌으니 제갈공명이가 있으면 어찌하며, 격란사돈이가 있으면 무엇 하나? 십승지지 어디 있노, 피난이나 갈까 보다, 필경은 세상이 바로잡히면 그 때에야 한림 직각을 나 내놓고 누가 하나? 학교는 무엇이야, 우리 마음에는 십대 생원님으로 죽는대도 자식을 학교에야 보내고 싶지 않다. 소위 신학문이라는 것은 모두 천주학인데 우리네 자식이야 설마 그것이야 배우겠나?

또 물리학이니 화학이니 정치학이니 법률학이니, 다 무엇에 쓰는 것인가? 그것을 모를 때에는 세상이 태평하였네. 요사이 같은 세상일수록 어디 좋은 명당 자리나 얻어서 부모의 백골을 잘 면례[96] 하였으면 자손의 발음이나 내릴는지, 우선 기도나 잘 하여야 망하기 전에 집안이나 평안하지, 전국이 썩어지더래도 학교에 보조는 아니 할 터이야. 바로 도적놈을 주면 매나 아니 맞지, 아무개는 제집이 어렵다 하면서 학교에 명예 교사를 다닌다지. 남의 자식 가르치기에 어찌 그리 미쳤을까? 글을 읽어라, 수를 놓아라 하는 소리 참 가소롭데. 유식하면 검정 콩알이 아니 들어가나? 운수를 어찌하여? 아무것도 할 일 없지. 요대로 앉았다가 죽으면 죽고 살면 사는 것이 제일이라 하니, 그 당파의 수효는 십분지 칠이요, 그 회장은 국참정이라는 사람이니 아무 학회 회장과 흡사하여 얼굴이 풍후하고 수염이 많고 성품이 순실[97]하여 이 당파도 좋아 저 당파도 좋아 하여 반박이 없

96) 면례(緬禮) : 무덤을 옮겨 장사를 다시 지내는 것.

97) 순실(純實) : 순하고 참되다.

이 가부 취결만 물어서 흥하자 하면 흥하고, 망하자 하면 망하여 회원의 다수만 점검하는데, 그 소수한 자활당이 자멸당을 이기지 못하여 혹 권고도 하며, 혹 욕질도 하며, 혹 통곡도 하면서 분주 왕래하되, 몇 번 통상회이니 특별회이니 번번이 동의하다가 부결을 당한지라, 또 국회장에게 무수 애걸하여 마지막 가부회를 독립관에 개설하고 수만 명이 몰려가더니 소위 자멸당도 목석과 금수는 아니라, 자활당의 정대한 언론과 비창한 형용을 보고 서로 기뻐하며 자활주의로 전수 가결되매,그 여러 회원들이 독립가를 부르고 춤을 추며 돌아노는 거동을 보았소."

(매경, 깔깔 웃으며) "나는 어젯밤에 대한 제국의 개명할 꿈을 꾸었소. 전국 사람들이 모두 병이 들었다는데, 혹 반신 불수도 있고 혹 수중다리도 있고 혹 내종병도 들고 혹 정춤증도 있고 혹 체증 횟배와 귀 먹고 눈 멀고 벙어리까지 되어 여러 가지 병으로 집집이 앓는 소리요, 곳곳이 넘어지는 빛이라, 남녀 노소를 물론하고 성한 사람은 하나도 없더니 마침 한 명의가 하는 말이 이 병들을 급히 고치지 아니하면 우리 삼천 리 강산이 빈 터만 남으리니 그 아니 통곡할 일이오? 내가 화제 한 장을 낼 것이니 제발 믿으시오 하더니 방문을 써서 돌리니, 그 방문 이름은 청심환 골산이니 성경으로 위군하고, 정치 · 법률 · 경제 · 산술 · 물리 · 화학 · 농학 · 공학 · 상학 · 지리 · 역사 각 등분하여 극히 정묘하게 국문으로 법제하여 병세 쾌차하도록 무시복하되, 병자의 증세를 보아 임시 가감도 하며 대기하는 주색 잡기 · 경박 · 퇴보 · 태타 등이라.

이 방문을 사람마다 베껴다가 시험할 새 그 약을 방문대로

98) 환골탈태(換骨奪胎) : 용모가 환하게 트이고 아름다워져 전혀 딴 사람처럼 되는 것.

잘 먹고 나면 병 낫기는 더 할 말이 없고 또 마음이 청상해지며 환골 탈태[98]가 되는데 매미와 뱀과 같이 묵은 허물을 일제히 벗어 버립디다. 오륙 세 전 아이들은 당초에 벗을 것이 없으나 팔세 이상 아이들은 가뭇가뭇한 종잇장 두께만 하고, 십오 세 이상 사람들은 검고 푸르러서 장판 두께만 하고, 삼십 · 사십씩 된 사람들은 각색 빛이 얼룩얼룩하여 멍석 두께만 하여, 오십 · 육십 된 사람들은 어룩어룩, 투둘투둘하며 똑 각색 악취가 촉비하여 보료 두께만 하여, 노소 남녀가 각각 벗을 때 참 대단히 장관입니다. 아이들과 젊은 이와, 당초에 무식한 사람들은 벗기가 오히려 숩고, 조금 유식하다는 사람들과 늙은 이들은 벗기가 극히 어려워서 혹 남이 붙잡아도 주고 혹 가르쳐도 주되, 반쯤 벗다가 기진한 사람도 있고, 인하여 아니 벗으려고 앙탈하다가 그래도 죽는 사람도 왕왕 있습니다.

필경은 그 허물을 다 벗어 옥골 선풍이 된 후에 그 허물을 주체할 데가 없어 공론이 불이한데, 혹은 이것을 집에 두면 그 냄새에 병이 복발하기 쉽다 하며, 혹은 그 냄새는 고사하고 그것을 집에 두면 철모르는 아이들이 장난으로 다시 입어 보면 이것이 큰 탈이라 하며, 혹은 이것을 모두 한 곳에 몰아 쌓고 그 근처에 사람 다니는 것을 금하면 다시 물들 염려도 없을 터이나 그것을 한 곳에 모아 쌓은즉 백두산보다도 클 것이니, 이러한 조그마한 나라에 백두산이 둘이면 집은 어디 짓고 농사는 어디서 하나? 그것도 못 될 말이지 하며, 혹은 매미 허물은 선퇴라는 것이니 혹 간기증에도 쓰고, 뱀의 허물은 사퇴라는 것이니, 혹 인후증에도 쓰거니와 이 허물은 말하려면 인퇴라 하겠으나 백 가지에 한군데 쓸데가 없으며 그 성질이 육기가 많고 와사 냄새가 많아서 동해 바다의 멸치 썩은 것과 방불한즉, 우리 나라 척박한 천지에 거름으로 썼으면 각각 주체하기도 경편[99]하고 또 농사에도 심히 유익하겠다 하니, 그제야 여러 사람들이 그 말을 시행하여, 혹 지게에도 저내고 혹 구루마에 실어 내어 낙역 부절하는 것을 보았소."

(금운) "나는 어젯밤에 대한 제국의 독립할 꿈을 꾸었소. 오뚜기라는 것은 조그마하게 아이를 만들어 집어던지면 드러눕지 아니하고 오똑오똑 일어서는 고로 이름을 오똑이라 지었으니, 한문으로 쓰려면 나 오자, 홀로 독자, 설 립자 세 글자를 모아 부르면 오 독립이니 내가 독립하겠다는 의미가 있고 또 오똑이의 사적을 들으니, 옛날 조그마한 동자로 정신이 돌올하여[100] 일찍 일어선 아이라. 그런고로 후세 사람들이 아이를 낳아서 혹 더디 일어설까 염려하여 오똑이 모양을 만들어 희롱감으로 아이들을 주니 그 정신이 오뚝이와 같이 오똑오똑 일어서라는 의사라. 우리 나라 사람들이 오뚝이 정신이 있는 이는 하나도 없은즉, 아이들뿐 아니라 장정 어른들도 오뚝이 정신을 길러서 오뚝이와 같이 오똑오똑 일어서기를 배워야겠다 하여 우리 영감 평양 서윤으로 있을 때에 장만한 수백 석지기 좋은 땅을 방매하였더니, 과연 오뚝이를 몇 달이 못되어 다 팔고 큰 이익을 얻어 보았소."

(국란)"나는 어젯밤에 대한 제국이 천만 년 영구히 안녕할 꿈을 꾸었소. 석가 여래라 하는 양반이 전신이 황금과 같이 윤택하고 양 미간에 큰 점이 박히고 한 손은 감중련[101]하고 한 손에는 석장[102]을 들고 높고 빛나는 옥탁자 위에 앉았거늘, 내가 합장 배례하고 황공 복지하여 내두[103]의 발원을 묻는데, 어떠한

99) 경편(輕便) : 가볍고 편하거나, 손쉽고 편리한 것.

100) 돌올하여 : 높이 솟아 우뚝하여.

101) 감중련(坎中漣) : 8괘의 하나인 '감괘'의 '상형' ☵을 이르는 말.

102) 석장(錫杖) : 중이 짚고 다니는 지팡이. 밑부분은 상아나

뿔로, 가운데 부분은 나무로 만들었으며, 탑모양인 위의 부분에 큰 고리가 있는데, 그 고리에 여러 개의 작은 고리를 달아 소리가 나게 되어 있음.

[석 장]

103) 내두(來頭) : 이제부터 닥쳐오게 될 앞.

신수 좋은 부인 한 분이 곁에 섰다가 책망하기를, 적선한 집에는 경사가 있고 불선한 집에는 앙화가 있음은 소소한 이치어늘, 어찌 구구히 부처에게 비나뇨? 그대는 적악한 일 없고 이생에도 부모에 효도하며 형제에 우애하며 투기를 아니 하며 무당과 소경을 멀리하여 음사 기도를 아니 하며 전곡을 인색히 아니 하여 어려운 사람을 잘 구제하고 학교에나 사회에나 공익상으로 보조를 많이 하였으니 너는 가위 선녀라 할지니, 그 행복을 누리려면 너의 일생뿐 아니라 천만 년이라도 자손은 끊이지 아니 하고 부귀 공명과 충신 효자를 많이 점지하리라 하시니, 이 말씀을 미루어 본 즉 내 자손이 천만 년 부귀를 누릴 지경이면 대한 제국도 천만 년을 안녕하심을 짐작할 일이 아니겠소?"

여러 부인 중에 한 부인이 일어나서 말하되,

"나는 지식이 없어 연하여 담화는 잘 못 하거니와 사상이야 어찌 다르며 꿈이야 못 꾸었겠소? 나도 어젯밤에 좋은 몽사가 있으나 벌써 닭이 울어 밤이 들었으니 이 다음에 이야기하오리다."

작·품·정·리

- 갈래 : 신소설
- 주제 : 자주독립과 부국번영, 여권신장, 남녀평등 의식 고취, 애국심과 자유교육 주창.
- 배경 : 시간적–1900년대
  공간적–어느 잔치집
- 시점 : 전지적 작가 시점

작·품·감·상

〈자유종〉은 '토론소설' 이라는 부제가 붙어 있으며, 그 주제면에서 신소설 가운데 가장 정치성이 강한 소설에 속한다. 또 〈자유종〉은 시간적인 경과가 하룻밤 사이에 일어난 일이고, 처음에서 끝까지, 거의 대화로 일관되는 점으로 보아 단막물 희극같은 느낌을 주기도 하며, 또 정치적인 토론으로 시종되어 토론화의 기록물 같은 느낌도 준다.작품의 내용은 융희 2년(1908) 음력 1월 16일 밤 매경부인의 생일잔치에 초대를 받아 모인 부인들이 개화 · 계몽에 대한 여러 가지 문제를 토론한다. 여권 문제와 자녀 교육문제, 국가의 독립문제와 계급타파, 미신 및 지방색, 한문 타파문제 등에 대해 토론을 벌인다. 그러므로 〈자유종〉은 소설적인 요소보다 개화에 대한 계몽의식이 훨씬 더 강하게 표시되어 있다. 신소설 〈자유종〉은 제목 그대로 자유를 목메어 절규하는 종소리, 즉 겨레의 공통된 소망인 개명된 독립국가의 의젓한 국민으로서 자유를 찾고 권리를 행사할 수 있는 새날을 희구하는 염원으로 일관된 작품이다. 특히 그것이 여성의 입을 통하여 부르짖고 있다. 신소설은 물론이거니와 현대소설에서도 이와같이 작중인물에 남자는 한 사람도 끼지 않고 여성으로만 사건을 전개한 작품은 매우 드물 것이다. 따라서 〈자유종〉은 개화기의 선각적 여성이 신문명에 대한 환호 속에 자유를 갈구하는 모습을 그려, 비록 그것이 구체적인 행동으로 옮기지는 못하였을 망정, 이것만은 민중이 모두가 바라는 바였으리라 믿는다. 〈자유종〉은 그 구성의 평면성, 사건 진전의 완만성 및 대화로서만 일관된 장면의 단조성 등을 비롯하여 소설로서의 미비한 점이 적지 않으나, 신소설이 개화 계몽기를 반영하는 가장 대표적인 문학 장르인 동시에, 이러한 시기일수록 소설의 주제가 차지하는 작품에서의 비중이 상당히 중요시된다는 점을 감안할 때, 신소설 중에서 특색있는 주목할 만한 작품의 하나라고 하겠다.

되짚어 보는 문제

1. 다음 지문을 보고 당시의 여성교육의 실태를 쓰고, 여성의 계몽을 위한 방법은 무엇인가 덧붙여라.

"이태리 국 역비다 산에 올차학이라는 구멍이 있어 해수로 통하였더니 홀연 산이 무너져 구멍 어구가 막힌지라, 그 속이 칠야같이 캄캄한데 본래 있던 고기들이 나오지 못하고 수백 년을 생장하여 눈이 있으나 쓸 곳이 없더니, 어구의 막혔던 흙이 해마다 바닷물에 패어 가며 일조에 구멍이 도로 열리매, 밖의 고기가 들어와 수없이 잡아 먹되, 그 안에 있던 고기는 눈을 멀뚱멀뚱 뜨고도 저해하려는 것을 전연 모르고 절로 밀려 어구 밖을 혹 나왔으니 못보던 눈이 졸지에 태양을 당하매, 현기가 나며 정신이 없어 어릿어릿하더라 하니 그와 같이 대문 중문 꽉꽉 닫고 밖에 눈이 오는지 비가 오는지 도무지 알지 못하고 살던 우리 나라 이왕 교육은 올차학 교육이라 할 만하니 그 교육받은 남자들이 무슨 정신으로 우리 정치를 생각하겠소? 우리 여자의 말이 쓸데없을 듯하나 자국의 정신으로 하는 말이니, 오히려 만국 공사의 헛담판보다 낫습니다. 여러분 부인들은 대한 여자 교육계의 별 방침을 연구하시오."

되짚어 보는 문제

2. 다음의 글은 강금운 부인의 한자에 대한 비판이다. 이에 대한 찬 · 반 입장을 밝히고 그 근거를 써라.

> "대체 글을 무엇에 쓰자고 읽소? 사리를 통하려고 읽는 것인데 내 나라 지지와 역사를 모르고서 《제갈량전》과 《비사맥전》을 천만 번이나 읽은 들 현금 비참한 지경을 면하겠소? 일본 학교 교과서를 보시오. 소학교 교과하는 것은 당초에 대한이라 청국이라는 말도 없이 다만 자국 인물이 어떠하고 자국 지리가 어떠하다 하여 자국 정신이 굳은 후에 비로소 만국 역사와 만국 지지를 가르치니, 그런고로 무론 남녀하고 자국의 보통 지식 없는 자이 없어 오늘날 저러한 큰 세력을 얻어 나라의 영광을 내었소.
>
> 우리 나라 남자들은 거룩하고 고명한 학문이 있는 듯하나 우리 여자 사회에야 그 썩고 냄새 나는 천지 현황(天地玄黃) 글자나 아는 사람이 몇이나 되오? 남자들도 응당 귀도 있고 눈도 있으리니, 타국 남자와 같이 학문을 힘쓰려니와 우리 여자도 타국 여자와 같이 지식이 있어야 우리 대한 삼천리 강토도 보전하고, 우리 여자 누백 년 금수도 면하리니, 지식을 넓히려면 하필 어렵고 어려운 십 년 이십 년 배워도 천치를 면치 못한 학문이 쓸데 있소? 불가불 자국 교과를 힘써야 되겠다 합니다."

5

추월색

최찬식

작·가·소·개

1881년 경기도 광주에서 태어났다. 자는 찬옥(贊玉)이며, 호는 해동초인(海東樵人)이다. 아버지는 개화기 언론인인 영년(永年)이며, 어릴 때에는 광주 사숙(私淑)에서 한학을 공부하여 사서삼경까지 마쳤고, 갑오경장 후 1897년 아버지가 광주에 설립한 시흥학교에 입학, 신학문을 공부하였다. 뒤에 서울로 올라와 관립한성중학교에서 수학하였다.

신학문을 공부하고 문학에 뜻을 두어 1907년에 중국 상해에서 발행한 소설전집《설부총서》를 번역(번안?)한 뒤 우리나라 현대소설의 토대가 된 신소설 창작에 착수하였다.《자선부인회잡지》편집인과,《신문계》·《반도시론》등의 기자노릇을 하였고, 말년에는 뚝섬에 있는 그의 농장에서 최익현의 실기를 집필하였으나 끝내지 못하고 죽었다.

대표작으로 꼽히는 〈추월색〉(1912) 을 비롯하여, 〈안(雁)의 성〉(1914) · 〈금강문〉(1914) · 〈도화원〉(1916) · 〈능라도〉(1919) · 〈춘 몽〉(1924) 등 많은 작품을 발표하였으나, 이들은 한결같이 이성간의 애정문제를 다룬 것이었다. 따라서, 그의 중심은 민족의식이나 자주독립 등의 정치적인 면보다 애정문제, 풍속적 윤리 · 도덕문제에 놓여 있다고 할 수 있다. 그것도 신식결혼관이나 연애가 표면적으로만 등장할 뿐, 궁극적인 주제는 고대소설적인 윤리에서 벗어나지 못하고 있다는 점에서, 최찬식의 소설은 당대 신소설의 한계 및 통속화 현상을 대표한다고 할 수 있다.

읽기 전에

등·장·인·물

- 이정임 : 이 시종의 외동딸로 갖은 역경에도 굴하지 않고 자신의 뜻을 굽히지 않는 개화기 신여성.
- 김영창 : 김 승지의 외아들로 정임과 어렸을 적 정혼을 한 사이.
- 강한영 : 대구의 대지주의 아들로 이정임을 농락하려다 실패하고 패망함.

줄·거·리

이 시종의 외동딸인 정임과 김 승지의 외아들 영창은 어릴 적부터 다정한 사이로 부모들끼리 일찍 정혼을 약속한 사이다. 그런데 영창이 열 살이 되던 해 김 승지가 초산 군주로 서임되어 가족을 데리고 즉시 군아에 부임을 하게 된다. 일 년이 지난 후 초산에 민요가 일어나 김 승지의 집안은 풍지 박산이 되고, 난민들은 김 승지 내외를 뒤주 속에 가둔 채 압록강에 버린다. 영창은 부모를 찾아 압록강을 따라 헤매다가 기진하여 쓰러지고 만다. 이 때 마침 그곳을 지나던 영국의 자선가 스미트가 영창을 구하여 영국에 데려가 공부를 시킨다.

한 편, 이 시종은 이 소식을 접하고 초산으로 갈 행장을 꾸린 후 갑자기 집에 불이 나서 수습을 한 후 초산 지방에 가보았으나 김 승지 일가의 행방은 묘연했다. 정임의 부모는 정임과 영창의 결혼에 대한 희망을 버리고 열 다섯 살이 되자 외삼촌의 중매로 다른 곳에 혼처를 정해 결혼을 시키려 한다. 그러나 정임은 이미 영창과의 정혼으로 두 남자를 섬길 수는 없다며 부모와의 갈등에 못이겨 몰래 집을 떠난다. 집을 떠난 정임은 갖은 고초를 겪은 후 일본으로 건너가 일본 여자 대학에 입학하여 우수한 성적으로 졸업하게 된다. 그런데 평소 정임을 좋아하던 강한영이 유학생을 가장하고 정임에게 접근을 시도한다. 어느 달 밝은 밤, 우에노 공원에서 산책을 하던 정임에게 수작을 걸던 강한영은 정임이 거절을 하자 정임을 추행하려다 실패하자 정임을 죽이려 한다. 이 때 영국에서 일본 영사로 부임한 스미트 씨를 따라온 영창이 공원을 산책하다 이 광경을 목격하고 그녀를 구하나 결국 살인미수범으로 몰려 재판을 받게 된다. 결국 정임의 증언으로 영창은 무죄로 석방되고 두 사람은 극적으로 재회를 하게 된다. 그들은 스미트 씨의 도움으로 귀국하여 마침내 고국에서 신식 결혼식을 올린 후 만주로 신혼여행을 간다. 그러나 그곳에서 마적단에게 붙들려 그들의 소굴에 잡혀왔다가 김 승지 내외를 만난다. 김 승지 내외는 마적두목의 친구로 그 곳에 머물러 있다가 정임이와 아들 영창을 만나 고국으로 돌아온다.

추월색

최찬식

시름 없이 오던 가을비가 그치고 슬슬 부는 서풍이 쌓인 구름을 쓸어 보내더니, 오리알 빛 같은 하늘에 티끌 한 점 없어지고 교교한 추월색이 천지에 가득하니, 이 때는 사람마다 공기 신선한 곳에 한 번 산보할 생각이 도저히 나겠더라.

밝고 밝은 그 달빛에 동경 상야 공원[1]이 일폭 월세계(月世界)를 이루었으니, 높고 낮은 누대는 금벽이 찬란하며, 꽃 그림자 대 그늘은 서로 얽혀 바다 같고, 풀끝에 찬 이슬은 낱낱이 반짝거려 아름다운 야경이 그림같이 영롱한데, 쾌락하게 노래 부르고 오락가락하는 사람들은 모두 달 구경하는 사람이더니, 밤은 어느 때나 되었는지 그 많던 사람들이 하나씩 둘씩 다 헤어져 가고, 적적한 공원에 월색만 교결(皎潔)[2]한데 그 월색 안고 불인지(不忍池)[3] 관월교(觀月橋) 석난간에 의지하여 오뚝 섰는 사람은 일개 청년 여학생이더라. 그 여학생은 나이 십팔구 세쯤 된 듯하며, 신선한 조화로 머리를 장식하고 자줏빛 하가마[4]를 단정하게 입었는데, 그 온아한 태도가 어느 모로 뜯어보든지 천생 귀인의 집 규중(閨中)에서 고이 기른 작은아씨더라.

그 여학생은 심중에는 무슨 생각이 그리 첩첩한지 힘없이 서서 달빛만 바라보는데, 그 달 정신을 뽑아다가 그 여학생의 자

1) 상야공원(上野公園) : 우에노 공원. 동경 시내의 큰 공원.

2) 교결(皎潔) : (달이)밝고 맑은 것.

3) 불인지(不忍池) : 차마 연못이라 하지 못함.

4) 하가마 : 일본 옷의 겉에 입는 주름 잡힌 하의.

색을 자랑시키려고 한 듯이 희고 흰 얼굴에 밝고 밝은 광선이 비취어 그 어여쁜 용모를 이루 형용키 어려우니, 누구든지 한 번 보고 또 한 번 보지 아니치 못하겠더라.

그 공원 속에 남아 있는 사람은 이 여학생 한 사람뿐인 듯하더니, 어떤 하이칼라적 소년이 술이 반쯤 취하여 노래를 부르고 불인지 옆으로 내려오는데, 파나마 모자를 푹 숙여 쓰고, 금테 안경은 코허리에 걸고 양복 앞섶 떡 갈라붙인 속으로 축 늘어진 시계줄은 월광에 태워 반짝반짝하며, 바른손에는 반쯤 탄 여송연[5]을 손가락에 감아 쥐고 왼손으로 단장을 들어 향하는 길을 지점[6]하고 회동회동 내려오는 모양이, 애매한 부형의 재산도 꽤 없애 보고, 남의 집 새악시도 무던히 버려 주었겠더라. 그 소년이 이 모양으로 내려오다가 관월교 가에 홀로 섰는 여학생을 보더니, 모자를 벗어 들고 반갑게 인사한다.

(소년) "아, 오래간만에 뵙습니다. 그 사이 귀체 건강하시오니까?"

(여학생) "네, 기운 어떱시오?"

(소년) "요사이는 어째 그리 한 번도 뵈올 수 없습니까?"

(여학생) "근일에 몸이 좀 불편해서 아무 데도 못 갔습니다."

(소년) "……아, 어쩐지 일요 강습회에도 한번 아니 오시기에 무슨 사고가 계신가 하고 궁금히 여기던 차올시다. 그래, 지금은 쾌차하시오니까?"

(여학생) "조금 낫습니다."

(소년) "나도 근일에 몸이 대단히 곤하여 오늘도 종일 누웠다가 하도 울적하기에 신선한 공기나 좀 쏘여 볼까 하고 나왔더니, 비끝의 달빛이야 참 좋습니다. 그러나 추월색은 영인 초

5) 여송연(呂宋煙) : 필리핀의 루손 섬에서 나는 엽궐련.

6) 지점(指點) 손가락으로 가리켜 보임.

7) 산본(山本) : 야마모토. 일본의 한 성씨.

8) 숙친(熟親) : 오래 사귀어 아주 가까운 친분.

창이더니, 그야말로 사람의 마음을 정히 상합니다그려…… 허…… 허…… 허……."

(여학생) "……."

(소년) "그러나 산본[7] 노파 언제 만나 보셨습니까?"

(여학생) "산본 노파가 누구오니까?"

(소년) "아따, 우리 주인 노파 말씀이오."

(여학생) "글쎄요, 언제 만나 보았던지요."

여학생의 대답이 그치자, 소년이 무슨 말을 할듯할듯하다가 아니하고, 또 무슨 말을 하려고 입을 벙긋벙긋하다가 못 하더니 여학생의 얼굴을 다시 한 번 건너다보면서,

(소년) "그 노파에게 무슨 말씀 들어 계시지요?"

여학생은 그 말을 들었는지 못 들었는지 아무 말 없이 비슥 돌아서며 이슬에 젖은 국화 가지를 잡고 맑은 향기를 두어 번 맡을 뿐인데, 구름 같은 살쩍과 옥 같은 반빰이 모두 소년의 눈동자 속으로 들어간다. 그 소년은 그렇게 하기 어려운 말을 한마디 간신히 하였건마는 여학생의 대답은 없으매 물끄러미 한참 말 한 마디를 또 꺼내더라.

(소년) "그 노파에게도 응당 자세히 들어 계시겠지마는, 한번 조용히 만나면 할 말씀이 무한히 많던 차올시다."

그 소년은 여학생을 만나 인사하고 수작 붙이는 모양이 매우 숙친[8]도 한 듯이 무슨 간절한 의논도 있는 듯이 노파를 얹어 가며 말하는데, 그 말 속에 무슨 은근한 말이 또 들었는지 여학생은 그 말대답도 아니하고 먼 산을 한 번 바라보더니,

"아마 야심한 듯하니 집으로 돌아가겠습니다. 용서하십시오."

하고 천천히 걸어 내려간다.

그 소년의 마음에는 어떠한 욕망이 있는지 여학생의 대답하는 양을 들어 보려고 그 말끝을 꺼낸 듯한데, 여학생은 냉연히 사절하는 모양이니, 소년도 그 눈치를 알았을 듯하건마는 무슨 생각으로 내려가는 여학생을 굳이 따라가며 이 말 저 말 또 다시 한다.

(소년) "괴로운 비가 개이더니 달빛이야 참 좋습니다. 공원이란 것은 원래 풍경이 좋은 곳이지마는, 저 달빛이 몇 배나 공원의 생각을 더 냅니다그려. 인간의 이별하고 만나는 인연은 실로 부평 같은 일이지마는, 지금 우리가 이렇게 좋은 때와 좋은 곳에서 만나기는 참 뜻밖의 기회요그려. ……여보시오, 조금도 부끄러우실 것 없소. 서양 사람들은 신랑 신부가 직접으로 결혼한답니다. 우리도 소개니 중매니 할 것 없이 직접으로 의논함이 좋지 않겠습니까?"

(여학생) "다따가 그게 무슨 말씀이오?"

(소년) "이렇게 생시치미뗄 것 있소? 아까도 말씀하였거니와 왜 노파를 소개하여 의논하던 터이 아니오니까?"

(여학생) "기닿게 말씀하실 것 없습니다. 노파든지 누구든지 나는 이왕 결심한 바이 있다고 말한 이상에 당신은 번거로이 다시 말씀하실 필요가 없습니다. 다른 일로나 교제하실 것이요, 그 말씀은 영구히 단념하시오."

그 여학생과 소년의 수작이 이왕도 많이 언론되던 일인 듯한데, 여학생은 이처럼 거절하니 소년이 사람스러운 터 같으면 이렇게 거절당할 듯한 말을 당초에 내지 아니하였을 터이요, 또 거절을 당하였으면 무안하여도 저는 저대로 가서 달리나 운동하여 볼 것이언마는, 또 무슨 생각이 그렇게 민첩하게 새로 생겼던지, 정다운 체하고 여학생의 옆으로 바싹바싹 다가서더니,

(소년) "당신의 결심한 바는 내가 알려고 할 것 없거니와 저기 저것 좀 보시오. 어제같이 작작하던 도화가 어느 겨를에 다 날아가고, 벌써 가을 바람에 단풍이 들었소그려. 여보, 우리 인생도 저와 같이 오늘 청춘이 내일 백발은 정한 일이 아니오? 이처럼 무정한 세월이 살같이 빠른 가운데 손(客)같이 잠깐 다녀가는 우리는 이 한세상을 이렇게도 지내고 저렇게도 지내 봅시다그려, 허…… 허…… 허…… 허……."

하면서 한층 더해서 접문례를 하려고 달려드니, 여학생은 호젓한 곳에서 불의의 변괴를 당하매 분한 마음이 탱중하나[9] 소년의 패행이 이 지경에 이르렀으니, 아무리 생각하여도 방비할 계책과 능력은 하나도 없고 다만 준절[10]한 말로 달랜다.

(여학생) "여보시오, 해외에 유학도 하고 신사상도 있다는 이가, 이런 금수의 행실을 행코자 하면 어찌하자는 말씀이오? 당신은 섬부한[11] 학문과 우월한 재화가 국가도 빛내고 천하 도 경영하실 터이어늘, 지금 일개 여자에게 악행위를 더하고자 하심은 실로 비소망어평일이오구려. 어서 빨리 돌아가 회개하시고, 다시 법률에 저촉지 않기를 부디 주의하시오."

(소년) "법률이니 도덕이니 그까짓 말은 다 해 쓸데 있나? 꽃같은 남녀가 이런 좋은 곳에서 만났다가 어찌 무료히 그저 헤져갈 수 있나…… 하…… 하…… 하…… 하……."

소년은 삼천 장 무명업화[12]가 남아미리가[13] 주(딘보라소) 활화산 화염 치밀 듯하여, 예절이니 염치니 다 불구하고 음흉 난

9) 탱중하나 : 화나 욕심 따위가 가슴 속에 가득 차있으나.

10) 준절(峻節) ; 높고 고상한 절조.

11) 섬부한 : 재산이 많고 풍부하다.

12) 무명업화(無明業火) : 불같이 성낸 마음이나, 깨우치지 못한 데서 오는 나쁜 마음.

13) 남아미리가 : 남아메리카.

잡한 말을 함부로 뒤던지며 여학생의 가늘고 약한 허리를 덤썩 안고 나무 수풀 깊은 곳, 육모정 속 어두컴컴한 구석으로 들어가니, 이 때 형세가 솔개가 병아리 찬 모양이라. 여학생은 호소할 곳도 없이 기가 막히는 경우를 만나매 악이 바짝 나서 젖 먹던 힘을 다 써서 항거하노라니, 두 몸이 한데 뒤틀어져서 이리로 몰리고 저리로 몰리며 죽을둥, 살둥 모르고 서로 상지[14]한다. 어떤 사람이든지 제 욕망을 채우지 못하면 화증이 나는 법이라, 소년은 불 같은 욕심을 이기지 못하는 중 여학생이 죽기를 한하고 방색[15]하는 양에 화증이 왈칵 나며 화증 끝에 악심이 생겨서, 왼손으로는 여학생의 젖가슴을 잔뜩 움켜잡고 오른손으로 양복 허리에서 단도를 빼어 들더니,

(소년) "요년아, 너 요렇게 악지부리는 이유가 무엇이냐? 소위 너는 결심하였다는 것이 무슨 그리 장한 결심이냐? 너 이년, 너의 꽃다운 혼이 당장 이 칼끝에 날아갈지라도 너는 네 고집대로 부리고 장부의 가슴에 무한한 한을 맺을 터이냐?"

(여학생) "오냐, 죽고 또 죽고 만 번 죽을지라도 너같이 개 같은 놈에게 실절(失節)[16]은 아니하겠다!"

그 말에 소년의 악심이 더욱 심하여져 말이 막 그치자 번쩍 들었던 칼을 그대로 푹 찌르는데, 별안간 한 모퉁이에서 어떤 사람이 "이놈아, 이놈아!" 소리를 지르며 급히 쫓아오는 바람에 소년은 깜짝 놀라 여학생을 찌르던 칼도 미처 뽑을 새 없이 삼십육계 줄행랑을 하고, 여학생은 '애고머니!" 한 마디 소리에 기절하고 땅에 넘어지니 소슬한 한풍은 나무 사이에 움직이고 참담한 월색은 서천에 기울어졌더라. 소리 지르고 오는 사람 중산 모자 쓰고 프록 코트 입은 청년 신사인데, 마침 예비해

14) 상지(相持) : 양보하지 않고 서로 자기 의견을 고집하는 것.

15) 방색(防塞) : 들어오지 못하게 막는 것.

16) 실절(失節) : 절개를 지키지 못함.

두었던 것같이 달려들며 여학생의 몸에 박힌 칼을 빼어 들더니 가만히 무슨 생각을 하는 판에, 행순[17]하던 순사가 두어 마디 이상한 소리를 듣고 차츰차츰 오다가 이 곳에 다다르매 꽃봉오리 같은 여학생은 몸에 피를 흘리고 땅에 누웠고, 그 옆에는 어떤 청년이 단도를 들고 섰으니, 그 청년은 갈 데 없는 살인범이라. 순사가 그 청년을 잡고 박승[18]을 꺼내더니 다짜고짜로 청년의 손목을 얽어 놓고 호각을 호로록 호로록 부니, 군도[19] 소리가 여기서도 제걱제걱하고 저기서도 제걱제걱하며 경관이 네다섯 모여들어 여학생은 급히 병원으로 호송하고, 그 청년은 즉시 경찰서로 압거(押去)하니, 다만 적요한 빈 공원에 달 흔적만 남았더라.

17) 행순(行巡) : 살피며 돌아다니는 것.

18) 박승 : 포승.

19) 군도(軍刀) : 군인이 차는 칼.

그 여학생은 조선 사람이요, 이름은 이정임(李貞姙)인데, 이 시종[20] OO의 딸이라. 자식 사랑하는 마음이야 누가 없으리요마는, 이정임의 부모 이 시종 내외는 늦게 정임을 낳으매 슬하 혈육이 다만 일개 여자뿐인 고로 그 애지중지함이 남에서 특별히 귀하게 여기는 터인데, 그 옆집에 사는 김 승지 OO는 이 시종의 죽마 고우일 뿐 아니라, 서로 지기하는 친구인데, 그 김 승지도 역시 늙도록 아들이 없어 슬퍼하다가 정임이 낳던 해에 관옥(冠玉)[21] 같은 남자를 낳으니, 우 없이 기뻐하여 이름은 영창(永昌)이라 하고 더할 것 없이 귀하게 기르던 터이라.

20) 시종(侍從) 조선 말기 임금을 가까이 모시던 시종관의 주임관.

21) 관옥(冠玉) : 남자의 아름다운 얼굴을 뜻함.

이 시종은 김 승지를 만나면,

"자네는 저러한 아들을 두었으니 마음에 오작 좋겠나. 나는 일개 여아나마 남달리 사랑하네."

하며 이야기하고 서로 친자식같이 귀애하니, 그 두 집 가정에 서일지라도 서로 사랑하기를 남의 자손같이 여기지 아니하더라.

(중략)

스미트는 영창을 데리고 집으로 들어가서 세계에 없는 보화를 얻어 온 듯이 귀히 여기니, 그 부인도 역시 자기 자식같이 사랑하며 날마다 말을 가르치기를 일삼는데, 영창의 재주에 한 번 들은 말과 한 번 본 글자를 다시 잊지 아니하고 몇 날 못 되어 가정에서 날마다 쓰는 말을 능히 옮기매, 부인의 마음에 신통히 여기고 차차 지지(地誌)·산술·이과 등의 소학교 과정을 가르치기에 재미를 붙이고, 영창이도 스미트 내외에게 정답게 굴며 근심빛을 외면에 드러내지 아니하더라.

정임이는 영창이 소식을 모르고 근심이 가슴에 맺혀서 옷끈이 자연 늦어지는 터이언마는, 영창이는 부모가 그 지경 된 것이 지극히 불쌍하여 백해가 녹는 듯이 슬픈 마음에 정임이 생각은 도시 잊었더니, 하루는 산술을 공부하는데 삼삼을 자승(33×33)하는 문제를 놓으며 '삼·삼·구……삼·삼·구……' 하다가 문득 한 생각이 나매 '옳지! 정임이가 남문역에서 작별할 때에 편지나 자주 하라고 부탁하며 통호수를 잊거든 삼·삼·구를 생각하라더라. 편지나 부쳐서 소식이나 서로 알고 있으리라.' 하고 초산서 봉변하던 말과 스미트를 따라 런던 와서 공부하고 있는 말로 즉시 편지를 써서 우편으로 보내고, 다시 생각하고 또 한 장을 써서 시종원으로 부쳤더니, 사오 개월이 지난 후에 그 편지 두 장이 한꺼번에 돌아왔는데 쪽지가 너덧 장 붙고 '영수인이 무(無)하여 반환함.'이라 썼으니, 우편이 발달된 지금 같으면 성 안에 있는 이 시종 집을 어떻게 못 찾아 전하리요마는, 그 때는 우체 배달이 유치한 전한국 통신원 시대라. 체전부가 그 편지를 가지고 교동 삼십삼 총 구 호를 찾아가매 불이 타서 빈 터뿐이요, 시종원으로 찾아가매 이 시종이 갈려 버린 고로 전하지 못하고 도로 보낸 것이라. 편지를 두 곳으로 부치고 답장 오기를 고대하던 영창이는 어찌 된 사실을 몰라 마음에 더욱 불평히 지내는데, 차차 지각이 날수록 남의 나라의 문명·부강한 경황을 보고 내 나라의 야매(野昧)·조잔한[22] 이유를 생각하매 다른 근심은 다 어디로 가고 다만 학업에 힘쓸 생각뿐이라. 즉시 학교에 입학하여 열심히 공부하니 그 과공이 일취월장하여 열여섯 살에 중학교를 졸업하고 열아홉 살에 문과 대학 졸업하니, 그 학문이 훌륭한 청년 문학가가 되었는지라. 스미트 내외도 지극히 기뻐할 뿐 아니라 영국 문부성 관리들이 극구 칭송 아니하는 자가 없더니, 문부성 학무국장이 스미트를 방문하고, 자기 딸을 영창에게 통혼하는지라, 영창이 생각에,

'아무리 정임이와 서로 생사를 알지 못하나 내가 정임이 거취를 자세히 알기 전에는 다시 배필을 구하지 아니하리라.'

하고 그제야 자기 사실과 정임의 관계를 낱낱이 스미트에게 이야기하고 학무국장의 의혼을 거절하였는데, 그 해 유월에 스미트가 대 일본 횡빈[23] 주차 영사가 되어 일본으로 나오매 영창이도 스미트를 따라 횡빈 와서 있더니, 어느 때는 동경으로 구경 갔다가 지루한 가을 장마에 구경도 못 하고 적적한 여관에서 파초잎에 떨어지는 빗소리를 들으며 소설을 저술하는데 고국 생각이 새로 간절한 중, 정임의 소식을 하루바삐 알고자 하는 회포가 마음을 흔들어서, '아마 정임이는 그 사이 시집을 갔을걸.' 하고 생각하며 하늘가에 돌아다니는 구름을 유연히 바라보더니, 헤어져 가는 구름 너머로 쑥 솟아오르는 한 조각 달이

22) 조잔하다 : 말라서 쇠약하여 시들은.

23) 횡빈(橫濱) : 요코하마.

수정 같은 광휘를 두루 날리는지라, 곧 상야 공원에 가서 산보하다가, 불인지 연못가에서 어떤 사람이 칼로 여학생 찌르는 것을 보고 잔인한 생각이 왈칵 나서 소릴 지르고 쫓아가니 여학생의 목에 칼이 박혔는지라, 그 칼을 얼른 빼어 들고 생각하매, '그놈은 벌써 달아났으니 경찰서에 고발하기도 혐의쩍고, 그대로 가자 하니 사나이 일이 아니라.' 사기가 대단히 망단하여 어찌할 줄 모르고 한참 생각할 때에 행순하던 순사에 잡혀가니, 신문하는 마당에 무엇이라고 발명[24] 할 증거는 없으나 사실대로 말하니, 그 말은 아무 효력 없고 애매한 살인 미수범이 되어 즉시 재판소로 넘어가서 감옥서에 갇혀 있더라.

이 때 정임이가 호출장을 가지고 재판소로 들어가니, 검사가 그날 저녁에 당했던 사실을 자세히 조사하더니 어떤 죄인을 대면시키고,

(검사) "저 사람이 공원에서 칼로 찌르던 사람 아니냐?"

하고 묻는데, 정임이는 그 사람의 얼굴을 자세히 보고 병원에서 신문 보던 일을 생각하니, 얼굴 전형도 흡사한 영창이 어렸을 때 모습이요, 눈·귀·콧날도 모두 영창이라. 은근히 반가운 마음이 염통 밑을 쑤시나, 한편으로 그 사람이 정녕 영창인지 아닌지 의심도 없지 아니할 뿐 아니라 경솔히 반색할 일도 못 되고 또 관청에서 사삿말도 할 수 없는 터이라, 검사의 말대답할 겨를도 없이 그 죄인을 물끄러미 보다가 한참 만에 대답을 한다.

(정임) "저이는 그 사람이 아니올시다. 그러나 저 사람에게 한마디 물어 볼 말씀이 있사오니 잠깐 허가하심을 바랍니다."

(검사) "무슨 말을?"

24) 발명(發明) : (죄나 잘못이 없음을)변명하여 밝히는 것.

(정임) "이 사건에 대한 일은 아니오나 사사로이 물어 볼 만한 일이 있습니다."

(검사) "무슨 말인지 잠깐 물어 보아."

정임이는 검사의 허락을 얻어 가지고 그 죄인을 대하여 조선말로 묻는다.

(정임) "당신은 어찌된 사기로 이 곳에 오셨소?"

(죄인) "다른 까닭 아니라 공원 구경 갔다가 어떤 놈이 젊은 부인을 모해코자 함을 보고 마음에 대단히 송연하여 급히 쫓아갔더니 그놈은 달아나고 내가 발명할 수 없이 잡혀 왔습니다. 그 부인이 아마 당신이신게요그려. 그 때는 매우 위험하더니 천만에 저만하신 것이 대단히 감축합니다."

(정임) "그러하시오니까. 나는 그 때 정신 잃고 아무것도 몰랐습니다그려. 위태함을 무릅쓰고 이만 사람을 구하여 주시니 대단히 고맙습니다마는, 애매히 여러 날 고생을 하여 계시니 가엾은 말씀을 어찌 다 하오리까. 그러나 존함은 누구신지요?"

(죄인) "이 사람은 김영창이올시다."

(정임) "여러 번 묻기는 너무 불안합니다마는, 내게 은인이 되시는 터에 자세히 알아야 하겠습니다. 황송한 말씀으로 춘부장은 누구시오니까?"

(죄인) "은인이라 하심은 천만의 말씀이올시다. 우리 선친은 OO올시다."

(정임) "그러면 관직은 무슨 벼슬을 지내셨습니까?"

(죄인) "비서승 지내시고, 초산 군수로 돌아가셨습니다."
하면서 눈살을 찡그리는데 정임이는 그 말을 들으매 다시 물을 것없이 뇌수에 맺혀 있는 그 영창이라. 죽은 줄 알았던 영창이를 뜻밖에 만나니 정신이 아득아득하며 기쁜 마음이 진하여 슬픈 생각이 생겨서 아무 말 못 하고 눈물이 비 오듯 하는데, 영창이는 감옥서에 갇혀서 발명하기를 근심하다가 여학생 대면시키는 것이 대단히 상쾌하여 이제는 발명되겠다고 생각하더니, 그 여학생은 일본말로 검사와 수작하매 무슨 말인지 몰라 궁금하던 차에, 여학생이 조선말로 자세히 묻는 것이 하도 이상하여 그 얼굴을 살펴보니 남문역에서 한 번 이별한 후로 십 년을 못 보던 정임의 용모가 여전하나 역시 의아하여, 다른 말은 할 수 없고 다만 묻는 말만 대답하니, 마침내 낙루하는 것을 보매 의심이 더욱 나서 한 번 물어본다.

(영창) "여보시오, 자세히 물으시기는 웬일이며, 또 낙루하시기는 어찌한 곡절이오니까?"

(정임) "나를 생각지 못하시오? 나는 이 시종의 딸 정임이오."

하며 흑흑 느끼니 철석(鐵石) 같은 장부의 창자도 이 경우를 당하여서는 눈물을 보내 수건을 적시더라. 신문하던 검사는 어찌된 까닭을 모르고 정임을 불러 묻는지라, 정임이가 영창이와 같이 자라던 일로부터 부모가 혼인 정하던 말과, 초산 민요 후에 서로 생사를 모르던 말과 동경 와서 유학하는 원인과 오늘 의외로 만난 말을 낱낱이 이야기하니, 검사가 그 말을 들으매 김영창은 백배 애매할 뿐 아니라 그 사실이 매우 신기한지라, 검사도 정임의 절개를 무한히 칭찬하며 한가지 내어 보내고, 강 소년을 잡으려고 각 경찰서로 전화도 하고 조선 유학생도 일변 조사하니 각 신문에 '불행위행'이라 제목하고 정임의 사실의 수미[25]를 게재하여 극히 찬양하였으매 동경 있는 조선 유

25) 수미(首尾) : 사물의 머리와 꼬리, 즉 처음과 끝.

학생이 그 사실을 모를 사람이 없더라.

정임이와 영창이가 같이 여관으로 돌아와 마주 앉으니 몽몽한 꿈 속에 보는 것도 같고, 죽어 혼백이 만난 듯도 하여, 그 마음을 이루 측량할 수 없는지라 서로 울기도 하고 웃기도 하며 그 사이 풍파 겪고 고생하던 이야기를 작약[26]히 하다가 횡빈 영국 영사관으로 내려가서, 정임이는 스미트를 보고 영창이 구제함을 감사히 치하하고, 영창이는 공교히 정임이 만난 말을 하며, 본국으로 나가서 혼례 지낼 이야기를 하니, 스미트도 대단히 신기히 여기고 혼례 준비금 삼천 원을 주는지라, 정임이는 곧 전보를 본가로 보내고 영창이와 한가지 발정(發程)[27]하여 남대문 정거장을 가까이 오니, 의구한 고국 산천이 환영하는 뜻을 머금었더라.

정임이 동경으로 가던 그 이튿날 아침에 이 시종 집에서는 혼인 잔치 차리느라고 온 집안이 물 끓듯 하며 봉채 시루를 찐다, 신랑 마중을 보낸다 법석을 하는데, 신부는 방문을 척척 닫고 일고삼장[28]하도록 일어나지 아니하매 이 시종 부인이 심히 이상히 여기고,

"이애 정임아, 오늘 같은 날 무슨 잠을 이리 늦게 자느냐? 어서 일어나서 머리도 빗고 세수도 하여라. 벌써 수모가 왔다."
하며 방문을 열어 보니 정임이는 간 곳 없고 웬 편지 한 장이 자리 위에 펴 있는데,

(편지) '불효의 딸 정임은 부모를 떠나 멀리 가는 길을 임하여 죽기를 무릅쓰고 두어 마디 황송한 말씀을 아바님 어마님께 올리나이다.

대저 사람이 세상에 처하여 윤강을 지키지 못하면 가히 사람

26) 작약 : (몹시 기뻐서) 뛰며 좋아하는 것.

27) 발정(發程) : 길을 떠남.

28) 일고삼장(日高三丈) : 아침 해가 높이 뜸.

이랄 것 없이 금수와 다르지 아니함은 정한 일이 아니오니까. 그러하온데 부모께옵서 기왕 이 몸을 영창이에게 허혼하였사오니 비록 성례는 아니하였을지라도 영창의 집사람이 아니라고 할 수 없는 터이라 어찌 영창이 있고 없는 것을 헤아리오리까. 지금 사세로 말씀하오면 위에 늙은 부모가 계시고 아래로 사나이 동생이 없으매 그 정형이 대단히 절박하오나 그 사람을 알지 못하는 바는 아니오라, 지금 만일 부모의 두 번 명령하심을 복종하와 다른 곳으로 또 시집 가오면 이는 부모로 하여금 그른 곳에 빠지게 하여 오륜의 첫째를 위반함이요, 이 몸으로써 절개를 잃어 삼강의 으뜸을 문란케 함이오니, 정임이가 비록 같지 못한 계집아해오나 어찌 조그마한 사정을 의지하여 윤강을 어기고 금수에 가까운 일을 차마 행하오리까. 그러하므로 죽사와도 내일 일은 감히 이행치 못하옵고 곧 만리 붕정의 먼길을 향하오니, 부모의 슬하를 떠나 걱정을 시키는 일은 실로 불효막심하오나 백 번 생각하고 마지못하여 행하옵나이다. 그러하오나 멸학매식한 천질로 해외에 놀아 문명 공기를 마시고 좋은 학문을 배와 돌아오면 이 어찌 영화가 되지 아니하오리까. 머지아니하여 돌아오겠사오니 과도히 근심 마옵시기를 천만 바라오며, 급히 두어 자로 갖추지 못하오니 아바님 어마님은 만수 무강하옵소서.'

부인이 이 편지를 집어 들고 깜짝 놀라며 자세히 보지도 않고 사랑에 있는 이 시종을 청하여 그 편지를 주며 덜덜 떠는 말로,

(부인) "이거 변괴요그려. 요런 방정맞은 년 보아!"

(이) "왜 그리여, 이게 무엇이야……응?"

하고 그 편지를 받아 보는데 부인의 마음에는 그 딸이 죽어서 나간 듯이 서운 섭섭하여 비죽비죽 울며 목멘 소리로,

(부인) "고년이 평일에 동경 유학을 원하더니 아마 일본을 갔나보. 고년이 자식이 아니라 애물이야. 고 어린년 어디 가서 고생인들 오작 할라구. 고년이 요런 생각을 둔 줄 알았더라면 아해 년으로 늙어 죽더라도 고만두었지. 그러나 저러나 아모 데를 가더라도 죽지나 말았으면."

하며 무당 넋두리하듯 하는데, 이 시종이 그 편지를 다 보더니,

(이) "여보, 요란스럽소. 떠들지나 마오."

하고 전보지를 내어 정임이 압류하여 달라고 부산 경찰서로 보내는 전보를 써 가지고 전보 부칠 돈을 꺼내려고 철궤를 열어 보니, 귀 뚫어진 엽전 한 푼 아니 남기고 죄다 닥닥 긁어 내었는지라, 하릴없이 제 은행 소절수[29]에 도장을 찍어 지갑에 넣더니,

(이) "여보 마누라, 나는 전보 부치고 바로 부산까지 다녀올 터이니 집안일은 마누라가 휘갑을 잘 하오."

하고 나갔는데, 부인은 정신 없이 허둥지둥할 사이에 잔치 손님이 꾸역꾸역 모여들고, 마침 중매아비 정임의 외삼촌이 오는지라, 부인이 그 동생을 붙들고 정임이 이야기를 한창 하는 판에 새신랑이 사모 관대하고 안부[30]를 말머리에 앞세우고 우적우적 달려드니, 부인 남매는 신부가 밤사이에 도망하였다는 말을 어찌 하며, 또 갑자기 죽었다고 핑계도 할 수 없는 터이라 어찌할 줄 모르고 창황망조[31]하다가, 동에 닿지도 않는 말로 신부가 지나간 밤에 급히 병이 나서 병원에 가 있다고 위선 말하니 그 눈치야 누가 모르리오. 안손 · 바깥손 · 내 하인 · 남의 하인

29) 소절수(小切手) : 수표.

30) 안부(雁夫) : 기럭아비.

31) 창황 망조(倉黃罔措) : 다급하여 어찌할 줄을 모름.

할 것 없이 모두 이 구석에도 몰려 서서 수군수군, 저 구석에도 몰려 서서 수군수군하되, 신부없는 혼인을 어찌 지낼 수 있으리오. 닭 쫓은 개는 지붕이나 치어다보지마는 장가들러 왔던 신랑은 신부를 잃고 뒤통수치고 돌아서고, 정임의 외삼촌은 즉시 신랑의 부친 박 과장을 가서 보고 정임의 써 놓고 간 편지를 내어 보이며, 사실의 수미를 자세히 이야기하고 무수히 사과하였으나, 그 창피한 모양은 이루 말할 수 없으며, 이 시종은 그 길로 즉시 부산을 내려가서 연락선 타는 선창목을 지키나, 그 때 색주가 서방에게 잡혀가 갇혀 있는 정임이를 어찌 그림자나 구경할 수 있으리오. 하릴없이 그 이튿날 도로 올라오는 길에 경찰서에 가서 간권히 다시 부탁하고 왔으나 정임이는 일본옷 입고 일본 사람 틈에 끼여 갔으매 경찰서에서도 알지 못하고 놓쳐 보낸 것이더라.

이 시종 내외는 생세지락[32]을 그 외딸 정임에게만 붙이고, 늙어가는 터이라 응석도 재미로 받고, 독살도 귀엽게 보며, 근심이 있다가도 정임이 얼굴만 보면 없어지고, 화증이 나다가도 정임이 말만 들으면 풀어지며, 어디를 갔다 오다가도 대문께에서 정임이부터 찾으며 들어오는 터이더니, 정임이가 흔적 없이 한 번 간 후로 정임의 거동은 눈에 암암하고, 정임의 목소리는 귀에 쟁쟁하여 정임이 생각에 곤한 잠이 번쩍번쩍 깨어 미칠 것같이 지내는데, 어느 날 아침에는 하인이 어떤 편지 한 장을 가지고 들어오며,

"이 편지가 댁에 오는 편지오니까? 우체 사령이 두고 갔습니다."

하는데 피봉 전면에는 '경성 북부 자하동 108~10 이 시종 OO

32) 생세지락(生世之樂) : 세상사는 즐거움.

귀하'라 쓰고, 후면에는 '동경시 하곡구 기판정 십일 번지 상야관 이정임'이라 하였는지라, 이 시종이 받아 보매 눈이 번쩍 띄어,

(이) "마누라, 마누라! 정임이 편지가 왔소그려."

(부인) "엑, 고년이 어디 가서 있단 말씀이오?"

하며 반가운 마음을 이기지 못하여 비죽비죽 우는데 이 시종이 그 편지를 떼어 보니,

'미거(未擧)한 여식이 불효됨을 생각지 못하옵고, 홀연히 한 번 집 떠난 후에 성사를 오래 궐하오니 지극히 황송하옵고 또한 문후(問候)[33]할 길이 없사와 민울한 마음이 측량 없사오며, 그 사이 추풍은 불어 다하고 쌓인 눈이 심히 춥사온데 기체후(氣體候) 일향만안(一向滿安)하옵시고, 어마니께옵서도 안녕하시오니까. 복모 구구[34] 불리옵지 못하오며, 여식은 그 때 곧 동경으로 와서 공부하고 잘 있사오나, 아바님 어마님 뵈옵고 싶은 마음과 부모께옵서 이 불효의 자식을 과히 근심하실 생각에 잠이 달지 아니하며, 먹어도 맛을 알지 못하고 항상 민망히 지내옵나이다. 그러하오나 집에 있을 때에 지어 주는 옷이나 입고 다 해 놓은 밥이나 먹으며 사나이가 눈에 띄면 큰 변으로 알아 대문 밖을 구경치 못하옵다가, 이 곳에 와서 처음으로 문명국의 성황을 관찰하오매 시가의 화려함은 좁은 안목에 모다 장관이옵고, 풍속의 우미함은 어둔 지식에 배울 것이 많사와 날마다 풍속 시찰하기에 착심하고 있사오니, 본국 여자는 모다 집 안에 칩복[35]하여 능히 사람 된 직책을 이행치 못하고 영향이 국가에까지 미치게 함이 마음에 극히 한심하옵기, 속히 학교에 입학하여 신학문을 많이 공부하여 가지고 귀국하와 일반 여자

33) 문후(問候) : 웃사람의 안부를 묻는 것.

34) 복모구구(伏慕區區) : '삼가 사모하는 마음 그지없습니다.'의 뜻으로 편지에 쓰는 말.

35) 칩복(蟄伏) : 자기 처소에 들어박혀 몸을 숨기는 것.

계를 개량코자 하옵나이다. 이 자식은 자식으로 생각지 마시옵고 너무 걱정 마시기를 천만 바라오며, 내내 기운 안녕하옵시기 엎디어 비옵고 더 할 말씀 없사와 이만 아뢰옵나이다!

년 월 일 여식 정임 상서'

그 편지를 내외분이 돌려 가며 보다가,

(부인) "아이고, 고년이야, 어린 년이 동경을 어찌 갔나? 고년 조꼬만 년이 맹랑도 하지. 영감은 그 때 부산서 무엇을 보고 오셨소? 경관도 변변치 못하지…… 그러고저러고 아무 데든지 잘 가 있다는 소식을 알았으니 시원하오마는, 우리가 늙어 오늘 죽을지 내일 죽을지 모르는 처지에 그 딸자식 하나를 오래 그리고는 못 살겠소. 기당게 할 것 없이 영감이 가서 데리고 오시오. 시집만 보내지 아니하면 고만이지요. 제가 마다고 아니 가는 시집을 부모인들 어찌하겠소."

(이) "그렇지마는 사기가 이렇게 된 이상에 그것을 데려오면 어떻게 한단 말이오? 점점 모양만 더 창피하니, 나중에 어찌 하든지 아직 저 하는 대로 내버려 두고 왁자히 소문내지 마시오."

부인은 단지 그 딸을 간 곳도 모르고 그리던 끝에 보고 싶은 생각이 더욱 바빠서 한 말인데, 그 남편의 대답이 이렇게 나가매 조조한 마음을 참고 있으나, 원래 부인의 성정이라 딸 보고 싶은 생각만 나면 데려오라고 은근히 남편을 조르는 터이지마는, 이 시종은 그렇지 아니한 이유를 그 부인에게 간곡히 설명하고 다달이 학자금 오십 원을 보내 주며, 언제든지 제 마음 내키는 대로 돌아오기만 기다리고 두 내외가 비둘기같이 의지하여 한 해 두 해 지내는데, 늙어 갈수록 정임의 생각이 간절하여, 몸이 좀 아프기만 하면 마음이 더욱 처연한 터이라.

하루는 부인이 몸이 곤하여 안석에 의지하였는데 홀연히 마음이 좋지 못하여 '몸이 이렇게 은근히 아프니, 아마 정임이를 다시 못 보고 황천에 가려나 보다.' 하며 생각하고 누웠더니, 서창으로 솔솔 불어 오는 맑은 바람에 낮잠이 혼곤히 오는데, 전에 살던 교동 집에서 옥동 박 신랑과 정임이 혼인을 지낸다고 수선하는 중에 난데없는 영창이가 칼을 들고 별안간 달려들며 내 계집을 또 시집보내는 놈이 누구냐고 소리를 벽력같이 지르고 이 시종을 칼로 찍으니 이 시종이 마루에 넘어져서 발을 버둥버둥하며,

"어…… 어!"

하는 소리에 잠을 번쩍 깨니 대문 밖에서 어떤 사람이 문을 두드리며,

"전보 들여가오, 전보 들여가오!"

하는 소리가 귀에 그렇게 들리는지라. 그 때 하인은 다 어디로 갔던지, 부인이 급히 나가 전보를 받아 보니 정임에게서 온 전보이라. 꿈 생각하고 정임이 전보를 받으매 가슴이 선뜩하여 급히 떼어 보니 전보지는 대여섯 장 겹치고 전문은 모두 꾸불꾸불한 일본 국문이라 볼 줄은 알지 못하고 갑갑하고 궁금하여 '이게 무슨 말인고? 꿈자리가 어지럽더니 근심스러운 일이 또 생겼나 보다. 제가 나올 때도 되었지마는 나온다는 말 같으면 이렇게 길지 아니할 터인데, 아마 병이 들어 죽게 되었다는 말이겠지.' 하며 중얼중얼 하는 때에 이 시종이 들어오는지라. 부인이 전보를 내어 놓으며 꿈 이야기를 하는데 이 시종도 역시 소경 단청[36]이라 서로 답답한 말만 하다가 일본 어학 하는 사람에게 번역해다가 보니, 상야 공원에서 봉변하던 말과, 영창이

36) 소경단청 : '소경이 단청(丹靑)구경'을 말하며, 이는 소경이 단청구경하듯 보아도 내용을 알지 못할 사물을 보는 것을 뜻한다.

만난 말과, 영창이와 방금 발정하여 어느 날 몇 시에 서울 도착한다는 말이라. 일변 놀랍기도 하고 일변 반갑기도 하여 이 시종은 감투를 둘러쓰고 돌아다니며 작은 사랑을 수리해라, 건넌방에 도배를 해라 분주히 날치고, 부인은 안방으로 들어갔다 마루로 나섰다 정신 없이 수선하며, 내외가 밥 먹을 줄도 모르고 잠잘 줄도 모르고 칙사나 오는 듯이 야단을 치더니 정임이 입성한다는 날이 되매 남대문역으로 정임이 마중을 나갔는데, 정임이 타고 오는 기차가 도착하니, 그 때 정거장 한 모퉁이에는 서로 붙들고 눈물 흘리는 빛이더라.

정임이는 좋은 학문도 많이 배우고 가슴에 못이 되던 영창이를 만나서 다섯 해 만에 집에 돌아와 그 부모를 뵈니, 이같이 기쁜 일을 다시없이 여기고 왕사[37]는 다 잊어버린 터이지마는, 이 시종은 좋은 마음이야 오죽할 것이나 정임이를 박 과장 집으로 시집 보내려고 하던 생각을 하매 정임이 볼 낯도 없을 뿐더러, 더구나 영창이 보기가 면난하여 좋은 마음은 속에 품어 두고 정임이나 영창이를 대할 적마다 부끄러운 기색이 표면에 나타나더니, 그 일은 이왕 지나간 일이라 그런 생각은 다 접어 놓고, 일변 택일을 하고 일변 잔치를 차리며 일변은 친척 고우(故友)에게 청첩 보내서 신혼예식을 거행하는데, 신랑 신부가 모두 신공기 쏘인 사람이라 구습은 일변 폐지하고 신식을 모방하여 신혼식을 거행한다. 신랑은 문관 대례복에, 신부는 부인 예복을 입고 청결한 예식장에 단정히 마주 선 후에 신부의 부친 이 시종의 매개로 악수례를 행하니, 그 많이 모인 잔치 손님들은 그런 혼인을 처음 보는 터이라, 혹 입을 막고 웃는 사람도 있고 혹 돌아서서 흉보는 사람도 있으며, 그 중에서도 습관을 개혁

37) 왕사(往事) : 지나간 일.

코자 하는 사람은 무수히 찬성하는데, 한편 부인석에서 나이 한 사십 된 부인이 나서더니,

"이 사람이 아모 지식은 없사오나 오늘 혼례에 대하여 할 줄 모르는 말 서너 마디 할 터이오니 여러분은 용서하십시오."

하고 연설을 시작한다.

"대저 신혼 예식이라 하는 것은 한 남자와 한 여자가 비로소 부부가 된다고 처음으로 맹약하는 예식이 아니오니까. 그런 고로 그 예식이 대단히 소중한 것이올시다. 어째 소중하냐 하면 한 번 이 예식을 지낸 후에는 백 년의 고락을 같이하며 만대의 혈속을 전할 뿐 아니요, 남편 되는 사람은 또 장가들지 못하고 더군다나 아내 되는 사람은 다른 남자를 공경하는 일이 절대적 없는 법이니, 이렇게 소중한 혼례식이 어데 또 있겠습니까? 그러하나 그 내용상으로 말하면 이같이 중대하지마는 그 표면적으로 말하면 한 형식에 지나지 못하는 일이라고 하겠습니다. 왜 그러하냐 하면, 이 예식을 지내고라도 남편이 아내를 버린다든지 아내가 행실이 부정할 것 같으면 소위 예식이라 하는 것은 한 희롱되고 말 것이요, 만일 예식은 아니 지내고라도 부부가 되어 혼례식 지낸 사람보다 의리를 잘 지키면 오히려 예식 지내고 시종(始終)이 여일치 못한 이보다 낫지 아니하겠습니까? 그러하니 그 의리라 하는 것은 이왕 말씀한 바와 같이 남편은 또 장가들지 못하고, 아내는 다른 남자를 공경치 못하는 것이올시다. 그러나 그 중에 아내 되는 사람의 책임이 더욱 중하니 서양 풍속 같으면 남녀가 동등 권리를 보유하여 남편이나 아내나 일반이지마는, 원래 동양 습관에는 남편은 어떠한 외입을 하든지 유처 취처하여 몇 번 장가를 들든지 아무 관계 없으

나, 여자가 만일 한번 실절하면 세상에 다시 용납지 못할 사람이 되니, 남녀가 동등되지 못하고 남편의 자유를 묵허함은 실로 불미한 풍속이지마는, 그는 여자가 권리를 스스로 잃는 것이라 말할 필요가 없거니와, 아내가 절개를 지키는 것은 원리적으로 여자의 직분이 아니오니까? 그러하지마는 음분 난행은 많이 여자에게서 먼저 생기는 고로 옛적 성인도 '열녀는 불경이부'라 하여 여자를 더욱 경계하셨으니 남의 아내 된 사람의 책임이 얼마나 더 중합니까? 그러하나 그 의리와 직책을 잘 지키기 장히 어려운 고로 열녀가 나면 그 영명[38]을 천고에 칭송하는 바이 아니오니까? 그러한데 오늘 신혼식 지낸 신부 이정임이는 가히 열녀의 반열에 참례하겠다 합니다. 그 이유를 말하고자 하면, 정임이 강보에 있을 때에 그 부모가 김영창 씨와 혼인을 정하여 서로 내외 될 사람으로 인정하고 같이 자라났으니, 그 관계로 말하든지 그 정리로 말하든지 그 형식에 지나가지 못하는 혼례식 아니 지냈다고 어찌 부부의 의리가 없다 하리까. 그러나 중도에 영창 씨의 종적을 알지 못하니 만일 열녀가 아니면 다른 곳으로 시집 갔으련마는 그 의리를 지키고 결코 김영창 씨를 저버리지 아니하여 천곤백난을 지내고 기어코 김영창 씨를 다시 만나 오늘 예식을 거행하니 그 숙덕이 가히 열녀 되겠습니까 못 되겠습니까? 여러분, 생각하여 보시오(내빈이 모두 박수한다). 또 신혼 예식 절차로 말씀하면 상고 시대에 나무 열매 먹고 풀로 옷 지어 입을 때에야 어찌 혼인이니 예식이니 하는 여부가 어데 있으리까. 생생 지리[39]는 자연한 이치인 고로 금수와 같이 남녀가 난잡히 상교하매 저간에 무한한 경쟁이 있더니, 사람의 지혜가 조금 발달되어 비로소 겁은 말

38) 영명(令名) : 좋은 명성이나 명예.

39) 생생지리(生生之理) : 모든 생물이 생기고 퍼지는 자연의 이치.

가죽으로 폐백하고 일부일부가 작배함으로부터 차차 혼례라 하는 것이 발명되었는데, 그 예식은 고금이 다르고 나라마다 다를 뿐 아니라, 아까 말씀한 것과 같이 한 형식에 지나가지 못하는 것이올시다. 그러하니 그 형식에 지나지 못하는 예식의 절차는 아무쪼록 간단하고 편리한 것을 취하는 것이 좋지 아니하겠습니까? 그러한데 조선 풍속에는 혼인을 지내려면 그날 신랑은 호강하지마는, 신부는 큰 고생하는 날이올시다. 얼굴에는 회박을 씌워서 연지 곤지를 찍고, 눈은 왜밀로 철꺽 붙여 소경을 만들어 앉히고, 엉덩이가 저려도 좋일 꼼짝 못 하게 하니 혼인하는 날같이 좋은 날 그게 무슨 못할 일이오니까! 여기 계신 여러 부인도 아마 그런 경우 한 번씩은 다 당해 보셨겠습니다마는 그렇게 괴악한 습관이 어데 있습니까? 저 신부 좀 보십시오, 좀 화려하며 좀 간편합니까. 이 중에 혹 '저것도 예식이라고 하나?' 하는 분도 계실 듯하지마는 그렇지 않습니다. 좋지 못한 구습을 먼저 개혁하는 사람이 없으면 어떠한 일이든지 도저히 개량하여 볼 날이 없습니다. 오늘 지낸 예식이 가히 조선에 모범이 될 만하오니, 여러분도 자녀간 혼인을 지내시거든 오늘 예식을 모방하십시오. 나는 정임의 외삼촌 숙모가 되는 사람이나 조금도 사정 둔 말씀이 아니오니 여러분은 깊이 헤아리시기를 바라오며, 변변치 못한 말씀을 오래 하오면 들으시기에 너무 지루하고 괴로우실 듯하와 고만두겠습니다."

연설을 마치매 남녀간 손님이 모두 박수 갈채하고 헤어져 가는데, 그 날 밤 동방 화촉에 원앙 금침을 정답게 펴 놓으니 만실춘풍(滿室春風)에 화기가 융융하고, 이 시종은 희색이 만면하여 사랑에서 친구와 술 먹으며 그 딸의 사실 일장을 이야기하더라.

상야 공원에서 정임을 칼로 찌르던 강 소년은 대구 부자의 아들인데, 열네 살에 그 부친이 죽으매 열다섯 살부터 외입에 반하여 경향으로 다니며 양첩도 장가들고 기생도 떼어 팔선녀를 꾸려서 여기저기 큰집을 다 각각 배치하고 화려한 문방구나 잡화상을 벌이며, 각종의 음악기와 연극장을 설립하여 놓고, 이 집 저 집 돌아다니며 무궁한 행락을 하다가 못하여 그것도 오히려 부족히 여기고, 주사 청루[40]는 거르는 날이 없으며 산사강정에 아니 노는 곳이 없이 그 방탕함이 끝이 없으매 저 애잔 십만여 원 재산이 몇 해 아니 가서 다 없어지고, 종조리판에는 토지 · 가옥까지 몰수 강제집행을 당하니 그 많던 계집들도 물 흐르고 구름 가듯 하나둘씩 뿔뿔이 다 달아나고 제 몸 하나만 올연히 남았다. 대저 음탕 무도하던 놈이 이 지경이 되면 개과천선할 줄은 모르고 도적질할 생각이 생기는 것은 하등 인류의 자연한 이치라, 그 소년도 제 신세 결딴나고 제 집 망한 것은 조금도 후회 없고, 단지 흔히 쓰던 돈 못 쓰고 잘 하던 외입 못 하는 것이 지극히 민망하여 곧 육촌의 전답 문권을 위조하여 만 원에 팔아 가지고 또 한참 흥청거리다가 그 일이 발각되어 육촌이 정장[41]하였으므로 관가에서 잡으려고 하매 즉시 동경으로 달아나 산본이라 하는 노파의 집에 주인을 잡고 있는데, 아무 소관사 없이 오래 두류[42]하는 것을 모두 이상히 여길 뿐 아니오, 경찰서 조사에 대답하기가 곤란하여 유학생인 체하고 어느 학교에 입학하였다.

조금만 생각이 있는 놈 같으면 별풍상 다 겪고 내 재물 그만치 없앴으니 동경같이 좋은 곳에 와서 남의 경황을 구경하였으

40) 주사청루(酒肆靑樓) : 술집 · 기생집의 통칭.

41) 정장(呈狀) : 소장을 관청에 바치는 것.

42) 두류(逗留) : 객지에 머물러 있는 것.

면 제 마음도 좀 회개할 듯하건마는, 개꼬리를 땅에 삼 년 묻어 두어도 황모가 되지 아니한다[43]고, 학교에 입학은 하였으나 공부에는 정신없고 길원 같은 화류장에나 종사하며 얼굴 반반한 여학생이나 쫓아다니는 터인데, 정임이 학교가는 길이 강 소년 오는 길이라, 정임이는 몰랐으나 강 소년은 정임이를 학교에 갈 적 만나고 올 적 만나매 음흉한 욕심이 가슴에 탱중하여 정임이 다니는 학교에까지 따라가 보기도 하고 정임이 있는 여관 앞까지 쫓아와 보기도 하였으나, 정임이가 대문 안으로 쑥 들어가기만 하면 한 겹 대문안이 태평양을 격한 것같이 적막하고 다시 소식 없어 마음에 점점 감질만 나게 되매 항상,

'그 여학생을 어찌하면 한 번 만나 볼꼬?'

하고 생각하더니 어떻게 알아보았던지 그 여학생이 조선 사람인 줄도 알고 이름이 이정임인 줄도 알았으나, 어떻게 놀려 낼 수단이 없어 주인의 딸 산본 영자를 시켜 여학생 일요 강습회를 조직하고, 이정임을 유인하여 회장으로 만들어 놓고 자기는 재무 촉탁이 되어 정임이와 관계나 가까이 되고 면분[44]이나 두터워지거든 어떻게 꾀어 볼까 한 일인데, 사맥[45]은 여의히 되었으나 정임의 정숙한 태도에 압기(壓氣)[46]가 되어 말도 못 붙여 보고 또 산본 노파를 소개하여 정당히 통혼도 하다가 그 역시 실패하매 분히 여기던 차에, 공교히 호젓한 불인지가에서 만나 달빛에 비치는 자색을 다시 보매 불 같은 욕심이 바짝 나서 어찌 되었든지 한 번 쏘아 보리라 하다가 종내 그렇게 행패하고 그 길로 도망하여 조선으로 나왔으나, 죄 진 일이 한두 가지 아니매 집으로는 가지 못하고 서울 와서 변성명하고 돌아다니더니, 하루는 북장동 네거리에서 동경 있을 때에 짝패가 되어 계

43) 개꼬리.... : 본바탕이 좋지 않은 것은 어떻게 하여도 좋아지지 않는다.

44) 면분(面分) : 얼굴이나 알 정도의 사귐.

45) 사맥(事脈) : 일의 내력과 갈피.

46) 압기(壓氣) : 기세를 누르는 것.

집의 집에 같이 다니던 유학생 친구를 만나니 그야말로 유유상종이라고, 그 친구도 역시 강 소년과 한 바리에 실을 사람이라. 장비는 만나면 싸움이라더니 이 두 사람이 서로 만나면 아무것도 할 일 없고, 요리가 아니면 계집의 집으로 가는 일밖에 없는 터이라, 이 때에 또 만나서,

"이애, 오래간만에 만났으니 술이나 한잔씩 먹자."

"무슨 맛에 술만 먹는단 말이냐. 술을 먹으랴거든 은근짜[47] 집으로 가자."

하며 두서너 마디 수작이 되더니 아늑하고 조용한 곳으로 찾아가느라 가는 것이 잣골 이 시종 집 옆에 있는 '진주집'이라 하는 밀매음녀 집에 가서 술을 먹는데, 그 친구는 동경서 〈불행위행〉이란 신문 잡보도 보고 경찰서에서 유학생 조사하는 통에 강 소년이, 그런 짓 하고 도망한 줄 알고 조선을 나왔으나, 강 소년을 만나매 남의 단처를 아는 체할 필요가 없어 그 일 아는 새색도 아니하고, 계집 데리고 술 먹으며 정답고 재미있게 밤이 깊도록 노는 터이러니, 원래 탕자 · 잡류의 경박한 행동은 정다운 친구 술 먹으러 가재 놓고도 수 틀리면 때리고 욕하기는 항용 하는 일이라, 두 사람이 술이 잔뜩 취하여 횡설수설 주정을 하던 끝에 주인 계집 까닭으로 옥신각신 다투다가 술상도 치고 세간도 부수더니, 점점 쇠어 큰 싸움이 되며 뺨도 때리고 옷도 찢으며 일장 풍파가 일어나서 내가 옳으니 네가 옳으니, 재판을 가자 호소를 가자 하며 멱살을 서로 잡고 이 시종 집 대문 앞에서 싸우는 소리가,

(친구) "이놈, 네가 명색이 무엇이냐? 네까짓 놈이 뉘 앞에서 요따위 버르장머리를 하여! 네가 요놈, 동경서 여학생 정임이

47) 은근짜 : 몰래 몸을 파는 여자.

를 죽이고 도망해 나온 강가 놈이지? 너 같은 놈은 내가 경무청에 고발만 하면 네 죄는 경하여야 종신 징역이다. 요놈, 죽일 놈 같으니!"

하며 닭 싸우듯 하는 소리가 벽력같이 이 시종 집 사랑에까지 들리더라. 이 때는 정임이 신혼식 지내던 날 저녁이라. 이 시종이 사랑에서 친구와 술 먹으며 정임이 이야기를 하는데, 상야 공원에서 강 소년이 행패하던 말을 막 하는 판에 모든 사람이 매우 통분히 여기는 때에 별안간 문 밖에서 왁자하는 소리가 나는지라. 여러 사람이 모두 귀를 기울이고 듣더니 그 좌석에 북부 경찰서 총순(總巡) 다니는 사람이 앉았다가 그 싸움 소리를 듣고 즉시 쫓아나가 그 소년을 잡으니 갈 데 없는 강 소년이라, 온 집안이 들썩들썩 하며,

"아이그, 고놈 용하게도 잡혔다."

"고놈 상판대기가 어떻게 생겼나 좀 구경하자."

"요놈이 살인 미수범이니까 몇 해 징역이나 될꼬?"

하며 어른 · 아해가 모두 재미있어하다가 그 소년은 곧 북부 경찰서로 잡혀 가니 온 집안이 고요하고 종려나무 그림자 밑에 학의 잠이 깊었는데, 정임이 신방에서 낭랑 옥어(朗朗玉語)가 재미있게 나더라.

조선습관으로 말하면 혼인 갓한 신랑 신부는 서로 말도 잘 아니하고 마주 앉지도 못하며 가장 스스러운 체하는 법이요, 더구나 신부는 혼인한 지 삼 일만 되면 부엌에 내려가 밥이나 짓고 반찬이나 만들기를 시작하여 바깥은 구경도 못 하는 터이라 내외가 한 가지 출입하는 일이 어디 있으리요마는, 영창이 내외는 혼인 지내던 제 삼 일에 신혼 여행을 떠난다. 내외가 나

48) 요조(窈窕) : 요조숙녀(窈窕淑女)의 준말로, 정숙하과 기품 있는 여자를 가리킴.

49) 만월대 : 개성시 송악산 남쪽 기슭에 있는 고려의 왕궁지.

50) 선죽교 : 개성에 있는 돌다리로, 고려 말기 정몽주가 이성계를 문병하고 돌아오다가 이성계의 아들 '방원'이 보낸 조영규 등에게 철퇴를 맞고 죽은 곳임.

란히 서서 정답게 이야기하며 정거장으로 나가는 모양이, 영창이는 프록 코트에 고모(姑母)를 쓰고, 한 손으로 정임이 분홍 양복 땅에 끌리는 치맛자락을 치어 들었으며, 정임이는 옥색우산을 어깨 위에 높이 들어 영창이와 반씩 얼러 받았는데, 그 요조(窈窕)[48]한 태도는 가을 물결 맑은 호수에 원앙이 쌍으로 나는 것도 같으며, 아침별 성긴 울에 조안화가 일시에 웃는 듯도 하더라

신혼 여행은 서양 풍속에 새로 혼인한 신랑 신부가 서로 심지도 흘러 보고 학식도 시험하여 처음으로 정분도 들이고자 하여 외국이나 혹 명승지로 여행하는 것인데, 만일 서로 지기가 상합지 못하면 그 길에 이혼도 하는 일이 있지마는, 영창이 내외야 무슨 심지를 더 흘러 보고 어떤 정분을 또 들이며 어찌 이혼 여부가 있으리요마는, 유람도 할 겸 운동도 할 겸 서양 풍속을 모방하여 떠나는 여행이라.

남대문 정거장에서 의주 북행차 타고 가며 곳곳을 구경하는데, 개성에 내려 황량한 만월대[49]와 처창한 선죽교[50]의 고려 고적을 구경하고, 평양 가서 연광정[51]에 오르니, 그 한유한 안계[52]는 대동강 비단같은 물결에 백구는 쌍으로 날고 한가한 돛대는 멀리 돌아가는 경개가 가히 시인 소객의 술 한 잔 먹을 만한 곳이라, 행장의 포도주를 내어 서로 권하며 전일 평양 감사 시대에 백성의 피 빨아 가지고 이 곳에서 기생 데리고 풍류하며 극호강들 하던 것을 탄식하다가, 곧 부벽루[53] · 모란봉[54] · 영명사[55] · 기린굴 낱낱이 구경하고, 그 길로 안주 백상루[56], 용천 청류당 다 지나서 의주 통군정[57]에 올라 난간에 의지하여 압록강 상의 풍범 사도와 연운 죽수를 바라보더니, 영창이 얼굴에 초창

51) 연광정 : 평양의 대동강가에 있는 정자.

52) 안계(眼界) : 눈으로 바로볼 수 있는 범위.

53) 부벽루 : 평양시 모란대 밑 청류벽 위에 있는 누각으로, 대동강에 연해 있어, 물 위에 더 있는 듯한 느낌을 주는 명소임.

54) 모란봉 : 평양 북쪽에 있는 작은 산으로, 동쪽은 절벽을 이루어 대동강을 굽어보며, 산마루에는 최승대라는 누각이 있는, 예로부터 평양의 절경으로 이름난 곳임.

55) 영명사 : 평양 금수산에 있는 절. 광개토왕이 지은 아홉 절의 하나로 추정됨.

56) 백상루 : 관서 팔경의 하나. 평안남도 안주 북쪽의 성 안에 있는 누각.

57) 통군정 : 관서 팔경의 하나. 평북 의주군 의주읍 압록강변 고대에 있는 정자.

한[58] 빛을 띠고 손을 들어 사장을 가리키며,

(영창) "저 곳이 내가 스미트 박사 만났던 곳이오. 저 곳을 다시 보니 감구지회[59]를 이기지 못하겠소. 이 완악한[60] 목숨은 살아 이 곳에 다시 왔으나, 우리 부모는 저 강물에 장사 지내고 다시 뵈옵지 못하겠으니, 천추에 잊지 못한 한을 향하여 호소할 데가 없소그려."

하고 바람을 임하여 한숨을 길게 쉬며 흐르는 눈물을 금치 못하니, 정임이도 그 말을 듣고 그 모양 보매 자연 비감한 생각이 나서 역시 눈물을 씻으며,

(정임) "그 감창한[61] 말씀이야 어찌 다 하오리까! 오늘날 부모가 살아 계시면 우리를 오작 귀애하시겠소. 그 부모가 우리를 그렇게 귀히 길러 재미를 못 보시고 중도에 불행히 돌아가셨으니, 지하에 가서 차마 눈을 감지 못하실 터이오. 우리도 그 부모를 봉양코자 하나 어찌할 수가 없으니, 그야말로 자욕효이 친부재요 그려. 그러나 과도히 슬퍼 마시고, 아무쪼록 귀중한 몸을 보전하시오."

이렇게 서로 탄식도 하며 위로도 하다가, 즉시 압록강을 건너 구련성[62] 구경하고, 계관역에 내려 멀리 계관산 · 송수산을 지점하며,

(영창) "이 곳은 일로 전역 당시에 일본군이 대승리하던 곳이오그려. 내가 이 곳을 지나가 본 지 몇 해가 못 되는데 벌써 황량한 고전장(古戰場)이 되었네."

(정임) "아…… 가련도 하지. 저 청산에 헤어진 용맹한 장사와 충성된 병사의 백골은 모두 도장 속 젊은 부녀의 꿈 속 사람들이겠소그려."

58) 초창한 : 마음이 섭섭한.

59) 감구지회(感舊之懷) : 지난 일을 더듬으며 느끼는 회포.

60) 완악(頑惡)한 : 성질이 억세고 고집스럽고 모질은.

61) 감창(感愴)한 : 마음에 느끼어 사모하는 마음이 더하여 슬픈.

62) 구련성(九漣城) : '주롄청'을 이름. 주롄청은 중국 요동성 단동의 한 성(城).

(영창) "응, 그렇지마는 동양 행복의 기초는 이 곳 승첩에 완전히 굳고 저렇게 철도를 부설하며 시가를 개척하여 점점 번화지가 되어 가니, 이는 우리 황색 인종도 차차 진흥되는 조짐이지요."

이렇게 수작하며 가을빛을 따라 늦은 경을 사랑하며 천천히 행보하여 언덕도 넘고 다리도 건너며 단풍 가지를 꺾어 모자에 꽂기도 하고, 잔잔한 청계수를 움켜 손도 씻더니 어언간에 저문 해는 서산을 넘고 저녁 연기는 먼 수풀에 얽혔는지라,

(영창) "해가 저물었으니 고만 정거장 근처로 돌아갑시다. 오늘 밤은 이 곳에서 자고 내일 일찍이 떠나가며 또 구경하지."

(정임) "내일은 어데어데 구경할까요? 요양[63] 백탑과 화표주[64]는 어데쯤 있으며, 여기서 심양[65] 봉천부는 몇 리나 남았소? 아마 봉황성은 가깝지? 그러나 계문연수가 구경할 만하다는데 그 구경도 할 겸 이 길에 북경까지 갈까?"

하며 막 돌아서서 정거장을 향하고 오는데, 한편 산모퉁이에서 난데없는 청인 한 떼가 혹 말도 타고, 혹 노새도 타고 우 달려들며 두말 없이 영창이를 잔뜩 결박하여 나무 수풀에 제쳐 매어 놓고 일변 수대도 빼앗고, 시계도 떼고, 안경도 벗겨 모두 주섬주섬하여 가지고 정임이를 번쩍 들어 말께 치켜 앉혀 놓고 꼼짝도 못 하게 층층 동여매더니 채찍을 쳐서 급히 몰아가는지라, 정임이는 여러 번 놀라 본 터에 또 꿈결같이 이 변을 당하매 가슴이 덜컥 내려앉고 간이 콩잎만 해지며, 자기 잡혀 가는 것은 고사하고 그 남편이 어찌 된 지 몰라 눈이 캄캄하고 정신이 아득아득하여 그 마음을 지향할 수 없으나 그 형세가 불가항력이라 속절없이 잡혀 가는데, 어디로 가는지 한없이 가다가 한

63) 요양(遼陽) : 중국 요동성 선양의 남서쪽에 있는 상공업 도시. 만주 지방의 고도이며, 청나라 태조 누루하치가 도읍함.

64) 화표주(華表柱) : 무덤 앞에 세우는, 여덟 모로 깎은 한 쌍 돌기둥. 여기서는 청태조의 망주석을 가리킴.

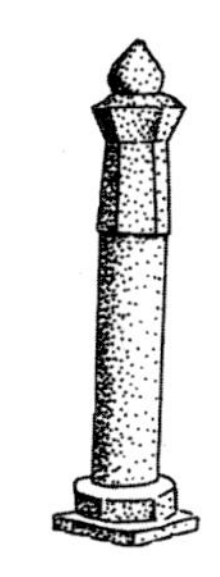

[망주석]

65) 심양(瀋陽) : 선양을 말하며, 만주 요동성의 성도. 옛 이름은 봉천임.

곳에 다다라 궁궐같이 큰 집 속으로 들어가더니, 정임이를 대청에 올려 앉히고 그 여러 놈이 좌우로 늘어서서 똥 본 오리처럼 무엇이라고 지껄이매, 그 상좌에 기골이 장대하고 용모가 준수한 청인이 흰 수염을 쓰다듬고 앉아서 기쁜 빛이 얼굴에 가득하여 빙글빙글 웃으며 무슨 말을 묻는 것 같으나, 정임이는 말도 알아듣지 못할뿐더러 그 때는 놀란 마음, 무서운 생각 다 없어지고 단지 악만 바짝 나는 판이라,

(정임) "나 도무지 개 같은 오랑캐 소리 몰라."

하고 쇠 끊는 소리를 지르니, 그 청인의 옆에 앉았던 한 노인이 반가운 안색으로,

(노인) "그대가 조선 사람이오그려. 조선말 소리를 들으니 반갑기는 하구먼…… 응…… 집이 어디인데 어찌 되어 저 지경을 당하였단 말이오?"

하는 말이 조선말을 듣고 반갑게 여기는 모양이니, 정임이도 역시 위험한 경우를 당한 중에 본국 사람을 만나니 마음에 적이 위로되어,

(정임) "집은 서울인데 만주로 구경 왔다가 불의에 이 변을 만났습니다."

하고 대답하며 그 노인을 자세히 보니, 의복은 청인의 복색을 입었으되 그 얼굴이든지 목소리가 일 호도 틀리지 않고 시아바니 김승지 같으나, 김 승지는 태평양으로 떠나갔는지 인도양으로 떠나갔는지 모르는 터에 이 곳에 있을 리는 만무한데, 암만 다시 보아도 정녕한 김 승지요, 어려서 볼 때와 조금 다른 것은 살쩍이 허옇게 셀 뿐이라. 심히 의아한 중에 약은 생각이 나서 내가 저 노인의 거동을 좀 보고 만일 우리 시아바니는 아닐지

라도 보기에 그 노인이 아마 주인과 정다운 듯하니 이 곤란한 중에 언턱거리[66]나 좀 하여 보리라 하고 혼자말로,

(정임) "아이그, 세상에 같은 얼굴도 있지! 그 노인이 영락없이 우리 시아바님 같애."

하며 별안간 콱콱 우니, 그 노인이 정임이 우는 것을 한참 바라보고 무슨 생각을 하다가,

(노인) "여보, 그게 웬말이오? 내가 누구와 같단 말이오? 그대는 누구의 따님이 되며, 시아바님은 누구신가요?"

(정임) "나는 이 시종 OO의 딸이요, 우리 시아바니는 김 승지 OO신데, 시아바니께서 십여 년 전에 초산 군수로 참혹히 돌아가신 후에 다시 뵙지 못하더니, 지금 노인의 용모를 뵈오니 이렇게 죽을 경우를 당한 중에도 감창한 생각이 나서 그리합니다."

그 노인이 그 말 듣더니 깜짝 놀라며,

(노인) "응, 그리야, 그러면 네가 정임이지?"

하고 묻는데 정임이가 그 말 들으니 죽은 줄 알던 시아바니를 의외에 찾았는지라 반가운 마음에 정신이 번쩍 나서,

(정임) "이게 웬일이오니까? 신명이 도와 아바니를 뜻밖에 만나뵈오니, 이제는 죽어도 한이 없겠습니다."

하고 일어나 절하며 생각하니, 그제야 정작 설움이 나서 느껴가며 우는데 김 승지는 눈물을 흘리며,

(김 승지) "네가 이게 웬일이냐? 이게 웬일이냐! 네가 이 곳을 오다니? 그러나 영창이 소식을 너는 알겠구나. 대관절 영창이가 초산 봉변할 때에 죽지나 아니하였더냐?"

(정임) "장황한 말씀은 미처 할 수 없삽고, 영창이도 이 길에

66) 언턱거리 : 남에게 찌그렁이를 붙일 만한 핑계.

같이 오다가 이 변을 당하여 그 곳에 결박하여 놓은 것을 보고 잡혀 왔는데, 그간 어찌 되었는지 궁금하기 이를 길 없습니다."

김 승지가 그 말 듣더니 벌떡 일어나서 안을 향하고,

(김) "마누라, 마누라! 정임이가 왔소그려. 영창이도 같이 오다가 중로에서 봉변을 했다는걸."

하는 말에 김 승지 부인이 신을 거꾸로 끌고 허둥지둥 나오며,

(부인) "그게 웬말이오? 그게 웬말이오, 정임이가 오다니! 영창이는 어떻게 되었어?"

하고 달려들어 정임이 손목을 잡고 뼈가 녹는 듯이 울며 목멘 소리가 잘 알아들을 수도 없는 말로,

(부인) "너는 어찌 된 일로 이 곳에 왔으며, 영창이는 어데쯤서 욕을 본단 말이냐?"

하고 느끼며 묻는 모양은 누가 보든지 눈물 아니 날 사람 없겠더라.

그 상좌에 앉았던 청인은 정임이 화용 월태[67]를 보고 기쁜 마음을 이기지 못하는 모양이더니 김 승지 내외가 서로 붙들고 울매 그 거동이 보기에 이상하고 궁금하던지 김 승지를 청하여 무슨 말을 묻는데, 김 승지는 그 말 대답은 아니하고 정임을 불러 하는 말이,

(김) "저 주공(主公)에게 인사하여라. 내가 저 주공의 구원으로 살아나서 저간에 은혜를 많이 받은 터이다."

하며 인사를 시키는지라, 정임이는 일어나서 머리를 굽혀 인사하고, 김 승지는 그제야 말대답을 하더니, 그 대답이 그치매 청인은 무릎을 치며 정임을 향하여 무슨 말을 하는데 그 통변은 김 승지가 한다.

67) 화용 월태(花容月態) : 아름다운 여인의 얼굴과 맵시를 일컫는 말.

(청인) "당신이 저 김 공의 며느님이 되신다지요? 나는 왕자인(王自仁)이라 하는 사람인데, 당신의 시아바님과는 형제같이 지내는 터이오. 그러나 아마 대단히 놀랐지요? 아무 염려 말고 부디 안심하시오. 잠시 놀란 것이야 어떠하리까? 오래 그리던 부모를 만나 뵈니 다행한 일이 되었소."

(정임) "각하께오서 돌아가실 부모를 구호하시와 그처럼 친절히 지내신다 하오니, 각하의 은혜는 실로 백골 난망(白骨難忘)[68]이오며 이 사람은 부모를 오래 그릴 뿐 아니라 부모가 각하의 덕택으로 생존해 계신 줄을 모르고 망극한[69] 마음을 죽어 잊지 못하겠삽더니, 오늘 의이에 만나 뵈오매 이제는 아무 한이 없사오니 어찌 잠깐 놀란 것을 교계[70]하오리까."

정임이는 그 왕씨를 대하여 백배 사례하는데, 왕씨는 일변 정임이 잡아오던 도당을 불러 그 때 정형을 자세히 조사하더니 곧 영창이를 급히 데려오라 하는지라, 그 때 정임이 마음에는,

'우리 내외가 두수 없이 죽은 판에 천우 신조하여 부모를 만나고 화색을 모면하니 이같이 신기할 데는 없으나 영창이는 그간 오죽 애를 쓰리!'

하는 생각이 나서,

'잠시라도 마음놓게 하리라.'

하고 명함 한 장을 내어 김 승지를 주며,

(정) "아바님, 영창이를 데리러 여러 사람이 몰려가면 필경 또 놀랄 듯하오니 이 명함을 보내는 것이 어떠합니까?"

김 승지가 그 말을 들으매 그럴 듯하여 왕씨와 의논하고 곧 그 명함을 주어 보내고, 정임이는 자기 내외의 소경사를 대강 이야기하니, 김 승지 내외는 눈물 씻기를 마지아니하고 왕씨도

68) 백골난망(白骨難忘) : 큰 은혜나 덕을 입었을 때 감사의 뜻으로 하는 말.

69) 망극한 : (어버이나 임금의 은혜나, 그에 관련된 슬픔의 정도가)그지없는.

70) 교계(教誡) : 가르치며 훈계하는 것.

역시 무한히 칭찬하더라.

영창이는 삽시간에 혹화[71]를 당하여 정임이를 잃고 나무에 동여매인 채로 꼼짝 못 하고 앉았으매, 이 산에서는 여우도 짖고, 저 산에서는 올빼미도 울며 번쩍번쩍하는 인광(도깨비불)은 여기서도 일어나고 저기서도 일어나서, 남한산성 줄불 놓듯 발부리로 식식지나가니 평시 같으면 무서운 생각도 있으련마는 그것저것 조금도 두렵지 않고, 단지 바작바작 타는 속이 차라리 죽느니만 같지 못하게 그 밤을 지내더니, 하룻밤이 삼추[72] 같이 지나가고 동방에 새벽빛이 나며 먼 수풀에 새 소리가 지껄이는데, 언덕 밑으로 어떤 청인 농부 한 사람이 지나가다가 그 광경을 보고 웅얼웅얼 탄식하며 동여매인 것을 끌러 주고 가는지라, 그 농부를 향하여 무수히 사례하고 다시 앉아 생각하니, 정임이는 결코 욕보고 살지 아니할 터이요, 두말 없이 죽을 사람이라. 그 연유를 관원에게 호소하자하니 그 호소가 대단히 묽은 호소가 될 터이요, 그대로 돌아가자하니 정임이는 죽었는데 나는 살아가는 것이 사람의 의리가 아닐뿐 아니요, 설령 혼자 돌아간다 한들 정임이 부모 볼 낯도 없고, 장래 신세도 다시 희망할 바이 없는지라, 혼자말로 '허, 저간에 우리 두 사람이 그러한 천신만고를 지내고 간신히 다시 만난 것이 모두 허사가 되었구나!' 하고 목을 매어 죽으려고 양복 질빵을 끌러 막 나뭇가지에 치켜 거는 판에 별안간 어떤 청인 십여 명이 어젯밤 모양으로 또 달려들어 죽 둘러서는지라, 속마음으로 '저 놈들이 또 왔구나. 오냐, 암만 와도 이제는 기탄 없다. 어젯밤에 재물 빼앗기고 계집까지 잃었으니, 지금에는 죽이기밖에 더 하겠느냐. 이왕 죽을 사람이 죽인데도 두려울 것은 없다마는 너

71) 혹화(酷禍) : 몹시 심한 재화.

72) 삼추(三秋) : 3년의 세월, 또는 긴 세월.

의 손에 우리 내외가 죽는 것이 지극히 통한하다.' 하고 생각할 즈음에, 그 중 한 사람이 고두[73] 경례하고 명함 한 장을 내어 주며 금안 준마를 앞에 세우고 말에 오르기를 재촉하는데, 그 명함은 정임이 명함이요, 명함 뒤에 연필로 두어 자 기록한 말은 '천만 의외로 부모가 이 곳에 계시니, 기쁜 마음은 꿈인지 생시인지 깨닫지 못하겠사오며, 나도 역시 무사하오니 아무 염려 말고 급히 오시오.' 하였는지라, 그 명함을 받아 보매 반가운 마음에 기가 막혀서, '응, 부모가 계셔?' 하는 소리가 하는 줄 모르게 절로 나가나, 다시 생각하니 한편으로 의심이 나서, '그러할 이치가 만무한 일인데 이게 웬말인고? 만일 이 말이 사실 같으면 희한한 별일이다.' 하고 이리저리 연구하여 보니 다른 염려는 별로 없고 그 글씨가 정임이 필적이라, 반가운 마음이 다시 나서 곧 그 말 타고 귀에 바람이 나도록 달려가더라.

김 승지 내외와 정임이는 영창이를 데리러 보내고 오기를 고대하더니 문 밖에서 말굽 소리가 나고 영창이가 지도자를 따라 들어오는지라, 김 승지 내외는 정신 없이 내려가서 영창이 목을 안고 얼굴을 한데 대며,

"네가 영창이로구나!"

하고 대성 통곡하는데, 영창이는 명함을 보고 오면서도 반신반의하다가 참 부모가 그 곳에 있는지라, 평생에 철천지원[74]이 되던 부모를 만나니 비감한 마음이 나서 역시 부모를 붙들고 우니 정임이도 따라 울어, 울음 한 판이 또 벌어졌더라.

이 때 주인 왕씨는 즉시 크게 연회를 배설하고 김 승지의 가족일동을 위로하는데, 왕씨가 영창이 손을 잡고 술을 들어 김 승지에게 권하며,

73) 고두 : (경의를 나타내려고)머리를 조아리는 것.

74) 철천지원 : 하늘이 사무치는 크나큰 한.

75) 청복(淸福) : 맑고 깨끗하게 한가로운 복.

76) 존의(尊意) : 남의 의견을 높여 이르는 말.

77) 침음(沈吟) : 속으로 깊이 생각하는 것.

(왕) "김 공은 이러한 아들과 저러한 며느리를 두었으니, 장래에 무궁한 청복(淸福)[75]을 받으시겠소."

하는지라, 김 승지는 그 말 교대에 대답하는 말이,

(김) "여년이 몇 해 아니 남은 터에 복을 받으면 얼마나 받겠습니까마는, 내가 주공의 덕택으로 살아나서 천행으로 저것들을 다시 보니 그것이 신기한 일이지요. 그러나 주공께 잠깐 여쭐 말씀은 내가 주공을 모시고 있은 지 십 년에 이 은혜는 태산이 오히려 가벼우니 능히 갚을 길이 없사오며, 그간 깊이 든 정분(情分)은 차마 주공을 이별할 수 없습니다마는, 서로 죽은 줄 알던 저것들을 만나니 다시 헤어질 마음이 없을 뿐 아니라, 내가 늙어 죽을 날을 알지 못하는 터이오니, 이번에 저것들과 한가지 돌아가서 몇 날이 되든지 부자가 서로 의지하고 살다가 백골을 고국 청산에 묻고자 하오니, 존의(尊意)[76]에 어떠하시오니까?"

하며 눈물을 흘리매, 왕씨가 그 말 듣고 한참 침음(沈吟)[77]하더니,

(왕) "사정이 그러하시겠소."

하고 곧 행장을 차려 김 승지와 그 가족을 전송하는데, 친히 십 리 장정(長程)에 나와 김 승지 손을 잡고,

(왕) "김 공은 다행히 자제를 만나서 오래간만에 고국을 돌아가시니 실로 감축한 일이올시다마는, 나는 십 년 친구를 일조에 이별하니 이같이 감창한 일은 다시 없소그려."

하며 수대를 열고, 금화 일만 원을 내어 주며,

(왕) "이것이 비록 약소하나 내가 정의를 표하고자 하여 드리는 것이올시다. 행자는 필유신이라 하니 가지고 가다가 노자

나 하시오."

(김) "공은 정의로 주신다니 나도 정의로 받아 가지고 가서 쇠한 몸을 잘 자양(滋養)[78]하겠습니다마는, 우리가 모두 늙은 터에 한 번 이별하면 다시 만나기를 기약할 수 없으니 그것이 지극히 비창한 일이올시다그려."
하며 서로 붙들고 울어 차마 놓지 못하다가 김 승지 가족 일동은 모두 왕씨를 향하여 백배 사례하고 떠나니, 왕씨는 섭섭한 마음을 이기지 못하여 보호자를 보내 정거장까지 호송하더라.

영창이 내외는 천만 의외에 그 부모를 찾으매 구경도 더 할 생각 없고 여행도 다시 할 필요가 없어, 즉시 부모 모시고 만주 남행차 타고 서울로 돌아오며, 차 속에서 영창이는 영창이 소경력을 이야기하고, 정임이는 정임이 지내던 일을 자세히 말하니, 김 승지는 자기 역사를 이야기한다.

(김) "내가 초산서 그 봉변을 당하고 뒤주 속에 들어 앉았으니, 늙은이들이 그 지경을 당하여 무슨 정신이 있겠느냐? 그놈들이 떠메고 나가는지 강물로 떠나가는지 누가 건져 가는지 도무지 몰랐더니, 아마 그 뒤주가 강물로 떠내려가는데 그 때 마침 상마적이 물 건너와서 노략질해 가지고 가다가 그 뒤주를 만나매 그 사람들 눈에는 무엇이든지 모두 재물로 보이는 터이라 뒤주 속에 무슨 큰 재물이 있는 줄 알았던지 죽을 힘을 써서 건져 메고 갔나 보더라. 어느 때나 되었는지 정신을 차려 보니 평생에 보지 못하던 큰 집 대청에 우리 내외가 같이 누웠고 낯모르는 청인들이 좍 둘러섰는데, 어리와리하는 생각에 우리가 죽어서 벌써 염라부(閻羅府)에 들어왔나 보다 하였더니, 그 중 어떤 사람이 지필을 가지고 와서 필담을 하자고 하니, 눈은 침

78) 자양(滋養) : 몸의 영양을 불게 하는 것.

침하여 잘 보이지 아니하고 손은 떨려 글씨도 쓸 수 없으나, 간신히 정신을 수습하여 통정[79]을 하는데, 그 사람이 곧 주인 왕씨더라. 그 왕씨는 상마적 괴수인데, 비록 도적질은 하나 사람인즉 글이 문장이요, 뜻이 호화하여 훌륭한 풍류남자요, 또 천성이 지극히 인자한 사람이더라. 그런데 그 사람이 나를 어떻게 보았던지 그 때부터 극진히 보호하여, 의복 · 음식과 거처 범백을 모두 자기와 호리[80]가 틀리지 아니하게 대접하며, 글도 같이 짓고 술도 같이 먹고 바둑도 같이 두고 어데를 가도 같이 가니, 자연 지기(志氣)[81]가 상합하여 하루 이틀 지내는데, 너희들이 어찌 되었는지 몰라 애가 타서 한시를 견딜 수 없으나 통신은 자유로 못 하게 하는 고로 이 시종에게 편지도 한 번 못 하고 있다가, 어느 때인지 기회를 얻어 우체로 편지를 한 번 부쳤더니 다시는 소식이 없기에 너희들이 모두 죽은 줄 알고, 그 후로는 주인도 놓지 않지마는 나도 돌아갈 생각이 적어 그럭저럭 지내니 그 상하는 마음이야 어떠했겠느냐. 그러나 모진 목숨이 억지로 죽지 못하고 두 늙은이가 항상 울고 오늘날까지 부지하더니, 천만 몽상밖에 정임이가 그 곳에 왔더구나. 정임이 그 곳에 온 것이 실로 다행하게 된 일이나, 정임이가 그 곳에 잡혀 오단 말이 되는 말이냐!"

이렇게 이야기할 사이에 탄환같이 빠른 기차가 어느 겨를에 벌써 압록강을 건너니 총울한 강산이 모두 보이는 대로 새롭더라.

이 시종 내외는 정임이 부부 신혼 여행을 보내매 그 길이 아무 염려 없는 길이지마는, 두 사람은 천연적 풍파를 많이 만나는 사람들이라 하도 여러 번 위험한 경우를 지내 본 터인 고로

79) 통정(通情) : 서로 마음을 주고 받음.

80) 호리 : 자 또는 저울의 눈금의 '호'와 '이'. 여기서는 조금도 틀리지 않음을 뜻함.

81) 지기(志氣) : 어떤 일을 이루려는 의지와 기개.

어린아해를 물가에 보낸 것같이 근심하다가, 회정(回程)[82]해 온다는 날이 되니 잠시가 궁금하여 평양까지 내려가서 기다리더니, 그 때 정임이 내외가 화기가 만면하여 오다가 이 시종 내외를 보고 차에 내려 인사하는지라, 이 시종은 그 두 사람이 잘 다녀오는 것을 대단히 기뻐할 때에 옆에 서 있던 사람이 별안간 손목을 잡으며,

"허, 자네, 오래간만에 만나겠네그려."

하는데 돌아다보니 생각도 아니하였던 김 승지가 왔는지라, 마음에 깜짝 놀라서,

(이) "아! 자네 이게 웬일인가…… 응…… 대관절 어찌 된 일인가?"

(김) "우리가 다시 못 만날 줄 알았더니, 서로 죽지 않고 오늘 만난 것이 다행한 일이오. 이 못생긴 목숨이 살아 돌아오는 것이 내 복이 아니라 우리 며느리 덕일세."

하며 반가운 이야기를 하고, 한편에는 이 시종 부인과 김 승지 부인이 서로 붙들고 울더니, 이 시종과 김 승지는 가족들 데리고 그 길로 곧 부벽루에 올라가서, 그 사이 지내던 역사와 서로 생각하던 정회를 말하며 술잔을 들고 토진간담[83]하는데, 이 때에 아아(峨峨)한 청산과 양양(洋洋)[84]한 유수가 모두 그 술잔 가운데 비취었더라.

82) 회정(回程) : 돌아오는 길에 오르는 것.

83) 토진간담(吐盡肝膽) : 실정을 숨김없이 다 털어놓고 말함.

84) 양양(洋洋)한 : 바다가 한없이 넓은.

읽은 후에

작·품·정·리

- 갈래 : 신소설, 개화소설.
- 주제 : 봉건적인 유습의 타파와 신문명에 대한 의식의 고취, 신교육관과 신결혼관의 고취.
- 배경 : 시간적–구한말
  공간적–서울과 동경. 평양과 압록강 건너 만주 일부.
- 시점 : 전지적 작가 시점

작·품·감·상

〈추월색〉은 최찬식의 대표작으로 독자에게 가장 열광적으로 환영을 받던 신소설의 하나이며, 그 내용은 여주인공인 조선인 동경 여자 유학생이 우에노 공원에서 그녀를 짝사랑하던 남학생의 구애를 거절하다가 칼을 맞는 장면으로부터 시작된다. 이 여자 유학생은 이 시종의 외딸 정임이며, 김 승지의 외아들 영창과 어릴 때부터 부모에 의해 정혼한 사이이다. 그런데 평안도 초산 군수로 부임한 김 승지가 뜻밖에 민란을 겪으면서 그 일가가 모두 행방불명이 되자, 정임의 부모는 다른 혼처를 정해 정임을 결혼시키려 한다. 그러자 정임은 집을 도망쳐 나와 고생 끝에 일본으로 건너가 음악을 전공하여 우수한 성적으로 졸업하게 된다. 평소 정임을 짝사랑해 오던 강한영은 우에노 공원에서 정임에게 접근하여 애원도 하고 협박도 했으나 정임이 끝내 듣지 않자 정임을 칼로 찌르고 도주한다. 그런데 칼을 맞고 쓰러진 정임을 부축했던 남자가 엉뚱하게 범인으로 지목되어 체포된다. 그는 공교롭게도 영국에서 공부하고 잠시 일본에 왔던 영창이다. 모든 사실이 밝혀지자 영창은 곧 무죄로 석방되고 두 사람은 극적으로 재회하여 마침내 신식 결혼식을 올리고 만주로 신혼여행을 떠난다. 두 사람은 신혼여행 중 마적단에 체포되는 수난을 겪는데, 도리어 거기서 영창의 부모를 만나 함께 귀국한다. 이 작품은 혼사장애의 모티프를 확대 변형한 것으로서 여주인공이 온갖 장애를 극복하고 부모가 어릴 때 맺어준 남주인공과 결혼하게 된다는 낡은 이야기의 패턴을 따르고 있다. 그러나 그 장애의 극복 과정이 여러 가지 사건과 우여곡절로 채워져 〈추월색〉의 이와 같은 플롯에서 보여주듯, 우연성이 많으며, 정임이나 영창의 해외유학이 또한 너무 비약적이고, 종국에 가서 선인이 모두 행복하게 됨은 구소설의 해피앤드를 위한 권선징악적인 테두리에서 벗어나지 못한 약점이라 하겠다.그러나 이같이 복잡한 사건을 끝가지 이끌고 가서, 그것이 완전하지는 못하나마 신결혼관을 주장하고 신교육의 필요성을 고취하여, 재래소설이 가지지 못한 면을 타개하는 동시에, 독자를 이끌고 가는 힘에 있어서는 성공한 작품이라 하겠다. 따라서 〈추월색〉은 이와 같은 신소설의 우연성이나 엽기성을 지닌 채, 신소설의 대표작의 하나로 꼽힌다.

6

무정

이광수

작·가·소·개

1892년 평안북도 정주에서 출생. 아명은 보경(寶鏡), 호는 춘원(春園)이며, 아버지는 종원(鍾元), 어머니는 충주 김씨이다. 5세에 한글을 비롯하여 천자문을 깨우치고, 8세 경에는 백일장에 나가 장원을 할 정도로 글을 잘 써 신동 소리를 들었다고 한다. 그러나 가세가 기울기 시작하여 가난의 설움을 속 깊이 느끼다가 11세 때인 1902년 콜레라로 부모를 여의었다. 이듬해 동학에 입도하여 천도교의 박찬명 대령의 집에 기숙하며 서기일을 맡아 보다가 1905년에 일진회(一進會)의 유학생으로 선발되어 도일, 대성중학(大成中學)에 입학하였으나 학비곤란으로 이해 11월에 귀국하였다. 이듬해 다시 도일하여 메이지 학원(明治學院) 중학부 3학년에 편입하여 학업을 계속하였다.

1913년 11월 세계여행을 목적으로 상해에 들렀다가 1914년 미국에서 발간되던 《신한민보(新韓民報)》의 주필로 내정되어 도미하려고 하였으나 제1차세계대전 발발로 귀국하였다.

1917년 1월 1일부터 한국 신문학 사상 획기적인 장편 〈무정〉을 연재하였다. 이어서 〈소년의 비애〉를 《청춘》에 발표, 1917년 두 번째 장편 〈개척자〉를 《매일신보》에 연재하기 시작하여 청년층의 호평을 받았다. 이듬해 폐환이 재발하였으나 허영숙(許英肅)의 헌신적 간호로 위기에서 소생하였다.

1918년 상해에서 안창호를 만나 그의 민족운동에 크게 공명하여 안창호를 보좌하면서 《독립신문》의 사장 겸 편집국장에 취임하고 애국적 계몽의 논설을 많이 쓰면서 안창호의 인도로 주요한(朱耀翰) · 박현환 등과 독서 · 정좌 · 기도를 함으로써 수양생활에 힘썼다.

1923년 《동아일보》사를 퇴사하고부터는 창작에 몰두하여 〈마의 태자〉(1927), 〈단종애사〉(1928), 〈이순신〉(1931), 〈흙〉(1932) 등을 연재하였다.

이광수는 3 · 1만세운동의 소식을 상해에서 들었는가 하면, 중일전쟁 폭발시에는 수양동우회사건으로 옥에 갇혔고, 광복 후에는 일제 말엽 훼절로 친일파라는 심판을 받는 수난을 당하였으며, 6 · 25중에는 젊은 시절부터 고생한 병고에 시달리면서도 공산당에게 납치되어 생사불명, 거처불명의 불귀객이 되었다. 그는 민족 근대사의 수난을 순교자처럼 받았고, 그것을 민감하게 소설 · 논설문 · 시가 · 수필류 · 기행문 형식으로 표현하였다(그의 원고 매수는 8만 매로 추량할 정도로 방대함). 그의 직업은 교육자 · 언론인 · 민족운동가 등 다양하였으나 시종일관한 것은 작가이다. 흔히 이광수는 한국근대문학사에서 선구적인 작가로서 계몽주의 · 민족주의 · 인도주의의 작가로 평가를 받는다. 그것은 시대분위기와 사회적 조건 그리고 개인의 취향에 의한 결과인 것이다. 대체로 이광수의 초기 작품들은 인간의 개성과 자유를 계몽하기 위하여 자유연애를 고취하고, 조혼의 폐습을 거부하였는가 하면, 〈무정〉에서는 신교육문제를, 〈개척자〉에서는 과학사상을, 〈흙〉에서는 농민계몽사상을 고취하면서 민족주의사상을 계몽하였다. 그러나 이광수 연구자들은 그가 당면한 사회적 갈등에 철저히 대응하기보다는 이상적인 설교로 힘을 무산시켰다는 부정적 측면도 검토하고 있다.

등·장·인·물

- 이형식 : 이 소설의 주인공으로 고아 출신이다. 일본 유학을 하고 영어교사로 재직한 그 시대의 전형적인 지식인이다. 그는 경성학교 영어교사로 있으면서 개인과 민족, 선형과 영채라는 두 문제로 고민한다.
- 박영채 : 전통적 유교 교육을 받은 여성으로, 이형식의 은사이며 우국지사인 박 진사의 딸이다. 후에 병욱의 도움으로 개화하여 욕망의 변화를 보인다.
- 김선형 : 기독교 가정의 딸로 신교육을 받았다. 미모도 갖춘 온화한 성격의 여성이나 수동적인 삶을 살아간다.
- 김병욱 : 반봉건적, 진출적인 사고 방식을 지닌 신여성으로 박영채를 변하게 한다.
- 신우선 : 미래 지향적이며 적극적인 인물로, 신문기자이다.

줄·거·리

경성학교 영어 교사 이형식은 오후 두 시 사 년급 영어 시간을 마치고, 내리쬐는 유월 볕에 땀을 흘리면서 안동 김장로의 집으로 간다. 김장로의 딸 선형(善馨)이가 명년에 미국 유학을 가기 위하여 영어를 준비할 차로 이형식을 매일 한 시간씩 가정교사로 초빙하여 오늘 오후 세 시부터 수업을 시작하게 되었다.

이날 저녁 형식의 하숙에는 영채라는 기생이 뜻밖에 찾아왔다.

이 영채는 형식이 어렸을 때에 부모를 여의고 의지할 데 없이 돌아다닐 때 신세를 지고, 민족 사상을 배우게 된 박 진사의 딸이다. 박 진사는 상해에서 신사조와 새로운 학문을 갖고 들어와 청년 운동의 선두에 나선 우국지사였다. 그는 민족을 위하여 가산을 다 바치고 몸과 마음까지도 바쳤다.

영채는 온갖 고생을 다 겪은 끝에, 마지막에 아버지를 옥에서 구하기 위하여 기생이 되었으나, 늘 형식을 잊은 때는 없었고 유혹 많은 화류이건만 형식을 위하여 아직 몸은 깨끗한 채로였다. 그러나 막상 대하고 보니 자기를 구해줄 능력을 갖고 있어 보이지 않아 실망하고 아버지의 무덤이 있는 평양으로 간다.

한편, 이형식이 근무하는 경성학교 학생들은 형식과 갈등이 심한 교감 배명식이란 선생의 교육자답지 못함과, 주색에 빠진 것을 분개하여 동맹 퇴학을 결의하였다. 배 교감은 학생의 동요가 이형식의 책동이라고 분개한다. 이때, 계월향이라는 기생에게 이 배 교감이 혹하여 찾아다니는데, 이 월향이가 곧 영채다.

형식은 월향의 집에 찾아갔으나, 청량리 어느 요정에 손님하고 갔다기에 쫓아가 보니, 배 교감이 월향에게 욕을 뵈려는 위기일발의 순간이었다. 이형식은 방을 부수고 월향을 구출한다.

형식은 청량리 사건이 있은 다음 날, 영채의 집을 찾아가니 편지 한 장을 남기고 평양으로 내려가노라고 하였다.

형식은 곧장 영채를 찾으러 평양으로 갔으나 찾을 길이 없어 대동강에 자살한 줄로 알고 단념하고 다시 상경하고 만다. 수일간 결근 뒤에 학교에 출근하니, 학생들은 기생 월향을 따라 평양에 갔다온 더러운 선생이라고 야유가 대단하다. 이것은 말할 것도 없이 배 교감의 모략이었다. 이형식은 4년간 정든 학교와 학생을 뒤에 두고 교문을 하직한다.

그 뒤 형식은 선형의 댁의 청에 의하여 선형과 약혼하고 미국 유학까지 같이 가기로 약속한다.

한편, 영채는 자살하러 평양 가는 차중에서 우연히 동경 유학 중 방학이 되어 돌아오는 병옥이란 여학생을 만나 인생 문제를 토론한다.

여기서 공교롭게도 형식과 선형이 미국으로 떠나는 날, 병옥과 영채도 동경으로

유학의 길을 떠나 우연히도 차중에서 만나게 된다. 형식은 선형과 약혼하고 미국으로 가는 것이 영채에게 큰 죄나 짓는 것 같애 송구스럽기 짝이 없었다.

이때 마침 차가 수재로 인하여 삼랑진까지 가고는 더 못 가게 된다. 네 사람은 수재민을 구호하려고 음악회를 연다. 여기서 모여진 돈으로 집 잃고 헐벗은 동족을 구해준다. 하룻밤 비에 모든 것을 잃어버리는 가난한 백성들, 그들에게는 아무런 힘도, 지체도 없어 보였다. '배워야 한다', '가르쳐야 한다!', '교육과 실행으로 가르쳐야 한다.'

그들이 외국으로 공부하러 가는 이유가 여기에 있는 것인 듯싶었다. 모두가 이에 동의했다.

형식과 선형은 지금 비록 시카고 대학 사 년생인데 내내 몸이 건강하였으며, 금년 구 월에 졸업하고는 전후의 구라파를 한 번 돌아 본국에 돌아올 예정이며, 김장로 부부는 날마다 사랑하는 딸이 돌아오기를 기다려 벌써부터 돌아온 후에 할 일과 하여 먹일 것을 궁리하는 중이다.

병옥은 음악학교를 졸업하고 자기의 힘으로 돈을 벌어서 독일 백림에 이태동안 유학을 하고 금년 겨울에 돌아올 예정이며, 영채도 금년 봄에 동경 상야 음악학교 피아노과와 성악과를 우등으로 졸업하고 아직 동경에 있는 중인데, 그 역시 구 월경에 서울로 돌아오겠다.

삼랑진 정거장 대합실에서 자선 음악회를 열던 세 처녀가 이제는 훌륭한 레이디가 되어 경성 한복판에 떨치고 나설 날이 멀지 아니할 것이다.

신우선은 그로부터 일절 화류계에 발을 끊고 전심 일변 수양을 힘쓰며 일변 저술에 노력하여 문명이 전토에 떨쳤으며, 더욱이 근일 발행한 〈조선의 장래〉는 발행한 이 주일이 못되여 사 판에 달하였다.

영채의 이머니는 집을 팔아가시고 평양 어느 촌으로 내려가서 양자를 들여 데리고 농사를 지으며 진실한 예수교 신자가 되어서 편안한 천당길을 닦는다.

이제 우리의 미래는 밝다. 아아, 우리의 땅은 날로 아름다워 간다. 우리의 연약한 팔뚝에는 날로 힘이 오르고 우리의 어둡던 정신에는 날로 빛이 난다.

우리는 마침내 남과 같이 번쩍하게 된 것이다. 어둡던 세상이 평생 어두운 것이 아니요, 무정할 것이 아니다. 우리는 우리의 힘으로 밝게 하고 유정하게 하고 즐겁게 하고 가멸케 하고 굳세게 할 것이로다.

기쁜 웃음과 만세의 부르짖음으로 지나간 세상을 조상하는 "무정"을 마치자.

무정

이광수

1

경성학교 영어 교사 이형식은 오후 두 시 사 년급 영어 시간을 마치고 내려쪼이는 유월 볕에 땀을 흘리면서 안동 김장로의 집으로 간다. 김장로의 딸 선형(善馨)이가 명년 미국 유학을 가기 위하여 영어를 준비할 차로 이형식을 매일 한 시간씩 가정교사로 고빙[1]하여 오늘 오후 세 시부터 수업을 시작하게 되었음이라. 이형식은 아직 독신이라, 남의 여자와 가까이 교제하여 본 적이 없고 이렇게 순결한 청년이 흔히 그러한 모양으로 젊은 여자를 대하면 자연 수줍은 생각이 나서 얼굴이 확확 달며 고개가 저절로 숙여진다. 남자로 생겨나서 이러함이 못생겼다면 못생겼다고도 하려니와, 여자를 보면 아무러한 핑계를 얻어서라도 가까이 가려 하고, 말 한마디라도 하여 보려 하는 잘난 사람들보다는 나으리라. 형식은 여러 가지 생각을 한다. 우선 처음 만나서 어떻게 인사를 할까. 남자 남자 간에 하는 모양으로, '처음 보입니다. 저는 이형식이올시다' 이렇게 할까. 그러나 잠시라도 나는 가르치는 자요. 저는 배우는 자라, 그러면 미상불 무슨 차별이 있지나 아니할까. 저편에서 먼저 내게 인사를 하거든 그제야 나도 인사를 하는 것이 마땅하지 아니할까. 그것은 그러려니와 교수하는 방법을 어떻게나 할는지. 어제 김장로에게 그 청탁을 들은 뒤로 지금껏 생각하건마는 무슨

1) 고빙(雇聘) : (학식이나 기술이 높은 사람을)예를 갖추어 초빙하는 것.

묘방이 아니 생긴다. 가운데 책상을 하나 놓고, 거기 마주앉아서 가르칠까. 그러면 입김과 입김이 서로 마주치렷다. 혹 저편 히사시가미(양갈래로 딴 머릿단)가 내 이마에 스칠 때도 있으렷다. 책상 아래에서 무릎과 무릎이 가만히 마주 닿기도 하렷다. 이렇게 생각하고 형식은 얼굴이 붉어지며 혼자 빙긋 웃었다. 아니 아니? 그러다가 만일 마음으로라도 죄를 범하게 되면 어찌하게. 옳다? 될 수 있는 대로 책상에서 멀리 떠나 앉겠다. 만일 저편 무릎이 내게 닿거든 깜짝 놀라며 내 무릎을 치우리라. 그러나 내 입에서 무슨 냄새가 나면 여자에게 대하여 실례라. 점심 후에는 아직 담배는 아니 먹었건마는, 하고 손으로 입을 가리우고 입김을 후 내어 불어 본다. 그 입김이 손바닥에 반사되어 코로 들어가면 냄새의 유무를 시험할 수 있음이라. 형식은, 아뿔싸! 내가 어찌하여 이러한 생각을 하는가. 내 마음이 이렇게 약하던가 하면서 두 주먹을 불끈 쥐고 전신에 힘을 주어 이러한 약한 생각을 떼어 버리려 하나, 가슴속에는 이상하게 불길이 확확 일어난다. 이때에,

"미스터 리, 어디로 가는가."

하는 소리에 깜짝 놀라 고개를 들었다. 쾌활하기로 동류간에 유명한 신우선(申友善)이가 대팻밥 모자를 갖춰 쓰고 활개를 치며 내려온다. 형식은 자기 마음속을 꿰뚫어보지나 아니한가 하여 두 빰이 한번 더 후끈하는 것을 겨우 참고 지어서 쾌활하게 웃으면서, "오래 막혔구려" 하고 손을 잡아 흔들었다.

"오래 막혔구려는 무슨 막혔구려야. 일전 허교하기로 약속하지 않았는가."

형식은 얼마큼 마음에 수치한 생각이 나서 고개를 돌리며,

"아직 그런 말에 익숙지를 못해서……" 하고 말끝을 못 맺는다.

"대관절 어디로 가는 길인가? 급치 않거든 점심이나 하세그려."

"점심은 먹었는걸."

"그만두게. 사나이가 맥주 한 잔도 못 먹으면 어떡한단 말인가. 자 잡말 말고 가세." 하고 손을 끌고 안동파출소 앞 청국 요릿집으로 들어간다.

"아닐세. 다른 날 같으면 사양도 아니하겠네마는" 하고 다른 날이란 말이 이상하게나 아니 들렸는가 하여 가슴이 뛰면서,

"오늘은 좀 일이 있어."

"일? 무슨 일? 무슨 술 못 먹을 일이 있단 말인가."

다른 사람 같으면 이러한 경우에 다만 '급히 좀 볼일이 있어' 하면 그만이려니와 워낙 정직하고 나약한 형식이라, 조곰이라도 거짓말을 못하여 한참 주저주저하다가,

"세 시부터 개인교수가 있어."

"영어?"

"응."

"어떤 사람인데 개인교수를 받어?"

형식은 말이 막혔다. 우선은 남의 폐간을 꿰뚫어볼 듯한 두 눈으로 형식의 얼굴을 유심하게 들여다본다. 형식은 눈이 부신 듯이 고개를 숙인다.

"응, 어떤 사람인데 말을 못 하고 얼굴이 붉어지나, 응?"

형식은 민망하여 손으로 목을 쓸어 만지고 하염없이 웃으며,

"여자야."

"요— 오메데토오(아— 축하하네). 이이나즈케(약혼한 사람)가 있나보네그려. 음 나루호도(그러려니). 그러구도 내게는 아무 말도 없단 말이야. 에, 이보게" 하고 손을 후려친다.

형식은 하도 심란하여 구두로 땅을 파면서,

"아니야. 저 자네는 모르겠네. 김장로라고 있느니……."

"옳지, 김장로의 딸일세그려? 응. 저, 옳지, 작년이지. 정신여학교를 우등으로 졸업하고 명년 미국 간다는 그 처녀로구먼. 베리 굿."

"자네 어떻게 아는가?"

"그것 모르겠나. 이야시쿠모(적어도) 신문기자가. 그런데 언제 엥게지먼트를 하였는가."

"아니오. 준비를 한다고 날더러 매일 한 시간씩 와달라기에 오늘 처음 가는 길일세."

"아따, 나를 속이면 어쩔 터인가."

"엑."

"히히, 그가 유명한 미인이라대. 자네 힘에 웬걸 되겠나마는 잘 얼러 보게. 그러면 또 보세" 하고 대팻밥 벙거지를 벗어 활활 부채를 하며 교동 골목으로 내려간다. 형식은 이때껏 그의 너무 방탕함을 허물하더니 오늘은 도리어 그 파탈[2]하고 쾌활함이 부러운 듯하다.

2) 파탈(擺脫) : 구속이나 예절 등으로부터 벗어나는 것.

2

미인이라는 말도 듣기 싫지 아니하거니와 이이나즈케(약혼), 엥게지먼트라는 말이 이상하게 기쁘게 들린다. 그러나 '자네 힘에 웬걸 되겠는가' 하였다. 과연 형식은 아무 힘도 없다. 황금시대에 황금의 힘도 없고, 지식시대에 남이 우러러볼 만한 지식의 힘도 없고, 예수 믿는지는 오래나 워낙 교회에 뜻이 없으며 교회 내의 신용조차 그리 크지 못하다. 아무 지식도 없고, 아무 덕행도 없는 아이들이 목사나 장로의 집에 자주 다니며 알른알른[3]하는 덕에 집사도 되고, 사찰도 되어 교회내에서 젠체하는 꼴을 볼 때마다 형식은 구역이 나게 생각하였다. 실로 형식에게는 시체[4] 하이칼라 처자의 애정을 끌 만한 아무 힘도 없다. 이런 생각을 하고 형식은 자연히 낙심스럽기도 하고, 비감스럽기도 하였다. 이럴 즈음에 김광현(金光鉉)이라 문패 붙은 집 대문에 다다랐다. 비록 두 벌 옷도 가지지 말라는 예수의 사도연마는 그도 개명하면 땅도 사고, 수십 인 하인도 부리는 것이라. 김장로는 서울 예수교회 중에도 양반이요 재산가로 두셋째에 꼽히는 사람이라. 집도 꽤 크고 줄행랑[5]조차 십여 간이 늘어 있다. 형식은 지위와 재산의 압박을 받는 듯한, 일변 무섭기도 하고 불쾌하기도 하면서 소리를 가다듬어, "이리 오너라" 하였다. 그러나 그 목소리는 아무리 하여도 뚝 자리가 잡히지 못하고, 시골 사람이 처음 서울 와서 부르는 소리와 같이 어리고 떨리는 맛이 있다.

"안으로 들어오시랍니다" 하는 어멈의 말을 따라 새삼스럽게 가슴을 두근거리면서 중문을 지나 안대청에 오르다. 전 같으면 외객이 중문 안에를 들어설 리가 없건마는 그만하여도 옛날 습관을 많이 고친 것이라. 대청에는 반양식으로 유리 문도 하여 달고 가운데는 무늬 있는 책상보 덮은 테이블과 네다섯 개 홍모전[6] 교의가 있고, 북편 벽에 길이나 되는 책상에 신구서적이 쌓였다. 김장로가 웃으면서 툇마루에 나와 형식이가 구두

3) 알른알른 : '아른아른'의 센말. 아른거리는 모양.

4) 시체(時體) : 그 시대의 풍습이나 유행.

5) 줄행랑 : 대문 좌우로 죽 벌여 있는 행랑.

6) 홍모전(鴻毛氈) : 보드라운 털로 만든 깔개.

끈 끄르기를 기다려 손을 잡아 인도한다. 형식은 다시 온공하게 국궁례[7]를 드린 후에 권하는 대로 교의에 앉았다. 김장로는 이제 사십오륙 세 되는 깨끗한 중로라. 일찍 국장도 지내고 감사도 지낸 양반으로서 십여 년 전부터 예수교회에 들어가 작년에 장로가 되었다. 김장로가 형식에게 부채를 권하며,

"매우 덥구려. 자 부채를 부치시오."

"네, 금년 두고 처음인가 봅니다."

하고 부채를 들어 두어 번 부치고 책상 위에 놓았다. 장로가 책상 위에 놓인 초인종을 두어 번 울리니 건넌방으로서, "네" 하고 열너덧 살 된 예쁜 계집아이가 소반에 유리 대접과 은으로 만든 서양 숟가락을 놓아 내어다가 형식의 앞에 놓는다. 보기만 해도 시원한 복숭아 화채에 한 줌이나 될 얼음을 띄었다. 손이 오기를 기다리고 미리 만들어 두었던 모양이라.

"자, 더운데 이것이나 마시오."

하고 장로가 친히 숟가락을 들어 형식을 준다. 형식은 사양할 필요도 없다 하여 연해 십여 술을 마셨다. 마음 같아서는 두 손으로 치어들고 죽 들이켜고 싶건마는 혹 남 보기에 체면 없어 보일까 저어하여[8] 더 먹고 싶은 것을 참고 술을 놓았다. 그만하여도 얼마큼 속이 뚫리고 땀이 걷고 정신이 쇄락하여진다[9]. 장로는,

"일전에도 말씀하였거니와 내 딸을 위하여 좀 수고를 하셔야 하겠소. 분주하신 줄도 알지마는 달리 청할 사람이 없소그려. 영어를 아는 사람이야 많겠지오마는 그렇게…… 어…… 말하자면……노형 같은 이가 드무시니까."

하고 잠시 말을 끊고 '너는 신용할 놈이지' 하는 듯이 형식을

7) 구궁례(鞠躬禮) : 몸을 굽혀 존경의 뜻을 나타내는 인사.

8) 저어하며 : 두려워하며

9) 쇄락하여진다 : 상쾌하고 깨끗하여진다.

본다. 형식은 남이 젊은 딸을 제게 맡기도록 제 인격을 신용하여 주는 것이 한껏 기쁘고, 자랑스러우면서도, 아까 입에 손을 대고 냄새나는 것을 시험하던 생각을 하면 부끄럽고 죄송스러운 마음이 복받쳐 올라온다. 그러나 기실 장로는 여러 사람의 말도 듣고 친히 보기도 하여 형식의 인격을 아주 신용하므로 이번 계약을 맺은 것이라. 여간 잘 알아보지 아니하고야 미국까지 보내려는 귀한 딸을 젊은 교사에게 다만 매일 한 시간씩이라도 맡길 리가 없는 것이라. 장로는 다시 말을 이어,

"하니까 노형께서 맡아서 일 년 동안에 무엇을 좀 알도록 가르쳐 주시오."

"제가 아는 것이 없어서 그것이 민망하올시다."

"천만에. 영어뿐 아니라 노형의 학식은 내가 다 들어 아는 바요."

하고 다시 초인종을 울리니, 아까 나왔던 계집아이가 나온다.

"얘, 이것(화채그릇) 들여가고 마님께 아씨 데리고 이리 나옵시사고 여쭈어라."

"네" 하고 소반을 들고 들어가더니, 저편 방에서 소곤소곤하는 소리가 들린다. 형식은 장차 일생에 처음 당하는 무슨 큰일을 기다리는 듯이 속이 자못 덜렁덜렁하여 가슴이 뛰고 두 뺨이 후끈후끈한다. 형식은 장로의 눈에 아니 띄우리만큼 가만가만히 옷깃을 바르고, 몸을 바르고, 눈과 얼굴에 아무쪼록 젊지 아니한 위엄을 보이려 한다.

이윽고 건넌방 발이 들리며 나이 사십이 될락말락한 부인이 연옥색 모시 적삼, 모시 치마에 그와 같이 차린 여학생을 뒤세우고 테이블 곁으로 온다. 형식은 반쯤 고개를 숙이고 일어나

서 공손하게 읍하였다. 부인과 여학생도 읍하고, 장로의 가리키는 교의에 걸터앉는다. 형식도 앉았다.

(중략)

87

영채는 수건으로 눈을 씻으며 얼굴을 찌푸리고 속으로 '아이고 아퍼.' 하였다

석탄 가루가 처음에는 눈시울 속에 들어간 듯하더니 한참 비비고 난 뒤에는 어디 간지를 알 수 없고, 다만 아프기만 하였다. 그래도 수건을 눈 속으로 넣어서 씻어 내려 하다가 마침내 나오지 아니함을 보고 영채는 화를 내어 차창에 손을 대고, 손 위에 얼굴을 대고 엎디어 울었다.

지금껏 졸던 슬픔이 갑자기 깨어난 모양으로 눈물이 쏟아진다. 무슨 까닭인지도 모르게 그저 슬프기만 하여 소리를 참고 울었다. 지금껏 꿈속 같던 정신이 갑자기 쇄락하여지는 듯하였다. 지나간 모든 생각이 온통 슬픔을 띠고 분명하게 마음 속에 일어난다.

영채는 눈에 석탄가루 들어간 것도 잊어버리고 혼자 슬퍼서 울었다. 오늘 저녁이면 나는 죽는다. 나는 대동강에 빠진다. 이 눈물도 없어지고 몸에 따뜻한 기운도 없어진다.

오늘 본 산과 들과 사람은 다 마지막 본 것이다.

나는 몇 시간 아니하여서 죽는다 하는 생각이 바늘 끝 모양으로 전신을 폭폭 찌른다. 내가 왜 태어났던고, 무엇하러 살아왔는고 하는 후회도 난다.

이 때에 누가 영채를 가볍게 흔들며,

"여보시오. 고개를 드셔요."
한다.

영채는 깜짝 놀라 고개를 들어 겨우 한 눈을 떠서 그 사람을 보았다.

어떤 일복 입은 젊은 부인이 수건을 들고,

"이리 돌아앉으세요. 눈에 석탄 가루가 들어갔어요? 제가 씻어 드리지요."
하고, 방그레 웃더니 영채의 얼굴에 슬픈 빛이 있는 것을 보고, 한 번 눈을 치떠서 영채의 얼굴을 본다.

영채는 감사한 듯도 부끄러운 듯도 하면서 그 부인의 말대로 돌아앉으며,

"관계치 않습니다."
하고, 고개를 숙였다.

부인은 영채를 안을 듯이 마주 앉으며,

"아니야요. 석탄 가루가 눈에 들어가면 잘 나오지를 아니해요."
하고, 수건을 손가락 끝에 감아 들고 한편 손으로 영채의 눈을 만지며,

"이 눈이야요, 이 눈이야요?"
하다가, 영채의 오른 눈 윗시울을 들고 가만히 들여다보다가 수건으로 살짝 씻어 낸다.

그 하는 모양이 극히 익숙하고 침착하다. 영채는 하는 대로 가만히 앉았다. 그 부인의 피곤한 듯한 따뜻한 입김이 무슨 냄새가 있는 듯하며, 향기롭게 자기의 입과 코에 닿는 것을 깨달았다. 부인은 좀더 바싹 영채에게 다가앉으며, 눈을 비집고 연

해 고개를 기울여 가며 씻어 낸다. 부인은 화가 나는 것같이,
"에그, 남들이 없었으면 혓바닥으로 핥았으면 좋으련만."
하더니,
"에라! 나왔어요. 이것 보셔요. 이렇게 큰 게 들어갔으니까."
하고, 수건에 묻은 석탄 가루를 영채에게 보인다. 그러나 영채는 눈이 부시고 눈물이 흘러서 그것이 보이지를 아니한다.

부인은 걸상에서 일어나 영채의 겨드랑이에 손을 넣어 일으키며,
"자, 세면소에 가서 세수를 하셔요."
하고, 앞서 간다.

차가 흔들리건마는 그 부인은 까딱 없이 평지를 가는 모양으로 영채를 끌고 차실 저편 끝 세면소로 간다. 가다가 차실 중간쯤 해서 자기와 같이 앉았던 양복 입은 소년에게서 비누와 수건을 받아 들고 간다. 그 맞은편에서 책을 보고 앉았던 어떤 양복 입은 사람이 두 사람의 모양을 우두커니 보고 앉았더니 다시 책을 본다.

영채는 비틀비틀하면서 그 부인의 뒤를 따라 세면소에 갔다. 부인은 대리석판에 백설 같은 자기로 만든 세면기에 물을 따라 손으로 휘휘 저어 한 번 부셔 내고 맑은 물을 가득히 부어 놓은 후에, 비눗갑을 열어놓고, 붉은 줄 있는 큰 타월로 영채의 어깨와 옷깃을 가리어 주고, 한 손으로 영채의 허리를 안는 듯이 영채의 몸을 자기의 몸에 기대게 하고,
"자, 비누로 왁왁 씻으시오."
하고, 물끄러미 영채의 반질반질한 머리와 꽃비녀와 하얀 목과 등을 보며 어떤 사람인가 하여 보다가, 이따금 영채의 어깨를

가리운 수건도 바로잡아 주고, 귀 밑으로 흘러내린 머리카락도 걷어올려 준다.

남이 보면 마치 형이 동생을 도와 주는 것같이 생각하겠다. 사실상 그 부인은 영채를 동생같이 생각하였다. 얌전한 처녀다, 재주가 있겠다, 교육이 있는 듯하다 하였다. 그리고 석탄 가루가 눈에 들어가서 울던 것을 생각하고, 어리다, 사랑스럽다 하였다.

영채는 슬프던 중에도 그 부인의 다정한 것을 감사하게, 기쁘게 여기면서 잘 세수를 하였다. 자기의 등에 그 부인의 손이 얹힌 것을 감각할 때에 월화에게 안기던 것을 생각하였다. 그리고 그 부인의 얼굴이 어딘지 모르나 월화와 비슷하다 하였다. 그리고 '그러나 나는 죽는다.' 하였다.

영채는 세수를 다 하고 일어섰다. 부인은 수건을 준다. 영채는 얼굴과 손을 씻었다. 부인은 수건을 달래서 영채의 목과 귀 뒤를 가만가만히 씻어 주었다. 영채는 눈을 떠서 정면으로 부인을 보았다. 영채의 눈은 벌겋다. 그리고 눈썹에는 아직 물이 묻어서 마치 눈물이 묻은 것 같다.

부인은 어머니가 딸을 보는 듯한 눈으로 빙그레 웃으면서 영채를 보더니 팔로 영채의 허리를 안으며,

"자, 갑시다. 가서 점심이나 먹읍시다."

88

아까 오던 모양으로 영채의 자리에 돌아왔다.

영채는 그제야 겨우,

"감사합니다."
하였다.

부인은 앉으려 하다가 다시 자기의 자리로 가서 그 소년과 무슨 말을 하더니, 가방 속에서 네모난 종이갑을 내어들고 와서 영채의 맞은편 걸상에 앉으며,

"자, 이것 좀 잡수셔요."
하고, 그 종이갑의 뚜껑을 뗀다.

영채는 그것이 무엇인지를 몰랐다. 구멍이 숭숭한 떡 두 조각 사이에 엷은 날고기를 끼운 것이다. 영채는 무엇이냐고 묻기도 어려워서 가만히 앉았다.

부인은 슬쩍 영채의 눈을 보더니 속으로, 네가 이것을 모르는구나 하면서 영채에게 먹기를 권하며,

"어디로 가십니까?"
하고, 자기가 먼저 하나를 집어 먹으며,

"자, 잡수셔요."
한다.

"평양 갑니다."
하고, 영채도 한 쪽을 집어서 그 부인이 먹는 모양으로 먹었다. 처음에는 어떻게 먹는 것인지 몰랐었다.

"댁이 평양이시야요?"
하고, 부인은 또 하나를 집는다.

영채는 어떻게 대답할지롤 몰랐다. 나도 집이 있나 하였다. 그러나 집이 있다 하면 노파의 집이다 하여 고개를 돌리며,

"네, 평양 있다가 지금 서울 와 있어요."
하고, 영채는 집었던 것을 다 먹고 가만히 앉았다.

"자, 어서 잡수셔요."
하고, 부인이 집어 줄 때에야 또 하나를 받아 먹었다.

별로 맛은 없으나 그 사이에 끼인 짭짤한 고기맛이 관계치 않고, 전체가 특별한 맛은 없으면서 무엇인지 알 수 없는 운치 있는 맛이 있다 하였다.

부인은 또 한 쪽을 집어 안팎 옆을 한 번 뒤쳐 보며,

"그런데 방학이 되었어요?"

나를 여학생으로 아는구나 하고 한껏 부끄러웠다. 그리고 이 일본 부인이 어떻게 이렇게 조선말을 잘하나 하다가 너무도 조선말을 잘함을 보고, '옳지, 일본 가 있는 조선 여학생이로구나.' 하면서,

"아니야요. 잠깐 다니러 갑니다. 저는 학교에 아니 다녀요."

"그러면 벌써 졸업하셨어요? 어느 학교에 다니셨어요?…… 숙명이요, 진명이요?"

"아무 학교에도 아니 다녔어요."

이 말에 그 부인은 입에 떡을 문 채로 씹으려고도 아니하고 우두커니 앉아서 영채를 본다.

'그러면 이 여자는 무엇일까?' 하였다. 남의 첩이라는 생각도 난다. 학교에 아니 다녔단 말에 다소 경멸하는 생각도 나나, 또 그것이 어떤 계집인지 알아보고 싶은 호기심도 난다.

그러나 어떻게 물어 보아야 할지를 몰라 한참 생각하다가,

"그러면 평양에는 친척이 계셔요?"

영채도 어떻게 대답을 할 것인지 모른다. 오늘 저녁이면 죽어 버리는 몸이요, 또 이 부인이 이처럼 친절하게 하여 주니 자초지종을 있는 대로 이야기하고 싶기도 하나, 그래도 말을 내

기가 부끄럽기도 하고, 또 어디서부터 어떻게 시작할 것인지를 몰라 떡을 든 채로 고개를 숙이고 잠자코 앉았다. 부인도 가만히 앉았다. 이 여자에게 무슨 비밀이 있구나 하매 더욱 호기심이 일어난다.

그러나 영채의 불편하여하는 것을 보고 말끝을 돌려,

"제 집은 황주야요. 동경 가서 공부하다가 방학이 되어서 돌아옵니다. 재는 제 동생이구요."

영채는 다만,

"네."

하고, 그 소년을 보았다.

소년도 기대어 앉아서 눈을 끔벅거리며 여기를 쳐다보다가, 영채의 눈과 마주치매 눈을 돌려 창 밖을 내다본다. 동그스름하고 살이 풍후한 얼굴에 눈이 큰 것과 눈썹이 긴 것이 얼른 눈에 뜨인다.

영채는, 사랑스러운 얼굴이다, 남매가 잘 닮았다 하였다. 그러나 두 사람 사이에는 다시 말이 없고, 서로 이따금 마주 보기만 한다. 영채는 내게도 저런 동생이 있었으면 하였다.

그리고 동경 유학하는 그의 신세를 부럽게도 여겼다. 또, 나는 죽는다 하였다. 나는 왜 이렇게 박명한고, 나는 어찌하여 일생을 눈물로 보내다가 죽게 태어났는고 하였다.

차는 간다. 해도 간다. 내가 죽을 시간은 가까워 온다 하고 자기의 손과 몸을 보았다. 그리고 나오는 줄 모르게 눈물이 나온다.

영채는 눈물을 감추려 하였으나, 참으면 참을수록 흐득흐득 느껴 가며 눈물이 나온다.

영채는 마침내 자기의 걸터앉은 무릎 위에 이마를 대고 울었다.

그 여학생은 영채의 곁으로 옮아 앉아 영채를 안아 일으키면서,

"여보시오, 왜 그러셔요?"

영채는 가슴 밑으로 들어온 그 여학생의 손을 꼭 쥐어다가 자기의 입에 대며 엎딘 채로,

"형님, 감사합니다. 저는 죽으러 가는 몸이야요. 아아, 감사합니다."
하고, 더 느낀다.

"에!"
하고, 여학생은 놀래어,

"그게 무슨 말씀이야요? 왜, 무슨 일이야요? 말씀을 하시지요. 힘있는 대로는 위로하여 드리지요. 왜 죽으려고 하셔요? 자, 울지 말고 말씀하셔요. 살아야지요. 왜 죽으려 하셔요?"
하고, 수건으로 영채의 눈물을 씻는다.

영채는 뻔히 눈을 떠서 그 여학생을 본다. 여학생의 눈에도 눈물이 고였다. 그렇게 활발한 남자 같은 사람에게도 눈물이 있는 것이 이상하다 하였다. 그리고 영채에게는 그 여학생이 정다운 생각이 간절하게 된다. 영채의 눈물을 씻은 수건에는 영채의 입술에서 흐른 피가 묻었다. 여학생은 가만히 그 피와 영채의 얼굴을 비교하여 본다. 불쌍한 생각이 간절하여진다.

89

여학생은 영채의 신세 타령을 듣고,

"그러면 지금도 그 형식을 사랑하시오?"

사랑하느냐 하는 말에 영채는 가슴이 뜨끔하였다. 과연 자기가 형식을 사랑하였는가……. 알 수가 없다.

자기는 다만, 형식이라는 사람은 자기가 찾아야 할 사람, 섬겨야 할 사람으로 알았을 뿐이요, 칠팔 년래로 일찍 형식을 사랑하는지 생각해본 적도 없었다. 다만 어서 형식을 찾고 싶다, 어서 만나면 자기의 소원을 이루겠다, 만나면 기쁘겠다, 하였을 뿐이다.

그러므로 영채는 멀거니 여학생을 보다가,

"그런 생각은 해 본 적도 없어요. 어려서 서로 떠났으니까 얼굴도 잘 기억하지 못하였는데……."

"그러면 부친께서, 너는 아무의 아내가 되어라 하신 말씀이 있으니까 지금껏 찾으셨습니다그려……. 별로 사모하는 생각도 없었는데……."

"네. 그리고 어렸을 때에 정들었던 것이 아직도 기억이 되어요. 그 때 일을 생각하면 어째 그리운 생각이 나요."

"그것이야 그렇겠지요. 누구나 아이 적 생각은 안 잊히는 것이니까. 그이뿐 아니라 다른 아이들 생각도 나시지요?"

영채는 가만히 생각해 보더니,

"네, 여러 동무들의 생각도 나요. 그러나 그의 생각이 제일 정답게 나요. 그랬더니 일전에 정작 얼굴을 대하니깐 생각던 바완 다릅데다. 어째 이전에 정답던 것까지 모두 깨어지는 것 같애요. 왜 그런지 모르겠어요. 그래서 그 날 저녁에 집에 돌아와서는 어떻게 마음이 섭섭한지 울었습니다."

잘 알아들은 듯이 고개를 끄덕끄덕하더니 말하기 어려운 듯

이,

"그러면 지금은 그에게 대해서는 별로 사랑이 없습니다그려."

영채는 저도 제 생각을 모르는 모양으로 한참이나 생각하더니,

"글쎄요, 만나니까 반갑기는 반가운데 어쩐지 기다리고 바라던 그 사람이 아닌 것 같애요. 내 마음 속에 그려 오던 사람과는 딴 사람 같애요. 저도 웬일인가 했어요. 또, 그이도 그다지 저를 반가워하는 것 같지도 아니하고……." "알았습니다."
하고, 여학생은 눈을 감는다. 무엇을 알았단 말인고 하고, 영채도 눈을 감는다.

여학생이

"그런데 왜 죽을 결심을 하셨어요?"

"아니 죽고 어떡합니까? 그 사람 하나를 바라고 지금껏 살아오던 것인데 일조에 정절을 더럽히고……."

괴로운 빛이 얼굴에 나타나며,

"다시 그 사람을 섬기지도 못하겠고……. 이제야 무엇을 바라고 사나요?"
하고, 절망하는 듯이 고개를 푹 숙인다.

"나는 그것이 죽을 이유라고는 생각하지 아니합니다."

"그러면 어찌하고요?"

영채는 깜짝 놀라 여학생을 본다.

여학생은 힘있는 목소리로,

"첫째, 영채 씨는 속아 살아 왔어요. 이형식이란 사람을 사랑하지도 아니하면서 공연히 정절을 지켜 왔어요. 부친께서 일시

농담삼아 하신 말씀 한 마디 때문에 영채 씨는 칠팔 년 헛된 절을 지킨 것이외다. 사랑하지 않는 사람을 위해서, 피차에 허락도 아니한 사람을 위해서, 절을 지키는 것이 헛된 일이 아니야요? 마치 죽은 사람, 세상에 없는 사람을 위해서 절을 지키는 것이나 다름이 있어요? 영채 씨의 마음은 아름답지요. 절은 굳지요. 그러나 그뿐이외다. 그 아름다운 마음과 그 굳은 절을 바칠 사람이 따로 있지 아니할까요? 하니까 금시 영채 씨가 그이를 사랑하시거든 지금부터 그에게 몸과 마음을 바치실 것이요, 만일 그렇지 않거든 다른 남자 중에 구하실 것이지요. 그런데……."

"그러나 지금토록 마음이 허하여 오던 것을 어떻게 합니까? 고성(古聖)[10]의 교훈도 있는데."
한다.

"아니오. 영채 씨는 지금까지 꿈을 꾸고 지나셨지요. 얼굴도 잘 모르고 마음도 모르는 사람에게 어떻게 마음을 허합니까? 그것은 다만 그릇된 낡은 사상의 속박이지요. 사람은 제 목숨으로 삽니다. 제가 사랑하지 않는 지아비가 어디 있겠어요? 하니깐 영채 씨의 과거사는 꿈입니다. 이제부터 참생활이 열리지요."

영채는 이 말을 듣고 놀랐다. 열녀라는 생각과 틀리는 것 같다.

그러나 그 말이 옳은 것 같다. 과연 지금토록 형식을 사랑한 적은 없었고, 다만 허깨비로 제 마음에 드는 사람을 만들어 놓고, 그 사람의 이름을 형식이라고 짓고, 그리고는 그 사람과 형식과 진정 같은 사람으로 생각하고, 그 사람을 찾는 대신 이형

10) 고성(古聖) : 옛 성인.

식을 찾다가, 이형식을 보매 그 사람이 아닌 줄을 깨닫고 실망하고 나서는, 아아 이제는 영원히 형식을 보지 못하겠구나 하고 실망한 것이다.

이렇게 생각하매, 영채는 잘못 생각하였던 것을 깨닫는 생각과, 또 아직 절망하였던 중에 새로운 광명이 발하는 듯하였다.

그래서 영채는

"참생활이 열릴까요? 다시 살 수가 있을까요?"

하고, 여학생을 보았다.

90

"참생활이 열리지요. 지금까지는 스스로 속아 왔으니깐 인제부터 참생활이 열리지요. 영채 씨 앞에는 행복이 기다립니다. 앞에 기다리고 있는 행복을 버리고 왜 귀한 목숨을 끊어요?"

하고, 이만하면 영채의 죽으려는 결심을 돌릴 수 있다는 생각으로,

"그러니까 울기를 그치고 웃으십시오. 자, 우습시다."

하고, 자기가 먼저 웃는다.

영채도 따라서 빙그레 웃더니,

"행복이 기다릴까요? 그러나 의리는 어찌하리까? 의리를 버리고 행복을 찾을까요? 그것이 옳은가요?"

하며, 마음을 정치 못하여한다.

"의리? 영채 씨께서 죽으시는 것이 의리 같습니까?"

"의리가 아닐까요?"

"어찌해서 의릴까요?"

"어떤 사람에게 마음을 허하였다가 그 사람에게 몸을 바치

기 전에 몸을 더럽혔으니, 죽어 버리는 것이 의리가 아닐까요?"

옳다 되었다 하는 듯이 여학생이

"그러면 몇 가지를 물어 보겠습니다. 첫째, 이 씨에게 마음을 허하신 것이 영채 씨오리까? 다시 말하면 영채 씨가 당신이 생각으로 마음을 허한 것입니까, 또는 부친의 말씀 한 마디가 허한 것입니까?"

"그거야 물론 아버지께서 허하신 게지요."

"그러면 부친의 말씀 한 마디로 영채 씨의 일생을 작정한 것이오그려."

"그렇지요. 그것이 삼종지도(三從之道)[11]가 아닙니까?"

"흥, 그 삼종지도라는 것이 여러 천 년간, 여러 천만 여자를 죽이고 또 여러 천만 남자를 불행하게 하였어요. 그 원수의 글자 몇 자가."

영채는 놀라며,

"그러면 그 삼종지도가 그르단 말씀이야요?"

"부모의 말에 순종하는 것이 자식의 도리겠지요. 지아비의 말에 순종하는 것이 아내의 도리겠지요. 그러나 부모의 말보다도 자식의 일생이, 지아비의 말보다도 아내의 일생이 더 중하지 아니할까요? 다른 사람의 뜻을 위하여 제 일생을 결정하는 것은 저를 죽임이외다. 그야말로 인도(人道)의 죄라 합니다. 더구나 부사종자(父死從子)라는 말은 참남자의 포학(暴虐)을 표함이외다. 여자의 인격을 무시하는 말이외다. 어머니는 아들을 가르치고 지배함이 마땅하외다. 어버이가 자식에게 복종하는 그런 비리(非理)가 어디 있어요?"

11) 삼종지도(三從之道) : 여자가 지켜야 할 세 가지 도리. 어려서는 아버지를, 시집가서는 남편을, 남편이 죽은 후에는 자식을 좇으라는 것.

하고, 여학생은 얼굴이 붉게 되며 기운을 내어 구도덕(舊道德)을 공격하더니,

"영채 씨도 이러한 낡은 사상의 종이 되어서 지금껏 속절 없는 괴로움을 맛보셨습니다. 그 속박을 끊으십시오. 그 꿈을 깨십시오. 저를 위하여 사는 사람이 되십시오. 자유를 얻으십시오."

하는 여학생의 얼굴에는 아주 엄숙한 빛이 보인다.

"그러면 저는 어떻게 해요?"

하는 영채의 사상은 자못 혼란하게 되었다.

영채는 자연히 그 여학생의 손에 자기의 운명을 맡기게 된 것 같다. 여학생의 입에서 나오는 말대로 자기의 일생이 결정될 것 같다. 그래서 영채는 여학생의 눈과 입을 바라본다.

여학생은

"여자도 사람이지요. 사람일진댄 사람의 직분이 많겠지요. 딸이 되고, 아내가 되고, 어머니가 되는 것도 여자의 직분이지요. 또, 혹은 종교로, 혹은 과학으로, 혹은 예술로, 혹은 사회나 국가에 대한 일로 인생의 직분을 다할 길이 많겠지요. 그런데 고래로 우리 나라에서는 남의 아내 되는 것만으로 여자의 직분을 삼았고, 남의 아내가 되는 것도 남의 뜻대로, 남의 말대로 되어 왔어요. 지금까지 여자는 남자의 한 부속품, 한 소유물에 지나지 못하였어요. 영채 씨는 부친의 소유물이다가 이씨의 소유물의 되려 하였어요. 마치 어떤 물품이 이 사람의 손에서 저 사람의 손으로 옮겨 가는 모양으로……. 우리도 사람이 되어야 합니다. 여자도 되려니와 우선 사람이 되어야 합니다. 영채 씨께서 할 일이 많지요. 영채 씨는 결코 부친과 이 씨만을 위하여

난 사람이 아니외다. 과거 천만 대 조선과, 현대 십육억 동포와, 미래 천만 대 자손을 위하여 나신 것이야요. 그러니까 부친께 대한 의무 외에, 이 씨에 대한 의무 외에도 조상께, 동포에게, 자손에게 대한 의미가 있어요. 그런데 영채 씨가 그 의무를 다 하지 아니하고 죽으려 하는 것은 죄외다."

"그러면 어떻게 해요?"

여학생은 웃고,

"오늘부터 새로운 생활을 시작하시지요."

"어떻게 시작해요?"

"모든 것을 다 새로 시작하지요. 지나간 일일랑 온통 잊어버리고 새로 모든 것을 시작하지요. 이전에는 남의 뜻대로 살아왔거니와, 이제부터는……."

하고, 여학생은 잠깐 말을 멈추고 영채를 바라본다.

영채는 얼굴이 붉게 되고 숨이 차며, 여학생의 눈과 입에 매어달린 것 같다가,

"인제부터는 어떻게 해요?"

한다.

"인제부터는 제 뜻대로…… 살아간단 말이야요."

열차는 산 속을 벗어나서 서흥 벌판으로 달아난다. 맑은 냇물이 왼편에 있다가 오른편에 가다가 한다.

두 사람은 잠자코 바깥을 내다본다.

91

영채는 여학생에게 끌려 황주에서 내렸다. 여학생은 영채를 자기의 친구라 하여 집에 소개하고, 자기와 한방에 있기로 하

였다. 그 집에는 사십여 세 되는 부모와, 여학생보다 삼사 세 위 되는 오라비와, 허리 구부러진 조모가 있었다.

그 조모는 손녀를 보고 아무 말도 없이 너무 반가워서 눈물을 흘렸다.

여학생의 자친은 다정하고 현숙한 부인이다. 부인은 딸이 절하는 것을 보고도 별로 기쁜 빛도 표하지 아니하고, 도리어 고개를 돌렸다. 여학생은 그것을 보고 혼자 빙긋 웃었다. 오라비는 웃으며 누이를 맞았다. 그리고 누이의 어깨를 만지며,

"왜 오는 날을 알리지 아니했니?"

하였다.

그리고 동경에 관한 말을 물었다.

올케는 부모 앞에서는 가만히 웃기만 하다가, 여학생과 마주 앉았을 때에는 손을 잡고 등을 만지고 하며 반기는 빛이 넘친다.

영채는 이러한 모든 광경을 보고 재미있는 가정이다 하였다. 그리고 없어진 집 생각이 났다.

그 날 저녁에는 부친을 빼어 놓고 온 가족이 모여 앉아서 밀국수를 먹으며 즐겁게 이야기하였다. 영채는 여학생의 곁에 잠자코 가만히 앉았다. 오라비는 영채에게 대하여 어려운 생각이 나는지 한참 이야기하다가 밖으로 나가고, 여자들만 모여 앉았다. 여학생은 쾌활하게 조모와 모친과 올케를 번갈아 보아 가며, 동경서 일 년 동안 지내 가던 이야기를 한다.

조모는 이따금 웃으며 고개를 끄덕끄덕한다. 그 중에도 올케가 제일 재미있게 듣는다. 모친은 딸의 이야기는 듣는지 마는지 먹을 것만 주선하며, 이따금 딸의 하는 이야기에는 상관도

없는 질문을 한다.

딸이

"어머닌 남의 말은 아니 듣고……"

하면,

"왜 안 들어. 어서 해라."

하기는 하면서도 또 딴소리를 하여서 젊은 사람들을 웃긴다.

영채도 남을 따라서 웃었다. 실상 모친은 딸의 말을 잘 알아듣지 못한다. 조모는 더구나 알아듣지 못한다. 조모는 웃기도 그치고 하품을 시작한다. 올케와 영채만이 턱을 받치고 재미나게 듣는다. 얼마 있다가 모친도 졸리는지 눈이 끔벅하며 눈물이 흐른다.

모친이 일어나 베개를 내려 조모께 드리며,

"어머님께서는 주무십시오. 그 애들 지껄이는 것은 무슨 말인지를 모르겠다."

하고, 자기도 팔을 베고 눕는다.

두 노인은 잠이 들고, 세 청년만 늦도록 이야기를 하였다. 셋은 즐거웠다. 영채도 올케와 친하게 되었다. 그 날 저녁에는 셋이 한자리에서 가지런히 누워 잤다. 영채는 늦도록 잠이 아니 들었으나, 마침내 잠이 들어서 꿈에 월화를 보았다.

아침에 일어나서는 혼자 웃었다. 죽으러 가던 몸이, 어제 저녁에 죽었을 몸이, 아직도 살아 있는 것을 생각하니 우습다. 그러나 자기의 전도는 어찌 될는지 걱정이었다.

여학생의 이름은 병욱이다. 자기 말을 듣건댄 처음 이름은 병옥이었으나, 너무 부드럽고 너무 여성적이므로 병목이라고 고쳤다가, 그것은 또 너무 억세고 남성적이므로 그 중간을 잡

아 병욱이라고 지은 것이라 하며, 영채더러 하루는,

"병욱이라면 쓸쓸하지요? 나는 옛날 생각과 같이, 여자는 그저 얌전하고 부드러워야 한다는 것은 싫어요. 그러나 남자와 같이 억세고, 빽빽한 것도 싫어요. 그 중간이 정말 합당한 줄 압니다."

하고 웃으며,

"영채, 영채…… 어여쁜 이름이외다. 그러나 과히 여성적은 아니외다."

한 일이 있다.

그러나 집에서는 병욱이라고 부르지 아니하고 병옥이라고 부른다. '병옥아.' 해도 대답은 한다.

병욱은 영채를 매우 재주 있고, 깨닫기 잘하고, 공부 잘한 여자로 알았다. 처음에는 자기의 말을 못 알아들을 듯하여 아무쪼록 알아듣기 쉬운 말을 골라 하였으나, 이제는 거의 평등으로 대답한다.

영채는 물론 병욱을 헤아릴 수 없이 이상한 지식과 생각을 많이 가진 사람으로 안다. 그러므로 병욱의 입으로 나오는 말이면 그 무엇이나 주의하여 듣고, 힘써 해석해 본다. 그래서 이삼 일 내에 병욱의 생각을 대강 짐작하게 되었고, 또 병욱의 생각이 자기가 지금토록 하여 오던 생각과는 거의 정반대 됨을 깨달았다.

그리고 그 생각이 도리어 합리하는 것같이 생각하였다. 지금은 차 속에서 병욱이가 하던 말을 잘 깨달아 알게 되었다.

병욱과 영채는 깊이 정이 들었다. 둘이 마주 앉으면 시간 가는 줄을 모르고 이야기에 취하게 되었다. 영채는 병욱에게 새로운 지식과 서양식 감정을 맛보고, 병욱은 영채에게 옛날 지식과 동양식 감정을 맛보았다.

(중략)

124

일동의 정신은 긴장하였다. 더구나 영채는 아직도 이러한 큰 문제를 논란하는 것을 듣지 못하였다. '어떻게 하면 저들을 구제하나?' 함은 참 큰 문제였다. 이러한 큰 문제를 논란하는 형식과 병욱은 매우 큰 사람같이 보였다. 영채는 두자미[12]며, 소동파[13]의 세상을 근심하는 시구를 생각하고, 또 오 년 전 월화와 함께 대성학교장의 연설을 듣던 것을 생각하였다. 그때에는 아직 나이 어려서 찌찌(분명히) 알아듣지는 못하였거니와 "여러분의 조상은 결코 여러분과 같이 못생기지는 아니하였습니다" 할 때에 과연 지금 날마다 만나는 사람은 못생긴 사람들이다 하던 생각이 난다. 영채는 그 말과 형식의 말에 공통한 점이 있는 듯이 생각하였다. 그러고 한번 더 형식을 보았다. 형식은,

"옳습니다. 교육으로, 실행으로 저들을 가르쳐야지요, 인도해야지요! 그러나 그것은 누가 하나요?" 하고 형식은 입을 꼭 다문다. 세 처녀는 몸에 소름이 끼친다. 형식은 한번 더 힘있게,

"그것을 누가 하나요?" 하고 세 처녀를 골고루 본다. 세 처녀는 아직도 경험하여 보지 못한 듯한 말할 수 없는 정신의 감동을 깨달았다. 그러고 일시에 소름이 쭉 끼쳤다. 형식은 한번 더,

"그것을 누가 하나요?" 하였다.

"우리가 하지요!" 하는 대답이 기약하지 아니하고 세 처녀의 입에서 떨어진다. 네 사람의 눈앞에는 불길이 번쩍하는 듯하였

12) 두자미(杜子美) : 중국 당나라 시대의 시인인 '두보'를 가리킴.

13) 소동파(蘇東坡) : 중국 북송시대의 문인인 '소식'을 가리킴.

다. 마치 큰 지진이 있어서 온 땅이 떨리는 듯하였다. 형식은 한참 고개를 숙이고 앉았더니,

"옳습니다. 우리가 해야지요! 우리가 공부하러 가는 뜻이 여기 있습니다. 우리가 지금 차를 타고 가는 돈이며 가서 공부할 학비를 누가 주나요? 조선이 주는 것입니다. 왜? 가서 힘을 얻어 오라고, 지식을 얻어 오라고, 문명을 얻어 오라고…… 그리해서 새로운 문명 위에 튼튼한 생활의 기초를 세워 달라고…… 이러한 뜻이 아닙니까" 하고 조끼 호주머니에서 돈지갑을 내어 푸른 차표를 내어 들면서,

"이 차표 속에는 저기서 들들 떠는 저 사람들…… 아까 그 젊은 사람의 땀도 몇 방울 들었어요! 부대 다시는 이러한 불쌍한 경우를 당하지 말게 하여 달라고요?" 하고 형식은 새로 결심하는 듯이 한번 몸과 고개를 흔든다. 세 처녀도 그와 같이 몸을 흔들었다.

이때에 네 사람의 가슴속에는 꼭 같은 '나 할 일'이 번개같이 지나간다. 너와 나라는 차별이 없이 온통 한몸, 한마음이 된 듯하였다.

선형도 아까 영채가 "제 물 끓여 올게요." 하고 자기의 손목을 잡아 앉힐 때부터 차차 영채가 정다운 생각이 나고 또 영채가 지은 노래를 셋이 합창할 때에는 영채의 손을 잡아 주도록 정다운 생각이 나고, 또 지금 세 사람이 일제히 "우리지요!" 할 때에 더욱 영채가 정답게 되었다. 그러고 형식이가 지금 병욱과 문답할 때에는 그 얼굴에 일종 거룩하고 엄숙한 기운이 보여 지금껏 자기가 그에게 대하여 하여 오던 생각이 죄송한 듯하다. 자기는 언제까지 형식과 영채를 같이 사랑하고 싶었다.

그래서 새로이 형식과 영채의 얼굴을 보았다.

형식은 숙였던 고개를 들어,

"우리가 늙어 죽게 될 때에는 기어이 이보다 훨씬 좋은 조선을 보도록 합시다. 우리가 게으르고 힘없던 우리 조상을 원하는(원통히 여기는) 것을 생각하여 우리는 우리 자손에게 고마운 조상이라는 말을 듣게 합시다." 하고 웃으며, "그런데, 이 자리에서 우리가 장래 나갈 길이나 서로 말합시다" 하고 세 사람을 본다. 세 사람도 그제야 엄숙하던 얼굴이 풀리고 방그레 웃는다.

"선형(선생)께서 먼저 말씀하셔요!" 하고 병욱이가 권할 때에 문 밖에서,

"들어가도 관계치 않습니까?" 하고 우선의 목소리가 들린다. 형식은 벌떡 일어나 문을 열고 우선의 손을 잡으면서,

"어떻게 지금 오나?"

우선은 세 사람을 향하여 고개를 숙이고 인사한 뒤에 형식의 곁에 앉으며,

"사(社)[14]에서 삼랑진 근방에 물구경을 하고 오라고 전보를 했데그려" 하고 손으로 턱을 한번 쓴다. 영채는 고개를 숙였다.

"그런데 우리가 여기 있는 줄은 어떻게 알았나?"

"정거장에 와서 다 들었네" 하고 여자들에게 절을 하며, "참 감사합니다. 지금 정거장에서는 칭찬이 비 오듯 합니다. 어 과연 상쾌하외다" 하고 정거장에서 들은 말을 대개 한 뒤에 형식더러,

"오늘 일을 신문에 내도 좋겠지?"

형식은 대답 없이 병욱을 보다가,

14) 사(社) : 회사. 여기서는 신문사를 이름.

"무론 관계치 않겠지요!" 한다.

"아이구, 그것은 내서 무엇 합니까."

"그럴 수가 있습니까. 저 같은 놈도 큰 감동을 받았는데…… 참 말만 듣고도 눈물이 흐를 뻔하였습니다" 한다. 과연 정거장에서 어떤 승객에게 그 말을 들을 때에 우선은 지극히 감동한 바 되었다. 원래 호활한 우선이가 그처럼 눈물이 흐르도록 감동되기는 영채가 죽으러 간 때와 이번뿐이었었다. 우선은 정거장에서부터 병욱 일파를 만나면 기어이 하려던 말이 있었다. 그래서 하인이 가져온 차를 마시며,

"지금 무슨 하시던 말씀이 있어요?" 하고 자기의 말할 기회를 얻으려 한다.

125

"응, 지금 우리는 장차 무엇으로 조선 사람을 구제할까 하고 각각 제 목적을 말하려던 중일세."

"네, 그러면 저도 좀 듣지요!"

처녀들은 그의 대팻밥 모자와 말하는 모양이 우스워서 터져 나오려는 웃음을 꿀덕 참는다. 영채 하나만 어찌할 줄을 몰라서 얼굴을 잠깐 붉히나 우선은 영채를 보면서도 모르는 체한다.

"어느 분 차례입니까"

하는 우선의 말에,

"내 차례인가 보에."

"응, 그러면 말하게"

하고 눈을 감고 고개를 숙이며 들을 준비를 한다. 병욱은 영채

의 옆구리를 꾹 찔렀다. 선형은 웃음을 참느라고 살짝 고개를 돌린다.

"나는 교육가가 될랍니다. 그러고 전문으로는 생물학(生物學)을 연구할랍니다."

그러나 듣는 사람 중에는 생물학의 뜻을 아는 자가 없었다. 이렇게 말하는 형식도 무론 생물학이란 참뜻을 알지 못하였다. 다만 자연과학(自然科學)을 중히 여기는 사상과 생물학이 가장 자기의 성미에 맞을 듯하여 그렇게 작정한 것이다. 생물학이 무엇인지도 모르면서 새문명을 건설하겠다고 자담[15)]하는 그네의 신세도 불쌍하고 그네를 믿는 시대도 불쌍하다.

형식은 병욱을 향하여,

"무론 음악이시겠지요?"

"네— 저는 음악입니다."

"또 영채 씨는?"

영채는 말없이 병욱을 본다. 병욱은 어서 말해라 하고 눈짓을 한다.

"저도 음악입니다."

"선형씨는?"

하는 말이 나오지 아니하여서 형식은 가만히 앉았다. 여러 사람은 웃었다. 선형은 얼굴을 붉혔다.

"선형 씨는 무엇이오…… 무론 교육이겠지."

하고 병욱이가 웃는다. 모두 웃는다. 형식도 고개를 수그렸다. 선형도 병욱이가 첫마디에 "네, 저는 음악이외다"하고 활발히 대답하는 것이 부러웠다. 그래서,

"저는 수학을 배울랍니다."

15) 자담(自談) : 스스로 말함.

하고 있는 힘을 다하여서 말하였다. 학교에서 수학을 잘한다고 선생에게 칭찬받던 생각이 난 것이다. 다른 사람들도 수학이 좋은 것인 줄은 알았으나 수학과 인생에 어떠한 관계가 있는지를 모른다.

"그 담에는 자네 차례일세."

"난는 붓이나 들지!"

한참 말이 없었다. 제가끔 제 장래를 그려 본다. 그러고 그 장래의 귀착점은 다 같았다.

우선이가 고개를 숙이고 우두커니 무슨 생각을 하는 것을 보고 형식이가,

"왜, 오늘은 그렇게 점잖아졌나?"

하고 웃는다. 우선이가 고개를 들더니,

"언제인가 자네가 날더러 인생은 장난이 아니라고, 나는 인생을 희롱으로 본다고 그랬지? 마지메(진지)하게 생각지를 않는다고?"

"글쎄, 그런 일이 있던가."

"과연 그게 옳은 말일세. 나는 지금까지 인생을 장난으로 보아 왔네. 내가 술을 많이 먹는 것이라든지…… 또 되는 대로 노는 것이 확실히 인생을 장난으로 여기던 증거지. 나는 도리어 자네가 너무 마지메한 것을 속이 좁다고 비웃어 왔지마는 요컨대, 내가 잘못 생각했던 것이어!"

여기까지 와서는 형식도 우선의 말이 오늘은 농담이 아닌 것을 깨닫고 정색하고 우선의 얼굴을 본다. 세 처녀도 정색하고 듣는다. 과연 우선의 얼굴에는 무슨 결심의 빛이 보인다. 우선은 말을 이어,

"오늘 와서 깨달았네. 오늘 정거장에서 음악회 했다는 말을 듣고 비로소 깨달았네. 나는 차 타고 지나오면서 메[16]기슭에 사람들을 보고 불쌍하다는 생각도 나기는 났지마는 그 꾀죄하고 섰는 양이 우스워서 웃기부터 하였네. 나는 어떻게 하면 저들을 건지나 하는 생각도 아니하고, 그들을 위해서 눈물도 아니 흘렸네. 그러고 차를 내리면 얼른 구경을 가리라, 가서 시나 한 수 지으리라, 하고 울기는커녕 웃으면서 내려 가지고, 그 말을 들을 때에 나는 가슴이 뜨끔하였네⋯⋯ 더구나 젊은 여자가⋯⋯."

하고 감격한 듯이 말을 맺지 못한다. 듣던 사람들도 묵묵하다. 우선은 말을 이어,

"나도 오늘 이때, 이 땅 사람이 되었네. 힘껏, 정성껏 붓대를 둘러서 조곰이라도 사회에 공헌함이 있으려 하네. 이제 한 시간이 못 하여 자네와 작별을 하면 아마 사오 년 되어야 만나게 되겠네그려. 멀리 간 뒤에라도 내가 이전 신우선이가 아닌 줄로 알고 있게. 나는 자네와 떠나기 전에 이 말을 하게 된 것을 큰 기쁨으로 아네."

하고 손을 내어밀어 형식의 손을 잡는다. 형식도 꼭 우선의 손을 잡아 흔들며,

"기쁜 말일세. 무론 자네가 언제인들 잘못한 일이 있었겠나마는 그처럼 새 결심한 것이 무한히 기쁘이."

우선은 한참 주저하다가,

"영채 씨, 이전 버릇없던 것은 다 용서합시오! 저도 이제부터 새사람이 될랍니다. 부대 공부 잘하셔서 큰일하십시오."

하고 길게 한숨을 쉰다. 영채의 눈에서는 눈물이 뚝뚝 떨어진

16) 메 : 산(山)의 예스러운 말.

다. 선형은 이제야 형식에게 영채의 말이 모두 참인 줄을 깨달았다. 그러고 가만히 영채의 손을 잡고 속으로 '형님 잘못했습니다' 하였다. 영채는 선형의 손을 마주 쥐며 더욱 눈물이 쏟아진다. 형식도 울었다. 병욱도 울었다. 마침내 모두 울었다. 비 갠 뒤 맑은 바람이 창 밖에 늘어진 수양버들가지를 스쳐 방 안에 불어 들어와 다섯 사람의 열한 얼굴을 식힌다. 잠잠하다.

126

형식과 선형은 지금 미국 시카고대학 사년생인데 내내 몸이 건강하였으며―― 금년 구월에 졸업하고는 전후의 구라파를 한번 돌아 본국에 돌아올 예정이며, 김장로 부부는 날마다 사랑하는 딸이 돌아오기를 기다려 벌써부터 돌아온 후에 할 일과 하여 먹일 것을 궁리하는 중.

병욱은 음악학교를 졸업하고 자기의 힘으로 돈을 벌어서 독일 백림에 이태 동안 유학을 하고, 금년 겨울에 형식의 일행을 기다려 시베리아 철도로 같이 돌아올 예정이며, 영채도 금년 봄에 동경 상야 음악학교 피아노과와 성악과(聲樂科)를 우등으로 졸업하고 아직 동경에 있는 중인데 그 역시 구월경에 서울로 돌아오겠다. 더욱 기쁜 것은, 병욱은 베를린 음악계에 일종 이채(一種異彩)를 발하여 명성이 책책[17]하다는 말이 근일에 도착한 베를린 어느 잡지에 유력한 비평가의 비평과 함께 기록된 것과, 영채가 동경 어느 큰 음악회에서 피아노와 독창과 조선춤으로 대갈채를 받았다는 말이 영채의 사진과 함께 동경 각신문에 게재된 것이라. 듣건대 형식과 선형도 해마다 우량한 성적을 얻었다 한다. 삼랑진 정거장 대합실에서 자선 음악회를

17) 책책 : 떠들썩함.

열던 세 처녀가 이제는 훌륭한 레이디가 되어 경성 한복판에 떨치고 나설 날이 멀지 아니할 것이다.

신우선은 그로부터 일절 화류계에 발을 끊고 예의전심[18], 일변 수양을 힘쓰며 일변 저술에 노력하여 문명이 전토에 떨쳤으며 더욱이 근일 발행한《조선의 장래》는 발행한 이 주일이 못하여 사 판(四版)에 달하였으며 그의 사상은 더욱 깊고 넓게 되며, 붓은 더욱 날카롭게 되어 간다. 한 가지 걱정은 아직 술이 너무 과함이나, 고래로 동양 문장에 술 못 먹는 사람이 없으니, 그리 책망할 것도 없을 것이라. 지금은 유명한 대팻밥 모자를 벗어 버리고 백설 같은 파나마 모자를 쓰며 코 아래는 고운 카이젤 수염까지 났다.

황죽 김병국은 십만여 주의 대상원[19]을 지었다. 작년에 봄서리로 적지 아니한 손해를 보았으나 금년에는 상엽[20]이 매우 충실하다 하니 다행이며, 병국의 조모는 불행히 사랑하는 손녀를 보지 못하고 작년 여름에 세상을 떠나셨다. 병국의 부인도 이제는 아들 하나, 딸 하나를 낳고 내외의 금실도 전 같지는 아니하다던지.

형식의 주인 하고 있던 노파의 집에는 의학 전문학교 학생들이 있는데, 구더기 있는 장찌개와 담뱃대는 지금도 전같이 유명하나 다만 차차 몸이 쇠약하여져서 지금은 약수에도 다니지 못한다. 그러나 보는 사람마다 형식의 말을 늘 한다.

영채의 '어머니'는 집을 팔아 가지고 평양 어느 촌으로 내려가서 양자를 들여 데리고 농사를 지으며 진실한 예수교 신자가 되어서 편안히 천당길을 닦는다. 우선에게서 영채가 죽지 않고 동경에 갔다는 말을 듣고 너무 기뻐서 울었다 함은 우선의 말

18) 예의전심(銳意專心) : 마음을 단단히 먹음.

19) 대상원(大桑園) : 커다란 뽕나무 밭.

20) 상엽(桑葉) : 뽕나무 잎사귀.

이다. 그 후에 영채는 한 달에 한 번씩 편지를 하였으며 '어머니'도 자기가 진실히 예수를 믿는다는 말과 영채도 예수를 잘 믿으라는 말과 졸업하고 오거든 곧 자기의 집으로 오라는 말을 편지마다 하고 혹 옷값으로 돈도 보내 주며 가끔 고추장, 암치[21] 같은 것도 보내어 준다.

한 가지 불쌍한 것은 형식이가 평양에 갔을 적에 데리고 칠성문으로 나가던 계향이가 어떤 부잣집 방탕한 자식의 첩이 되어 갔다가 매독을 올리고, 게다가 남편한테 쫓겨나기까지 하여 아주 적막하게 신고[22]함이니, 아마 형식이가 돌아와서 이 말을 들으면 매우 슬퍼할 것이다. 그 어여쁘던 얼굴이 말 못되게 초췌하여 이제는 누구 돌아보아 주는 이도 없게 되었다.

혹 독자 여러분이 기억하시는지 모르거니와 형식이가 사랑하던 이희경 군은 아까운 재주를 품고 조세[23]하였고, 얼굴 컴컴하던 김종렬 군은 북간도 등지로 갔다는데 이내 소식을 모르며, 배학감은 그 후에 교주와 충돌이 생겨 지금은 황해도 어느 금광에 가 있다는데 아직도 철이 나지 못한 모양이라 하니 가엾은 일이다.

또 한 가지 말할 것은, 칠성문 밖 형식이가 돌부처라 하던 그 노인은 아직도 건강하여 십여 일 전부터 툇마루에 나와 앉아서 몸을 흔들거리고 있다. 다만 달라진 것은 그 감투가 전보다 더 낡아졌을 뿐.

나중에 말할 것은 형식 일행이 부산서 배를 탄 뒤로 조선 전체가 많이 변한 것이다. 교육으로 보든지 경제로 보든지, 문학 언론으로 보든지, 모든 문명 사상의 보급으로 보든지 장족[24]의 진보를 하였으며 더욱 하례[25]할 것은 상공업의 발달이니, 경성

21) 암치 : 소금에 절여서 말린 민어.

22) 신고(辛苦) : 아주 고생함.

23) 조세(早世) : 젊어서 일찍 죽음.

24) 장족(長足) : (발전, 진보따위가)몹시 바름.

25) 하례(賀禮) : 축하하는 예식.

을 머리로 하여 각 대도회에 석탄 연기와 쇠마치 소리가 아니 나는 데가 없으며 연래에 극도에 쇠하였던 우리의 상업도 점차 진흥하게 됨이라.

아아, 우리 땅은 날로 아름다워 간다. 우리의 연약하던 팔뚝에는 날로 힘이 오르고 우리의 어둡던 정신에는 날로 빛이 난다. 우리는 마침내 남과 같이 번적하게 될 것이로다. 그러할수록에 우리는 더욱 힘을 써야 하겠고, 더욱 큰 인물…… 큰 학자, 큰 교육가, 큰 실업가, 큰 예술가, 큰 발명가, 큰 종교가가 나야 할 터인데, 더욱더욱 나야할 터인데 마침 금년 가을에는 사방으로 돌아오는 유학생과 함께 형식, 병욱, 영채, 선형 같은 훌륭한 인물을 맞아들일 것이니 어찌 아니 기쁠가. 해마다 각 전문학교에서는 튼튼한 일꾼이 쏟아져 나오고 해마다 보통학교 문으로는 어여쁘고 기운찬 도련님, 작은아씨 들이 들어가는구나! 아니 기쁘고 어찌하랴.

어둡던 세상이 평생 어두울 것이 아니요, 무정하던 세상이 평생 무정할 것이 아니다. 우리는 우리 힘으로 밝게 하고, 유정하게 하고, 즐겁게 하고, 가멸게[26] 하고, 굳세게 할 것이로다.

26) 가멸게 : 재산이 많아져 부유하게.

기쁜 웃음과 만세의 부르짖음으로 지나간 세상을 조상하는 〈무정〉을 마치자.

읽은 후에

작·품·정·리

- 갈래 : 장편소설, 현대소설, 계몽소설
- 주제 : 민족적 현실의 자각과 새로운 사회에 대한 열망
- 배경 : 시간적 – 개화기, 1910년대
  공간적 – 서울 , 평양, 삼랑진 등 여러 지역
- 시점 : 전지적 작가 시점

작·품·감·상

〈무정〉은 1917년 매일신보에 연재된 이광수의 대표작이자 근대소설의 첫 작품으로 꼽힌다. 이 〈무정〉이 종전의 신소설과 다른 점은 신소설이 지니고 있었던 고대 소설적 요소가 대담하게 청산되어지고, 근대 소설적인 면을 거의 갖추었다는 사실이다.

〈무정〉은 아직도 봉건의 잠에서 깨어나지 못한 한국 사회에 서구의 신문명을 도입하고자 하는 이상을 그려낸 것이다. 지식 청년 이형식을 둘러싼 선형과 영채는 자유 연애룰 구가한다. 또한 새로운 문화의 젓줄을 찾아 미국과 일본으로 유학길에 오르고, 신문명의 보급에 열을 다한다. 〈무정〉은 이광수의 민족주의적인 이상과 계몽주의적인 정열이 가장 노골적으로 나타난 작품이라는 평을 듣는다.

이 작품의 내용을 보면, 첫째, 민족애를 고취 시킨 것. 곧 민족끼리는 서로 사랑하고 돕자. 우리 겨레를 도울 자는 우리 민족 자신이다.

둘째, 봉건적인 옛 도덕에 반항하여 연애와 자유를 주장한 것. 곧 남녀 칠세 부동석이라 하여 남녀의 교제를 죄악시하였고, 또 여자는 남자의 한낱 종속물로 자유가 없으며 얽매어 사는 존재밖에 되지 않았던 위치에서 여성 해방을 부르짖은 점.

셋째, 인도주의와 이상주의를 주장하고, 새로운 교육을 높이 주장하였으며, 나아가서 과학사상을 장려한점.

작가는 여기 민족의 살 길이 있다고 보았다. 〈무정〉은 문학사적으로 몇 가지 지위를 획득하고 있다.

첫째, 최초의 본격적인 장편 형식이라는 점. 이 소설적 골격이 가능했던 것은 정삼각형 연애소설이라는 점에서 연유된다. 춘원소설의 기본 구조가 이런 것이다. 〈흙〉에서 이 점이 되풀이 된다.

둘째, 서툰 감은 있으나 사상을 주축으로 하였다는 점. 계몽주의와 민족주의의 결합은 장편을 가능케 한 힘이라 할 수 있다.

셋째, 언문일치에 대한 노력이다. 물론 〈무정〉에는 아직도 he나 she에 해당하는 대명사가 모두 "그"로만 되어 있고(이렇게나마한 점도 이광수의 노력이다), 어미에 "더라" 투가 남아 있으나 상당히 세련된 문체를 개척하였다. 그 외에 고아(孤兒)의식과 우연성 등이 작자의 개인적 특성으로 지적되고 있다.

하나 덧붙일 것은 작가에 따라 〈무정〉을 계몽주의 작품이라고 평가하기도 하나 이는 작품의 일면성만을 보고 성급히 평가한 것이라 보여진다.

되짚어 보는 문제

1. 이형식의 성격을 묘사한 지문이다. 이를 보고 이형식의 성격이 어떠한지 써라.

> 이형식은 아직 독신이라, 남의 여자와 가까이 교제하여 본 적이 없고 이렇게 순결한 청년이 흔히 그러한 모양으로 젊은 여자를 대하면 자연 수줍은 생각이 나서 얼굴이 확확 달며 고개가 저절로 숙여진다. 남자로 생겨나서 이러함이 못생겼다면 못생겼다고도 하려니와, 여자를 보면 아무러한 핑계를 얻어서라도 가까이 가려 하고, 말 한마디라도 하여 보려 하는 잘난 사람들보다는 나으리라. 형식은 여러 가지 생각을 한다. 우선 처음 만나서 어떻게 인사를 할까. 남자 남자 간에 하는 모양으로, '처음 보입니다. 저는 이형식이올시다' 이렇게 할까. 그러나 잠시라도 나는 가르치는 자요. 저는 배우는 자라, 그러면 미상불 무슨 차별이 있지나 아니할까. 저편에서 먼저 내게 인사를 하거든 그제야 나도 인사를 하는 것이 마땅하지 아니할까. 그것은 그러려니와 교수하는 방법을 어떻게나 할는지. 어제 김장로에게 그 청탁을 들은 뒤로 지금껏 생각하건마는 무슨 묘방이 아니 생긴다. 가운데 책상을 하나 놓고, 거기 마주앉아서 가르칠까. 그러면 입김과 입김이 서로 마주치렷다. 혹 저편 하사시가미(양갈래로 딴 머릿단)가 내 이마에 스칠 때도 있으렷다. 책상 아래에서 무릎과 무릎이 가만히 마주 닿기도 하렷다. 이렇게 생각하고 형식은 얼굴이 붉어지며 혼자 빙긋 웃었다.

2. '은세계, 혈의누, 금수회의록' 등 신소설과 '무정'이 다른 점을 지적하여라.

7

태평천하

채만식

작·가·소·개

1902년 전북 옥구에서 태어났으며 호는 백릉(白菱), 채옹(采翁)이며, 아버지는 규섭(奎燮), 어머니는 조우섭(趙又燮)이다.

유년기에는 서당에서 한문을 수업하였고, 임피보통학교를 졸업한 뒤 1918년 상경하여 중앙고등보통학교에 입학하여 1922년 졸업하였다. 그 해 일본에 건너가 와세다 대학 부속 제일와세다고등학원에 입학하였으나 1923년 중퇴하였다. 그뒤 조선일보사 · 개벽사 등의 기자로 전전하였다. 1936년 이후는 직장을 가지지 않고 창작생활만을 하였다.

1945년 임피로 낙향하였다가 다음해 이리로 옮겨 1950년 그곳에서 죽었다.

1920년 은선흥과 혼인하여 두 아들을 두었고, 그 뒤 김씨영과 동거하여 2남 1녀를 낳았다. 1924년 단편 〈새길로〉를 《조선문단》에 발표하여 문단에 데뷔한 뒤 290여 편에 이르는 장편 · 단편소설과 희곡 · 평론 · 수필을 썼다. 특히, 1930년대에 많은 작품을 발표하였으며, 대표작이라고 할 만한 것들도 이 시기에 발표되었다. 장편으로는 〈인형의 집을 나와서〉(1933) · 〈탁류〉(1937) · 〈태평천하〉(1938) · 〈금(金)의 정열〉(1939) · 〈아름다운 새벽〉(1942) · 〈어머니〉(1943) · 〈여인전기〉(1944) 등이 있으며, 단편으로 가장 잘 알려진 것은 〈레디메이드 인생〉(1934) · 〈치숙〉(1938) 등을 들

수 있다. 그의 작품세계는 당시의 현실 반영과 비판에 집중되어 있다. 식민지 상황에서의 농민의 궁핍, 지식인의 고뇌, 도시하층민의 몰락, 광복 후의 혼란상 등을 실감나게 그리면서 그 근저에 놓여 있는 역사적 · 사회적 상황을 신랄하게 비판하였다. 작품기법에 있어 매우 다양한 시도를 한 바 있는데, 특히 풍자적 수법에서 큰 수확을 거두었다고 할 수 있다. 또 '대화소설'이라는 형식은 그가 만들어낸 특이한 것이다. 그가 택한 소재와 작중인물은 다양하였지만 일관된 관점은 그것들이 시대와 어떠한 관련을 맺고 어떻게 변모하는가 하는 점, 그리고 시대의 정의가 무엇인가 하는 점이었다. 그런 점에서는 그는 일제강점기의 작가 가운데 가장 투철한 사회의식을 가진 사실주의 작가의 한 사람이었다고 평가되고 있다. 1960년대 말까지는 그에 대한 연구가 드물었으나 1970년대에 들어와 그에 대한 관심이 고조되고, 연구 업적도 급격히 많아지게 되었다.

등·장·인·물

• 윤 직원 : 이름은 윤두섭, 직원은 돈을 주고 산 향교의 직함임. 젊어서부터 아버지 윤용규의 곁에서 재산 관리를 잘하여 많은 재산을 모았다. 돈을 모으는 데에는 수단과 방법을 가리지 않으며, 남이나 공적인 데에는 돈을 전혀 쓰지 않으며, 가족에게는 독선적이다.
• 윤창식 : 윤 직원의 장남으로 집안과 살림 관리에는 관심이 없으며, 첩을 두고 한량들과 어울려 노름과 술로 시간을 보낸다.
• 윤종수 : 윤 직원의 맏손자로 입학시험에 세 번이나 낙방을 하고, 할아버지의 권유로 고향에 내려가 군 고원이 되나, 윤 직원은 뇌물을 써서 '군수' 자리를 바라본다.
• 윤종학 : 윤 직원의 둘째 손자, 우수한 성적으로 입학시험에 합격, 동경으로 유학, 할아버지는 법과를 마친 후 경찰서장을 희망하나, 본인은 사회주의 운동을 하다가 경찰서에 잡혀간다.
• 춘심이 : 윤 직원으로부터 돈을 뜯어내는 동기이다.

줄·거·리

계동의 이름난 부자 윤 직원 영감은 가난했던 선친이 난데없이 생긴 돈을 잘 굴려 부자가 된 뒤, 윤 직원 영감이 선친을 도와 살림을 잘해 나간 덕에 큰 돈을 모으게 된 것이다.

부자가 되자 윤 직원 영감은 서울로 올라왔다. 그는 서울로 오자 신분 상승을 위해 족보를 조작하고 가난한 양반 집과 혼인을 하여 양반의 집안으로 만들었다. 그리고 맏손자는 군수로, 둘째 손자는 경찰서장을 만들려고 동경으로 유학을 보냈다. 그러나 첫손자는 저 혼자 군수 되기가 어렵다고 여겨 윤 직원은 그를 군 고원으로 취직을 시키고 돈으로 승진시키려 하나 그는 술과 계집질에 돈을 탕진한다.

윤 직원 아들 윤 주사는 시골서부터 첩장가를 들어 딴 살림을 했고, 서울로 와서는 동대문 밖에 집을 얻어 그곳에 살고 있다. 그것이 요새는 기생첩 하나를 더 얻어 관철동에다 살림을 하여 놓고는 두 집을 오가며 지내고 있다. 가끔 윤 직원 영감을 찾아오는 올챙이는 돈 쓸 사람을 그에게 소개하는 사람으로, 이번에는 윤 직원 영감에게 마나님을 얻으라고 은근히 이야기하고, 윤 직원 영감은 이에 솔깃해 한다.

동대문 밖 윤 주사의 집에는 마작판이 한참이다. 이 때 민 서방이 전보 한 장을 윤 주사에게 가져온다. 이를 받아 든 윤 주사는 아버지 윤 직원을 찾는다. 그리고 동경에서 둘째 손자 '종학이가 경시청에 붙잡혔다.' 고 한다. 이유는 종학이가 '사회주의에 참여를 해서' 붙잡혀 갔다는 것이다. 윤 직원 영감은 지금이 어느 때인데, 화적패가 있는 것 아니고, 이처럼 치안이 확실해 '태평천하' 인데 세상 망쳐놓을 부랑당에 참섭했다며 노발대발이다.

태평천하

채만식

(전략)

우리만 빼놓고 어서 망(亡)해라.

"저놈 잡아내랏!"

윤용규의 말이 미처 떨어지기 전에 두목이 뒤를 돌려다보면서 호령을 합니다.

윤용구가 마지막 목덜미에 도끼를 맞고 엎드러지자 피를 본 두목은 두 눈이 불덩이같이 벌컥 뒤집혀졌습니다. 그는 실상 윤용구를 죽일 생각은 없었습니다.

그렇다고 윤용규 하나쯤 죽이기를 차마 못해서 그런 것은 아니고, 제 구혈[1]로 잡아 가잤던 것입니다. 한때 만주에서 마적들이 하던 그짓이지요. 볼모로 잡아다 두고서 가족들로 하여금 이편의 요구를 듣게 하잤던 것입니다.

"노적(露積)[2]허구 곳간에다가 불질러랏!"

두목은 뒤집힌 눈으로, 피투성이가 되어 쓰러진 윤용구를 노려보다가 수하를 사납게 호통하던 것입니다.

이윽고 노적과 곳간에서 하늘을 찌를 듯 불길이 솟아오르고, 동네 사람들이 그제서야 여남은 모여들어 부질없이 물을 끼얹고 하는 판에, 발가벗은 윤두꺼비가 비로소 돌아왔습니다. 화

1) 구혈 : 굴(窟)의 속어.

2) 노적(露積) : 한데에 곡식 따위의 물건을 쌓아 두는 것.

적은 물론 벌써 물러갔고요.

윤두꺼비는 피에 물들어 참혹히 죽어 넘어진 부친의 시체를 안고, 땅을 치면서,

"이놈의 세상이 어느 날에 망하려느냐!"

고 통곡을 했습니다.

그리고 울음을 진정하고는, 불끈 일어서 이를 부드득 갈면서,

"오냐, 우리만 빼놓고 어서 망해라!"

고 부르짖었습니다. 이 또한 웅장한 절규이었습니다. 아울러 위대한 선언이었구요.

기미 경신(己未庚申), 바로 경신년 섣달입니다. 논이 마침 욕심나는 게 한 오천 평 수중에 들어오게 되어서 그 땅값을 치르려고 사천 원을 집에다가 두어 두고 땅 팔 사람이 오기를 기다리던 날입니다.

그런데 그게 귀신이 곡을 할 일이라고, 윤 두꺼비는 두고두고 기막혀 했었지마는, 그걸 어떻게 염탐했는지, 벌건 대낮에 쏙 빠진 양복쟁이 둘이 들이덤벼 가지고는 그 돈 사천 원을 몽땅 뺏어가던 것입니다.

머, 꿀꺽 소리 못하고 고스란히 내다가 내바쳤지요. 고 싸늘한 쇠끝에 새까만 구멍이 똑바로 가슴패기를 겨누고서 코앞에다가 들이댄 걸, 그러니 염라대왕이 지켜 선 맥이었지요.

옛날 화적들은 밤중에나 들어와서 대문이나 짓부수고 하지요. 그 덕에 잘하면 도망이나 할 수 있지요.

헌데 이건, 바로 대낮에 귀한 손님 행차하듯이 어엿이 찾아와서는, 한다는 것이 그짓이니 꼼짝인들 할 수가 있었나요.

그래, 사천 원을 도무지 허망하게 내놓고는, 윤 두꺼비는 망연자실해서 우두커니 한식경이나 앉았다가, 비로소 방바닥에 떨어진 종잇장으로 눈이 갔습니다. 돈을 받았다는 영수증을 써 놓고 갔던 것입니다.

"허! 세상이 개명을 허닝개루, 불한당놈들두 개명을 히여서, 영수징 써주구 돈 뺏어 간다?"

시골서 돈을 많이 가지고 살면, 여러 가지 공과금이야, 기부금이야, 또 가난한 일가 푸네기들한테 뜯기는 것이야. 그런 것 때문에 성가시기도 하고, 또 제일 왈 그 양복 입은 그런 나그네가 종시 마음놓이지 않기도 하고 해서, 윤 두꺼비는 마침내 가권을 거느리고 서울로 이사를 했던 것입니다.

윤 두꺼비가 이윽고 세상이 평안한 뒤엔, 집안의 문벌 없음을 섭섭히 여겨 가문을 빛나게 할 필생의 사업으로 네 가지 방책을 추렸습니다.

맨 처음은 족보(族譜)에다가 도금(鍍金)을 했습니다. 그럼직한 일가들을 추려 가지고 보소(譜所)[3]를 내놓고는, 윤 두섭의 제 몇 대 윤 아무개는 무슨 정승이요, 제 몇 대 윤 아무개는 무슨 판서요, 제 몇 대 아무는 효자요, 제 몇 대 아무 부인은 열녀요, 이렇게 그럴싸하니 족보를 새로 꾸몄습니다. 땅 짚고 헤엄치기지요.

3) 보소(譜所) : 족보를 만들기 위하여 임시로 설치한 사무소.

그리고는 딸을 서울 어느 양반집으로 시집을 보냈습니다. 오막살이에 가랑이가 찢어지게 가난한 집인데, 그나마 방정맞게끔 혼인한 지 일 년 만에 사위가 전차에 치어 죽고, 딸은 새파란 과부가 되어 지금은 친정살이를 하지만, 아무러나 양반 혼인은 양반 혼인이었습니다.

또 맏손자며느리는 충청도의 박씨네 문중에서 얻어 왔습니다. 역시 친정이 가난은 해도 패를 찬 양반의 씹니다.

둘째손자며느리는 서울 태생인데, 시구문 박 조씨네 집안이나, 그렇다고 배추 장수네 딸은 아니고, 파계를 따지면 조 대비(趙大妃)[4]와 서른일곱 촌인지 아홉 촌인지 된다고 합니다.

이렇게 해서 버젓하게 양반 사돈을 세 집이나 두게 된 것은 윤 직원 영감으로 가히 한바탕 큰 기침을 할 만도 합니다.

그 다음 마지막 또 한 가지가 무엇이냐 하면, 이게 가장 요긴하고 값나가는 품목(品目)입니다.

집안에서 정말 권세 있고, 실속 있는 양반을 내놓자는 것입니다.

군수 하나와 경찰서장 하나……

게다가 마침맞게 손자가 둘이지요.

하기야 군수보다는 도장관[道知事]이 좋겠고, 경찰서장보다는 경찰부장이 좋기는 하겠지만, 그건 너무 첫술에 배불러지라는 욕심이라 해서, 알맞게 우선 군수와 경찰서장을 양성하던 것입니다.

마음의 빈민굴(貧民窟)

윤 직원 영감은 그처럼 부민관의 명창 대회로부터 돌아와서 대문 안에 들어서던 길로 이 분풀이, 저 화풀이를 한데 얹어 그 알뜰한 삼남이 녀석을 데리고 며느리 고씨더러 짝 찢을 년이니 오두[5]가 나서 그러느니, 한바탕 귀먹은 욕을 걸찍하게 해주고 나서야 적이 직성이 풀려, 마침 또 시장도 한 판이라, 의관을 벗

4) 조대비(趙大妃) : 조선 순조의 세자인 익종의 비. 본은 풍양. 순조 19년(1819)에 세자빈으로 책봉됨. 1834년에 왕대비가 되고, 광무3년 익왕후로 추존됨.

5) 오두 : 오두발광. 몹시 방정맞게 날뛰는 것.

고 안방으로 들어갔습니다.

아랫목으로 펴놓은 돗자리 위에 방안이 온통 그들먹하게시리 발을 개키고 앉아 있는 윤 직원 영감 앞에다가, 올망졸망 사기 반상기가 그득 박힌 저녁상을 조심스러이 가져다 놓는 게 둘째손자며느리 조씹니다. 방금 경찰서장 감으로 동경 가서 어느 사립 대학의 법과에 다니는 종학(鍾學)의 아낙입니다.

서울 태생이요 조 대비의 서른일곱 촌인지 아홉 촌인지 되는 양반집 규수요, 시구문 밖이 친정이기는 하지만 배추 장수 딸은 아니라도 학교라곤 근처에도 못 가보았고, 얼굴은 얽디얽은 납작 바탕에 주근깨가 다닥다닥 박혀서, 그닥 출 수는 없는 인물입니다.

그런 중에도 더욱 안 된 건 잡아 뽑아놓은 듯이 뚜하니 나온 위아랫입술입니다. 이 쑤욱 나온 입술로, 그 값을 하느라고 그러는지 새수빠진 소리를 그는 퍽도 잘합니다. 새서방 종학이한테 눈의 밖에 나서 소박을 맞는 것도 죄의 절반은 그 입술과 새수빠진 소리 잘하는 것일 겝니다.

종학은 동경으로 유학을 가면서부터는 아주 털어 내놓고서 이혼을 해달라고 줄창치듯 편지로 집안 어른들을 졸라대지만, 윤 직원 영감으로 앉아서 본다면 천하 불측한 놈의 소리지요.

아무튼 그래서 생과부가 하나……

밥상 뒤를 따라 쟁반에다가 양은 주전자에 술잔을 받쳐들고 들어서는 게 맏손자며느리 박씹니다.

이 집안의 업[6]덩어립니다. 얌전하고 바지런해서, 그 크나큰 안살림을 곧잘 휘어 나가고, 게다가 시할버지의 보비위[7]까지 잘하니 더할 나위 없습니다.

6) 업 : 민속에서 한 집안의 살림이 그 덕이나 복으로 늘어나는 것으로 믿고 소중히 여기는 동물, 또는 사람.

7) 보바위 : 남의 비위를 잘 맞추어 주는 것.

헌데, 이 여인 역시 신세가 고단한 편입니다. 무슨 소박이니 공방이니 하는 문자까지 가져다 붙일 것은 없어도, 남편이요 이 집안의 장손인 종수(鍾秀)가 시골로 내려가서 첩살림을 하기 때문에, 할 수 없이 생과부 축에 끼지 않을 수가 없던 것입니다.

종수는 윤 직원 영감의 가문 빛내기 위한 네 가지 사업 가운데, 군수와 경찰서장을 만들어 내려는 품목 중에 편입된 그 군수 재목입니다. 그래 오륙 년 전부터 고향의 군(郡)에서 군서기[郡雇員] 노릇을 하느라고, 서울서 따들인 기생첩을 데리고 치가(置家)[8]를 하는 참이랍니다.

이래서 생과부가 둘……

맏손자며느리 박씨가 들고 들어오는 술반을 받아 가지고 윗목화로 옆으로 다가앉아 술을 데우는 게 윤 직원 영감의 딸 서울아씨라는 진짜 과붑니다. 양반 혼인을 하느라고, 서울 어느 가랑이가 찢어지게 가난한 집으로 시집을 갔다가, 새서방이 일 년 만에 전차에 치어 죽어서 과부가 된 그 여인입니다.

이래서, 생과부 통과부 등 합하여 과부가 셋……

그러나 과부가 셋뿐인 건 아닙니다. 이 집안에 과부가 도합 다섯입니다. 도합이고 무엇이고 명색 여인네치고는 행랑어멈과 시비 사월이만 빼놓고는 죄다 과부니 계산이야 순편합니다.

밥상을 받은 윤 직원 영감은 방안을 한바퀴 휘휘 둘러보더니,

"태식이는 어디 갔느냐?"

하고 누구한테라 없이, 띄어 놓고 묻습니다. 윤 직원 영감이 인간생긴 것치고 이 세상에서 제일 귀애하는 게 누구냐 하면, 시

8) 치가(置家) : 첩치가의 준말. 첩을 얻어 딴 살림을 하는 것.

방 어디 갔느냐고 찾는 태식입니다.

지금 열다섯 살이고 나이로는 증손자 경손이와 동갑이지만 아들은 아들입니다. 그러나 본실 소생은 아니고 시골서 술에미[酒女]를 상관한 것이, 그걸 하나 보았던 것입니다.

배야 뉘 배를 빌려 생겨났든 간에 환갑이 가까워서 본 막내둥이니, 아버지로 앉아서야 이뻐할 건 당연한 노릇이겠지요. 하물며 낳은 지 삼칠일 만에 에미한테서 데려다가 유모를 두고 집안의 뭇 눈치 속에서 길러 낸 천덕꾸러기니, 여느 자식보다 불쌍히 여겨서라도 한결 귀애할 게 아니겠다구요.

윤직원 영감은 밥을 먹어도 꼭 태식이를 데리고 같이 먹곤 하는데, 오늘 저녁에는 마침 눈에 뜨이지 않으니까 숟갈도 들려고 않고서 그애를 먼저 찾던 것입니다. 그때, 방 웃미닫이가 사르르 열리더니 문제의 장본인 태식이가 가만히 고개를 들이밀고는 방안을 후휘 둘러봅니다. 그러다가 윤직원 영감이 눈에 띄니까는 들이 천동한 것처럼 우당퉁탕 뛰어들어 윤직원 영감의 커다란 무릎 위에 펄씬 주저앉습니다.

열여섯 살에 시집을 온 고씨는 올해 마흔일곱이니, 작년 정월 시어머니 오씨가 죽은 날까지 꼬박 삼십일 년 동안 단단히 그 시집살이라는 걸 해왔습니다.

사납대서 살쾡이라는 별명을 듣고, 인색하대서 진지리꼽재기라는 별명을 듣고, 잔말이 많대서 담배씨라는 별명을 듣고 하던 시어머니 오씨(그러니까, 바로 윤 직원 영감의 부인이지요) 그 손 밑에서 삼십일 년 동안 설운 눈물 많이 흘리고 고씨는 시집살이를 해오다가, 작년 정월에서야 비로소 그 압제 밑에서 해방이 되었습니다. 남의 집 종으로 치면 속량이나 된 셈이지요. 그러나 막상 이 고씨라는 여인이 하 그리 현부(賢婦)였더냐 하면 그런 것도 아닙니다. 허기야 아무리 흠잡을 데 없이 얌전스럽고 덕이 있고 한 며느리라도 야속한 시어머니한테 걸리고 보면 반찬 먹은 개요 고양이 앞에 쥐요 하지 별수 없는 것이지만, 고씨로 말하면 사람이 몸집 생김새와 같이 둥실둥실한 게 후덕하기는 하나, 대단히 이퉁이 세어 한번 코를 휘어 붙이면 지렛대로 떠 곤질러도 꿈쩍을 않고, 또 몹시 거만진 성품까지 없지 않습니다. 사상의(四象醫)[9]더러 보라면 태음인(太陰人)이라고 하겠지요.

그러나 그렇게 기만 조금 펴고 지내게 되었을 뿐이지, 실상 아무 실속도 없고 말았습니다. 시아버지 윤 직원 영감이 처결하기를, 집안의 살림살이 전권(全權)을 마땅히 물려받아야 할 주부 고씨는 젖혀놓고서, 한 대[一代]를 껑충 건너뛰어 손자대(孫子代)로 내려가게 했던 것입니다. 고씨의 며느리 되는 종수의 아낙인 박씨 즉, 윤직원 영감의 맏손자며느리가 시할머니의 뒤를 바로 이어서 집안의 안살림을 도맡아 하게 되었던 것입니다.

그러고 보니, 묻지 않아도 내가 주부로 들어앉아 며느리를 거느리고 집안 살림을 해가는 어른이 되겠거니 했던 고씨는 고만 개밥의 도토리가 되어 버리고, 도리어 시어머니 오씨 대신에 며느리 박씨한테 또다시 시집살이(?)를 하게끔 된 셈평이었습니다. 선왕(先王)의 뒤를 이어 즉위는 했으나 권력은 왕자가 쥐게 된 그런 판국과 같다고 할는지요.

고씨는 시방 동경엘 가서 경찰서장 감으로 공부를 하고 있는 둘째아들 종학을 낳은 뒤로부터 스물네 해 이짝, 남편 윤 주사

9) 사상의(四象醫) : 사람의 체질을 사상, 곧 태양, 태을, 소양, 소음으로 나누어 각각 그에 맞는 약으로 병을 다스리는 한의술.

창식과 금슬이 뚝 끊겨, 생과부로 좋은 청춘을 늙혀 버렸습니다.

윤 주사는 시골서부터 첩장가를 들어 딴살림을 했었고, 서울로 올라올 때도 그 첩을 데리고 와서 지금 동대문 밖에다가 치가를 하고 있습니다.

그리고 요새는, 그새까지는 별로 않던 짓인데, 새 채비로 기생첩 하나를 더 얻어서 관철동에다 살림을 차려 놓고는 이 집으로 가서 놀다가 저 집으로 가서 누웠다 하며 지냅니다.

그리고는 본집에는 돈이나 쓸 일이 있든지, 또 부친 윤 직원 영감이 두 번 세 번 불러야만 마지못해 오곤 하는데, 오기는 와도 사랑방에서 부친이나 만나 보고 횡허케 돌아가지, 안에는 도무지 발걸음도 않습니다.

이 윤 주사라는 사람은 성미가 그의 부친 윤 직원 영감과는 딴판이요, 좀 호협한 푼수로는 그의 조부 말대가리 윤용규를 닮았다고나 할는지, 그리고 살퀭이요 진지리꼽재기요 담배씨라던 그의 모친 오씨와는 더욱 딴 세상 사람입니다.

미워서 꼬집자면 그렇게 말도 할 수가 없는 건 아니겠지요. 그러나, 또 좋게 보자면 세상 물욕(物慾)을 초탈한 사람이라고도 하겠지요.

누구 어려운 친척이나 친구가 찾아와서 아쉰 소리를 할라치면, 차마 잡아떼지를 못하고서 있는 대로 털어 줍니다.

남이 빚 얻어 쓰는데 뒷도장 눌러 주고는, 그것이 뒤집혀 집행을 맞기가 일쑵니다.

윤 직원 영감은 몇 번 그런 억울한 연대 채무란 것에 몇만 원 돈 손을 보던 끝에 이래서는 못 쓰겠다고 윤 주사를 처억 준금

치산[10] 선고를 시켜 버렸습니다.

윤두섭의 아들 윤창식이가 찍은 도장이면 그것이 위조 도장인 줄 알고서도 몇천 원 몇만 원의 수형[11]을 받아 주는 사람이 수두룩하고, 차용 증서도 그 도장으로 통용이 되니까요.

나중에 가서 일이 뒤집혀지면 윤 직원 영감은 그래도 자식을 인장 위조죄로 징역은 보낼 수가 없으니까, 그런 걸 울며 겨자 먹기라든지, 할 수 없이 그 수형이면 수형, 차용 증서면 차용 증서를 물어 주곤 합니다.

윤 주사 창식 그는 아무튼 그러한 사람으로서, 밤이고 낮이고 하는 일이라고는, 쌍스럽지 않은 친구 사귀어 두고 술 먹으러 다니기, 활쏘기, 승지(勝地)로 유람 다니기, 옛 한서(漢書) 모아 놓고 뒤지기, 한시(漢詩) 지어서 신문사에 투고하기, 이 첩의 집에서 술 먹다가 심심하면 저 첩의 집으로 가서 마작하기, 그래 도무지 유유자작한 게 어떻게 보면 신선인 것처럼이나 탈속[12]이 되어 보입니다.

이런 빚 조건으로 생긴 싸움이, 아들 창식하고만이 아니라, 맏손자 종수하구도 종종 해야 하니 엔간히 성가실 노릇이긴 합니다.

또 그런 빚을 물어주는 싸움은 아니라도, 윤 직원 영감은 가끔 딸 서울아씨와도 싸움을 해야 합니다. 작은손자며느리와도 싸움을 해야 하고, 방학에 돌아오는 작은손자 종학과도 싸움을 해야 합니다.

며느리 고씨하고는 말할 것도 없고, 사랑방에 있는 대복이나 삼남이와도 싸움을 해야 합니다.

맨 웃어른 되는 윤 직원 영감이 그렇게 싸움을 줄창치듯 하

10) 준금치산 : '한정치산'의 구용어로 의사 능력이 불충분한 자에게 법률상 자유로 치산하는 일을 금하는 처분.

11) 수형 : '어음'의 옛 이름.

12) 탈속(脫俗) : 세속적인 기풍에서 벗어나는 것. 또는 범속의 마음에서 벗어나는 것.

는가 하면 일변 경손이는 태식이와 싸움을 합니다.

서울아씨는 올케 고씨와 싸움을 하고, 친정 조카며느리들과 싸움을 하고, 경손이와 싸움을 하고 태식이와 싸움을 하고, 친정아버지와 싸움을 합니다.

고씨는 시아버지와 싸움을 하고, 며느리들과 싸움을 하고, 시누이와 싸움을 하고, 다니러 오는 아들과 싸움을 하고, 동대문 밖과 관철동의 시앗집엘 가끔 쫓아가서는 들부수고 싸움을 합니다.

그래서, 싸움 싸움 싸움, 사뭇 이 집안은 싸움을 근저당(根抵當)해 놓고 씁니다. 그리고 그런 숱한 여러 싸움 가운데 오늘은 시아버지 윤 직원 영감과 며느리 고씨와의 싸움이 방금 벌어질 켯속입니다.

관전기(觀戰記)

고씨는 그리하여 그처럼 오랫동안 생수절을 하고 살아오다가 마침내 단산(斷産)할 나이에 이르렀습니다. 여자 아닌 여자로 변하는 때지요.

이때를 당하면 항용 의좋은 부부 생활을 해오던 여자라도 히스테리라든지 하는 이상야릇한 병증이 생기는 수가 많답니다. 그런걸 고씨로 말하면, 이십오 년 청춘을 호올로 늙히다가, 이제 바야흐로 여자로서의 인생을 오늘 내일이면 작별하게 되었은즉, 가령 히스테리를 젖혀 놓고 보더라도 마음이 안존할 리가 없을 건 당연한 노릇이겠지요. 윤 직원 영감의 걸찍한 입잣대로 하면, 오두가 나는 것도 그러므로 무리가 아닐 겝니다.

그러한데다가, 자 집안 살림을 맡아서 하니 그 재미를 봅니까. 자식들이라야 다 장성해서 뿔뿔히 흩어져 살고 어미는 생각도 않지요.

손자 경손이놈은 귀엽기는커녕

까불고 앙똥해서[13] 얄밉지요. 남편이라야 남이 아니면 원수지요., 시아버지라는 영감은 괜히 못먹어서 으르렁으르렁하고, 걸핏하면 짝 찢을 년이네, 오두가 나서 그러네 하고 군욕질이지요.

"너는 학교서 파하거던 일찍일찍 오지는 않구서, 무슨 해망[14]을 허느라구 이렇게 저물고…… 할머니 걱정허시게 허구, 그래!"

하고, 며느리답게 시어머니를 대접하느라 아들놈을 나무랍니다.

"어머닌 또 무얼 안다구 그래요?"

경손은 버럭, 미어다 부치듯 제 모친을 지천을 하는데, 그야 물론 조모 고씨더러 배 채우란 속이지요.

"……전람회 준비 때문에 학교서 늦었단밖에 어쩌라구 그래요? 왜 속두 몰라 가지구들 그래요?"

"아, 이 녀석아!……"

"흥 잘은 되야먹는다. 이놈의 집구석……"

고씨는 차라리 어처구니가 없다고 혀를 끌끌을 차다가, 미닫이를 도로 타악 닫치면서 구누름이 나오기 시작합니다.

"……잘 되야먹어! 이마빡으 피두 안 마른 것은 으런이 무어라구 나무래면 천장만장 떠받구 나서기버틈 허구! ……흥! 뉘놈의 집구석 씨알머리라구, 워너니 사람 같은 종자가 생길라더

13) 앙똥하다 : 조그만 사람이 분수에 지나친 말이나 짓을 해서.

14) 해망(駭妄) : 해괴하고 요방스러운.

냐!"

이 쓸어 넣고 들먹거려 하는 욕이 고씨의 입으로부터 떨어지자마자, 마침내 농성(籠城)코 나지 않던 적(敵)은 드디어 성문을 좌우로 크게 열고(가 아니라) 안방 미닫이를 벼락치듯 열어제치고, 일원 대장이 투구 철갑에 장창을 비껴 들고(가 아니라) 성이 치달은 윤 직원 영감이 필경 싸움을 걷어 맡고 나서는 것입니다.

"아니, 야아?"

미닫이를 타앙 열어제치고 다가앉는 윤 직원 영감은 그러기 전에 벌써 밥먹던 숟갈은 밥상 귀퉁이에다가 내동댕이를 쳤고요.

"……너, 잘허넝 건 무엇이냐? 너, 잘허넝 건 대체 무엇이여? 어디 입이 꽝지리(광주리) 구녁 같거던 말 좀 히여 부아라? 말 좀 히여 부아?

집안이 떠나가게 소리가 큽니다. 몸집이 크니까 소리도 클 거야 당연하지요.

이렇게 되고 보면 고씨야 기다리고 있던 판이니 어련하겠습니까.

"나넌 아무껏두 잘못헌 것 읎어라우! 파리 족통만치두 잘못헌 것 읎어라우! 팔짜가 기구히여서 이런 징글징글헌 집으루 시집온 죄백으넌 아무 죄두 읎어라우! 왜, 걸신허면 날 못 잡어먹어서 응을거리여? 삼십 년 두구 종질하여 준 보갚음으루 그런대여? 머 내가 살이 이렇게 쪘으닝개루 소징[素症][15]이 나서, 괴기라두 뜯어먹을라구? 에이! 지긋지긋히라! 에이 숭악히라."

15) 소징(素症) : 소증. 채식만 해서 고기가 먹고 싶은 증세.

"옳다! 참 잘헌다! 참 잘히여. 워너니 그게 명색 메누리 체껏이 시애비더러 허넌 소리구만? 저두 그래, 메누리 자식을 둘씩이나 읃어다 놓구, 손자 자식이 쉬옘이 나게 생겼으면서, 그래 그게 잘허넌 짓이여?"

"그러닝개루 징손자까지 본 이가 그래, 손자까지 본 메누리 년더러 육장 짖을 년이네, 오두가 나서 싸돌아댕기네 허구, 구십을 놀리너만? 그건 잘허넌 짓이구만? 똥 묻은 개가 저(겨) 묻은 개 나무래지!"

"쌍년이라 헐 수 읎어! 천하 쌍놈, 우리게 판백이 아전 고중평이 딸자식이 워너니 그렇지 별수 있겄냐!"

"아이구! 그, 드럽구 밉살스런 양반! 그런 알량헌 양반허구넌 안 바꾸어…… 양반, 흥!……양반이 어디 가서 모다 급살맞어 죽구 읎덩갑만…… 대체 은제적버텀 그렇게 도도헌 양반인고? 읍내 아전덜한티 잽혀 가서 볼기 맞이면서 소인 살려 줍시사 허던 건 누군고? 그게 양반이여? 그 밑구녁 들칠수록 구린 내만 나너만?"

"야, 이놈, 경손아!"

육집이 큰 보람도 없이 뾰족하니 몰린 윤 직원 영감은 마침내 마루로 쿵하고 나서면서 뒤채로 대구 소리를 지릅니다.

경손은 제 방에서 감감하게 대답을 허나, 윤 직원 영감은 들었는지 못 들었느지, 연해 소리소리 외칩니다.

"너 이놈, 시방 당장 가서 네 할애비 불러오니라. 당장 불러와!"

"네에."

"요새 시체넌 거, 이혼이란 것 잘덜 헌다더라. 이혼…… 이놈

오널 저녁으루 담박 제 지집을 이혼을 안히였다 부아라! 이놈을 내가……”

윤 직원 영감은 으르면서 구르면서 사랑으로 나가고, 고씨는 그 뒤꼭지에다 대고 제발 좀 그럽시사고, 이혼을 한다면 누가 무서워서 서얼설 기고 어엉엉 울 줄 아느냐고 퀄퀄스럽게 받아 넘깁니다.

이래서 시초 없는 싸움은 또한 끝도 없이 휴전이 되고, 각기 장수가 진지(陣地)로부터 퇴각을 하자, 집안은 다시 평화가 회복되었습니다.

모두들 태평합니다.

계집종인 삼월이는 부엌에서 행랑어멈과 같이서 얼추 설거지를 하고 있고, 행랑아범은 안팎 아궁이를 찾아다니면서 군불을 조금씩 지피고, 그 나머지 식구들은 고씨만 빼놓고 다아 안방으로 모여 저녁밥을 시작합니다.

서울아씨, 두 동서, 경손이, 태식이, 전주댁 이렇습니다. 그들은 아무도 방금 일어났던 풍파를 심려한다든가 윤 직원 영감이 저녁밥을 중판맨[16] 것을 걱정한다든가, 고씨가 밥상을 도로 쫓은 걸 민망히 여긴다든가 할 사람은 하나도 없고, 따라서 아무도 입맛이 없어 밥 생각이 안 날 사람도 없습니다.

16) 중판맨 : 도중에서 일을 그만둔.

쇠가 쇠를 낳고

사랑방에는 언제 왔는지, 올챙이 석 서방이, 과시 올챙이같이 토옹통한 배를 안고 윗목께로 오도카니 앉아 있습니다.

시체말로는 브로커요, 윤직원 영감 밑에서 거간을 해먹는 사람입니다.

돈도 잡기 전에 배 먼저 나왔으니, 갈데없이 근천스런 ×배요, 납작한 체격에 형적도 없는 모가지에, 다아 올챙이 별명 타자고 나온 배지 별 게 아닐 겝니다.

"진지 잡수셨습니까?"

올챙이는 오끔 일어서면서 공순히, 그러나 친숙히 인사를 합니다.

윤 직원 영감은 속으로야, 이 사람이 저녁에 다시 온 것이 반가울 일이 있어서, 느긋하기는 해도 짐짓

"안 먹었으면 자네가 설넝탱이라두 한 뚝배기 사줄라간디, 밥먹었냐구 묻넝가?

하면서 탐착잖아 하는 낯꽃[17]으로 전접스런[18] 소리를 합니다.

"이러구 저러구 간으, 그건 아침에 말한 대루 이 화리[二割引] 아니구넌 안 되니 그렇게 알소잉?"

윤 직원 영감은 정색을 하느라고 담뱃대를 입에서 뽑고, 올챙이도 다가앉을 듯이 앉음매를 되사립니다.

"그리잖어두 허긴 그 사람 강씰 방금 또 만나구 오는 길인데요…… 그래 그 말씀두 요정을 내구 허기는 해야겠습니다마는……"

"그럼 이 화리 히여서라두 쓴다구 그러덩가?"

"그런데 거, 이번 일은 제 얼굴을 보시구서라두 좀 생각해 주서야 하겠습니다!"

"생각이라께 별것 있넝가? 돈 취히여 주넝 것이지."

"물론 주시긴 주시는데, 일 할(一割)만 해주세요!"

"건, 안 될 말이래두!"

17) 낯꽃 : 얼굴에 드러나는 감정의 표시.

18) 전접스런 : 던적스런. 보기에 더러운 태가 있는.

"영감이 무가내루 이 할만 떼신다면, 아마 그 사람두 안쓰기 쉽습니다……"

올챙이는 역시 윤 직원 영감의 배짱을 아는 터라, 마침내 이렇게 슬그머니 한 번 덜미를 눌러 놓습니다. 그리고는 한참 있다가 다시……

"……그러니 자아 영감, 그러구저루구 하실 것 없이, 일 할 오 부만 하시지요…… 일 할 오부라두 일칠은 칠, 오칠 삼십오 허구, 일천오십 원입니다!"

"아니 이 사람, 자네넌 내 밑으서 거간 서구, 내 덕으 사넌 사람이, 육장 그저 내게다가 해만 뵐라구 드넝가?"

"원참! 그게 손해 끼쳐 디리는 게 아닙니다! 일을 다아 되두록 마련하자니깐 그리지요. 상말루, 싸움은 말리구 흥정은 붙이라구 않습니까? 그런데 그게 남의 일이라두 모를 텐데 항차 영감의 일인걸……"

"아이, 모르겄네! 자네 쇠견대루 허소!"

"허허허허. 진즉 그리실 걸 가지구…… 그럼 내일 당장 강씰 데리구 올텐데, 어느만 때가 좋을는지?……내일 은행 시간까진 돈을 써야 할 테니깐요."

"글세…… 대복이가 와야 헐틴디. 오날 저녁으 온댔으니개 오기넌 올 것이구, 오머넌 내일 아무 때라두 돈이사 주겄지만…… 자리넌 실수 없을 자리겄다?"

"그야 지가 범연하겠습니까? 아따, 만창 상점이라구, 바루 저 철물교 다리 옆입니다. 머 그 사람이 부랑자루 주색 잡기 하느라구 쓰는 돈이 아니구, 내일 해전으로다가 은행에 입금을 시켜야만 부도가 아니 나게 됐다는구요! ……글세, 은행에서들 돈을 딱 가두어 놓군 돌려 주질 않기 때문에, 너나 할 것 없이 모두 죽는 소립니다!……그러나저러나 간에 이 사람 강씬 아무 염려 없구요. 다 조사해보시면 아시겠지만……"

"……그런데 정녕 저녁 진질 아니 잡수셨습니까?"

"……내가 이 사람아, 나락으루 해마닥 만 석을 추수를 받구, 돈으루두 몇만 원씩을 차구 앉었넌 사람인디, 아 그런 부자루 앉어서 글씨, 가끔 이렇기 끄니를 굶네그려! 으응?"

돈을 흥정하는 저자에서 오고가고 하는 속한일 뿐이지, 올챙이로서야 어디 그러한 방면으로 들어서야 제법 깊은 인정의 기미를 통찰할 재목이 되나요, 그저 백만금의 재물을 쌓아 놓고 자손 번창하겠다, 수명 장수, 아직도 젊은 놈 여대치게 저엉정하겠다. 이런 천하에 드문 호팔자를 누리면서도 근천이 질질 흐르게시리 밥을 굶네, 속이 상하네, 개 신세네 하고 풀죽은 기색으로 탄식을 하는 게, 이놈의 영감이 그만큼 살고 쉬이 죽으려고 청승을 떠는가 싶어 얼굴이 다시금 치어다보일 따름이었습니다.

상평통보(常平通寶) 서 푼과

올챙이는, 윤 직원 영감이 자기가 자청해서 자기 입으로 개라고 하니, 차라리 그렇거들랑 어디 컹컹 한바탕 짖어 보라고 놀리기나 하고 싶습니다. 그렇지만 그런 버릇없는 농담을 할 법이야 있습니까. 속은 어디로 갔든 좋은 말로다 자손이 번창하고 가운이 융성하게 되면, 집안 어른 된 이로는 그런 근심 저런 걱정, 노상 안할 수도 없는 것인즉, 그걸 가지고 과히 상심할

게 없느니라고 위로를 해줍니다.

"아, 여보소? ……"

윤 직원 영감은 남이 애써 위로해 주는 소리는 귀로 듣는지 코로 맡는지, 종시 우두커니 한눈을 팔고 앉았다가, 갑자기 긴한 낯으로 고개를 내밀면서,

"……자네, 사람 죽었을 때 염(殮)허녕 것 더러 부았녕가?"

하고 묻습니다. 자기딴에는 따로이 속내평이 있어서 하는 소리겠지만, 이건 느닷없이 송장 일곱 매 묶는 이야기가 불쑥 나오는 데는, 등이 서늘하고 그다지 긴치 않기도 했을 것입니다.

"더러 부았으리…… 그런디 말이네……"

윤 직원 영감은 올챙이가 이렇다저렇다 얼른 대답을 못하고 우물우물하는 것을 상관 않고 자기가 그 뒤를 잇습니다.

"……아, 우리 마니래(마누라)가 작년 정월에 죽잖있녕가?"

"네에! 아 참, 벌써 그게 작년 정월입니다그려! 세월이 빠르긴 허군!……"

"게, 그때, 수험을 헌다구, 날더러두 들오라구 허기에, 시쳇방으를 들어가잖있덩가. 들어가서 가만히 보구 섰으닝개, 수의를 죄다 갈어입히구 나서넌 일곱 매를 묶기 전에, 어따 그놈의 것을 무어라구 허데마는…… 쌀 한 수까락을 떠서 맹인 입으다가 늦는 체허면서 천 석이요오 허구, 두 수까락 떠느면서 이천 석이요 허고, 세 수까락 떠느면서 삼천 석이요오 허구, 아 이런 담 말이네! …… 그러구 또, 시방은 쓰지두 않너 옛날 돈 생평통보[常平通寶] 한 푼을 느주면서 천 냥이요오, 두 푼 느주면서 이천 냥이요오, 스 푼 느주면서 삼천 냥이요오 이러데그려!"

"그렇지요! 그게 다아……"

올챙이는 비로소 윤 직원 영감의 말하고자 하는 속을 알아차렸대서 고개를 까댁까댁 맞장구를 칩니다.

"……그게 맹인이 저승길 가면서 노수[19]두 쓰구 또, 저승에 가서두 부자루 잘 지내시라구 그리잖습니까?"

"응 그리여. 글씨 그런 줄 나두 알기넌 알어. 또, 우리 어머니 아버지 때두 다아 보구 그리서 츰을 보덩 건 아니지. 그러닝개 츰 귀경히였다닝 게 아니라, 내 말은 그런 말이 아니구…… 아니 글씨 여보소, 우리 마니래만 히여두 명색이 만석꾼이 집 예편네가 아닝가? 만석꾼이…… 그런디 필경 두 다리 쭈욱 뻗구 죽으닝개넌 저승으루 갈라면서, 쌀 게우 세 수까락 허구, 돈 엽전 스 푼허구, 게우 고걸 각구 간담 말이네그려. 응? 만석꾼이가 죽어 저승으로 가면서넌 쌀 세 수까락에 엽전 스 푼을 달랑 읃어 각구 간담 말이여!……"

올챙이는 자못 엄숙해 하는 낯으로 고즈넉이 앉아 듣고 있고, 윤 직원 영감은 빼금빼금 한참이나 담배를 빨더니, 후유 한숨을 한번 내쉬고는 말끝을 다시 잇댑니다.

"영감님?"

"어이?"

부르는 소리도 은근했거니와 대답 소리도 다정합니다.

"지가 꼬옥 영감님께 한 가지 권면[20]해 드릴 게 있습니다."

"권면?"

"네에, 다름이 아니라……"

"아니, 자네가 시방 또 은제치름 날더러 저 무엇이냐, 핵교허넌 디다가 돈 기부허라구, 그런 권면헐라구 그러잖넝가? 그런 소리거덜랑, 이 사람아 애여 말두 내지두 말소!"

19) 노수(路需) : 노자, 여행에 드는 돈.

20 권면(勸勉) : 알아듣도록 타일러서 힘쓰게 하는 것.

21) 방색 : 남의 청을 받아들이지 않고 막음.

이렇게 황망히 방색[21]을 하는 것이, 윤직원 영감은 어느덧 꿈이 깨고, 생시의 옳은 정신이 들었던 모양입니다.

"신통이구 지랄이구 이 사람아, 왜 글씨 제 돈 디려 가면서 학교를 설시허네 무얼허네, 모두 남 존 일을 헌담 말잉가? 천하 시러베개아덜놈덜이지…… 인제 보소마넌, 그런 놈덜은 손복[22]을 히여서 오래잔히여 박적[23]을 차구 빌어먹으로 댕길 티닝개루, 두구 보소!"

"웬! 영감두! ……이거 보세요, 영감님?"

"왜 그러닝가?"

"지가 꼬옥 맘을 두구서 권면하는 말씀이니, 저어 마나님 한 분 얻으시는 게 어떠세요?"

윤 직원 영감은 대답 대신 히물쭉 웃으면서 눈을 흘깁니다. 네 이놈 괘씸은 하다마는 그럴듯하기는 그럴듯하구나…… 이 뜻이지요.

윤 직원 영감은 마침내 까놓고 흉중[24]을 설파합니다.

"……자네가 다아 참, 내 근경[25]을 알어채구서 기왕 말을 냈으니 말이지, 낸들 왜 그 데시기[26]에 서캐 실은 여편네라두 하나 있으면 좋 생각이 읎겄닝가!……아, 그렇지만, 그렇다구 내가 이 나이에 어디 가서 즘잔찮게 예편네 읎어 달라구 말을 낼 수야 읎잖닝가? 그렇잖엉가?"

마침 골목 밖에서 신문 배달부의 요란스런 방울 소리가 울려와서, 두 사람의 이야기를 막고, 문득 긴장을 시켜 놓습니다. 호외가 돌던 것입니다.

사변[中日戰爭]은 국지 해결이 와해가 되고 북지사변으로부터 전단이 차차 중남지로 퍼지면서 지나사변[27]에로 확대가 되

22) 손복(損福) : 복이 덜리는 것.

23) 박적 : '바가지'의 전북 방언.

24) 흉증 : 가슴 속. 또는 마음.

25) 근경(近境) : 어떤 사실과 비슷한 경우.

26) 데시기 : '뒷덜미'의 전북 방언.

27) 지나사변 : 중일전쟁. 1937에서 1945년 일본이 무조건 항복하기까지 중국과의 전쟁.

어가고, 그에 따라 신문의 호외도 잦은 편입니다.

이야기에 세마리가 팔렸던 올챙이가 정신이 들어, 시계를 꺼내보더니, 볼일이 더디었다고 총총히 물러갔습니다. 그는 물러가면서, 잘 유념을 하여 쉬 그 마나님감을 골라다가 현신[28]시키겠다고, 자청 다짐을 두기를 잊지 않았습니다.

28) 현신(現身) : 아랫사람이 윗사람에게 처음으로 뵈는 것.

절약(節約)의 도락 정신(道樂精神)

올챙이를 보내고 나서 윤 직원 영감은 퇴침을 돋우 베고, 보료 위에 가 편안히 드러눕습니다.

침침한 십삼 와트 전등불에 담배 연기만 자욱하니, 텅 빈 삼 칸장방 아랫목에 가서 허연 영감 하나만 그들먹하게 달랑 드러누운 것이, 어떻게 보면 징그럽기도 하고, 다시 어떻게 보면 폐허(廢墟)같이 호젓하기도 합니다.

윤 직원 영감은 멀거니 드러누웠자매 심심해서 못 견디겠습니다. 춘심이년이나 어서 왔으면 하겠는데, 저녁 먹고 곧 오마고 했으니까, 오기는 올 테지만, 대복이도 까맣게 기다려집니다. 간 일이 궁금도 하거니와, 여덟 신데 오래잖아 라디오를 들어야 하겠으니, 그 안으로 돌아와야 하겠습니다.

누가 먼저 오나 했더니 대복이가 첫찌(?)를 했습니다.

운동화에 국방색 당꾸바지에, 검정 저고리에, 오그라붙은 칼라에, 배애배 꼬인 검정 넥타이에, 사 년 된 맥고자에, 볕에 탄 얼굴에, 툭 불거진 광대뼈에, 근천스럽게 말라붙은 안면 근육에, 깡마른 눈정기에…… 이 형색과 모습은 백만 장자의 지배인 겸 서기 겸 비서 겸, 이러한 인물이라기는 매우 섭섭해 보입니다.

"하였넝가?"

"예에, 다아 잘……"

"무엇으다가 붙있넝가?"

"마침 광으가 나락이 한 오십 석이나 있어서요……"

"나락? 거참 마침이구만!……그리서 그놈에다가 붙있넝가?"

"예에."

"잘힛네! 인제 경매헐 때 그놈을 우리가 사머넌 거 갠찮얼 것이네! 나락이닝개루……"

워낙 대복이가 누구라고 그걸 범연히 했을 리가 없던 것입니다.

꿩먹고 알먹고 하는 속인데, 윤 직원 영감은 채무자의 재산을 가차압을 해놓고, 기한이 지난 뒤에 경매를 하게 되면, 속살로 그것을 사가지고, 그것에서 다시 이문을 봅니다. 그 맛이 하도 고소해서 언제든지 기회만 있으면 놓치지를 않습니다.

성명은 전대복(全大福)인데, 장차에는 어떻게 될는지 기약하기 어렵다 하더라도, 반평생을 넘겨 산 오늘날까지, 이름대로 복이 온전코 크고 하지는 못했습니다. 오히려 박복했지요.

윤 직원 영감과 한 고향입니다. 면서기를 오 년 다녔고 그중 사 년이나 회계원으로 있었습니다.

꼼꼼하고 착실하고 고정하고 그러고도 사람이 재치가 있고, 이래서 윤 직원 영감의 눈에 들었습니다. 그런 결과 윤 직원 영감네가 서울로 이사해 올 때에, 자가용 회계원 겸, 서무서기 겸, 심부름꾼 겸 만능잡이로다가 이삿짐과 한가지로 묻혀 가지고 왔습니다.

고향에서는 그의 과히 늙지는 않은 양친이 윤 직원 영감네 땅을 부쳐먹고 지내면서 그다지 고생은 않습니다.

아내가 고향에서 시부모를 섬기고 있었는데, 연전에 죽었고, 그래 대복이는 시방 홀애빕니다.

죽은 아내가 불쌍하고, 시골 살림이 각다분하고[29] 홀애비 신세가 초라하고 하기는 하지만, 그런 걸 전화위복이라고 과연 복이 될는지 무엇이 될는지 아직은 몰라도, 복이려니 하는 대망을 하무튼 홀애비가 된 그걸로 해서 품을 수만은 있게 되었던 것입니다.

29) 각다분하고 : 말을 해나가기 전에 매우 고되고 힘이 들고.

실제록(失題錄)

대복이가 윤 직원 영감의 머리맡 연상(硯床)[30]에 놓은 세트의 스위치를 누르는 대로 JODK의 풍류(風流)가 마침 기다렸던 듯 좌악 흘러 나옵니다.

30) 연상(硯床) : 문방 제구를 벌여 놓아두는 작은 책상.

"따앙 찌찌, 즈응 증지 따앙 증응 다앙……"

잔영산입니다.

청승스런 단소의 둥근 청과, 의뭉한 거문고의 쿳소리가 서로 얽혔다 풀렸다 하는 사이를, 가냘퍼도 앙금이 야무지게 멕이고 나갑니다.

"다앙당동, 다앙동 다앙당, 증찌, 다앙 당동당, 다앙 따앙."

이윽고 초장이, 끝을 홍 있이 몰아치는 바람에 담뱃대를 물고 모로 따악 드러누워서 듣고 있던 윤 직원 영감은

"좋다아!"

하면서 큼직한 엉덩판을 한 번 칩니다.

무릇 풍류란 건 점잖대서, 잡가나 그런 것과 달라 그 좋다!를 않는 법이랍니다. 그러나 그까짓 법이 무슨 상관이 있나요. 윤 직원 영감은 좋으니까 좋다고 하면 고만이지요.

이렇게 무식은 해도, 그거나마 음악적 취미의 교양이 윤 직원 영감한테 지녀져 있다는 것이 일변 거짓말 같기는 하지만, 돌이켜 직원 구실을 지낼 무렵에 선비들과 주축한 그 덕이라 하면, 그리 이상튼 않겠습니다.

라디오를 만져 놓고 막 제 방으로 물러가는 대복이와 엇갈려, 춘심이년이 배시시 웃으면서 들어섭니다.

"어서 오니라. 이년 왜 이렇게 늦게 오냐?"

윤 직원 영감은 반가워하면서 욕을 하고 춘심이는 욕을 먹어도 타지는 않습니다.

"일찍 올 일은 또 무엇 있나요? 오구 싶으믄 오구, 말구 싶으믄 말구 하지요. 시방 세상은 자유 세상인데! ……"

춘심이가 단숨에 이렇게 쌔와리면서[31], 얼굴 앞에 바투 주저앉는 것을, 윤 직원 영감은 멀거니 웃고 바라다봅니다.

사랑은 쓰고 있되, 놀러 올 영감 친구 하나 없습니다. 저엉 무엇하면 객초(客草) 몇 대씩 허실하면서라도 바둑 친구나 청해 오겠지만, 윤직원 영감은 바둑이니 장기니 그런 것은 자고 이후로 통히 손을 대본 적이 없습니다. 웬만한 노인들은 대개 만질 줄은 아는 골패도 모르고 이날 이때까지 살아왔습니다. 그런 기국이나 잡기에 손을 대지 않은 것은, 소시적[32]에 남들이 노름꾼 말대가리 자식놈이라고 뒷손가락질과 귀먹은 욕을 하는 데 절치부심[33]을 한 소치라고 합니다.

마침 라디오는 풍류가 끝나고, 조금 있더니 지랄 같은 깡깽

31) 쌔와리면서 : 씨부랑거리면서. 매우 경망스럽게 실없이 마구 지껄이는 것.

32) 소시적 : 젊을 때.

33) 절치부심(切齒腐心) : 몹시 분하여 이를 갈고 속을 썩임.

이 소리[洋樂]가 들려 나옵니다. 윤 직원 영감은 이맛살을 찌푸리면서 스위치를 젖혀 버립니다.

"너 이넌, 다리넌 안 치기루 혔냐?"

"싫여요! 누가 암마야상인가 머!"

"허! 그년 참! ……그럼 다리 안 치넌 대신 노래나 한마디 불러라."

"노랜 하죠! 풍류 끝엔 텁텁한 걸루다 잡가를 들어야 하신다죠?"

"너 배 안 고푸냐?"

윤 직원 영감은 쿨럭 갈앉은 큰 배를 슬슬 만집니다. 춘심이는 그 속을 모르니까 두릿두릿합니다.

"아뇨, 왜요?"

"배고푸다머넌 우동 한 그릇 사줄라구 그런다."

"아이구머니! 영감 죽구서 무엇 맛보기 첨이라더니!"

"저런 넌! 주둥아리 좀 부아!"

"아니, 이를테믄 말이에요! ……사주신다믄야 배는 불러두 달게 먹죠!"

"그리라. 두 그릇만 시키다가 너허구 나허구 한 그릇씩 먹자!"

"우동만, 요?"

"그러먼?"

"나 탕수육 하나만……"

"저 배때기루 우동 한 그릇허구, 또 무엇이 더 들어가?"

"들어가구말구요! 없어 못 먹는답니다!"

"허! 그년이 생부랑당이네! 탕수육인지 그건 한 그릇에 을매씩 허냐?"

"아마 이십오 전인가, 그렇죠?"

우동을 시키고 조금 지나자, 마당에서 청요리 궤짝이 딸그락거리더니, 삼남이가 처억

"우동 두 그릇 탕수육 한 그릇, 어서 빨리 시켜 왔어라우."

하고 복명을 합니다.

춘심이는 대그르르 웃고 윤 직원 영감 끙! 저 잡것 좀 부아! 하면서 혀를 찹니다.

인간 체화(人間滯貨)와 동시에 품부족(品不足) 문제, 기타

시방 사랑에서는 일흔 두 살 먹은(자칭 예순다섯 살 먹은) 증조 할아버지가, 열다섯 살 먹은 애인과 더불어 그처럼 구수우하니 연애 홍정이 얼려 가고 있겠다요. 그리고 안에서는……

경손이는 아까 안방에서 열다섯 살 동갑짜리 대부 태식이와 같이 싸우며 놀리며 저녁을 먹고 나서는 아랫목에 가 버얼떡 드러누어 뒹굴고 있었습니다.

그 육중스런 임시 첩장인을 위해, 중값 나가는 사향소합환[34]을 주마는 것도 과연 근경속이 그럴듯하기는 합니다.

아무려나 이래서 조손간에 계집애 하나를 가지고 동락을 하니 노소동락(老少同樂)일시 분명하고, 겸하여 규모 집안다운 계집 소비 절약이랄 수도 있겠습니다.

그렇지만, 소비 절약은 좋을지 어떨지 몰라도, 안에서는 여자의 인구가 남아 돌아가고(그래 칠십 노옹이 예순다섯 살로 나이를 야바위[35]도 치고, 열다섯 살 먹은 애가 강짜도 하려고 하고) 아무

34) 사향소합환 : 기질이 약할 때 먹도록 만든 한약 보신제.

35) 야바위 : 협잡의 수단으로 그럴듯하게 꾸미는 일.

래도 시체의 용어를 빌어오면, 통제가 서지를 않아 물자 배급(物資配給)에 체화(滯貨)와 품부족(品不足)이라는 슬픈 정상을 나타낸 게 아니랄 수 없겠습니다.

세계사업(世界事業) 반절기(半折記)

역시 같은 날 밤이요, 아홉 시가 한 오 분 가량 지나섭니다.

그러니까 방금 창식이 윤주사의 둘째 첩 옥화가 계동 큰댁에를 들렀다가 며느리 뻘 되는 뒤채의 두 새댁들과 말말 끝에, 집에는 얼굴도 들여놓지 않은 종수를, 아까 낮에 우미관 앞에서 만났다는 그 이야기를 하고 있는 그 시각과 거진 같은 시각입니다. 그 시각에 종수는 그의 병정인 키다리 병호의 인도로 동관 어떤 뚜쟁이 집을 찾아왔습니다.

종수는 새삼스럽게 소개할 것도 없이, 만석꾼 윤 직원 영감의 맏손자요, 창식이 윤 주사의 맏아들이요, 경손이의 아범이요, 윤씨네 가문(家門) 빛내는 큰 사업의 제일선 용사 중 한 사람으로서 군수 운동을 하느라고 고향에 내려가 군 고원을 다니는 사람이요, 그리고 장차 경찰서장이 될 동경 어느 대학 법학과 학생 종학의 형이요, 이러한 그 종숩니다. 주욱 꿰어놓고 보니 기구가 대단하군요.

종수는 시방 나이 스물아홉, 생김생김은 이 집안의 혈통인 만큼 헤멀끔허니, 어디 한군데 야무지게 맺힌 데가 없고, 좋게 보아야 포류의 질[蒲柳之質][36]입니다. 혹시 눈먼 관상쟁이한테나 보인다면, 널찍한 그의 얼굴과 훤하니 트인 이마에 만 석이 들었다고 할는지 모르지요.

36) 포류의질(蒲柳之質) : 잎이 일찍 떨어지는 연약한 나무라는 뜻으로 갯버들처럼 잔약한 체질.

열일곱에 서울로 공부를 올라와서, 입학 시험을 친다는 것이 단박 낙제를 했습니다. 그대로 주저앉아 강습소 나부랭이를 다니면서 준비를 하는 체하다가 이듬해 다시 시험을 치렀으나 또 낙제……

열아홉 살에 세 번째 낙제, 그리고 다시 그 이듬해 스무 살에는 스무 살이나 먹어 가지고 열서너 살짜리 조무래기들과 섭쓸려 입학 시험을 칠 비위도 없거니와 치자고 해도 지원부터 받아주질 않았습니다.

그해 그러니까 기사년(己巳年)에 종수의 아우 종학이 삼 년 동안 줄곧 낙제를 한 형의 분풀이나 하는 듯이 우등 성적이요 겸하여 첫째로 ××고보에 입학이 되었습니다.

이때는 벌써 온 집안이 서울로 반이를 해왔고, 한데 종수는 일 년이 그 지경이고 보니, 어디로 얼굴을 두르나 부끄러운 것뿐 일변 또 공부 따위는 애초에 하기가 싫던 것이라 아주 작파를 해버렸습니다.

명색이나마 공부를 작파하고 나서는 돈냥이나 있는 집 자식이겠다, 할 노릇이란 빠안한 것, 그동안 조금씩 익혀 온 술먹기와 계집질에 아주 털어놓고 투신을 했습니다.

그러나 윤 직원 영감은 한 번 실패로 큰 목적을 단념할 사람이 아니었습니다. 그는 두루두루 남의 의견도 듣고 궁리도 해보고 한 끝에, 공부를 잘 시켜 고등관으로 군수가 되는 길은 글렀은 즉, 이번에는 군 고원으로부터 시작하여 본관을 거쳐 서무 주임으로 서무 주임에서 군수로, 이렇게 밟혀 올라가는 길을 취하기로 했습니다.

고향의 군수와는 매우 임의로운 사이요, 또 도지사와도 자별히 가깝고 하니까, 종수를 군 고원으로 우선 앉혀 놓고서, 운동만 뒷줄로 잘하게 되면, 자아 본관이요, 네에 서무 주임이요, 옜소 군수요, 이렇게 수울술 올라가진다는 것입니다.

과연 고향의 군수는 윤 직원 영감의 청대로 선뜻 고원 자리 하나를 종수에게 제공했을 뿐 아니라, 뒷일도 보장을 했습니다.

그 삼 년 동안 윤 직원 영감이 자기 손으로 쓴 운동비가 꽁꽁 일만 원하고 삼천 원입니다. 그리고 종수가 운동비라는 명목으로 가져간 것이 이만 원 돈이 가깝습니다. 해서 도합 삼만 원이 넘습니다. 하기야 종수가 가져간 이만 원 돈은 그것이 옳게 제 구멍으로 들어갔는지 딴 구멍으로 샜는지, 알 사람이 드물지요 마는……

군에 다니는 건 명색뿐이요, 매일 술타령에 계집질, 게다가 한 달이면 사오 차씩 서울로 올라와서는 뚜드려 먹고 놉니다. 돈은 물론 제 집엣돈을 사기해 먹고, 또 그 밖에 중이 망건 사러 가는 돈이라도 걸리기만 하면 잡아 써놓고 봅니다. 그랬다가 다급하면 그짓, 제 집 돈 사기를 해서 물어주든지, 직접 윤 직원 영감한테 운동비랍시고 빼젓이 돈을 타든지 합니다. 이번에 올라온 것도 그러한 일 소간입니다.

"돈을 좀 마련해야 할텐데?……"

"해보지…… 얼마냐?"

병호의 대답은 언제나 신선합니다.

"꼭 천 원허구 또, 한 오백 원……"

"오늘루 써야 허나?"

"천 원은 내일 해전으루 되면 좋구, 오늘은 오백 원 가량

만……"

"해보지! ……그렇지만 은행 시간이 지나서, 좀……"

종수는 손가방에서 수형 용지를 꺼내 가지고 일변 쓰면서 이야깁니다.

"……이번은 와리를 좀더 주더래두 내 도장만 찍어야 할텐데?"

"건 어려울걸! ……그런데 왜?"

"아, 지난번에 논을 그렇게 해쓴 거 일만오천 원이 새달 그믐 아니요?"

"참, 그렇지…… 그런데?"

"그런데, 그거가 뒤집어지기 전에 이거가 퉁겨서 나오구, 그리구서 얼마 안 있다가 또 그거가 나오구, 그래 노면 글쎄 한 가지씩 졸경[37]을 치르기도 땀이 나는데, 거펴 두 가지씩!"

37) 졸경 : 밤새 잠을 이루지 못하는 체질.

종수는 쓰던 만년필을 멈추고 혀를 날름날름하면서 고개를 내두릅니다. 졸경을 치른다는 것은 빚쟁이한테 직접 단련이 아니라, 조부 윤 직원 영감한테 말입니다.

병호는 깜작깜작 생각을 하다가는 종수가 도장까지 찍어 내놓는 이천 원 액면의 수형을 집어 듭니다. 아무리 가짜 도장일값에 윤두섭이의 뒷보증(우라가끼)이 없는, 단지 부랑자 윤종수의 수형을 가지고 돈을 얻다께 하늘서 별 따깁니다.

한 시간 안에 다녀오마고 나간 병호는, 두 시간 세 시간 눈이 빠지게 기다려 놓고서 일곱 시 반에야 휘적휘적, 그나마 맨손으로 돌아왔습니다.

도끼자루는 썩어도……

(卽 當世 神仙 놀음의 一齣)

동대문 밖 창식이 윤 주사의 큰첩네 집 사랑, 여기도 역시 같은 그날 밤 같은 시각, 아홉 시 가량 해섭니다.

큰대문, 안대문, 사랑 중문을 모조리 닫아 걸고는 감대 사납게 생긴 권투할 줄 안다는 행랑아범의 조카놈이 행랑방에 버티고 앉아 드나드는 사람을 일일이 단속합니다.

큼직하게 내기 마작판이 벌어졌던 것입니다. 벌어진 게 아니라 어젯밤부터 시작한 것을 시방까지 계속하고 있습니다.

십 전 내기로 오백 원 장이나 큰 노름판이요, 대문을 단속하는 것도 괴이찮습니다. 그러나 암만해도 괄세할 수 없는 개평꾼은 역시 괄세를 못하는 법이라, 한 육칠 인이나 그중 서넛은 판 뒤에서 넘겨다보고 있고, 서넛은 밤새도록 온종일 지키느라 지쳤는지, 머릿방인 서사의 방에 가서 곯아떨어졌습니다.

삼간 마루에는 빙 둘린 선반 위에 낡은 한서(漢書)가 길길이 쌓였습니다. 한편 구석으로 고려자기를 넣어 둔 유리장에다가는 가야금을 기대 세운 게 더욱 운치가 있습니다.

추사(秋史)[38]의 글씨를 검정 판자에다가 각해서 흰 페인트로 획을 낸 주련[39]이 군데군데 걸리고, 기둥에는 전통(箭筒)과 활[弓]……

다시 그 한편 구석으로 지저분한 청요리 접시와 정종 병들이 섭슬려[40] 놓인 것은 이 집 차인꾼[41]이 좀 게으른 풍경이겠습니

38) 추사(秋史) : 김정희의 호. 조선말기의 서화가로, 서예에서 추사체를 완성시킴. 학문에서는 실사구시를 주장하였고, 북한산에 있던 진흥왕 순수비를 고증하였음.

39) 주련(柱聯) : 기둥이나 벽 따위에 장식으로 써서 붙이는 연구(聯句).

40) 섭슬려 : 함께 섞여 휩쓸려.

41) 차인꾼 : 장사하는 일에 시중드는 사람.

다.

방은 양지 위에 백지를 덮어 발라 분을 먹인, 그야말롸 분벽(粉壁), 벽에는 미산(美山)의 사군자와 ××의 주련이 알맞게 벌려 붙어 있고, 눈에 뜨이는 것은 연상(硯床) 머리로 걸려 있는 소치(小痴)의 모란 족자, 그리고 연상 위에는 한서가 서너 권.

소치의 모란을 걸어 놓고 볼 만하니, 이 방 주인의 교양이 그다지 상스럽지 않을 것 같으면서, 방금 노름에 골몰을 해 있으니 속한(俗漢)이라 하겠으나, 이 짓도 하고 저 짓도 하고, 맘 내키는 대로 무엇이든지 하는게 이 사람 창식이 윤 주사의 취미랍니다. 심심한 세상살이의 취미……

마작판에는 주인 윤 주사와 그의 손위에 가서 부자요 마작 잘 하기로 이름난 박뚱뚱이, 그리고 손아래에는 노름꾼 째보, 이렇게 세 마작입니다.

모두들 얼굴에 개기름이 번질번질하고 눈곱 낀 눈이 벌겋게 충혈이 되었습니다.

윤 주사는 느긋해서 구만을 마악 내치려고 하는데, 마침 머릿방에 있던 서사 민 서방이 당황한 얼굴로 전보 한 장을 접어 들고 건너옵니다. 마작판에서는들 몰랐지만 조금 아까 대문지기가 들여온 것을 민 서방이 받아 펴보고서, 일변 놀라 한문자를 섞어 번역을 해가지고 왔던 것입니다.

"전보 왔습니다!"

"동경서 전보 왔어요!"

"동경서? 으응!"

윤 주사는 손만 내밀어서 전보를 받아 아무렇게나 조끼 호주머니에 넣고 박뚱뚱이의 타패가 더디다는 듯이 쓰모를 하려고 합니다.

"전보 보세요!"

"응, 보지. 번역했나?"

"네에."

윤 주사는 종시 정신은 마작판의 바닥에다가 두고, 손만 꿈지럭꿈지럭, 조끼 호주머니에서 전보를 꺼냅니다.

"……이놈 사만이 분명 일을 낼 테란 말이야, 으응!"

"이 사람아, 마작판에 몬지 앉겠네!"

"가만 있자…… 내, 이 전보 좀 보구우……"

윤 주사는 왼손에 든 전보를 손가락으로 만지작만지작, 접은 것을 펴가지고는 또 한참이나 딴전을 하다가 겨우 눈을 돌립니다. 번역해 놓은 열석 자를 읽기에 그다지 시간과 수고가 들 건 없었습니다.

이렇게 해서 윤 직원 영감한테나, 그 며느리 고씨한테나, 서울아씨며, 태식이한테나, 창식이 윤 주사며 옥화한테나, 누구한테나 제각기 크고 작은 생활을 준 이 정축년(丁丑年) 구월 열××날인 오늘 하루는 마침내 깊은 밤으로 더불어 물러갑니다.

오래지 않아, 새로운 날이 밝고, 밝은 그 새날은 그네들에게 다시 어떠한 생활을 주려는지, 더욱이 윤 주사가 조끼 호주머니 속에 우그려 넣고만 동경서 온 전보가 매우 궁금합니다. 하나 밝는 날이면 그것도 자연 속을 알게 되겠지요.

해 저무는 만리장성(萬里長城)

만일 오늘이 우리한테 새것을 갖다가 주지 않고 어제와 꼬옥 같은 것만 되풀이를 한다면, 참으로 우리는 숨이 막히고 모두 불행할 것입니다.

그러나 오늘은 어제와 같으면서도(어제치면서도 더 자라난) 한 다른 오늘치를 우리한테 가져다 주고, 그러하기 때문에 그러하는 동안 인간은 늙어 백발로, 백발은 마침내 무덤으로…… 이렇게 하염없이도 인류는 하루하루 더 재미있어 간답니다.

그렇듯 반가운 새날이 시방 시작되느라고 먼동이 휘엿이 밝아옵니다.

"이, 날이 이렇기 냉히여서 큰일 안 났닝가?"

"글씨올시다! ……"

대복이는 문안 인사도 할 사이가 없고, 공순히 꿇어앉습니다.

"……이러다가 되내기(된서리)나 오는 날이면 큰일나겄는디요?"

"나두 허느니 말이네! ……하누님두 원, 무슨 심청이란 말이야? 서리두 서리지만 우선 늦베[晩鐘稻]가 영글[結實]이 들 수가 있어야지! 그러잖이두 그놈의 수햇지 급살인지 때민에 도지[賭租][42]를 감히여 달라구 생지랄덜을 하넌디!"

가을로 접어들면서 윤 직원 영감과 대복이가 노상 걱정을 하게 된 것이 금년 추숩니다. 농형(農形)이 대체로 풍년은 풍년이지만, 전라도에 수해가 약간 있었고, 윤 직원 영감네 논도 얼마간 해를 입었습니다. 어느 것은 겨우 반타작이나 되겠고, 어느 것은 사태와 물에 말끔하니 씻겨 내려가서 벼 한 톨 추수는커녕 그 논을 다시 파일구는 데 되게 물역[43]이 먹게 생겼습니다.

42) 도지[賭租] : 도조-남의 논밭을 빌려서 부치고 그 대가로 해마다 수확의 일부를 내는 벼.

43) 물역(物役) : 집을 짓는데 쓰이는 돌·흙·모래 등의 총칭. 여기서는 '사람의 품'을 이름.

"내 땅 가지고 내 맘대로 도조를 받고, 내 맘대로 소작을 옮기고 하는데, 어째서 도며 군이며 경찰이 간섭을 하느냐?"

이게 도무지 속을 알 수 없고, 해서 불평도 불평이려니와 윤 직원 영감한테는 커다란 수수께끼가 아닐 수 없던 것입니다.

그런데 우환중에 날이 이렇게 조냉(早冷)을 해서 벼의 결실(結實)을 부실하게까지 하려 드니 더욱 걱정이 안될 수가 없습니다.

그럭저럭 여덟 시가 되자, 윤 직원 영감은 안으로 들어가서 조반을 자시고 나와, 다시 그럭저럭 아홉 시가 되었습니다.

하늘은 씻은 듯이 맑고 햇볕은 양기롭습니다. 정히 좋은 날이요, 윤 직원 영감한테는 그새와 마찬가지나, 새로이 행복된 오늘입니다. 오후쯤 해서는 올챙이와 말이 얼린 수형 조건으로 오천구백오십 원을 주고서 칠천 원 짜리 수형을 받아, 일천오십 원의 이익을 볼 테니, 그중 일백오 원은 구문으로 올챙이를 주더라도 구백사십오 원이고 본즉 오늘도 벌이가 쏠쏠하여 기쁘고.

그런데 오늘은 또 춘심이와 다아 이렁궁저렁궁하게 될 날이어서 이를테면 특집 호화판(特輯豪華版)입니다.

바야흐로 등이 단 참인데 웬걸 아홉 시 치는 소리가 때앵땡 나자 고년이 씨근버근 해뜩빤득 달려들지를 않는다구요.

어떻게도 반가운지! 윤 직원 영감은 앞미닫이를 더럭 열면서 뛰어나오기라도 할 듯이 엉덩이를 떠들썩억, 커다른 얼굴에다가 하나 가득 웃음을 흐트립니다.

"어서 오니라…… 아범은 앓넌다더니 인제 갱기찮어냐?"

"내애 인전 다 나았어요……"

"……어서 나오세요, 반지 사러 가게요……"

춘심이는 점방에 가서 반지를 고릅니다. 그리고 점원과 값을 깎으려고 한 시간은 넘겨 승강을 했을 겝니다. 마구 싸우다시피 구 원 십 전에 그 반지를 뺏아 가지고 가게를 나오니까 열한 시가 훨씬 넘었습니다.

종로 네거리에서 춘심이를 일단 작별하면서, 또다시 두 번 세 번 다진 뒤에 계동 자택으로 돌아오니까, 마침 뒤를 쫓듯 올챙이가 수형 할인을 해쓴다는 철물교 다리의 강씨를 데리고 왔습니다. 대복이도 가타고 했고, 당장 칠천 원 수형을 받고 오천 구백오십 원 소절수를 떼어 주었습니다. 따로 일백오 원짜리를 구문으로 올챙이한테 떼어 준 것은 물론이구요.

강씨와 올챙이를 돌려보내고 나니까, 드디어 오늘도 구백사십오 원을 벌었다는 만족에 배는 불룩 일어섭니다.

윤 직원 영감은 그래서 방금 뚜벅거리고 달려드는 양복가랑이를 보자마자, 엇 뜨거라고 벌떡 일어서서 뒷문을 열고 안으로 피신을 하려는 참인데, 요행으로 낯선 양복쟁이가 아닌게 안심은 되었지만, 속아 놀란 것이 그 담에는 속이 상합니다.

"야, 이 잡어 뽑을 놈아 지침이나 좀 허구 댕기라!……"

방금 동소문 밖 ××원 별장의, 그야말로 주지육림(酒池肉林)[44]으로부터 돌아오는 종숩니다.

욕은, 담배 한 대 피우는 정도로 언제나 먹어 두는 것, 아무렇지도 않아 하고 조부에게 절을 한 자리 꾸벅, 무릎을 꿇고 앉습니다.

"무엇허러 또 올라왔냐?"

"볼일두 좀 있고, 그래서……"

44) 주지육림(酒池肉林) : 호사스런 술잔치를 빗대어 이르는 말.

"볼일이랑 게 별것 있간디? 매양 돈이나 뺏으러 쫓아왔지?……"

"이번엔 계제에 한 이천 원 좀 디려야 일이 수나롭겠어요!"

"그러면 그렇지! 그러면 그리여! ……"

"……잡어 뽑을 놈! 귀년시리 돈이나 협잡질헐라닝개루, 시방 쫓아올라 와서넌 씩뚝꺽뚝, 날 돌라 먹을라구 그러지야? 누가 네 속 모를 줄 아냐? 글씨 일 다아되얐다면서 무슨 돈이 이천 원이나 드냐? 들기를……"

"지가 쓸려구 그리는 게 아니에요!"

"뉘가 안 쓰구, 그러면 여산(廬山) 중놈이 쓴다냐[45]?"

"선사감으루 금강석 반질 하나 살려구 그래요!"

"모르겄다! 나는 시방 돈이래야 톡톡 털어서 천 원밖으 읎으니개, 그놈만 갔다가 무얼 사주던지 말던지, 네 소견대루 헐려면 히여라. 나는 모른다!"

그러나 종수는 조부의 그러한 성미를 잘 알기 때문에 한 자국 더 뛰어, 천 원 소용을 이천 원으로 불렀으니 종수가 선숩니다.

윤 직원 영감은 대복이를 불러, 천 원 소절수를 씌어 도장을 찍어 아주 현금으로 찾아다가 종수를 주라고 시킵니다. 그러면서 속으로, 오늘 구백사십오 원 번 것이 오십오 원 새끼까지 치어가지고 도로 나가는구나 생각하니, 매우 섭섭하고 허망했습니다.

45) 여산(廬山) 중놈이 쓴다 : 전혀 관계없는 놈이 쓴다.

망진자(亡秦者)는 호야(胡也)니라

일찍이 윤 직원 영감은 그의 소시적 윤 두꺼비 시절에 자기 부친 말대가리 윤용규가 화적의 손에 무참히 맞아 죽은 시체 옆에 서서, 노적이 불타느라고 화광이 충천한 하늘을 우러러

"이놈의 세상, 언제나 망하려느냐?"

"우리만 빼놓고 어서 망해라!"

이미 반세기(半世紀) 전, 그리고 그것은 당시의 나한테 불리한 세상에 대한 격분된 저주요 겸하여 웅장한 투쟁의 선언이었습니다.

해서 윤 직원 영감은 과연 승리를 했겠다요, 그런데……

식구들은 시아버지 윤 직원 영감이 보기가 싫은 건넌방 고씨만 빼놓고, 서울아씨, 태식이, 뒤채의 두 동서, 모두 안방에 모여 종수를 맞이하는 예를 표하고, 그들의 옹위 아래 윤 직원 영감과 종수는 각기 아랫목과 뒷벽 앞으로 갈라 앉았습니다. 방금 점심 밥상을 받을 참입니다.

"너 경손 애비, 부디 정신채리라!……"

윤 직원 영감이 종수더러 곰곰이 훈계를 하던 것입니다. 안식구가 있는 데라 점잖게 경손 애비지요.

"……정신을 채리야 헐 것이 늬가 암만히여두 네 아우 종학이만 못히여! 종학이는 그놈이 재주두 있고, 착실히여서, 너치름 허랑허지두 않고 그럴뿐더러 내년 내후년이머넌 대학교를 졸업허잖냐? 내후년이지?"

"네."

"그렇지? 응. 그래, 내후년이면 대학교 졸업을 허구 나와서, 삼 년이나 다직 사 년만 찌들어나머넌 그놈은 지가 목적헌, 요새 그 목적이란 소리 잘 쓰더구나 응? 목적…… 목적헌 경부가

되야각구서 경찰서장이 된담 말이다! 응? 알겄어."

"네에."

"그러닝개루 너두 정신을 바싹 채리 각구서, 어서어서 군수가 되야야 않겄냐? …… 아, 동생놈은 버젓헌 경찰서장인디, 형놈은 게우 군서기를 댕기구 있담! 남부끄러서 어쩔 티여? 응? …… 아 글씨, 군수 되구 경찰서장 되구 허머넌, 느덜 좋구 느덜 호강이지 머 그 호강 날 주나? 내가 이렇기 아등아등 잔소리를 허넌 것두 다 느덜 위히여서 그러지, 나는 파리 족통만치두 상관없이야! 알아듣냐?"

"네."

"그놈 종학이는 참말루 쓰겄어! 그놈이 어려서버텀두 워너니 나를 자별허게 따르구, 재주두 있고 착실허구, 커서두 내 말을 잘 듣구…… 내가 그놈 하나넌 꼭 믿넌다 꼭 믿어. 작년 올루 들어서 그놈이 돈을 어찌 좀 히피 쓰기는 허넝가부더라마는, 그것두 허기사 네게다 대머는 안 쓰는 심이지. 사내자식이 너처럼 허렁허지만 말구서, 제 줏대만 실헐 양이면 돈을 좀 써두 괜찮언 법이여…… 그리서 지난 달에두 오백 원 꼭 쓸 디가 있다구 펀지히였기래 두말 않고 보내 주었다!"

마침 이때, 마당에서 헴헴, 점잖은 밭은기침 소리가 납니다.

창식이 윤 주사가 조금 아까야 일어나서, 간밤에 동경서 온 전보 때문에 억지로 억지로 큰 댁 행보를 하던 것입니다.

윤 주사는 토방으로 내려서는 아들 종수더러, 언제 왔느냐고, 심상히 알은 체를 하면서 역시 토방으로 내려서는 두 며느리의 삼가로운 무언의 인사와, 마루까지만 나선 이복 누이동생 서울아씨의 입 인사를 받으면서, 방으로 들어가서는 부친 윤직원 영감한테 절을 한 자리 꾸부리고서, 아들 종수한테 한 자리 절과, 이복동생 태식이한테 경례를 받은 후, 비로소 한 옆으로 꿇어앉습니다.

"동경서 전보가 왔는데요……"

"동경서? 전보?"

"종학이놈이 경시청에 붙잽혔다구요!"

"으엉?"

윤 직원 영감은 마치 묵직한 몽치로 뒤통수를 얻어맞은 양 정신이 멍해서 입을 벌리고 눈만 휘둥그랬지, 한동안 말을 못 하고 꼼짝도 않습니다.

그러다가 이윽고 으르렁거리면서 잔뜩 쪼글트리고 앉습니다.

"거 웬 소리냐? 으응? 으응? 거 웬 소리여? 으응? 으응?"

"그놈 동무가 친 전본가 본데, 전보가 돼서 자세히는 모르겠습니다."

윤 주사는 조끼 호주머니에서 간밤의 전보를 꺼내어 부친한테 올립니다. 윤직원 영감은 채듯 전보를 받아 쓰윽 들여다보더니 커다랗게 읽습니다. 물론 원문은 일문이니까 몰라보고, 윤 주사네 서사 민 서방이 번역한 그대로지요.

"종학, 사상 관계로, 경시청에 피검! ……이라니? 이게 무슨 소리다냐?"

"종학이가 사상 관계로 경시청에 붙잽혔다는 뜻일 테지요!"

"사상 관계라니?"

"그놈이 사회주의에 참예를……"

"으엉?"

윤 직원 영감은 시방 종학이가 사회주의를 한다는 그 한 가지 사실이 진실로 옛날의 드세던 부랑당패가 백 길 천 길로 침노하는 그것보다도 더 분하고, 물론 무서웠던 것입니다.

"사회주의라니? 으응? 으응?……"

윤 직원 영감은 사뭇 사람을 아무나 하나 잡아먹을 듯, 집이 떠나게 큰소리로 포효(咆哮)를 합니다.

"으응? 그놈이 사회주의를 허다니! 으응? 그게, 참말이냐? 참말이여?"

"하긴 그놈이 작년 여름 방학에 나왔를 때버틈 그런 기미가 좀 뵈긴 했어요!"

"그러머넌 참말이구나! 그러머넌 참말이여, 으응!"

윤 직원 영감은 팔을 부르걷은 주먹으로 방바닥을 땅 치면서 성난 황소가 영각[46]을 하듯 고함을 지릅니다.

"화적패가 있너냐아? 부랑당 같은 수령(守令)들이 있너냐? …… 재산이 있대야 도적놈의 것이요, 목숨은 파리 목숨 같던 말세(末世)넌 다 지내가고오…… 자 부어라, 거리거리 순사요, 골골마다 공명헌 정사(政事), 오죽이나 좋은 세상이여…… 남은 수십만 명 동병(動兵)을 히여서, 우리 조선놈 보호히여 주니, 오죽이나 고마운 세상이여?……으응?……제 것 지니고 앉어서 편안허게 살 태평 세상, 이걸 태평천하라구 하는 것이여, 태평천하!…… 그런디 이런 태평천하에 태어난 부자놈의 자식이, 더군다나 왜지 가 떵떵거리구 편안허게 살 것이지, 어찌서 지가 세상 망쳐놀 부랑당팽 참섭을 헌담 말이여, 으응?"

방바닥을 치면서 벌떡 일어섭니다.

"……착착 깎어 죽일 놈! ……그놈을 내가 편지히여서, 백 년

46) 영각 : 황소가 암소를 찾아 길게 뽑아 우는 소리.

47) 직분[分財] : 재산을 나누는 것.

48) 면면상고(面面相顧) : 제각기의 여러 사람, 여러 얼굴.

지녁을 살리라구 헐걸! 백 년 지녁 살리라구 헐 티여…… 오냐, 그놈을 삼천 석거리는 직분[分財][47]히여 줄려구 히였더니, 오냐, 그놈 삼천 석거리를 톡톡 팔어서, 경찰서으다가 사회주의 허는 놈 잡어 가두는 경찰서으다가 주어 버릴걸! 으응, 죽일 놈!"

마지막의 으응 죽일 놈 소리는 차라리 울음 소리에 가깝습니다.

"……이 태평천하에! 이 태평천하에……"

쿵쿵 발을 구르면서 마루로 나가고, 꿇어앉았던 윤 주사와 종수도 따라 일어섭니다.

"…… 그놈이 만석군의 집 자식이, 세상 망쳐 놀 사회주의 부랑당패에 참섭을 히여? 으응, 죽일 놈! 죽일 놈!"

연해 부르짖는 죽일 놈 소리가 차차로 사랑께로 멀리 사라집니다. 그러나 몹시 사나운 그 포효가 뒤에 처져 있는 가권들의 귀에는 어쩐지 암담한 여운이 스며들어, 가뜩이나 어둔 얼굴들을 면면상고(面面相顧)[48], 말할 바를 잊고, 몸둘 곳을 둘러보게 합니다. 마치 장수의 주검을 만난 군졸들처럼…… (大尾)

작·품·정·리

- 갈래 : 장편소설, 사회소설, 풍자소설, 가족사소설.
- 주제 : 윤 직원 일가의 타락된 삶과 몰락의 과정을 통한 식민지 사회의 비판과, 결여된 역사의식에 대한 비판.
- 배경 : 시간적-1930년대
  공간적-서울
- 시점 : 전지적 작가 시점

작·품·감·상

〈태평천하〉는 원래 〈천하태평춘(天下太平春)〉이란 제목으로 《조광》지에 연재(1938.1~9)되었던 장편소설이다.

윤 직원 일가는 4대가 함께 모여 사는 전통적 대가족 제도를 형성하고 있으면서도 이들의 가족 관계는 부정과 불륜, 속임수가 판을 치는 적대 관계를 이룬다. 이러한 부정과 속임수들을 채만식은 풍자의 기법으로 그들의 비리와 모순에 찬 세태를 보여줌으로써, 현상의 근원적인 병폐를 인식하도록 하며, 더 나아가 그것의 전반적인 시작과 개선을 촉구하고 있다.

〈태평천하〉는 구한말의 사회적 격동기에 만석꾼으로 신분 상승한 윤 직원이 일제 식민 치하에서 자신의 재산을 지키고 신분의 안전을 도모하기 위해 어떤 처세술을 발휘하는 가를 판소리 사설체를 빌어 풍자한 작품이다.

이 작품에서 작가는 윤 직원이라는 한 개인의 속물 근성과 잘못된 국가관, 사회 인식을 강하게 비판하고 있다. 만석꾼이 된 윤 직원은 양반의 족보를 사고 그 족보에 금칠을 하는 한편, 자식들을 양반의 후예와 혼인시키고 손자들에게 경찰서장 혹은 군수가 될 것을 강요한다.

이처럼 재래적인 관습에 남다른 집착을 가지고 있으나, 한편 시대의 변화에는 무지하다. 그래서 그는 일제 치하를 '태평천하'로 인식하고 있다.

이 작품에서 가장 주목되는 점은 윤 직원 일가의 방황과 윤리적 타락상이다. 윤 직원 영감은 금력으로 자신의 신분을 위장하고 어린 동기에게 불순한 마음을 갖는다. 그의 아들 윤창식은 신교육을 받은 사람이지만 인장을 위조하고 주색잡기에 몰두하면서 공공사업이나 자선 사업에는 한 푼도 내놓지 않는다. 이 윤 직원의 손자들 역시 마찬가지이다. 예외되는 사람은 둘째 아들 종학이 뿐이나, 그는 마침내 윤 직원 영감의 태평천하에 종지부를 찍게 한다. 작가는 윤 직원 일가의 타락상을 다소 과장되게 그림으로써 식민지 현실의 측면을 풍자 혹은 야유하고자 한 것으로 보인다. 따라서 〈태평천하〉는 윤 직원의 몰락으로 종결하는 것이 아니라 종학의 수감을 통해 새로운 세대가 탄생하고 있음을 예고하는 것이다.

이 작품의 시대적 배경은 1938년대다. 이 시기는 일본이 중국과 전면전을 일으키고, 따라서 한국은 철저한 계엄 상태와 같은 상황 속으로 들어간다. 이와 같은 시대를 사는 피압박 민족이 자기가 처한 현실을 '천하태평'으로 맹신한다는 것이 윤 직원이라는 인물을 통해 시대 비판을 보이고 있는 것이다.

되짚어 보는 문제

1. 제목 '태평천하'가 갖는 의미에 대해 써라.

④ 윤 직원의 잘못된 사회 인식을 드러낸 지문 하나만 찾아 써라.

되짚어 보는 문제

문학 용어 깊이 익히기 2 가족사 소설

한 가족의 흥망성쇠의 내력을 다룬 소설로 한 가족의 상황이나 운명을 역사적 시간의 지속과 변화의 차원에 놓고 그린다는 점에서 가족사 소설은 단순히 가족 구성원 사이에 발생하는 문제들을 취급한 소설류와는 구별된다. 가족 구성원 간의 갈등과 대립이 가족사 소설의 중요한 요소가 되는 것은 사실이지만, 가족사 소설은 가족 내의 개인보다는 가족이라는 사회 집단의 동태를 중시하며, 더욱이 누대에 걸친 가족의 역사를 추적한다는 변별적 특징을 갖는다. 따라서 가족사 소설은 기본적으로 연대기 소설의 형태를 취한다.

가족의 연대기라는 서사 형식은 인간과 세계의 이해에 있어서 개인의 특수한 경험보다는 집단의 보편적 경험이 보다 본질적이라고 여겼던 전 근대적 세계관과 무관한 것이 아니다. 특히, 토마스 만의 작품은 부덴부르크 가문이 몰락해 가는 과정을 추적하면서 근면한 노동의 실제 생활과 정신적 관조의 평화 사이의 균열을 체험하도록 되어 있는 부르주아적 삶의 운명을 상업 자본주의에서 산업 자본주의로의 전환이라는 사회적 변화와의 관련 속에서 부각시키고 있다. 이처럼 가족사 소설에서 가계의 선형적(線型的) 전개를 존중하는 서술 방법은 작중 인물들의 개체적, 사회적 경험을 거시적으로 조망하면서 역사적 형식을 부여하는 효과를 발휘한다.

한국의 경우, 가족사 소설은 1930년대에 이르러 정립을 보았다. 가족의 연대기라는 형식 자체는 조선시대에 이미 성행했지만, 그것이 역사적, 사회적 현실을 재현하는 문학 형식으로 향상된 것은 염상섭의 《삼대》, 채만식의 《태평천하》, 김남천의 《대하》 등의 작품을 통해서이다. 염상섭의 작품은 3대에 걸친 조씨가의 인물들을 통해서 세대간의 대립과 그것의 배후에 놓여 있는 이념적 갈등과 타락한 욕망의 문제를 조명하면서 식민지 한국사회의 한 축도를 제시하고 있다. 최근의 가족사 소설로서는 박경리의 《토지》가 단연 특출한 작품이다. 평사리 양반 지주 최씨일가의 삶을 4대에 걸쳐 서술하고 있는 《토지》는 한말 이후의 고난과 투쟁의 역사 속에 부침하는 무수한 유형의 인물들의 삶을 묘사하는 가운데 근대 한국의 장대하고 입체적인 연대기를 만들어 내고 있다.

8

상록수

심 훈

작·가·소·개

1901년 아버지 상정(相珽)의 3남으로 서울의 노량진에서 태어났다. 본명은 대섭(大燮)이며, 호는 해풍(海風)이다.

1915년 경성제일고등보통학교에 입학하였고, 1917년 왕족인 이해영(李海瑛)과 혼인하였다. 1919년 3·1운동에 가담하여 투옥, 퇴학당하였다. 1920년 중국으로 망명하여 1921년 항저우(杭洲) 치장대학(之江大學)에 입학하였다. 1923년 귀국하여 연극·영화·소설 집필 등에 몰두하였는데 처음에는 특히 영화에 많은 관심을 기울였다. 1924년 이해영과 이혼하였고 같은 해 동아일보사에 입사하였다. 1925년 조일제(趙一齊) 번안의 〈장한몽(長恨夢)〉이 영화화할 때 이수일(李守一)역으로 출연하였고, 1926년 우리나라 최초의 영화소설 〈탈춤〉을 《동아일보》에 연재하기도 하였다. 이듬해 도일하여 본격적인 영화수업을 받은 뒤 귀국하여 영화 〈먼동이 틀 때〉를 원작 집필·각색·감독으로 제작하였으며 이를 단성사에서 개봉하여 큰 성공을 거두었다. 식민지 현실을 다루었던 이 영화는 〈어둠에서 어둠으로〉라는 제목이 말썽을 빚자 개작한 작품이며 영화제작은 이것으로 마지막이었다. 1928년 조선일보사에 다시 입사하였고, 1930년 안정옥(安貞玉)과 재혼하였다. 1931년 경성방송국(京城放送局)으로 옮겼으나 사상문제로 곧 퇴직하였다. 1932년 고향인 충청남도 당진으로 낙향하여 집필에 전념하다가 이듬해 상경하여 조선중앙일보사에 입사하였으나 다시 낙향하였다. 1936년 장티푸스로 사망하였다.

영화 〈먼동이 틀 때〉가 성공한 이후 그의 관심은 소설 쪽으로 기울었다. 1930년 《조선일보》에 장편 〈동방의 애인〉을 연재하다가 검열에 걸려 중단당하였고, 이어 같은 신문에 〈불사조〉를 연재하다가 다시 중단당하였다. 같은 해 시 〈그날이 오면〉을 발표하였는데 1932년 향리에서 시집 《그날이 오면》을 출간하려다 검열로 인하여 무산되었다(이는 1949년 유고집으로 출간되었다). 1933년 장편 〈영원(永遠)의 미소(微笑)〉를 《조선중앙일보》에 연재하였고 단편 〈황공의 최후〉를 탈고하엿다(발표는 1936년1월 신동아). 1934년 장편 〈직녀성〉을 《조선중앙일보》에 연재하였으며 1935년 장편 〈상록수〉가 《동아일보》 창간 15주년 기념 장편소설 특별공모에 당선, 연재되었다. 〈동방의 애인〉·〈불사조〉 등 두 번에 걸친 연재 중단사건과 애국시 〈그날이 오면〉에서 알 수 있듯이 그의 작품에는 강한 민족의식이 담겨 있다. 〈영원의 미소〉에는 가난한 인텔리의 계급적 저항의식, 식민지 사회의 부조리에 대한 비판정신, 그리고 귀농의지가 잘 그려져 있으며 대표작인 〈상록수〉에서는 젊은이들의 희생적인 농촌사업을 통하여 강한 휴머니즘과 저항의식을 고취시킨다. 행동적이고 저항적인 지성인이었던 그의 작품들에는 민족주의와 계급적 저항의식 및 휴머니즘이 기본정신으로 관류하고 있다. 특히, 농민계몽문학에서 이후의 리얼리즘에 입각한 본격적인 농민문학의 장을 여는 데 크게 공헌한 작가로 꼽힌다.

등·장·인·물

• 박동혁 : 수원 고농출신의 농촌운동가이다. 온갖 고난과 시련을 꿋꿋이 이기고 자신의 의지를 관철시키는 인물이다.
• 채영신 : 신학교 출신의 여류운동가이다. 농촌 계몽을 위해 헌신적으로 일하다가 과로와, 맹장염과 각기병이 악화되어 죽고 만다.
• 강기천 : 지주인 강 도사의 맏아들로 농우회를 달갑지 않게 여기고 있던 차에 당국에서 농촌진흥회 사업을 권장하자 농우회관을 농촌진흥회회관으로 돌려 회장직을 맡는다.

줄·거·리

○○일보사에서 주최하는 학생 계몽 운동에 참가한 학생이 모두 돌아오고 이들은 서로 경험담을 듣는다. 여기서 박동혁과 채영신이 만난다. 두 사람은 학업을 중단하고 시골로 내려간다. 한 사람은 고향인 한곡리로, 또 한 사람은 청석골로 내려가 농촌 계몽 운동을 벌인다. 그 가운데도 자금이 부족하다는 것이 제일 큰 어려움이다.

어느덧 배우는 아이들의 수는 많이 불어나 일백삼십 명이나 된다. 주재소에는 영신이를 출두시켜 예배당이 좁아 위험하니 학생 수를 팔십 명에서 한 사람도 넘지 못하게 하고 기부금도 강제로 받지 말라고 한다. 영신은 할 수 없이 예배당에 분필로 줄을 그어 먼저 온 아이 팔십 명만 남게 하고 나머지는 쫓아보낼 수밖에 없었다. 영신은 집을 지어야겠다고 생각하여 기부금을 독촉하러 다니다 다시 주재소 주임으로부터 주의를 받았다.

고생 끝에 한곡리에는 농민회관이 세워지고 청석골에도 회관이 건립되었다. 그러나 무리한 영신은 그만 쓰러져 병원으로 입원하여 맹장 수술을 받았다. 청석골 회관의 건립에 참석했던 한곡리에는 강기천이가 몇몇 농우회 회원을 매수하여 회장이 되고 영신은 조선을 떠나 일본으로 갔으나 그 곳의 기숙사 생활은 영신을 더욱 어렵게 만든다. 영신의 몸이 점점 쇠약해지자 같은 기숙사 학생은 '각기병' 같다고 한다. 어느 날 영신은 다리의 힘이 풀려 넘어지고, 급히 의료실로 옮겨졌다. 교의는 각기병이니 고향에 가서 쉬는 것이 좋겠다고 한다. 이후 영신은 청석골에서 더욱 열심히 교육에 열중한다. 몸은 쇠약해지고, 마침내 쓰러져 정신을 잃었다. 이튿날 저녁때에야 공의는 진찰을 마치고 며칠을 못 넘길 것이라고 한다. 각기가 심장까지 번지고 맹장 수술한 곳도 다시 염증이 생겨 어렵다고 한다. 병세는 시시각각으로 더해가서 마침내 영신은 숨을 거둔다. 동혁이가 청석골에 당도한 것은 영신의 입관을 마친 뒤다. 동혁은 영신이 못다한 사업을 이어서 하리라 마음 먹고 조상온 사람을 향해 외쳤다. 영신은 죽지 않고 그가 흘린 피는 가난한 동족을 위해서 여러분의 혈관 속에 섞였다고. 그리고 '이제부터 한곡리에만 들어앉아 있을 것이 아니라 조선 방방곡곡을 다니며 내 주장과 주의를 세워 보리라, 농촌 운동을 통일시키도록 힘쓰리라 마음 먹었다. 그리고 언덕을 바라보았다. 전나무, 소나무, 향나무가 보인다. 낙성을 기념하기 위해 심은 상록수들이다. 동혁은 회관 마당 앞 벌판에 회원들이 열심히 일하는 모습이 보인다.

상록수

심 훈

쌍두취행진곡(雙頭鷲行進曲)

가을 학기가 되자, ○○일보사에서 주최하는 학생계몽운동에 참가하였던 대원들이 돌아왔다. 오늘 저녁은 각처에서 모여든 대원들을 위로하는 다과회가 그 신문사 누상에서 열린 것이다.

오륙백 명이나 수용할 수 있는 대강당에는 전 조선의 방방곡곡으로 흩어져서 한여름 동안 땀을 흘려가며 활동한 남녀 대원들로 빈틈없이 들어찼다.

폭양에 그을은 그들의 시커먼 얼굴! 큰 박덩이만큼씩한 전등이 드문드문하게 달린 천장에서 내리비치는 불빛이 휘황할수록, 흰벽을 등지고 앉은 그네들의 얼굴은 더한층 검어 보인다.

만호 장안[1]의 별처럼 깔린 등불이 한눈에 내려다보이도록 사방에 유리창을 활짝 열어젖혔건만, 건장한 청년들의 코와 몸에서 풍기는 훈김이 우거진 콩밭 속에를 들어간 것만큼이나 후끈후끈 끼친다.

정각이 되자, P학당의 취주악대는 연단 앞줄에 가 벌여선다. 지휘자가 손을 내젓는 대로 힘차게 연주하는 것은 유명한 독일 사람의 작곡인 쌍두취행진곡이다. 그 활발하고 장쾌한 멜로디는 여러 사람의 심장까지 울리면서 장내의 공기를 진동시킨다.

1) 만호 장안(萬戶長安) : 집들이 아주 많은 서울.

악대의 연주가 끝난 다음에 사회자인 이 신문사의 편집국장이 안경을 번득이며 점잖은 걸음걸이로 단 위에 나타났다.

"금년에는 여러 가지로 지장이 많았는데도 불구하고 작년보다도 거의 곱절이나 되는 놀라울 만한 성적을 보게 됐습니다. 이것은 오직 동족을 사랑하는 여러분의 열성과, 문맹을 한 사람이라도 더 물리치려는 헌신적 노력의 결과인 것은 물론입니다. 그러므로 주최자측으로선 여러분의 수고를 감사할 뿐 아니라, 우리 계몽운동의 장래를 위해서 경축하기를 마지 않는 바입니다."

사회자는 말을 이어,

"지금부터 여러분의 체험담을 듣겠습니다. 한 사람도 빼어놓지 않고 고향에서 활동하던 이야기를 골고루 듣구는 싶지만, 시간이 허락지 않는 관계로 유감천만이나 사회자가 몇 분 지적할 수밖에 없습니다. 금년에 활동한 계몽대원 중에 뛰어나게 좋은 성적을 보여주었을 뿐 아니라, 글을 깨쳐준 아동의 수효로는 우리 신문사에서 이 운동을 개시한 이래 최고기록을 지은 분을 소개하겠소이다. ××고등농림의 박동혁군!"

박동혁이라고 불린 학생은 연단에 올라서기를 사양하고 앞줄에 가 두 다리를 떡 버티고 섰다. 빗질도 아니한 듯한 올빽으로 넘긴 머리며, 숱하게 난 눈썹 밑의 부리부리한 두 눈동자에는 여러 사람을 억누르는 위엄이 떠돈다.

그는 박수소리가 그치기를 기다려 두툼한 입술을 열었다.

"여러분! 삼 년째 이 운동에 참가해서 적으나마 힘을 써온 이 사람으로서 그 경험이나 감상을 다 말씀하려면 매우 장황하겠습니다. 더구나 오늘 저녁은 간단한 경과만 보고하기를 약속한 까닭에 정작 이 가슴속에 첩첩이 쌓인 그 무엇을 여러분 앞에 시원스럽게 부르짖지 못하는 것을 크게 유감으로 생각합니다. 그러니까 이 자리에서 못하는 말은 사사로운 좌석에서 얘기할 기회를 짓고, 또는 개인적으로도 긴밀한 연락을 취해서 서로 간담을 비춰가며[2] 토론도 하고 의견도 교환하기를 바랍니다."

하고 잠시 말을 멈추더니, 수첩을 꺼내들고 자기의 고향인 남조선의 서해변에 있는 한곡리(漢谷里)라는 궁벽한 마을의 형편을 숫자적으로 대강 보고를 한다.

"우리 고향은 워낙 원시부락과 같은 농어촌이 돼서, 무지한 부형들의 이해가 전연 없는 데다가 관변의 간섭도 여간 까다로운 게 아니었어요. 그런 걸 별짓을 다해가면서 억지로 시작을 했었지요. 첫해에는 아이들을 잔뜩 모아는 놨어두 가르칠 장소가 없어서 큰 은행나무 밑에다 널판대기에 먹칠을 한 걸 칠판이라고 기대어놓고 공석이나 가마니를 깔고는 밤 깊도록 이슬을 맞아가면서 가르치기를 시작하였는데, 마침 장마때라 비가 자꾸만 와서 견딜 수가 있어야지요. 그래서 할 수 없이 움을 팠어요. 나흘 동안에나 장정 십여 명이 들러붙어서 한 대여섯 간통이나 파고서 밀짚으로 이엉[3]을 엮어서 덮고 그 속에 들어가서 진땀을 흘리며 〈가갸거겨〉를 가르쳤어요. 그러다가 어느날 밤새도록 비가 퍼붓듯이 쏟아졌는데, 그 이튿날 아침에 가보니까 교실 속에 빗물이 웅덩이처럼 흥건하게 고였는데, 공판으로 엉성하게 만든 책상 걸상이 둥실둥실 떠다니드군요."

동혁의 뒤를 이어 서너 사람이나 판에 박은 듯한 경과보고가 지루하게 있은 후 사회자는,

"이번에는 금년에 처음으로 참가한 여자대원 중에서 제일

2) 간담을 비춰가며 : '간담상조(肝膽相照)'. 서로 마음을 터놓고 사귀어가며.

3) 이엉 : 초가집의 지붕이나 담을 이는 데 쓰는 짚, 새 따위로 엮은 물건.

좋은 성적을 나타낸 ××여자 신학교에서 재학 중인 채영신(蔡永信) 양의 감상담이 있겠습니다."
하고 소개를 하자, 그는 일어나,
"전 아무말도 하기 싫습니다!"
하고 머리를 내저으며 여무지게 한 마디를 하고는 펄썩 앉아버린다. 사회자는 영문을 몰라서 눈이 둥그래졌다. 그러자 청중은 이구동성으로 발표를 독려하니 마지못해 입을 열었다. 그 이유는 이런 자리에서까지 남자와 여자를 구분하는 것이 불쾌하고, 또 속에 있는 이야기를 모두 말해도 사회자가 무어라 제재를 하실 테니, 그런 속박을 받는 것이 싫어서라고 한다. 사회자는 자신의 실례를 사과하고 설득을 하자 간신히 일어났다.
"저 역시 여러분께 우리 계몽대의 운동이 글자를 가르치는 데만 그치지 말고, 한걸음 더 나아가서 우리 민족이 거의 전부라고 할 만한 절대 다수인 농민들의 갈 길을 열어주기 위해서 우선 그네들에게 희망의 정신을 넣어주자는……"
하다가 상막해서 잠시 이름을 생각해보더니,
"……박동혁씨의 의견은 저도 전적 동감입니다!"
하고 말을 마치자, K보육학교 학생들의 코러스를 끝으로 만찬회는 파하였다. 만찬이 파하고 돌아가는 중에 동혁은 생각하였다.
'처음 보는 여자다. 외모가 예쁜 여자는 길거리에서도 더러 본 일이 있지만 채영신이처럼 의지가 굳어 보이는 여자는 처음이다. 무엇이든지 한번 결심하면 기어이 제 손으로 해내고야 말 것 같은 여자다.'
아직까지 고학을 하여온 늙은 총각으로 이성과 접촉할 기회도 없었지만, 틈틈이 여러 가지 모양의 여성을 머릿속에 그려 보고 장래를 공상해본 것은 사실이었다.

그러나 간담회 석상에서 채영신이란 여자를 한번 보고 잠시 이야기를 나누어 본 뒤로는 그 숱한 여자들의 그림자가 한꺼번에 화닥닥 흩어져버렸다. 그리고 그 대신으로 굵다란 말뚝처럼 동혁의 머릿속에 꽉 들어와 박힌 것은 〈채영신〉 하나뿐이다. 그러다가 하루는 천만뜻밖에 영신에게서 편지가 왔다. 글씨는 남필 같으나 피봉 뒤에는,

〈××여자 신학교 기숙사에서 채영신 올림〉

이라 분명히 쓰여져 있다. 급히 봉투를 뜯어보니,

〈토요일 저녁마다 농촌운동에 뜻을 둔 청년 남녀들이 모여서 토론도 하고 간담도 하는 모임이 백 선생 댁에서 열리는데, 돌아오는 토요일에 올라오서서 참석하시면 백 선생은 물론이고요, 여러 회원들이 여간 환영을 하지 않겠습니다. 꼭 올라와 주실 줄 믿사오나 엽서라도 미리 회답을 하여주시면 더욱 감사하겠습니다.〉

영신은 그날밤 그가 숭배하는 백 씨에게 백 퍼센트로 동혁을 소개하였었다. 어쩌면 동혁이가 영신에게 대한 것보다 그 이상으로 〈박동혁〉이란 인물의 첫인상이 깊었는지도 모른다.

토요일 저녁 박동혁과 채영신은 토론을 마친 뒤, 동혁의 제안으로,

"우리 시골로 내려갑시다! 이번 기회에 공부고 뭐고 다 집어치우고서, 우리의 고향을 지키려 내려갑시다! 한 가정을 붙든다느니보다도 다 쓰러져가는 우리의 고향을 붙들기 위한 운동을 일으키기 위해서 자, 용기를 냅시다! 그네들을 위해서 일을

하다가 죽는 한이 있더라도 선구자로서의 기쁨과 자랑만은 남겠지요."

어느덧 인왕산 너머로 기울어가는 달빛 아래서 두 남녀의 마주 쏘아보는 네 줄기 시선은 비상한 결심에 빛나고 있었다.

일적천금(一適千金)

날이 가물어서 동리마다 소동이 대단하다.

정월 대보름날은 하루종일 진눈깨비가 휘뿌려서 송아지 한 마리를 태우는 윷놀이판에 헤살[4]을 놀았었고, 모처럼 풍물을 차리고 나선 두레꾼들을 찬비 맞은 족제비 꼴을 만들더니, 그 뒤로 석 달째 접어든 오늘까지 비 한 방울 구경을 못하였다.

"허어 이 날, 사람을 잡으려구 이렇게 가무는 게여."

바싹 마른 흙이 먼지처럼 피어올라 풀석풀석 나는 보리밭에 북을 주던 박 첨지는 기신없이 괭이질을 하던 손을 쉬고 허리를 펴며 혼잣말로 탄식을 한다.

그는 검버섯이 돋은 이마에 주름살을 잡으며 머리 위를 우러러본다. 그러나 가을날처럼 새파란 하늘에는 구름 한 점 찾아낼 수가 없다. 바닷가의 메마른 농촌에 바람만 진종일 씽씽 불어서 콧구멍이 막히고 목의 침이 말라드는 것 같다.

"이런 제에기, 보리싹이 연골에 말라 배틀어지니 올여름엔 냉수만 마시고 산담메."

늙은이는 다시 한번 말과 한숨을 뒤섞어 내뿜고는 이제야 겨우 강아지풀 잎사귀만하게 꼬리를 흔드는 보리싹을 짚신발로 걷어찬다. 그러다가 화풀이로 쌈지를 긁어 희연 부스러기 한

4) 헤살 : 짓궂게 방해하는 것.

대를 피워물고 빼끔빼끔 빨다가 괭이자루에 탁탁 털어버린다.

그는 한참동안이나 멍하니 섰다가, 그래도 하는수없다는 듯이 멍에같이 굽은 허리를 주먹으로 두어 번 두드린 뒤에 손바닥에다 침을 퉈퉈 뱉더니 다시 괭이를 잡는다.

"참 정말 큰일났구려. 참죽나무[5]에 순이 나는 걸 보니깐 못자리 할 때두 지났는데 비 한 방울이나 구경을 해야 하지 않수."

곁두리 때가 훨씬 지나도록 바닷가에서 갯줄나물을 캐어가지고 들어온 마나라가 영감의 등 뒤에서 반남아 기운 광주리[6]를 던지고 기운 없이 밭두덕에 가 주저앉으며 하는 말이다. 앞니가 몽땅 함몰을 해서, 동리 계집애들은 그를 합죽할머니라고 놀린다.

"그러게 말이요. 이대루 가물다간 기미년처럼 기우제를 지낸다구 떠들겠는걸."

박 첨지는 마누라를 흘낏 돌아다보고 중얼중얼 군소리 하듯 한다.

"너구리 굴 보구 피물돈버텀 내쓴다구 동혁이 월급 탈 때만 바라구서 조합돈꺼정 써놨으니, 참 정말 입맛이 소태[7] 같구려."

영감의 말을 한숨으로 화답하던 마누라는,

"그래두 동혁이가 어떡하든지 우리 양주[8] 배야 곯게 하겠수?"

"명색이라두 학교 졸업이나 했으면 모를까, 지금 와서 전들 무슨 뾰죽한 수가 있나베. 양식이라구 이젠 묵은 보리 여나뭇 말이 달랑달랑하는데……"

5) 참죽나무 : 멀구슬나뭇과의 낙엽교목. 잎이 어긋나고 깃꼴겹입이며 피침형 또는 긴 타원형임. 6월에 흰 꽃이 피고, 가을에 다갈색 열매가 익음.

6) 광주리 : 대 · 싸리 · 버들 등으로 엮어 만든 둥근 그릇.

7) 소태 : 소태나무를 이름. 가지에 털이 없고 잎이 어긋나며 깃꼴겹입임. 과실 · 나무진은 맛이 쓰며, 위약 · 살충제로 쓰임.

8) 양주(兩主) : 부부를 이름.

어느 날 동혁은

영신으로부터 한 통의 짧은 편지를 받았다.

〈……요즘은 건강이 좋지 않아 요양도 할 겸, 꼭 친히 뵙고 의논할 일도 있고요, 겸사겸사 가고 싶은데, 과히 방해나 되지 않으실는지요. 가면 이 편지를 받으시는 다음 다음날(화요일) 아침 그 곳에 도착할 예정입니다.〉

이튿날 영신은 조그만 거루선[9]을 타고 동혁을 찾아왔다. 동혁은 우산을 받쳐주며 동지들에게 영신을 소개했고, 동지들은 대환영을 했다. 영신도 기뻤다.

9) 거루선 : 돛없는 배.

제3의 고향(第三의 故鄕)

영신은 그러한 재미에 극도로 피곤하건만, 몸이 괴로운 줄을 모르고 하루 이틀을 보냈다. 사업이 날로 늘어가고 모든 성적이 뜻밖으로 좋아질수록, 낀 때를 잊을 적도 있고 심지어는 며칠씩 머리도 빗지 못하기가 예사였다.

그러나 틈이 빠끔하게 나기만 하면 동혁이의 환영(幻影)에게 정신이 사로잡히는 것은 어찌할 수 없는 일이었다. 그 바닷가의 기울어가는 달밤…… 모래 위에 그 육중한 몸뚱이를 몸부림치며 사랑을 고백하던 동혁이…… 온 몸뚱이가 액체로 녹을 듯이 힘차게 끌어안던 두 팔의 힘…… 숨이 턱턱 막히던 불같은 키스…….

영신은 그 장면이 머릿속에 떠오르기만 해도 가슴이 설레고 얼굴이 화끈화끈달았다. 그날 밤 그 하늘에 떴던 달이나 별들 밖에는 그 장면을 본 사람이 없으니 아무도 두 사람의 마음속의 비밀을 알 리 없건만 그래도 동혁의 생각이 불현듯이 나서 멀리 남녘 하늘의 구름을 바라보고 섰을 때에는 곁에 있는 사람이 제 속을 뚫고 들여다보는 것 같아서 머리가 저절로 수그러들기도 여러 번 하였다.

동혁에게서는 꼭 일주일에 한 번씩 편지가 왔다. 사연은 간단한데 여전히 보고 싶다든지 그립다든지 하는 말은 한 마디도 없고, 다만 영신의 건강을 축수하는 것과 새로 계획하는 일이나 방금 실지로 해나가는 일이 어떻다는 것만은 문체도 보지 않고 굵다란 글씨로 적어 보내는 것뿐이었다.

그러나 영신은 그 편지를 틈틈이 꺼내 보는 것, 오직 그것만이 큰 위안거리였다.

그동안 영신의 수입이라고는 경성 연합회에서 백 현경의 손을 거쳐 생활비 겸 사업을 보조하는 의미로 다달이 삼십 원씩 보내 주는 것밖에 없었다.

원재 어머니라는 젊어서 홀로 된 교인의 집 건넌방에 들어서 밥값 팔 원만 내면 방세는 따로 내지 않았다. 옷이라고는 그곳 여자들과 똑같은 보병것[10]을 입고 겨울이면 학생 시대에 입던 헌 털자켓 하나가 유일한 방한구인데 구두도 안 신고 고무신을 끌고 다니니 통신비 신문 잡지 십여 원만 가지면 저 한 몸은 빠듯이 먹고 지낼 수가 있었다.

그래서 나머지 이십 원도 못되는 돈으로 이태 전부터 강습소와 그 밖에 모든 경비를 써온 것이다.

10) 보병것 : 보병목(步兵木)으로 지은 옷.

한편으로 글을 배우러 오는 아이들은 거의 날마다 늘었다. 양철지붕에 송판으로 엉성하게 지은 조그만 예배당은 수리를 못해서 벽이 떨어지고 비만 오면 천정이 새는데 선머슴아이들이 뛰고 구르고 하여서 마루청까지 서너 군데나 빠졌다. 그것을 볼 때마다 늙은 장로는,

"흥, 경비는 날 곳이 없는데 너희들이 예배당을 아주 헐어내는구나. 강습이구 뭐구 인젠 넌덜머리가 난다."

하고 허옇게 센 머리를 내둘렀다.

더구나 새로 글을 깨친 아이들이 어느 틈에 분필과 연필로 예배당 안팎에다가 괴발개발[11] 글씨도 쓰고 지저분하게 환도 친다. 고등학교가 시오 리 밖이나 되는 곳에 있고 간이학교라고 새로 생긴 것도 장터까지 가서야 있으니 배움에 목마른 아이들은 등잔불로 날아드는 나비처럼 청석골로만 모여들 수밖에 없는 형세다. 요새 들어온 아이들까지 합하면 거의 일백 삼십 명이나 된다. 그러나 장소가 좁다는 이유로 한 아이도 더 수용할 수 없다고 아이를 쫓을 수는 없다. 영신은,

'아무나 오게, 아무나 오게.'

하는 찬송가 구절을 입속으로 부르며,

"오냐, 예배당이 터지도록 모여 오너라. 여름만 되면 나무 그늘도 좋고, 달밤이면 등불도 일없다."

하고, 들어오는 대로 받아서 그곳 보통학교를 졸업한 젊은 사람의 응원을 얻어 남자와 여자와 초급과 상급으로 반을 나누어 가르치기 시작하였다. 그러다가 어느 날 저녁때였다. 영신의 신변을 노상 주목하고 다니던 순사가 나와서 다짜고짜,

"주임이 당신을 보자는데, 내일 아침까지 주재소로 출두를

11) 괴발개발 : 글씨를 함부로 갈겨 써 놓은 모양.

하시오."

하고 간다. 영신은 석연치 않은 마음으로,

'무슨 일로 호출을 할까? 강습소 기부금은 오백 원까지 모집을 해도 좋다고 허락을 해 주지 않았는가?'

다음날 주재소에 나가니 주재소 주임의 요구는 다음과 같았다.

〈첫째는 예배당이 좁고 후락해서 위험하니 아동을 팔십 명 이외에는 한 사람도 더 받지 말라는 것과, 둘째는 기부금을 내라고 돌아다니며 너무 강제 비슷이 청하면 법률에 저촉이 된다〉는 것이다. 영신은 여러 가지로 변명도 하고 오는 아이들을 안 받을 수가 없다고 사정사정 하였으나,

〈상부의 명령이니까 말을 듣지 않으면 강습소를 폐쇄시키겠다〉는 엄포였다. 아무튼 어길 수 없는 명령이매, 내일부터 일백 삼십 여 명 중에서 팔십 명만 남기고 오십 명을 쫓아내야 한다.

그는 불을 끄고 이불을 뒤집어쓰고 누웠다. 잠이 오지 않았다.

'어떡하면 나머지 오십 명을 돌려보낼꼬?'

'이제까지 두 말 없이 가르쳐오다가 별안간 무슨 핑계로 가르칠 수가 없다고 한단 말인가? 주여, 당신 뜻으로 이곳에 모여든 귀엽고 사랑스러운 어린 양들이 오늘은 그 삼 분의 일이나 목자를 잃게 되었습니다. 다시 어둠속에서 헤매일 수밖에 없이 되었습니다. 주여, 그 가엾은 무리가 낙심하지 말게 하여 주시고 하나도 버리지 마시고 다시금 새로운 광명을 받을 기회를 내려주시옵소서. 오오 주여, 저의 가슴은 지금 메어질 듯합니다!'

영신은 햇발이 등 뒤를 비추며 떠오를 때까지 그대로 엎드린 채 소리없이 흐느껴 울었다.

월사금 육십 전을 못 내고 몇 달씩 밀려 오다가 보통학교에서 쫓겨난 아이들이, 그날도 두 명이나 식전에 책보를 들고 그 학교의 모자표를 붙인 채 왔다.

"얘들아, 참 정말, 참 안됐지만 인전 앉을 데가 없어서 맏을 수가 없으니, 가을부터 오너라. 얼마 있으면 새 집을 커다랗게 지을 텐데 그때 꼭 불러 주마, 응."
하고 영신은 그 아이들의 이름을 적고는 등을 어루만져 주며 간신히 돌려 보냈다. 그리고는 다른 아이들이 오기 전에 예배당으로 들어갔다. 잠 한숨 자지를 못해서 머리가 무겁고 눈이 빡빡한데 교실 한복판에 가서 한참 동안이나 실신한 사람처럼 우두커니 섰자니, 어찔어찔하고 현기증이 나서 이마를 짚고 있다가 다리를 허청 떼어놓으며 칠판 앞으로 갔다.

그는 분필을 집어가지고 교단 앞에서 삼 분의 일 가량되는 데까지 와서는, 동편쪽 끝에서부터 서편쪽 창밑까지 한 일 자로 금을 쭉 그었다. 그리고 아이들이 오는 것을 기다렸다가 예배당 문을 반쪽만 열었다. 아이들은 여느 때와 조금도 다름없이 재잘거리며 앞을 다투어 우르르 몰려 들어온다. 영신은 잠자코 맨 먼저 온 아이부터 하나씩 둘씩 차례차례로 분필로 그어 놓은 금 안으로 앉혔다. 어느덧 금 안에는 제한받은 팔십 명이 찼다.

"나중에 온 아이들은 이 금 밖으로 나가 앉아요, 떠들지들 말구."

선생의 명령에 늦게 온 아이들은 영문도 무르고,

'오늘은 왜 이럴까?'

하는 표정으로 선생의 눈치를 할끔할끔 보며 금 밖에서 가서 쭈그리고 앉는다. 아이들에게 제비를 뽑힐 수도 없고 하급생이라고 마구 몰아내는 것도 공평하지가 못할 듯해서, 영신은 생각다 못해 나중에 오는 아이들을 돌려보내려는 것이다. 나중에 왔다고 해도 시간으로 보면 불과 십 분 내외의 차이밖에 나지 않지만 그렇게 하는 도리 이외에 아무 상책이 없었던 것이다.

영신은 아이들을 다 들여앉힌 뒤에 원재와 다른 청년들에게 그제야 그 사정을 귀띔해 주었다. 그런 소문이 미리 나면 일이 더 복잡해질 것을 염려하였기 때문이었다. 그 말을 듣는 청년들의 얼굴빛은 금세 흙빛으로 변하였다.

"암말두 말구 나 하라는 대루만 장내를 잘 정돈해 줘요. 자세한 얘긴 이따가 할게."

청년들은 영신을 절대로 신임하는 터이라 입술을 지그시 깨물고 침통한 표정을 지을 뿐이다. 영신은 찬찬히 교단 위에 올라섰다. 그 얼굴빛은 현기증이 나서 금방 쓰러지려는 사람처럼 해쓱해졌다. 아이들은,

'선생님이 무슨 말을 하시려고 저러나?'

하고 저희들깐에도 보통 때와는 그 기색이 다른 것을 살피고는 기침 하나 안 하고 영신을 쳐다본다.

"여러 학생들 조용히 들어요. 오늘은 선생님이 차마 하기 어려운 섭섭한 말을 할 텐데……"

하고 나서 주저주저하다가,

"저…… 금밖에 앉은 아이들은 오늘부터 공부를…… 시킬 수가 없게 됐어요!"

하였다. 청천의 벽력은 무심한 어린이들의 머리 위에 떨어졌

다. 깜박깜박하고 선생을 쳐다보던 수없는 눈들은 모두가 콰리처럼 둥그래졌다.

"왜요? 선생님, 왜 글을 안 가르쳐 주신대유?"

그 중에 머리가 좀 굵은 아이가 발딱 일어나며 질문을 한다. 영신은 순순히 타이르듯이 집이 좁아서 팔십 명밖에는 더 가르칠 수가 없게 되었다는 것과 올 가을에 새 집을 지으면 꼭 잊어버리지 않고 한 사람도 빼어놓지 않고 불러주마고 빌다시피하였다.

"그럼 입때꺼정은 이 좁은 데서 어떻게 가르쳐 주셨시유?"

이번엔 제법 목소리가 패인 남학생의 질문이 들어왔다. 영신은 화살에나 맞은 듯이 가슴 한복판이 뜨끔하였다. 말 대답을 못하고 머리가 핑 내둘려서 이마를 짚고 섰는데 금 밖에 앉았던 아이들은 하나 둘 앉은 채 엉금엉금 기어서, 혹은 살금살금 뭉치면서 금안으로 밀려 들어오다가,

"선생님! 선생님!"

하고 연거푸 부르더니 와르르 교단 위까지 뛰어오른다. 영신은 오십여 명이나 되는 아이들에게 에워싸였다.

"전 벌써 왔에요."

"뒷간에 갔다가 쪼끔 늦게 왔는데요."

"선생님, 내일버텀 일찍 오께요. 선생님버덤 일찍 오께요."

아이들은 엎드러지며 고꾸라지며 앞을 다투어 교단 위로 올라와서 등을 밀려 넘어지는 아이에 발등을 밟히고 우는 아이에, 가뜩이나 머리가 휭한 영신은 정신이 아찔아찔해서 강도상[12] 모서리를 잡고 간신히 서 있다.

"선생님!"

12) 강도상(講道床) : 교과를 강의 또는 설명할 때 앞에 놓는 상.

아이들의 안타까운 부르짖음은 귀가 따갑도록 그치지 않는다. 그래도 영신은 눈을 내리감고, 아랫입술을 지그시 깨물 뿐,

"어서 내려들 가거라!"

"말 안 들으면 모두 내쫓을 테다."

하면서 영신을 도와주는 청년들이 아이들을 끌어 내리고 교편을 들고 얼러메건만, 그래도 아이들은 울며불며 영신의 몸에가 찰거머리처럼 달라붙어서 죽기 기쓰고 떨어지지를 않는다.

"놔라, 놔! 얘들아, 저리 좀 가 있어. 온 숨이 막혀서 죽겠구나!"

하고 몸을 뒤틀며 손과 팔에 매어달린 아이들을 가만히 뿌리쳤다. 한참이나 진정을 하고 나서는 저희들깐에도 동무들을 내쫓고 공부를 하게 된 것이 미안쩍은 듯이 머리를 떨어뜨리고 앉은 나머지 여든 명을 정돈시켜 놓고 차마 내키지 않는 걸음걸이로 칠판 앞으로 갔다. 그는 새로운 과정을 가르칠 경황이 없어,

"오늘은 우리 복습이나 하지."

하고 교과서로 쓰는 《농민 독본》을 펴 들었다. 아이들은 글자 모으는 법을 배운 것을 독본에 있는 대로,

"누구든지 학교로 오너라."

"배우고야 무슨 일이든지 한다."

하고 풀이 죽은 소리로 외기를 시작한다.

영신은 그 생기 없는 아이들의 목소리가 듣기 싫은데 든 사람은 몰라도 난 사람은 안다고 이가 빠진 듯이 띄엄띄엄 벌려 앉은 교실 한 귀퉁이가 휘언한 것을 보지 않으려고 유리창 밖으로 눈을 돌렸다. 창 밖으로 내다보던 영신은 다시금 콧마루

가 시큰해졌다. 예배당을 두른 야트막한 담에는 쫓겨나간 아이들이 머리만 내밀고 쭈욱 매달려서 담 안을 넘겨다보고 있지 않는가? 고목이 된 뽕나무 가지에 닥지닥지 열린 것은 틀림없는 사람의 열매다. 그 중에도 키가 작은 계집애들은 나무에도 기어오르지를 못하고 땅바닥에 가 주저앉아서 훌쩍거리고 울기만 한다.

영신은 창문을 말끔히 열어젖혔다. 그리고 청년들과 함께 칠판을 떼어 담 밖에서도 볼 수 있는 창 앞턱에다가 버티어 놓고 아래와 같이 커다랗게 썼다.

〈누구든지 학교로 오너라.〉

〈배우고야 무슨 일이든지 한다.〉

나무에 오르고 담장에 매어달린 아이들은 일제히 입을 열어 목구멍이 찢어져라고 그 독본의 구절을 바라보고 읽는다. 바락바락 지르는 그 소리는 글을 외는 것이 아니라 어찌 들으면 누구에게 발악하는 것 같다.

'집을 지어야겠다. 무슨 짓을 해서든지 하루바삐 학원을 짓고 나가야겠다!'

영신의 결심은 나날이 굳어갔다. 그러나 그 결심만으로는 일이 되지 못하였다. 그는 원재와 교회 일을 보는 청년들에게 임시로 강습하는 일을 맡기고는 청석학원 기성회 회원 방명부를 꾸며가지고 다시 돈을 청하러 나섰다. 짚신에 사내처럼 감발[13]을 하고는 오늘은 이 동리, 내일은 저 동리로 산을 넘고 논길을 헤매며 단 십전, 이십 전씩이라도 기부금을 모으러 다녔다. 삼복 중에 목이 타고 허기가 져도, 발이 부르터도 죽기 기를 쓰고 이곳저곳을 찾아다녔다.

13) 감발 : 발감개. 옛날에는 먼 길을 가거나 많은 걸음을 할 때 발이 부르트는 것을 막기 위해 발을 헝겊 조각 등으로 여러 번 감쌌다.

불개미와 같이

동혁은 청석골에 가보고 싶었다. 날이 가고 달이 바뀔수록 사랑하는 사람과 그가 활동하는 모양이 보고 싶었다. 날마다이 일 저 일에 얽매여서 잠자는 시간밖에는 공상할 틈조차 없기는 하지만, 일을 하다가도 길을 걷다가도 문득 문득 영신이 생각이 나면, 손을 쉬고 발을 멈추고 넋을 잃은 사람처럼 멍하니 하늘을 쳐다보는 습관이 부지중에 생겼다.

그러다가 일전에야 기다란 편지가 왔는데 한 낭청이란 부자 집에 기부금을 걷으러 가서 창피를 당하고 분풀이를 실컷 하다가, 일주일 동안이나 고초를 겪었다는 것과 앞으로는 기부금 명부에 이름을 적은 사람에게도 자발적으로 주기 전에는 독촉도 하지 못하게 되었고, 예배당 문까지 닫으라고 딱딱 을러메는 것을 간신히 양해를 얻기는 했으나 무슨 수단을 써서든지 청석학원 하나는 기어이 짓고야 말겠다고 새로운 결심을 보인 사연이었다.

그러면서도 한번 구경이라도 와 달라는 말은 비치지도 안 한다. 반드시 청좌를 해야만 갈 것이 아니지만, 그래도 혹시 나와 달랠까 하고 동혁은 편지마다 은근히 기다렸다.

'나도 어지간히 버티는 패지만, 나보다도 한술 더 뜨는 걸.'
하고 편지를 동댕이치는 때도 있었다.

'좋은 기회가 올 때까지 꾹 참자!'

그러나 늙은 총각의 가슴속에 한번 호되게 불어 당긴 사랑의 불길은, 의식적으로 참고 억지로 누른다고 쉽사리 꺼질 리가 없었다. 시뻘건 정열이 휘발유를 끼얹은 듯이 확하고 붙어 당길 때는 머리끝까지 까맣게 그슬릴 것만 같다. 그럴 때면,

'일이다, 일! 그저 들구 일만 하는 것이 그와 완전히 결합될 시기를 지루하게 기다리는 동안의 최면제도 되고 강심제도 된다.'

그러나 동혁은 영신의 속마음을 읽을 수 있었다. 그것은 다름 아니다.

'청석 학원을 온전히 저 한 사람의 힘으로 번듯하게 지어 놓고 교장 겸 고스까이 노릇까지 하더라도, 내가 이만한 사업을 하고 있노라.'

하고 백현경이나 다른 농촌운동자들에게 보여 주고, 애인인 저에게도 자랑하고 싶은 그 허영심만이 충만한 것이 틀림없으리라 하였다. 그러니까 자기의 사업이 어느 정도 되기 전에는 저를 청석골로 부르지 않으려는, 그 여자다운 심리가 들여다보이는 것 같았다.

한 달 하고도 보름이나 지났다. 그동안 한곡리 한복판에는 커다란 새 집 한 채가 우뚝하게 솟았다. 커다랗다고 해야 두 간 겹으로 폭이 열 간쯤 되는 창고 비슷한 엉성한 집이지만, 이 집 한 채를 짓기에 회원들은 칠월 염천에 하루도 쉬지 않고 불개미와 같이 일을 하였다.

그래서 다른 사람의 손을 빌지 않고 거의 두 달 동안이나 열두 사람의 회원들이 땀을 흘린 기념탑이 우뚝하게 서게 된 것이다.

'힘만 모으면 무슨 일이든지 되는구나! 땀만 흘리면 그 값이 저렇게 나타나고야 만다!'

새로운 회관에 들게 되는 날 아침에, 동혁이가 부는 나팔 소리는 더한층 새되고 씩씩하였다. 조기회원들이,

"엇둘! 엇둘!"

하고 체조를 하는 소리도, 애향가의 합창도, 전날보다 곱절이나 우렁찬 것 같았다.

오늘은 영신이가 조직해 주고 간 부인 근로회의 회원들도, 십여 명이나 건배의 아내를 따라서 참례를 하였다.

하루는 동혁이가 회관에서 주학을 마치고 나오는데 석돌이가 문 밖에 기다리고 섰다가,

"저 강 도사 댁 작은 사랑 나으리가 저녁 때 잠깐 만나자고 하시는데요."

하고 간다. 동혁은

'또 무슨 얌치빠진 소릴 하려누.'

하고 집으로 돌아와서도 기천이를 보러 갈 마음이 내키지 않았다. 그러나 동혁은 며칠 뜸을 들이다가 기천을 찾았다.

"자네 그 회관 짓기에 얼마나 들었나."

"돈이요? 돈이야 얼마 안 들었지요."

"이런 말을 자네가 어떻게 들을는지 모르겠네만 진흥회가 생기면 회관이 시급히 소용이 되겠는데. 당장 지을 수는 없구…… 여보게, 거 어떻게 재목 값이든지, 품삯꺼정 넉넉히 따져서 내게루 넘길 수가 없겠나? 자네들은 한 번 지어봐서 수단이 남으니까, 딴 데다가 다시 지으면 고만일 테니…… 자네 의

향이 어떤가?"

동혁이 묵묵부답으로 있다가, 한참만에 그만 가 봐야겠다고 일어서니,

"여보게 동혁이, 낫살이나 먹은 사람이라구 너무 빼돌리질 말게. 나두 동네 일이 하구 싶어서 그러는 게 아닌가?"
하고 사뭇 애원을 한다.

"그럼, 자네들 회에 나 같은 사람도 회원이 될 자격이 있나?"
하고 마지막으로 타협안을 제출한다.

"〈만 삼십 세 이하의 남자로 회원 반 수 이상의 동의가 있어야 입회를 허락한다〉는 농우회의 규약이 있으니까요."

반가운 손님

낙성식에 와 달라는 영신의 청첩을 받은 동혁은 저의 일과 조금도 다름이 없이 기뻤다.

'아무렴 가구말구. 오지 말래두 갈 텐데……'
하고 혼잣말을 하면서 벽에 붙은 일력을 쳐다보았다.

'내일은 떠나야겠는걸.'
하고 노자를 변통할 궁리를 하였다. 추수라고는 하였지만, 잡곡을 섞어 먹는대도 내년 보리 때까지 댈 양식조차 없었다. 간신히 계량이나 하던 것을 그야말로 문전의 옥답을 반나마 팔아서 강 도사 집의 빚을 청산하였기 때문에, 풍년이 들었어도 광속에는 벼라고 겨우 대여섯 섬밖에는 들어가지 못하였다.

각종 세금과 비료대와 곗돈과 온갖 추렴이며 동화가 각처 술집에서 술값을 진 것과 일 년 동안에 든 가용을 따지고 보면 그

벼 몇 섬까지 마저 팔아도 회계가 닿지를 않는다. 노인을 모신 사람이 생선철이 되어도 비린내조차 맡아보지를 못하고 제법 광목 한 필 사들인 적이 없건만 씀씀이는 논섬지기나 할 때보다 더 줄지를 안는다. 그것은 동혁이가 집안 일에만 매어달리지 않는 까닭도 다소간은 있겠지만, 소위 자작농이 그러하니 남의 소작을 해먹는 사람들은 참으로 말이 못된다.

낙성식에 와 달라는 영신의 청첩을 받은 동혁은 저의 일과 조금도 다름이 없이 기뻤다.

'아무렴 가구말구. 오지 말래두 갈 텐데……'

낙성식 전날 영신이는 십 리도 넘는 자동차 정류장까지 마중을 나갔다가 허탕을 치고 돌아왔다. 그리고 몇 차례 더 마중을 나갔으나 그냥 돌아왔다. 기다리는 사람은 오지 않았다. 영신은 기진맥진하여 돌아와 방문을 여는데 동혁이가 거기에 있었다. 동혁은 차비가 없어 여기까지 걸어오느라고 이렇게 늦었다는 것이다.

"그래 언제 떠나셨어요?"

"어저께 새벽에요."

영신은 그만 동혁의 가슴에, 그립고 그립던 그 널따란 가슴에 얼굴을 파묻었다. 동혁은 두 팔로 영신의 어깨를 힘껏 끌어안았다. 두 사람은 함께 한참 동안이나 말을 못하였다. 동혁은 눈을 꽉 감았다가 뜨며,

"신색이 매우 못되셨군요."

하고는 손등으로 눈물을 비비고 난 영신의 얼굴을 무한히 가엾은 듯이 들여다 본다. 반 년 남짓이 만나지 못한 동안에 영신은

그 탐스럽던 두 볼이 여위고 눈 가장자리에는 가느다란 주름살까지 잡혔다. 더운 때도 아닌데 입술이 까맣게 탄 것을 보니, 그동안 얼마나 노심초사를 했나 —— 하는 것이 역력히 들여다보여서, 동혁은,

"그래 집짓기에 얼마나 애를 쓰셨에요?"

"우리집 보셨지요? 동혁 씨 집보다 잘 지었지요?"

한참 만에야 영신은 딴전을 부리듯이 묻는다.

"아까 잠깐 바깥으로만 둘러봤는데, 너무 훌륭하더군요. 한곡리 회관쯤은 게다 대면 행랑채 같아요."

학부형들과 집을 짓는 데 수고를 한 사람들이며 부인 근로계원들은 물론 학생과 마을 사람들이 교실의 칸을 터놓은 새 학원이 비집고 들어설 틈이 없도록 꽉 찼다. 찬송가가 끝난 후 장로는 일어서서 매우 경건한 어조로, 그러나 여전히 서양 선교사의 입내를 내듯이,

"먼저 여러분께서, 이처럼 마안이 와 주신 것 감샤합내다. 오늘날 우리가 이와 같은 큰 집 짓고, 낙성식을 서엉대히 열어서, 하나님께 영광을 돌리게 된 것은 다아만 우리 청석동의 무지한 백성을 불쌍히 여기사, 당신의 귀한 따님 한 분을 보내주신 은택인 줄로 압내다."

영신은 발갛게 상기가 되어서 연단 위로 올라갔다. 먼 광으로 보니, 영신의 얼굴이 파리하고 몸이 수척한 것이 더 분명해서, 동혁은 바로 보기가 어려울 지경이었다. 그러나,

"여러분께서 이 새 집이 꽉 차도록 많이 와주셔서 여간 기쁘고 고맙지가 않습니다."

하고 목소리를 높이다가 영신은 별안간 무엇에 꽉 질린 것처럼 바른편 옆구리를 움켜쥔다. 금방 얼굴이 해쓱해지더니 앞에 놓은 교탁을 짚을 사이도 없이 그 자리에가 고꾸라지듯이 엎으러졌다.

“저런!”

“앗!”

동혁은 급히 달려가 영신을 안아 옆으로 눕힌 뒤 냉수를 그의 얼굴에 두어 번 뿜어주고 원재의 웃옷을 벗겨서 방석처럼 접어 어깨밑에 고여 머리를 낮추어 놓고 두 팔을 올렸다 내렸다 하며 인공호흡을 시킨다. 그리고 원재 어머니더러,

“아랫도리를 가만가만 주물러주세요.”

하였다.

“아이구 배야!”

하며 아까 쓰러질 때처럼 오른편 아랫배를 움켜쥐며, 지독한 고통을 참느라고 입술을 깨문다. 이제까지 태연한 기색을 보이던 동혁의 얼굴에도 당황한 빛이 떠돈다. 너무나 과로한 끝에 흥분이 되어서 일어난 뇌빈혈이 아닌 것만은 분명하다. 동혁의 손가락이 영신이가 두 번이나 움켜쥐던 오른편 아랫배를 누르자 영신은,

“아야야!”

하고 비명을 지르며 상체를 펄쩍 솟치다가 불에나 데인 것처럼 온몸을 오그라뜨린다. 동혁은 저도 학창 시절에 풋볼에 열중하다가 된통으로 앓아본 경험이 있는 맹장염인 것이 틀림없었다.

“맹장염 같은 걸요.”

“네? 맹장염?”

그날로 병원에 실려온 영신은 곧바로 진찰을 마치고 수술 준비에 들어갔다. 얼마의 시간이 지나고 영신은 수술을 마치고 병실로 돌아왔다. 다행히 수술 경과는 좋았다.

그럭저럭 동혁은 청석골에 온 지 일주일이 넘었다. 시간이 이처럼 흐르자 동혁은,

'이거 한곡리 일 때문에 큰일났군. 강기천이가 그동안 또 무슨 흉계를 꾸밀지 모르는데, 온 편지 답장들이나 해주어야지.'
하고 몹시 궁금해하였다. 동화와 건배에게 거의 격일해서 편지를 했지만, 무슨 연고가 있는지 답장이 오지를 않아서 몸이 달았다. 그렇다고 아직 회복이 덜 된 사람을 놓고 간다고 할 수가 없었다. 하루 이틀이 지나자 영신의 회복이 빨라짐에 따라 동혁은 영신에게 이런 기회에 해외에 나가보는 것이 어떤가 권했다.

새로운 출발(出發)

동혁은 어느 날 아침, 아래와 같은 아우의 급한 편지를 받고 하곡리로 돌아왔다.

〈사업이 첫째고, 연애는 둘째 셋째라고 하시던 형님이 여태 돌아오지를 않으시니 대체 웬일인지요? 그동안 집에는 별고가 없지만 강기천이가 형님 안 계신 동안에 회원들을 농락해가지고, 우리 회관을 뺏아들려고 하니, 이 편지 받으시는 대로 즉시 오세요. 건배씨는 벌써 여러 날째 종적을 감추고 말았으니, 이 일을 어떻게 하면 좋을까요?〉

아우에게서 자세한 경과를 들은 동혁은, 영신에게 오래 있었던 것을 몇 번이나 후회하였다. 놀러 갔었던 것은 아니었으나, 연애와 사업은 어떠한 경우에든지 양립하기 어렵다는 것을 절실히 깨달았다. 거기다 가장 가까웠던 동지들이 기천이의 꼬임에 넘어가 자신을 배반한 것도 분통터질 일이었다.

무슨 짓을 하든지 유일한 단체인 농우회를 삼사 년이나 근사를 모아 지은 회관째 기천의 손에 빼앗길 수는 없다. 건배를 불러다가 책망을 하고, 기천이를 직접 만나 단단히 따지고 싶은 생각이 불현듯이 나지 않는 것은 아니지만, 적어도 회원의 반수 이상이 울며 겨자먹기로 생활 문제 때문에 그 편에 가 들러붙게 된 이상 일시의 혈기로써 분풀이를 하는 것으로는 문제가 더 옭혀들어갈지언정 원만히 해결은 되지 못할 것 같았다.

"건배 씨는 기천이 주선으루 군청에 서기가 돼서, 아주 이사를 간대요. 한 달에 월급이 삼십 원이라나요."

하는 말을 들을 때 동혁은 다시 한번 놀랐다.

건배가 떠나는 날 동혁은 오 리 밖까지 나가서 전송을 하였다. 몇 해 전 교원 노릇을 할 때에 입던 것인지, 무릎이 나가게 된 쓰메에리 양복을 입고 흐느적 흐느적 풀이 죽어서 걸어가는 뒷모양을 동혁은 눈물 없이는 바라볼 수가 없었다.

밝기도 전에 도망꾼과 다름없이 떠나는 길이라 작별의 인사나마 정다이 하러 나온 사람도 두엇밖에는 눈에 띄지 않았다.

이별(離別)

그 뒤로 회원들은 물론 동네의 인심은 동혁에게로 쏠렸다. 젊은 사람들의 일에 쫓아다니며 훼방까지는 놀지 않아도,

"저녀석들은 처먹고 헐 짓들이 없어서 밤낮 몰려만 댕기는 게여."

하고 마땅치 않게 여기던 노인네까지도,

"미상불 이번에 동혁이가 어려운 일 했느니."

"아아무렴, 여부지사가 있나. 우리네 수로야 어림도 없지, 언감생심 변리를 한 푼도 아니 물다니."

하고 동혁의 칭송이 놀라왔다. 너무나 고마워서 동혁을 찾아와서, 울면서 치사를 하는 부형도 있는데, 그 통에 박 첨지는 아들 대신으로 연거푸 사나흘 동안이나 끌려다니며 막걸리를 얻어먹고 배탈이 다 났다. 동혁은,

"자아, 빚들은 다 갚았으니까, 앓던 이빠진 것버덤 더 시원하지만 이젠 어떻게 전답을 떨어지지 않고 지어먹을 도리를 차려야 셈들을 펴고 살아보지."

하고 제이단 책을 생각하기에 골몰하였다. 그러다가,

'급하다고 우물을 들고 마시나? 천천히 황소걸음으로 하지.'

하고, 저 자신과 의논을 해가면서 회원들의 생활이 짧은 시일에 윤택해지지는 못하나마, 다시 빚은 얻지 않을 만큼 생계를 독립할 수 있는 정도까지는 끌어올리고 말리라 하였다. 농지령(農地令)이라는 것이 발포되었대야 결국은 지주들의 마음대로 할 수가 있게 된 것이니까, 어떻게 강 도사 집뿐 아니라 다른 지

주들까지도 한 십 개년 동안만 도지로 논을 내놓게 만들었으면 힘껏 개량식으로 농사를 지어 그 수입으로 땅마지기씩이나 장만을 하게 될 텐데…… 하고 꿍꿍이셈을 치고 있는 중이다. 회원들의 돈은 빚을 깨끗이 청산하고 육십여 원이나 남아서, 그것을 밑천으로 새로이 소비 조합을 만들 예산을 세웠다.

그러나 형의 속을 이해하지 못하는 동화는 다른 반대파의 회원들보다도 불평이 많았다. 워낙 저만 공부를 시켜주지 않았다고 부형의 탓을 하는 터에, 제 말따나 형 때문에 장가도 들지 못해서 그런지 계모 손에서 자라난 아이 모양으로 자격지심이 여간 대단하지가 않다.

"흥, 어느 때고 두고 보구려. 내 손으로 회관을 부셔버리고 말 테니……"

하고 아우는 입술을 깨물고 벼른다. 또 어느 때는,

"아, 어느 놈이 우리가 지은 회관을 강제로 열어요? 흥, 난 그럴 때만 기다리고 있겠수."

아우는 완강하였다. 영신에게서는 하루 걸러 편지가 왔다.

〈청석골의 친절한 여러 교인과 학부형들에게 에워싸여서 지금 퇴원을 합니다. 그러나 천만 사람이 있어도 이 영신에게는 새로운 생명을 주신 은인이시고 영원한 사랑이신 우리 동혁씨와 이 기쁨을 나누지 못하는 것이 무한히 섭섭합니다.

그러나 또 한 가지 기쁨을 전해드리는 것은 일전에 서울 연합회에서 백현경 씨가 절 위해서 내려왔었는데, 정양도 할 겸 횡빈(橫濱)에 있는 신학교로 가서, 몇 해 동안 수학을 하도록 주선해주겠다는 약속을 하고 올라갔는데요, 여러 해 벼루고 벼르던 유학을 하게 된 것은 기쁘지만 또다시 당신과 더 멀리 떨어져 있을 생각을 하니 무한히 섭섭해요. 지금부터 눈물이 납니다. 어수선스러워서 고만 쓰겠어요. 답장은 청석골로.

××월 ××일 당신의 영신〉

동혁은 며칠만에 답장을 했다.

〈무사히 퇴원하신 것을 두 손을 들어 축하합니다.…………… 신학교로 가신다니(지원한 것은 아니라도) 신앙이 학문이 아닌 것은 농학사나 농학박사라야만 농사를 잘 지을 줄 안다는 거와 마찬가지가 아닐는지요. 하여간 건강 상태를 보아서 당분간 자리를 떠나서 정양할 기회를 얻는 것은 나도 찬성한 것이지만…… 우리가 약속한 삼 개년 계획은 벌써 내년이면 마지막 해가 됩니다. 그런데 또 앞으로 몇 해를 은행나무처럼 떨어져 있게 될 모양이니, 실로 앞길이 창창하고 아득하외다.………………부디부디 몸을 쓰게 되었다고 무리한 일은 하지 마십시오. 그것만이 부탁이외다.

당신의 영원한 보호 병정〉

그동안 기천이는 장근 두 달째나 누워 있었다. 그러는 중에도 면역소의 지휘로, 음력 대보름날을 기회로 삼아 한곡리 진흥회의 발회식을 열게 되었다. 그 때까지도 갑산이와 동화는 회관의 열쇠를 내놓지 않았다.

"너 이제 고만 회관 열쇠를 내놔라. 누구한테든지 저의 주장을 굽혀선 못 쓰지만, 일이란 그때그때 형편을 봐서, 임시변통을 하는 수도 있어야지, 너무 곧이곧대로만 나가면 되려 욺히는 경우가 있느니라."

하고 타일러도 동화는 머리를 끄덕이지 않는다. 몇 차례의 설득 뒤 동화는 마지못해 열쇠를 건네주고, 회관문은 저녁때에야 열렸다. 진흥회 관계자가 나오고 동네 사람들이 모이고, 이윽고 기천의 사촌인 구장이 개회사를 했다.

"지금부터 새로 창립된 우리 동네 진흥회를 대표할 회장을 선거하겠소. 물론 연령이라든지 이력이나 재산 같은 것을 보아 회장될 만한 자격이 충분한 분을 선거할 줄 믿는 바이오."

투표가 시작되고 곧이어 개표를 하게 되었다. 투표된 점수를 적어 들고 이름을 부르는 구장의 손과 입은 함께 떨렸다.

"강기천 씨 육십칠 점!"

손톱 여물을 썰고 앉았던 기천의 얼굴에는 남의 눈에 띄지 않을 만한 안심의 미소가 살짝 지나갔다.

"박동혁 씨 삼십 팔 점!"

이렇게 하여 강기천이 한곡리 진흥회의 회장이 되었다. 기천은 몇 번 사양하는 체하다가 승낙하고 말았다. 그리고 승낙인사를 했다.

"……미력하나마 앞으로는 관청에서 지도하시는 대로, 우리 농촌의 진흥을 위해서 진력하겠으니, 여러분도 한맘 한뜻으로 나아가주기를 바라는 바이요."

그날 밤이었다. 새로운 간판이 걸린 회관 근처는 인가와 멀리 떨어져서 무섭도록 괴구한데, 기다란 그림자는 휘젓한 회관 뒤로 돌아갔다. 조금 있자 난데없는 불이 확 켜지더니 그 불덩어리는 도깨비불처럼 잠시 왔다갔다하다가 새빨간 불꽃이 뱀의 혀끝처럼 날름거리며 추녀끝으로 치붙어오른다.

그 때다. 검은 그림자가 올라오던 길로, 조금 더 큰 시꺼먼 그림자가 쏜살같이 치닫는다. 회관 뒤에서 큰 그림자는 작은 그림자를 꽉 붙잡았다.

"너 이게 무슨 짓이냐?"

형은 아우의 손목을 잡았다. 석유에 담근 솜방망이에 불을 붙여 추녀끝에다 대고 있던 동화는, 불빛에 머리끝이 쭈뼛하도록 무섭게 부릅뜬 형의 눈을 힐끔 쳐다보았다.

"이까짓 놈의 집 뒀다 뭘 허우?"

그의 입에서는 술냄새가 훅 끼쳤다.

"이리 내라!"

동혁은 아우의 손을 비틀어 솜방망이를 꿰어 든 작대기를 빼앗아 던지더니 눈바닥에다 짓밟아 껐다. 그때 등 뒤에서,

"거기서 뭣들을 하셨에유?"

하는 소리가 들렸다. 형제는 머리끝이 쭈뼛해서 멈칫하고 서지 않을 수 없었다. 그것은 석돌의 목소리인 것이 틀림없었다.

영신은 조선을 떠나기 전날까지 동혁을 기다렸다. 눈이 까맣게 기다리다 못해 반신료까지 붙여서 전보를 쳤다. 그래도 아무 회답이 없어서,

'이거 무슨 일이 단단히 생겼나보다.'

하고 짐은 먼저 철도편으로 부치고, 빈몸으로 한곡리를 향하여 떠났다. 그러나 동네가 텅빈 듯 낯 익은 얼굴을 볼 수가 없었다.

"아아니, 다들 어디 갔습니까?"

영신은 부지중 노인의 소매를 끌어당겼다.

"그앤 읍내로 잡혀 갔다우!"

"잡혀 가다뇨?"

영신은 목소리뿐 아니라 몸까지 오들오들 떨렸다.

"그 심술패기 동화란 녀석이 회관집에 불을 질르다가 형한테 들켜서, 그날 밤으로 어디론지 도망을 갔는데……"

"아, 그래서요?"

"그 다음날 경찰서에서 어떻게 알았는지, 동화를 잡으려고 순사 형사가 쏟아져 나왔구려."

그리하여 마침내 동혁도 잡혀갔다는 것이다. 영신은 여기저기 청을 넣어 힘들게 면회를 했다.

"떠나기 전에 뵙고 가려고 왔다가, 한곡리서 하룻밤을 자고 왔는데 차마 나 혼자 어떻게……"

"천만에, 내 걱정은 조금도 하지 말고 오늘이라도 떠나세요. 공부는 둘째 문제고, 우선 정양을 하실 필요가 있으니까 당분간 청석골을 떠나실밖에 없지요. 그러면 자연 기분이 전환도 될 수 있을 테니까요. 어디서든지 그저 건강에만 힘을 써주세요. 우리의 장래일은 나간 뒤에 의논합시다."

"그럼 나오신 뒤에 어디서 만날까요?"

살아 생전 다시는 만나보지 못할 것처럼 영신의 표정은 전에 없이 애련하다.

"우리의 일터에서 만나지요. 한곡리하고 청석골하고 합병을 해 놓고서, 실컷 맘껏 만납시다."

이역(異域)의 하늘

영신은 차마 발길이 돌아서지 않는 것을 하는 수 없이 조선을 등지고 떠났다. 그렇건만 한 달이 지나고 두 달이 지나도 동혁에게서는 전보도 편지도 오지 않았다. 차디찬 다다미방에서 얇다란 조선이불을 덮고 자고, 입에 맞지 않는 음식으로 겨우 요기만 하며 지내는 영신에게는, 기숙사 생활이 여간 신산[14]한 것이 아니었다. 그래서 그런지 영신의 몸은 더욱 쇠약해갔다. 같은 방 학생에게 자기의 병세를 물으니,

"암만해도 각기병[15]같은데 얼른 병원에 가 진찰을 해봐요. 각기가 심장까지 침범하면 큰일난답니다."

몸이 불편할수록 영신은 고향 생각이 더했다. 더욱이 동혁의 소식이 끊어져 가뜩이나 심약해진 영신의 애를 태웠다. 한곡리로 몇 번이나 편지를 했지만 답장이 없다가 하루는 뜻밖에 정득의 이름으로 편지가 왔다. 내용인즉은, 동혁은 곧 나올 듯하므로 아무 염려 말고 건강에만 주의하라는 부탁이 있었다는 것이다.

영신은 기도회에 참례를 하려고, 밤 사이에 더 부어오른 다리를 간신히 짚고 일어서 세수간으로 나가다가 머릿속이 핑 내둘리고, 다리의 힘이 풀려 문지방에 허리를 걸치고 쓰러졌다. 영신은 의식을 회복하고 눈을 떴을 때에야 제 몸이 의료실로 떠메어 와서 누운 것을 깨달았다. 진찰을 마친 교의는,

"몸 전체가 대단히 쇠약한데, 각기병은 짧은 시일에 쉽사리 치료를 할 수 없는 병이니 고향으로 돌아가서 편안히 쉬며 치료를 하는 것이 좋겠소. 복부의 수술도 완전히 하지 못해서, 재발될 징조가 보이니 특별히 주의를 하지 않으면 큰일나오."

하고는 비타민 B가 부족해서 나는 병이니, 현미(玄米)나 보리밥을 먹으라는 둥, 심장이 약하니 절대로 과격한 운동을 하지 말라는 둥 주의를 시키고 나갔다. 이제는 더 어떻게 할 수가 없

14) 신산(辛酸) : 세상살이의 고됨을 이르는 말.

15) 각기병 : 비타민 B1의 부족으로 일어나는 영양실조증의 하나. 다리가 붓고 맥박이 빨라지며 전신 권태 등의 증상이 나타남.

다. '가자, 죽더라도 내 고향에 가 묻히자!' 영신은 서울 연합회의 백 씨에게 편지를 보내 노비를 보내달라니 며칠이 지나 노비가 도착했다.

기숙사의 밤이 깊어가는 대로 영신의 고민도 더욱 깊어가고, 마음이 괴로울수록 안절부절을 못하는 육신도 어느 한군데 괴롭지 않은 데가 없었다.

……영신이가 떠나는 날 아침, 널따란 학교 마당에 전송하여주는 사람은 사감과 한 방에 있던 학생 두엇뿐이었다. 몇 달 동안을 숙식을 같이하던 여자는 매우 섭섭한 표정을 지으면서 현관까지 따라나와,

"사요나라, 오다이지니(잘 가요, 몸조심하셔요)."

'내가 얻어가지고 가는 것은 병뿐이로구나!'

영신은 그런 마음으로 일본을 떠났다.

자동차 정류소에는 청석골의 주민들이 남녀노소할 것 없이 마중을 나왔다.

'아이고, 웬 사람들이 저렇게 모여 섰나? 장날 같으니.'

하고 영신은 차창 밖을 내다보았다. 저의 전보를 보고, 그렇게 많이들 나왔을 줄은 몰랐다. 멀리 언덕 위에 우뚝 솟은 학원 집의 유리창이 석양을 받아 눈이 부시게 반사하는 것을 볼 때, 영신은,

"오 오, 저 집!"

하고 저절로 부르짖었다. 죽을 고생을 해가며 지은 그 집이 맨 먼저 주인을 반겨주는 것 같았다. 집 앞은 환영 나온 학생들과 동네 사람들로 가득했다. 영신은 눈물이 났다. 영신은 방으로

들어갔다. 영신이가 쓰던 방은 전처럼 깨끗이 치워졌다.
"아아, 여기가 내 안식처다!"

천사의 임종(天使의 臨終)

이튿날 저녁때에야 공의의 진찰을 받게 되었을 때 영신은 혼수 상태에 빠져 있었다. 공의는 알콜 솜으로 손을 닦으며,
"대단 섭섭한 말씀이지만……"
하고 주저주저하다가,
"내 진찰이 틀리지 않는다면 며칠을 못 넘길 것 같소이다."
하고 고개를 떨어뜨린다.
"네? 그게 무슨 말씀입니까?"
"각기가 심장까지 침범한 것만 해도 위중한데, 원체 수술을 완전히 하지 못한 맹장염이 재발이 됐습니다. 염증이 대단하니 어디다가 손을 대야 할지 모르겠는데요."
"……어떻게 다시 수술이라도 해봐주실 수 없을까요?"
학부형 중에서 한 사람이 나서며 물었다. 공의는,
"지금은 수술도 못해요. 몸 전체가 몹시 허약하니까요."
하고는 가방을 들고 일어서다가,
"주사나 한 대 놔 드리지요."
공의는 한숨을 쉬며 캄플 한 대를 놓고 나왔다. 의사에게 죽음의 선고를 받은 줄도 모르는 영신은 주사 기운에 조금 의식을 회복하였다.

병세는 시시각각으로 더해가는 편이언만 영신은 어머니에게

도 편지를 못하게 하였다. 등잔불에 어룽지는 천장을 쳐다보는 영신의 눈동자에는 원한과 절망과 참을 수 없는 슬픈 빛이 어리었다.

닥쳐오는 죽음을 짐작하면서도, 인력으로 어길 수 없는 가장 엄숙한 사실인 줄 번연히 알면서도, 그 사실을 억지로 부인하려는 마음! 끝까지 신앙심을 잃지 않고 그 대상자를 원망하지 않으면서도 이적이라도 나타내어 주기를 안타까이 기다리는 그 심정……. 오늘은 초저녁부터 영신의 숨소리가 더 거칠어졌다. 목구멍에서 가래가 끓는 소리까지 그르렁글렁한다. 아랫도리는 여전히 감각을 잃고 있기 때문에 고통을 몰라도, 가슴이 답답해서 몹시 괴로워한다. 병마가 사방으로부터 심장을 향하고 몰려들기를 시작한 모양이다.

그러나 이상스럽게도 영신의 정신만은 그 말과 함께 똑똑하다.

"자꾸 울지들 말아요. 나도 안 우는데……"

창 밖은 별빛조차 무색한 그믐밤이다. 앞뜰과 뒷동산의 앙상한 삭정이[16]를 휩쓰는 바람소리만 파도소리처럼 쏴아쏴아 하고 지나간다. 떨어지다 남은 바싹 마른 오동잎사귀가, 창 밖 툇마루에 버스럭 하고 떨어지는 소리에 영신은 고이 감았던 눈을 떴다. 사람의 발자국 소리로 들렸는지,

"문 열어요. 동혁 씨 왔나봐……"

하고 잠꼬대하듯 헛소리를 하며 뒤꼍으로 통한 문으로 고개를 돌린다. 벌써 그 눈동자에는 안개가 뽀얗게 낀 것처럼 정기가 없다.

"아이, 그저 안 오네!"

16) 삭정이 : 산 나무에 붙은 채 말라 죽은 작은 가지.

영신은 한숨과 함께 원재 어머니 편으로 머리를 돌렸다. 무슨 생각이 번개같이 나는 듯,

"저어기, 저것 좀……"

이번에는 머리맡에 놓인 책상 서랍을 입으로 가리킨다.

"어머니 사진요?"

"아아니, 그이 편지……"

동혁이와 처음 만나던 때부터 경찰서에서 면회를 하던 때까지의 추억의 가지가지가 환등처럼 흐릿하게나마 주마등과 같이 눈앞으로 지나가는 모양이다. 그는 조심스러이 편지에 입을 맞추고 나서, 어눌하나마 목소리를 높여,

"동혁 씨! 난 먼저 가요. 한곡리하고 합병도 못해 보고…… 그렇지만 행복해요. 등 뒤가 든든해요. 깨끗한 당신의 사랑만은 영원히 변하지 않을 테니까요. 그리고 끝까지 꿋꿋하게 싸우며 나가실 걸 믿으니까요……"

하고 나서, 숨을 가쁘게 들이쉬고 나더니,

"동혁 씨! 조금도 슬퍼하진 마세요. 당신 같으신 남자는 어떤 경우에든지 남에게 눈물을 보여선 못 씁니다."

하고는 몹시 흥분해서 헐떡이다가, 원재 어머니를 보고,

"그이가 오거던요, 지금 한 말이나 전해주세요. 뭔지 들었죠?"

하고 당부를 한다. 붓을 들 기력도 없는 그는, 말로나마 사랑하는 사람에게 몇 마디를 남긴 것이다. 그리고 자기를,

"학원 집이 뵈는 데다…… 무 묻어……"

영신은 말을 잇지 못한다. 주위에 있던 사람은 조용히 노래를 불렀다.

"사 사 삼천리……"

노래가 채 끝나기도 전에 영신의 목은 뒤로 넘어가고 말았다.……기름이 졸아붙은 등잔불이 시름없이 꺼지자 뿌유스름한 아침 햇빛은 동창을 물들이기 시작하였다. 청석골은 온통 슬픈 구름에 싸였다.

영신의 장은 오일장으로 하기로 했다. 그리고 어머니와 알려야 할 사람에게 전보를 했다. 물론 박동혁에게도 쳤다.

전보를 받은 동혁은 엄청난 충격을 받았다. 그리고 그날 저녁 늦게 동혁은 청석골에 도착했다.

"입관은 했나?"

닫혔던 동혁의 말문이 열렸다.

"벌써 했어요."

이 한 마디는 그의 마지막 소망까지 끊어버렸다.

동혁은 학원 마당에 허옇게 모여 선 조객들의 주목을 받으며, 현관 앞에 세워놓은,

우리의 天使 蔡永信之柩(천사 채영신지구)

라고 흰 글씨로 쓴 붉은 명정 앞까지 와서, 모자를 벗었다. 여러 달동안 면도도 못해서 수염과 구레나룻이 시꺼멓게 났고, 그 검붉던 얼굴이 누루퉁퉁하게 부어서, 문간만 내다보고 있던 원재 어머니는 동혁을 얼른 알아보지 못하다가,

"아이고, 인제 오세요?"

하고 나와 반긴다. 그는 입술을 떨면서,

"채 선생 저기 계세요!"

하고 교단 위에 검정 보를 쓰워 가로 놓은 영구를 가리킨다. 영결식도 끝이 나서 마지막 기도를 올리느라고 남녀 교인들과 아

이들은 관 앞에 엎드려 흐느껴 우는 판이었다. 동혁은 눈 한번 꿈벅이지 않고 관을 바라보며 대여섯 간 통이나 걸어온다. 관머리까지 와서는 꺼먼 장방형의 나무궤짝을 뚫어질 듯이 들여다보는 그의 두 눈! 얼굴의 근육은 경련을 일으킨 듯이 실룩거리기 시작한다. 어깨가 떨리고 이어서 온몸이 와들와들 떨리더니, 그 눈에서 참고 깨물었던 눈물이 터져 내린다. 무쇠를 녹이는 듯한 뜨거운 눈물이 구곡간장으로부터 끓어오르는 것이다.

"여, 여, 영신 씨!"

그는 무릎을 금시 꺾어진 것처럼 꿇으며, 관머리를 얼싸안는다. 그 광경을 보자 식장 안에서는 다시금 흑흑 흐느끼는 소리가 여기 저기서 들렸다.

최후의 일인(最後의 一人)

동혁은 땅을 치며 외쳤다.

"왜 당신은, 일하는 것밖에, 좀더 다른 허영심이 없었더란 말요?……………………………영신 씨 안심하세요. 나는 이렇게 꿋꿋하게 살아 있소이다. 네가 죽는 날까지 당신이 못다하고 간 일까지 두 몫을 하리다."

말을 마친 동혁은 엄숙한 얼굴로 여러 사람의 앞으로 나섰다.

"여러분!"

조상온 사람 전체를 향해서 외치는 목소리는 여전히 우렁차다.

"여러분! 이 채영신 양은 연약한 여자의 몸으로 농촌의 개발과 무산 아동의 교육을 위해서 너무나 과도히 일을 하다가 둘도 없는 생명을 바쳤습니다. 완전히 의생했습니다. 즉 오늘 이 마당에 모인 여러분을 위해서 죽은 것입니다.……………………
그러나 여러분, 조금도 설워하지 마십시오. 이 채 선생은 결단코 죽지 않았습니다. 살과 뼈는 썩을지언정 저 가엾은 아이들과 가난한 동족을 위해서 흘린 피는 벌써 여러분의 혈관 속에 섞였습니다."

동혁은 목소리를 낮추어,

"사사로운 말씀은 하지 않겠습니다마는, 나는 이 청석골에서 사랑하던 사람의 사업을 당분간이라도 계속하고 싶습니다. 만일 여러분이 이 변변치 못한 사람이나마 소용이 되신다면 모든 것을 버리고 이 길을 밟는 것이 나 개인에게도 가장 기쁜 의무일 줄로 생각합니다."

말이 끝나자, 청년들은 상여를 메고 선 채 박수를 하였다.

장사가 끝난 뒤에, 백현경과 장래의 일을 의논하며 산에서 내려왔던 동혁은, 황혼에 몸을 숨기고 홀로 영신의 무덤으로 올라갔다. 동혁의 머릿속은 천 갈래로 찢기고 만 갈래로 얽혀져 갈피를 잡을 수가 없다. 그는 가슴이 무엇에 짓눌리는 것처럼 답답해서 벌떡 일어났다. 팔짱을 끼고 제절 앞을 왔다갔다 하다가, 봉분의 주위를 돌았다. 그러다가 그는 생각을 홱 뒤집었다.

'일을 하자! 이 영신이와 같이 죽는 날까지 일을 하자! 인생의 고독과 고민을 잊어버리기 위해서라도 일을 해야만 한다. 사랑하던 사람의 사업을 뒤를 이을 사람은 나밖에 없다.'

동혁은 지나온 날을 생각해 보았다. 그동안 편하게 지냈던 것 같았다. 그리고 한곡리에만 틀어박혀 있었던 것 같기도 했다.

'이제부터 한곡리에만 들어앉았을 게 아니라 다시 일에 기초가 잡히기만 하면, 전 조선의 방방곡곡으로 돌아다니며 널리 듣고, 보기도 하고, 또는 내 주의와 주장을 세워보리라. 그네들과 긴밀한 연락을 취해서 같은 정신과 계획 아래서 농촌운동을 통일시키기도록 힘써보리라.' 동혁은 한곡리서 처음으로 일을 시작할 때의 생각이 바로 어제런 듯이 났다. 동시에 옛날의 동지가 불현듯이 보고 싶었다. 일체의 과거를 파묻어버리고 새로운 길을 개척해 나아가려는 생각이 굳을수록 동지들의 얼굴이 몹시도 그리워졌다.

'건배를 찾아가보자.'

그러나 건배는 군청에도, 거기서 멀지 않은 사글세로 들어 있는 그의 집에도 없었다. 한곡리가 십 리쯤 남은 주막 근처까지 왔을 때였다. 자전거를 끌고 고개를 넘는 양복장이와 마주치자, 동혁은,

"여어, 건배 군 아닌가?"

하고 손을 들었다.

"요오, 동혁이!"

둘은 주막으로 가서 마주앉았다. 영신이의 죽음에 대해 잠깐 이야기가 오고가고, 이윽고 강기천이가 죽은 이야기를 건배가 꺼냈다. 동혁은 건배를 보고,

"자네 그 노릇을 오래 할 텐가?"

하고 묻는다. 건배는 그런 말 꺼내기를 기다렸다는 듯이,

"고만 집어치겠네. 이 연도말까지만 다니고 먹거나 굶거나 한곡리로 다시 가겠네. 되려 빚만 더끔더끔 지게 돼서 고만둔다는 것보다도, 아니꼽고 눈꼴 틀리는 거 많아서 이젠 넌덜머리가 났네."

하고 담배 연기를 한숨 섞어 내뿜으며,

"월급푼에 목을 매다느니보다는 정든 내 고장에서 동네 사람이나 아이들의 종 노릇을 하는 게 얼마나 맘 편하고 사는 보람이 있는 걸 이제야 절실히 깨달았네."

하고 진정을 토한다. 그 말에 동혁은 벌떡 일어서며,

"자아 그럼, 우리 일터에서 다시 만나세! 나는 지금 자네가 한 말을 다시 한 번 믿겠네."

하고 맨 처음 일을 시작했을 때처럼 굳게굳게 선배의 손을 쥐었다.

"염려 말게. 자넬랑은 벌판의 모래보다 한 줌의 소금이 되어 주게!"

아무리 지루하던 겨울도 한번 지나만 가면 봄은 기다리지 않아도 저절로 닥쳐온다. 동혁은 신작로가에서 잔디 속잎이 파릇파릇해진 것을 비로소 보았다. 미루나무 껍질을 손톱 끝으로 제켜보니 벌써 물이 올라서, 나무하는 아이들의 피리 소리도 멀지 않아 들릴 듯,

"이제 완구히 봄이로구나!"

동혁이가 동리 어구로 들어서자, 맨 먼저 눈에 띄는 것은 불그스름하게 물들은 저녁 하늘을 배경삼고 언덕 위에 우뚝우뚝

서 있는 전나무와 소나무와 향나무들이었다. 회관이 낙성되던 날, 그 기쁨을 영원히 기념하기 위해서 회원들과 함께 파다 심은 상록수들이 키돋움[17]을 하며 동혁을 반기는 듯,

"오오, 너희들은 기나긴 겨울에 그 눈바람을 맞고도 싱싱하구나! 저렇게 시푸르구!"

그의 눈에는 회관 앞마당에 전보다 몇 곱절이나 빽빽하게 모여선 회원들이 팔다리를 벌렸다 오므렸다 하며 체조를 하는 광경이 보였다. 그는 고개를 돌리고 눈을 꿈벅하고 감았다가 떴다. 이번에는 훤하게 터진 벌판에 물이 가득히 잡혔는데, 회원이 오리떼처럼 논바닥에 가 하얗게 깔려서, 일제히 이앙가(移秧歌)[18]를 부르며 모를 심는 장면이 망원경을 대고 보는 듯이 지척에서 보였다. 동혁은 졸지에 안개가 시원해졌다. 고향의 산천이 새삼스러이 아름다워보여서 높은 뫼부리[19]에서부터 골짜구니까지, 산허리를 한바탕 떼굴떼굴 굴러보고 싶었다.

앞으로 가지가지 새로이 활동할 생각을 하며 걷자니, 그는 제풀에 어깨바람이 났다. 회관 근처까지 다가온 동혁은 누가 등 뒤에서,

"엇 둘! 엇 둘!"

하고 구령을 불러주는 것처럼 다리를 쑥쑥 내뻗었다.

상록수 그늘을 향하여 뚜벅뚜벅 걸었다.

—— 을해년 6월 26일 당진 필경사에서

17) 키돋움 : 발돋움. 키를 도우느라고 발끝을 디디고 서거나 발 밑을 괴는 짓.

18) 이앙가 : 모내기할 때 부르는 노래.

19) 뫼부리 : '멧부리'를 이름. 멧부리는 산등성이와 산봉우리의 가장 높은 꼭대기.

읽은 후에

작·품·정·리

- 갈래 : 장편소설, 농촌소설, 계몽소설
- 주제 : 일제하의 농촌 계몽과 문맹 퇴치 운동 등을 사상적 배경으로 함.
- 배경 : 시간적–1930년 일제 강점기
  공간적–가난한 농촌인 청석골과 한곡리 마을
- 시점 : 전지적 작가 시점

작·품·감·상

〈상록수〉는 1935년《동아일보》현상문예에 당선된 작품으로 농촌계몽운동을 주제로 하였다.

〈상록수〉는 작가가 일제의 탄압을 피하여 충남 당진으로 잠적하여 쓴 작품이다. 이 작품은 자신의 체험을 소설화한 것이라고 볼 수 있다. 심훈은 서울에 대대로 살아왔으나 당시 우리 민족의 살 길은 농민을 계몽하여 식민지 하에서 민족의 자주 정신을 기르자는 생각에서였던 것이다.

당시는 브나로드라는 농민계몽 사상이 더욱 팽배해 가고 있었으며, 이러한 시대적 흐름 속에서 농촌계몽운동의 한 진행을 그린 것이다. 그는 남달리 조선의 독립을 염원했던 작가였다. 〈상록수〉가 현상 공모에 당선되자 그 상금으로 충남 당진에 '상록학원'을 설립했고, 1936년 손기정이 베를린 올림픽 마라톤 경기에서 우승하자, 신문 호외 뒷면에 '오오, 조선의 남아여!' 란 즉흥시를 쓰기도 하였다. 그러나 이것이 그의 마지막 글이 되었다.

〈상록수〉에 등장하는 채영신과 박동혁 역시 우리 민족이 살 길은 '농촌을 개혁하는 길' 뿐이라는 생각에 여기에 혼신의 힘을 기울이고 있다. 그러나 어려움이 많아 성과는 보잘 것 없고, 역부족으로 영신은 병을 얻어 죽게 된다. 그러나 이런 현실들이 '상록수'에서는 다른 소설에 비해 고통스럽거나 비참하지가 않다. 그것은 두 사람의 사랑과 숭고한 계몽 정신이 이 고통을 극복할 수 있기 때문이며, 이것이 이 소설을 미화한 것이라고 지적한다.

또 당시 유행하던 브나로드 운동이 일제하의 공간에서 이루어진 운동이기 때문에 그 한계점이 분명했을 것이며, 따라서 이 소설 속에서도 적극성이 결여된 듯싶다.

되짚어 보는 문제

1. 소설의 대미를 이루는 곳에서 나타나는 '상록수'는 무엇을 의미하는가를 써라.

2. 박동혁과 채영신의 계몽운동에 대한 열정은 대단하다. 그러나 계몽운동이 이런 한두 사람의 열정만으로 가능하다고 보는가. 본인이 박동혁이나 채영신을 상대로, 당시의 농촌계몽운동에 대한 토론을 벌인다면 어디에 초점을 맞춰 논쟁을 할 것인가 써라.

3. 채영신의 죽음은 어쩌면 당연한 것으로 볼 수도 있다. 채영신의 무모할 만큼 열성적인 계몽운동은 어떻게 보면 당시 미래에 대한 불확실한 현실인식 때문인지도 모른다. 이런 전제에 대해 채영신의 입장을 반박하는 글을 써라.

통합 논술과 독서평가의 내신반영을 위한 중 · 고등학생의 필독서

한국 신소설 · 현대소설

2006년 8월 20일 제1판 1쇄 발행

지은이 · 이인직 외 7인
엮은이 · 현대문학 독서지도회
편 집 · 임명아
펴낸이 · 임일웅
펴낸곳 · 예문당
인 쇄 · (주)청우인쇄
제 책 · (주)기환제책사
마케팅 · 황정규/김용운

등록 · 1978년 1월 3일(제5-43호)
주소 · 서울시 동대문구 답십리4동 16-4호
전화 · 2243-4333~4
팩스 · 2243-4335
전자우편 · 1forest@korea.com

*잘못 만들어진 책은 바꾸어 드립니다.